本书系国家社科基金青年项目"科学主义与20世纪中国文学史观建构研究"（12CZW004）结项成果

Scientism and the Construction of Historical View of Chinese Literature in the 20th Century

科学主义与20世纪中国文学史观建构

朱首献 著

中国社会科学出版社

图书在版编目（CIP）数据

科学主义与20世纪中国文学史观建构／朱首献著.
北京：中国社会科学出版社，2024.6. -- ISBN 978-7
-5227-3877-2

Ⅰ.G301；I209.6

中国国家版本馆CIP数据核字第2024FX6115号

出 版 人	赵剑英
责任编辑	王小溪
责任校对	冯英爽
责任印制	戴 宽

出　　版	中国社会科学出版社
社　　址	北京鼓楼西大街甲158号
邮　　编	100720
网　　址	http://www.csspw.cn
发 行 部	010-84083685
门 市 部	010-84029450
经　　销	新华书店及其他书店
印　　刷	北京君升印刷有限公司
装　　订	廊坊市广阳区广增装订厂
版　　次	2024年6月第1版
印　　次	2024年6月第1次印刷
开　　本	710×1000　1/16
印　　张	20.75
插　　页	2
字　　数	292千字
定　　价	109.00元

凡购买中国社会科学出版社图书，如有质量问题请与本社营销中心联系调换
电话：010-84083683
版权所有　侵权必究

目　录

绪　论 ··（1）

第一章　晚清西学东渐与中国的"被科学"之路 ··············（13）
　　第一节　甲午战祸与中国科学主义的发动 ················（13）
　　第二节　科玄论战与科学主义地位的确立与激变 ········（31）

第二章　中国科学主义的价值范式、认知谱系与方法论域 ······（45）
　　第一节　科学万能：近代中国科学主义的价值理念 ·········（45）
　　第二节　学科规约：近代中国科学主义的认识论域 ·········（51）
　　第三节　实证归纳和进化论：近代中国科学主义的
　　　　　　方法谱系 ··（55）

第三章　科学主义与中国文学史观的建构历程 ···············（64）
　　第一节　发轫：20世纪中国文学史观的科学主义端倪 ·········（64）
　　第二节　20世纪中国文学史观中科学主义的确立 ···········（76）
　　第三节　20世纪中国文学史观中科学主义的激变 ···········（85）
　　第四节　遗声：20世纪中国文学史观中科学主义的落幕 ······（95）

第四章　20世纪中国文学史书写共同体：以科学的名义 ·········（101）
　　第一节　林、黄、来、张的《中国文学史》 ················（101）

第二节 曾、郑、钱、容、谭、二胡、二刘的《中国文学史》……（110）
第三节 红皮本、王瑶本、游著、袁著、章骆著
　　　　《中国文学史》…………………………………（196）

第五章 重写文学史：审美主义的崛起 ……………（222）
第一节 重写文学史与文学史观的重构 ……………（222）
第二节 文学史观的重构与文学本位意识的崛起 …（231）

第六章 百年纠结："被科学"的扞格 ………………（243）
第一节 学科规约与文学史的科学化、历史化 ……（243）
第二节 目的论与文学史的可能限度 ………………（250）
第三节 文与史的博弈 ………………………………（259）

第七章 世纪话题：说不尽的科学精神 ……………（279）
第一节 中国文学史能否过度倚重科学精神 ………（279）
第二节 后现代史学解构理性历史观念带给中国
　　　　文学史观的挑战 …………………………（293）
第三节 科学精神介入文学史观建构的限度 ………（301）

参考文献 ……………………………………………（312）

后　记 ………………………………………………（325）

绪　　论

科学主义是一种笃信科学万能、坚持自然科学方法可以解决一切问题的研究范式和学术理念。在具体运作上，它抹杀学科域限，倾向于将人文社会科学捆绑至自然科学范畴，进而把自然科学的价值范式、认知谱系和方法论推演至人文社会科学领域。科学主义滥觞于中国，肇自近世，晚清以降，国运式微，上自封疆大吏，下至文人学士，在"痛吾国之不国，痛吾学之不学"的纠结中，概"观欧风而心醉，以儒冠为可溺"。在这种社会集体意识的驱动下，中国走上了"被科学"之路。甲午战祸，更使构建科学信仰而不再是师夷长技、制铁船造火器等形下器物仿拟备受国人推崇。如此，师法泰西、黜伪崇诚、追求真理、破除成见就成了晚清学人心目中的头等大事。此后，历经五四新文化运动的洗礼，科玄论战中科学派的加冕乃至与机械唯物史观的联姻，科学精神逐渐由"器"而"道"，在近世中国社会思想领域登堂入室，一度升腾为科学主义，并由此对20世纪中国文学史的学科内涵、叙述策略、知识视野、方法谱系、体例预设等产生了持久而深远的影响。

一

19世纪末期，在欧洲著述文学史风潮的冲击下，日本兴起了一场书写文学史的运动。据矢岛祐利、野村兼太郎的《明治文化史》

描述，这场运动"像台风一样在日本登陆"，① 其横扫一切之势由此可见一斑。正是这场运动，催生了一系列以文学史命名的日本文学史著述，但这场运动的势头并不止于此，一部分日本学者似乎并不满足于研究本国的文学史，而是旁骛四涯、别采邻邦，将目光转向中国，这样，数种由日本人所著的《中国文学史》方得以次第问世。1898年，日本学者笹川临风、古城贞吉分别以通史的形式出版了两种《中国文学史》。随后，日本学人笹川种郎、儿岛献吉郎、久保得二分别以中国文学为题材著述了《中国文学史》（1898）、《中国大文学史》（1899）、《中国文学史》（1904）。比之于东邻，中国本土对于中国文学史及其写作的认知与实践还近乎是一片空白，因此，日本人以中国文学为题材的文学史行动着实让国人感到惊讶。实际上，在日本人著述中国文学史之风盛行之前，早在1854年，德国人硕特就曾付梓《中国文学史稿》，其后，1880年，俄国人瓦西里耶夫的《中国文学史》杀青。在这种"四面楚歌"的中国文学史写作境遇中，国人被迫仓促上阵，在对"何谓中国文学史"乃至"文学究竟是什么"尚且不甚了了的境况下，开始了近代中国最早由国人自己著述中国文学史的学术实践历程。1904年，执教于京师大学堂的林传甲以百日的速度草就了第一部由国人自著的《中国文学史》。而几乎与此同时，东吴大学的文科教员黄人、海宁中学堂的来裕恂等也分别开展了他们的中国文学史写作行动。自此之后，由国人构成的中国文学史写作队伍日益庞大起来，变得越来越蔚为大观。②

---

① 戴燕：《文学史的权力（增订版）》，北京大学出版社2018年版，第1页。
② 北京大学陈平原先生曾将20世纪中国文学史家队伍划分为三代：他认为，第一代主要活动在1910—1940年，主要人物及著作有：章太炎《国故论衡》，梁启超《中国韵文里头所表现的情感》《中学以上作文教学法》，王国维《人间词话》《红楼梦评论》《宋元戏曲史》，刘师培《中国中古文学史讲义》《论文札记》，黄侃《文心雕龙札记》，吴梅《中国戏曲概论》《曲学通论》，胡适《五十年来中国之文学》《白话文学史》《中国章回小说研究》，鲁迅《中国小说史略》《汉文学史纲要》，郑振铎《中国俗文学史》《插图本中国文学史》，周作人《中国新文学的源流》《儿童文学小论》，俞平伯《红楼梦辨》《论诗词曲杂著》，顾颉刚《孟姜女故事研究》《吴歌小史》，闻一多《神话与诗》《唐诗杂论》，朱自清《诗（转下页）

事实上，自20世纪初京师大学堂文科教员林传甲、海宁中学堂来裕恂、东吴大学黄慕庵等撰写早期《中国文学史》开始，科学主义就已涉足中国文学史学科的研究策略、话语建构、理念预设等领域。在距今百余年的学术发展历程中，从早期林传甲首张科学精神且以"文学科学"称谓文学史（按：林著倡导文学史研究的实事求是精神，将"空疏鲜实"的治文之风斥为"博士卖驴"；推崇"解剖观察之法"，将古人读书之"分节绘图释例"法与日本汉文典的"解剖观察法"等而视之，称其"不可废也"；以"精实"为品文之标准——第13章第7节言："慕王谢之纤丽，不务冲之精实，此中国文学所以每下愈况矣。"第六章第18节云："论事之文，于科学为近"；在运思中多夹杂数学、逻辑学、地理学、语言学等内容，且有评语"诗文亦奇实验之效也"等）的文学史观念，到来裕恂推崇科学，痛惜中国科学精神之不昌（按：在评议先秦文学时，来著认为，先秦文学虽制造了中国文学的空前繁荣，但其弊亦不少：其一，该期缺乏"论理之学"，致文化上多诡辩、少科学，因此，"文学不能光大也"；其二，该期缺乏"物理之学"，虽有"格物一目"，然"有录无书"，"传者既微"，致文学"蹈于空疏"。稍作辨析，则可发现来氏此论

（接上页）言志辨》《中国歌谣史》《中国新文学研究纲要》，胡小石《中国文学史》，陈钟凡《中国文学批评史》，钱基博《现代中国文学史》，等等。第二代主要活动在1930—1960年，以文学通史的写作见长的有陆侃如、冯沅君、刘大杰、林庚等，以批评史研究见长的有郭绍虞、罗根泽、方孝岳、朱东润等，注重诗词研究的有游国恩、龙榆生、夏承焘、唐圭璋、刘永济、顾随、任半塘、钱仲联、程千帆等，注重小说戏曲的有孙楷第、胡士莹、陈汝衡、吴组缃、卢冀野、王季思、董每戡、周贻白等，注重民间文学及敦煌学的有钟敬文、赵景深、丁山、袁珂、向达、王重民、姜亮夫等，开拓晚清及现代文学研究的有阿英、陈子展、李何林、王瑶、唐弢等。第三代主要活动在1950—1980年，在古代文学研究方面成绩突出的有傅璇琮、程毅中、陈贻焮、褚斌杰、袁行霈、郭预衡、胡念贻、曹道衡、周勋初、章培恒、徐朔方、黄天骥、孙昌武等，古代文论贡献较大的有王元化、李泽厚、王运熙、张少康、牟世金、罗宗强等，现当代文学研究影响较大的有钱谷融、严家炎、樊俊、孙玉石、黄修己、范伯群、谢冕、洪子诚等。——参见陈平原《文学史的形成与建构》，广西教育出版社1999年版，第10页注②，第11页注①，第12页注①。陈平原先生的这个列举尽管有些烦琐，其中有些著者及其论著并非为严格意义上的文学史著作，但它基本上还是能够反映20世纪中国文学史写作队伍的概貌的，当然，如果再加上1980年以后的一些文学史家，这个列举恐怕会更加壮观和庞大。

潜隐的科学主义倾向——来氏所谓的"论理之学",实指自然科学中的形式逻辑,而他所谓的"物理之学",则为严复所称的思辨名学。由此看来,来氏对先秦文学弊端分析的内在操作系统实为科学主义。如果结合来著其他章节对国朝文学"道光以来,西学东渐,于是欧亚文化,混合而为一。迄今学校兴,学科分,求学之士,凡得之于学堂者,皆有科学之性质,于是文章益形进步矣"以及对近今文学"中国之文学,自此将与欧美合乎。是又开前古未有之景象,而文学史上,又为之生色矣"的评判,答案就更为了然。此外,来著中尚有"文学以竞争而进步,中国六家九流、诸子百氏,其分门别户,立说各不相同。要皆持之有故、言之成理,故文学以竞争而发达"等本自进化观念的判断。总之,统揽来著,我们可以看到,科学主义实乃其中国文学史观建构的重要学理背景),再到黄慕庵更为系统、严密的科学主义文学史观倾向〔按:黄慕庵的科学主义文学史倾向较之林传甲和来裕恂更为成熟和自觉。首先,在文学演进路线上,黄著秉持进化论,认为中国文学同于世运、人心,进化之机"固未尝少息"。① 在具体路径上,黄著指出,"文治之进化,非直线形,而为不规则之螺旋形。盖一线之进行,遇有阻力,或退而下移,或折而旁出,或仍循原轨。故历史之所演,有似前往者,有似后却者,又中止者,又循环者,及细审之,其范围必扩大一层,其为进化一也"②。其次,在文学史功能上,黄著斥责鼓吹他国文学皆有进化、独中国文学无进化且今不如古的谬论,认为中国文学不但一直在进化且较之他国文学更加"精微浩瀚",堪称国粹。在他看来,文学史不仅可以保存国粹而且能动人爱国之情。此外,黄著树"诚(真)"为衡文标准,提出"远乎真者,其文学必颇",并对中国传统中"诈伪曲饰"的文学陋习进行抨击,强调文学史当具"爱智之精神",只有这样它才能将"美恶妍媸,直陈

---

① 黄人:《中国文学史》,杨旭辉点校,苏州大学出版社2015年版,第4页。
② 黄人:《中国文学史》,杨旭辉点校,苏州大学出版社2015年版,第13—14页。

于前"，使"障翳抉则光明生，糟粕漉则精华出"，让人"有所取鉴而能抉择也"。① 再次，在文学史方法上，黄著提出文学史属于"叙述"，② 当用叙述之法。这里需指出的是，黄著所谓的"叙述"非一般意义上之"叙述"，而是另有深意，这关涉到梁启超的新史学。在《中国史叙论》中，论及史学方法时，梁启超指出："史也者，记述人间过去之事实者也。"③ 《新史学》中，他又说，"历史者，叙述进化之现象也"④。从这两处论断看，梁启超显然将"叙述"或"记述"视为史学之法。不仅如此，在梁启超那里，作为史学之法的"叙述"或"记述"，并不是中国传统史学中的"造家谱"，而是"研究人群进化之现象"，"求其公理公例之所在"。黄著所取"叙述"之义，当与梁氏相同，即中国文学史应去阐明中国文学演变的"公理"和"公例"]，科学主义显然已经成为20世纪初期中国文学史观念建构的重要指导思想。

二

与林传甲、黄慕庵、来裕恂等在中国文学史实践中首开科学主义的风气不同，此后，胡适、郑振铎、胡云翼、刘大杰、容肇祖、钱基博等则将20世纪中国文学史观建构中的科学主义实践推向高潮。胡适将清儒的考据之法与西方的实证主义结合在一起，创造了胡式的实证研究方法。关于这种方法，用他自己的话说就是"有一分证据，说一分话；有十分证据，说十分话"，要"大胆假设，小心求证"，做什么事情都必须要做到：拿证据来！可以说，重视科学方法，自觉加以实践，是胡适治学的重要特征。正如陈平原指出

---

① 黄人：《中国文学史》，杨旭辉点校，苏州大学出版社2015年版，第6页。
② 黄人：《中国文学史》，杨旭辉点校，苏州大学出版社2015年版，第2页。
③ 梁启超：《中国史叙论》，中华书局编辑部编：《清议报》第九十册，中华书局1991年版，第5621页。
④ 梁启超：《新史学》，梁启超主编：《新民丛报》（第一号），中华书局2008年版，第333页。

的那样,"胡适治学之所以能独辟蹊径,一个重要原因是其'方法的自觉'"①。陈平原这里所说的方法,实际上指的就是以实证、归纳和进化论等为核心的自然科学的方法。统而言之,胡适毕其一生倡导的所谓科学方法,其骨子里不过就是那种"疑而后信,考而后信,有充分证据而后信"的"科学主义"或"实证精神"。与胡适比肩,郑振铎这位被人称为"有搜集旧小说珍本"②癖好的文学史家早在1923年就称自己要"'无征不信',以科学的方法,来研究前人未开发的文学园地"③。不仅如此,他还认为,做文学史得以"冷静的考察去寻求真理",进行"文学之科学的研究"——像植物学家研究树木、地质学家研究矿石一般,"把文学当作一株树、一块矿石一样"去研究。为了实现这个目的,他又将本自科学主义的归纳考察和进化观念视为中国文学史研究的"必由之路"。④ 除郑振铎外,周作人、李长之、杨丙辰、胡云翼、钱基博、刘大杰、容肇祖等人也以科学主义为其建构中国文学史观的圭臬。如周作人称文学史家就是"一个科学家";⑤ 李长之不仅认为文学史就是对文学发展的具体状况及其规律性进行探讨的"科学",⑥ 而且,在方法论上,他还提出治文学史"要狠",要有一种"理智的硬性";⑦ 杨丙辰呼吁文学史家要向着同一条"科学大道奔趋";⑧ 胡云翼主张文学史采取"谨慎、客观、求信"的态度;⑨ 钱基博则为文学史下了"文学史者,科学也"这样一个定义,并进一步强调文学史研究乃"客观之学",建议文学史家

---

① 陈平原:《胡适的文学史研究》,王瑶主编:《中国文学研究现代化进程》,北京大学出版社1996年版,第216页。
② 夏志清:《中国古典小说导论》,胡益民等译,安徽文艺出版社1988年版,第4页。
③ 郑振铎:《新文学之建设与国故之新研究》,《小说月报》第14卷第1号。
④ 郑振铎:《研究中国文学的新途径》,《小说月报》第17卷号外。
⑤ 周作人:《中国新文学的源流》,人文书店1934年版,第17页。
⑥ 李长之:《中国文学史略稿》(第一卷),五十年代出版社1955年版,第2页。
⑦ 李长之:《玛尔霍兹〈文艺史学与文艺科学〉译序》,[德]玛尔霍兹:《文艺史学与文艺科学》,商务印书馆1943年版,第6—7页。
⑧ 杨丙辰:《文艺、文学、文艺科学——天才和创作》,《文学评论》1934年第1期。
⑨ 胡云翼:《新著中国文学史》,上海北新书局1932年版,第7页。

应该像动物学家记载动物、植物学家记载植物一样,"诉诸智力";①刘大杰在引用朗松"写文学史的人,切勿以自我为中心,切勿给予自我的情感以绝对的价值,切勿使我的嗜好超过我的信仰。我要做作品之客观的真确的分析,以及尽我所能收集古今大多数读者对于这部作品的种种考察批评,以控驭节制我个人的印象"之论后自称,"我在写这本书时,是时时刻刻把他这一段话记在心中的";② 容肇祖则言必称胡适,注重实证的精神,批判退化史观,坚持历史进化论,自觉运用归纳的方法;刘大白认为文学史的方法应该像"仪表"和"针尺"那样;谭正璧提倡文学史研究方法的内证法和旁证法,等等。总之,在以上诸人的鼎力推动下,科学主义顺理成章地深入中国20世纪早期文学史观的腹地,进而绘成了草创期中国文学史"合乎近代理性的科学的发展图式"。③ 朱自清在谈及中国早期的文学史著述时曾有这样一个比喻:"早期的中国文学史大概不免直接间接地以日本人的著述为样本,后来是自行编纂了,可是还不免早期的影响。这些文学史大概包罗经、史、子、集直到小说戏曲八股文,像具体而微的百科全书。"④ 现在看来,这个比喻实在是切中肯綮,因为它点破的几乎就是早期中国文学史观的那种唯科学是从的科学主义本质。

中华人民共和国成立之后,正如1958年出版的北京大学中文系文学专门化1955级集体编著的被学界称为红皮本的《中国文学史》所指出的那样,"没有马列主义就不能建立任何一门真正的社会科学"⑤。因此,随着马克思主义的辩证唯物论和历史唯物论作为科学真理在社会科学研究中逐渐居于核心的地位,客观、进化、归纳、实证等科学主义的理念与方法在中国文学史观的建构中或者与马克思主义

---

① 钱基博:《现代中国文学史》,世界书局1933年版,第4页。
② 刘大杰:《中国文学发展史》,中华书局1941年版,"自序"第1—2页。
③ 戴燕:《文学史的权力(增订版)》,北京大学出版社2018年版,第13页。
④ 朱自清:《朱自清古典文学论文集》(上册),上海古籍出版社1981年版,第13页。
⑤ 北京大学中文系文学专门化1955级集体编著:《中国文学史》(上册),人民文学出版社1958年版,"前言"第9页。

思想相结合而获得新的身份认同，或者因为与马克思主义思想的相悖而从中国文学史观的建构中逐渐退场。其中，红皮本《中国文学史》就是典型的代表，该著依据马克思主义经典作家所阐述的"经济基础决定上层建筑"的原理指出，文学是社会现象，是"基础的上层建筑"，每一时代的文学面貌是由当时的"社会经济基础所决定的"，于是，各时期"文学的特征""文学的发展规律"，就不再是"杂乱无章不可理解的东西"，而是可以给予"科学的说明的"。对于如何科学地说明每一时代文学的特征、文学发展的规律，作者指出，"只有历史唯物主义，才使文学史成为科学"，丢开"历史唯物主义"、丢开"决定文学内容的社会基础"去侈谈文学，就不能正确解释文学现象，"科学地说明文学发展规律"。而丢开社会的发展趋势、丢开对进步的与反动的事物的了解，去空谈文学，也就失去了"评价文学的根本依据"。作者同时指出，资产阶级的文学史家恰恰犯了这样的错误，他们要么"根本不去分析社会历史情况，只是就文学而谈文学"，要么虽有对社会历史情况的分析，却只不过或者为了"装点门面"，并没有把它和作家作品及文学现象的具体分析"联系起来"，或者表面上看起来似乎是"从社会状况出发去分析文学"，但实质上却是"歪曲了社会本质"，来为说明"自己的文学观点服务"。作者认为，林庚的文学史研究中提出的时代上的"盛唐"与文学上的"盛唐气象"的公式，就是典型的例子。因此，作者认为，资产阶级的文学史家丢掉了经济基础决定文学这个原则，所以，在他们的文学史观中，文学自身的发展规律与承继关系便被夸张到了"不适当的"，甚至是"绝对的地步"，同时，导致一个作家的"社会基础"也就被作家之间的"表面风格的继承"吞没了。诸如此类的文学史中的"笑话"不胜枚举，例如在对《西游》的研究中，不去研究它是由怎样的现实决定的，而去考证《西游》中的猴子与印度猴子的关系；在文学史的分期上，搬弄"黄金时代""白银时代"这些奇怪的名堂；等等。所以，作者指出，丢开了"历史唯物主义"，形而上学地研究文学现象，结果也就丢掉了"文学史的科学性",不能"正确地解释文学现象",更谈不上深刻地"阐明文学发展的规律",这样的文学史说到底就不能不仍是"一笔糊涂账"。① 王瑶依据马克思主义经典作家的辩证唯物主义和历史唯物主义原理提出,"文学史既是文艺科学,也是一门历史科学,它是以文学领域的历史发展为对象的学科,因此一部文学史既要体现作为反映人民生活的文学的特点,也要体现作为历史科学,即作为发展过程来考察的学科的特点"②。"文学史作为一门独立的学科,它既不同于以分析和评价作品的艺术成就为任务的文学批评,也不同于以探讨文艺的一般的普遍规律为目标的文艺理论;它的性质应该是研究能够体现一定历史时期文学特征的具体现象,并从中阐明文学发展的过程和它的规律性。"③ 实际上,从王瑶的这种观点中我们也可以看出,他显然还没有摆脱郑振铎在《研究中国文学的新途径》中对文学鉴赏和文学研究区分的论述,他的这种认知实际上依然存在着将文学史视为寻求文学发展的客观规律的学科,而没有看到文学史著者自身的审美能力、评判能力和立论能力在文学史实践中异乎寻常的作用。一句话,他将文学批评与文学史楚河汉界进行了严格区分,而忽视了文学史实际上兼有文学批评的责任和功能。尤其是到 20 世纪 80 年代以后,随着国内学术界对文学史观反思的兴致日益高涨以及"重写文学史"口号的出场,一系列重要的以"审美""人性""文化""文学本位"等为核心的文学史著作相继问世,20 世纪中国文学史观建构中的科学主义宿弊也在不同程度上得到了一定的扬弃。

三

正是因为科学主义对 20 世纪中国文学史观的建构和对文学史的

---

① 北京大学中文系文学专门化 1955 级集体编著:《中国文学史》(上册),人民文学出版社 1958 年版,"前言"第 4—5 页。
② 王瑶:《关于中国现代文学研究工作的随想——在中国现代文学研究会学术讨论会上的发言》,《中国现代文学研究丛刊》1980 年第 4 期。
③ 王瑶:《中古文学史论》,北京大学出版社 1986 年版,第 1 页。

书写实践的根深蒂固的影响,对科学主义与20世纪中国文学史观建构问题的深入、系统的研究就成了客观评估百年来中国文学史的学科成就、合理定位其学科本质、扬弃其学科宿弊,进而实现这一学科知识、观念和方法创新之必需。20世纪初,正值中国文学研究领域科学主义之风盛行之际,瞿世英、周作人等学者就曾对其发难。如瞿世英认为,科学只顾知识和物质,不顾感情和精神,缺乏对人生的整体观照,这样,文学一定会吃科学的亏;周作人则对当时人们常拿科学常识来反驳文艺问题,甚至热衷用数学方程来表示文艺结构的做法提出过批评,他认为,以此来进行文艺研究总归是太科学了。固然,瞿、周等人的发难虽非专对中国文学史观而言,但仔细辨析,我们仍能看到他们对是时已在中国文学史观建构中初具风气的科学主义思维的不满,遗憾的是,这些发难最终却因国人顽固的科学信念而流于破产。近年来,随着中国文学史学科危机之渐显以及文学史观重构中文学本位、审美意识的加强,学界开始对20世纪中国文学史观中的科学主义流弊进行反思、清理和盘点,并由此催生了一系列重要的研究成果,如朱晓进的《二十世纪中国文学史观的反思》、张毅的《"赛先生"与中国文学研究》、叶舒宪的《本土文化自觉与"文学"、"文学史"观反思——西方知识范式对中国本土的创新与误导》等,这些成果对深入反思科学主义与20世纪中国文学史观的建构问题具有重要的指导意义,但是,视野、论域、方法乃至学术立场等方面的局限,致使这些成果在对科学主义与20世纪中国文学史观的建构的研究上存在着以下遗憾。第一,研究重点多放置在20世纪早期,而对20世纪中后期机械唯物史观、阶级论、人民性、80年代的方法热以及重写文学史思潮等这些与科学主义密切相关的论域则较少涉足,如上面提到的朱文,它虽然以进化论和机械唯物主义文学史观为个案对科学主义与20世纪中国文学史观建构问题进行了反思,肯定了进化论文学史观对文学史研究建构自身学科品格的重要作用,同时批判了其把文学史的研究仅仅看作用来印证事物进化的普遍规律,而忽视了文学史研究自身的目的和意义的科学主义倾向,但对于进化论文学史观深层的科学主义机制,文章并未进行深一步挖掘。而对机械唯物史观与20世纪中国文学史观的影响的研究上,作者也只是强调了其注重对历史发展规律的揭示,激发了人们对文学发展规律探究的兴趣,并没有看到其与科学主义的关系,更谈不上深入的阐释。而对于阶级论、人民性、80年代的方法热以及重写文学史思潮等这些与科学主义密切相关的论域,则从根本上溢出了作者讨论的范围。第二,研究视角相对单一,科学主义对20世纪中国文学史观建构的影响是全方位的,它不仅影响了20世纪中国文学史观在文学史的学科属性、研究方法上的认识和选择,而且渗透到20世纪的中国文学史文本的话语立场、叙事策略、知识视野、体例设置等各个方面,但是,目前所见到的研究却往往停留于分析科学主义与20世纪中国文学史观对文学史的学科属性和研究方法的影响,而对上面我们所提到的深层次问题的认识并不是很充分,实际上,没有对以上所列的这些问题的分析,对科学主义与20世纪中国文学史观建构问题的研究就不可能走向系统化、深层次和全方位。第三,这些成果都有一个共同的特点,就是多侧重理念层面的探讨,缺乏文本细读精神,它们普遍将科学主义向20世纪中国文学史观的介入过程仅仅视为一个观念演绎过程(虽然也有成果认识到文本细读的重要性,如上面所提到的朱文,但也仅仅只是提倡而已,在具体的研究中并未落到实处),忽视了其对20世纪中国文学史文本生产的统摄和潜在影响,从而将本该在这一研究领域作为重中之重来展开的文本细读研究付诸阙如。第四,研究者本身依然未能从根本上跳出科学主义的窠臼,致使其研究普遍包含科学主义的倾向,因此,在具体操作层面上,他们在一定程度上割裂了科学和审美的关系,导致其在对科学主义批判的同时陷入了科学主义的怪圈,从而使其理论的说服力大打折扣。如张文对20世纪早期的中国文学研究中的科学主义进行了细致的分析,可贵的是,他看到了该时期科学主义有意混淆自然科学与社会、人文科学之间的差别的学科规约逻辑，并且对该时期中国文学史观上所体现出来的科学主义倾向略有涉猎，但遗憾的是，其只是将这种分析纳入中国文学研究这个层面来进行，而没有从文学史观的角度展开，尤其是在对20世纪中后期的研究中，作者除了认为80年代的方法热深受科学主义的影响，将自己的关注点放置在对80年代后期的人文主义反对科学主义潮流的研究上，而没有看到这一人文主义潮流之中的人性论、审美论等同样包含科学主义的色彩。这种理论上判断的错位使得该文对科学主义在20世纪中国文学研究中的影响之盛、波及之广的认识并未达到深刻的层次。这种错位判断在其他的研究中同样有所体现。

　　作为理念指南，科学主义对20世纪中国文学史观建构的影响是深层次、全方位的，其具体的体现也是复杂的、动态的呈现。既在显性、直接上有表露，也在隐性、间接上有表露。研究它们之间动态、复杂的关联对中国文学史学科构建新的知识生长点的重要性不言而喻。晚近，业内对中国文学史学科批判的呼声日涨，诸如"中国文学史高产却不优生""中国文学史写作正在'垃圾化'""中国出现了文学史的颓废"等过激之词时有所见，撇开其中意气用事的成分不论，中国文学史学科到了必须进行观念创新和知识创新的历史关节点却是不争的事实。我们要重构中国文学史理论和实现中国文学史学科的观念、知识、机制、话语等多重创新，对科学主义与20世纪中国文学史观建构问题研究的重要性毋庸置疑。

第一章　晚清西学东渐与中国的"被科学"之路

本章主要以甲午战祸、科玄论战、机械唯物论的介入等三个阶段为历史界标，追溯科学精神在近代中国从早期洋务派倡导的师夷长技、于一器而能之、制铁船造火器等形下仿拟到甲午战祸后国人逐渐重视科学信仰的建构与普及，以及历经科玄论战的加冕、与机械唯物史观的"联姻"等，最终嬗变为"主义"的逻辑进程和历史轨迹。

第一节　甲午战祸与中国科学主义的发动

夏晓虹曾指出，"在人们的印象中，似乎'五四'新文化运动发生，'赛先生'才来到中国。姑不论其是否自此落地生根，单从概念的使用与精神的提倡说，《新青年》的前辈——改良派学人实已开此先河"①。夏晓虹的这个理解实际上已经将"五四"时期作为旗帜提出来的"科学"与晚清改良运动联系起来，在一种更为宽泛的视野中透视中国科学主义发动的历史境遇。不过，夏晓虹的改良派学人一说在所指上则较为模糊，与之相比，张准在《五十年来中国之科学》中对中国科学精神发端的理解则更加清晰、具体，他甚至提出了具体的时

---

① 夏晓虹：《梁启超的文学史研究》，王瑶主编：《中国文学研究现代化进程》，北京大学出版社1996年版，第8页。

间。他这样说:"科学二字,译自西文贩从东土,二十年间事耳。五十年前,吾国士大夫仅言'洋务',范围甚广。光绪中叶,葛士濬氏纂《皇朝经世文续编》,立洋务一门,中载洋务通论军政、教务、商务、邦交、固圉、培才六事,犹无所谓科学也。盖自同光之交,国人怵于欧美轮船火机械器之精,竞言制造,然制造根于理数,故崇尚格致之说,沿之以兴。甲午既败,倡言变法,意在改革政治,科学殆略忽矣。庚子以后,学校初兴,理科列为科目,为大中小学学校生徒所必习,而游学海外之士,见科学关于近世文化之深且巨也,复起而鼓吹之,数年以来,风声所播,殆成一独立运动。此吾国五十年间科学上趋势之大略也。……其于军政、船政直视为身心性命之学。"① 当然,如果按照张准的理解,"科学"观念进入国人的视域大概于同光之交,即同治十三年至光绪元年(1874—1875 年)间,主要的缘由在于国人对西方船坚炮利的担忧和救亡复兴的大计,不过,他的"洋务"之事所涉太广而无所谓科学的观点,则值得商榷。洋务与科学当然不是对等的概念,但它们二者之间却多有纠缠、交集,因此,张准的观点将洋务与科学完全对立起来,显然失之偏颇,当然,更重要的是,他的这种误判将科学在中国的发动时间向后推迟了几十年。不过,夏晓虹和张准的观点不谋而合的地方在于,他们都看到了科学主义在中国的兴起与晚清的政治局势有着密切的关联,在某种意义上,这只是中国近代科学主义发生的客观境遇,同时,我们还必须注意的是,在晚清时期,传播科学主义的主体并非一般意义上的士大夫或者知识分子,更非从事科学研究的科学家,而是一群特殊的知识分子。这种特殊性正如郭颖颐所指出的那样,中国的科学主义者"并不总是科学家或者科学哲学家,他们是一些热衷于用科学及其引发的价值观念和假设来诘难、直至最终取代传统价值主体的知识分子"②。事实上,也正是因

---

① 张准:《五十年来中国之科学》,申报馆编:《最近之五十年》,申报馆 1923 年。
② [美]郭颖颐:《中国现代思想中的唯科学主义(1900—1950)》,雷颐译,江苏人民出版社 1998 年版,第 1 页。

为这个特殊的群体,在中国发动了最终造成中国传统的经史子集之学分崩离析的科学主义大潮。

作为一种人类共同拥有的知识方法论、价值理念和思维形态,科学精神并非西方特有之现象,虽然作为一种自觉的社会思潮,科学精神在中国的滥觞肇自晚清,不过,在理论渊源上,中国近世的科学主义虽然受到了"近代西方观念的多方面影响",但是,它并非仅仅是西方思想"简单移入"的结果,在其深层面的构成机制框架中,内在地蕴含着某种中国"传统的根据"。① 明末清初吴江王锡阐、宣城梅文鼎专治天算,开启近代中国自然科学实践之端绪,因之,有学者认为,在历史源头上中国近代科学主义的某些观念事实上可以"追溯到17、18世纪,亦即所谓明清之际"。② 但是,作为一种对中国近现代的社会、思想、学术、文化等产生过重要影响的思潮,科学主义的出场无疑是伴随着晚清国运的衰落而出现的。众所周知,晚清以降,国运乖张,中国社会面临着"数千年来未有之变局",③ 时代症候已经表明盘踞在近代中国躯体上的政治、经济、思想和文化面临全盘危机,这种危机的严重性使人们意识到,仅仅依靠中国传统的政治理念、经济方略和文化信仰根本无法让这种危机得到彻底解决。这种内忧再加上"东南海疆万余里,各国通商传教,往来自如。阳托和好,阴怀吞噬,一国生事,诸国构煽……轮船电报,瞬息千里,军火机器,工力百倍,又为数千年来未有之强敌"的外患,④ 中国社会被推到了濒临崩溃的悬崖之上。在这种内忧外患的双重夹击下,西学日炽,时人概"观欧风而心醉,以儒冠为可溺",上自封疆大吏,下至文人学士,渴望民族图强和重构中国大国形象的旧中国先进知识分子

---

① 杨国荣:《科学的形上之维——中国近代科学主义的形成与衍化》,上海人民出版社1999年版,第11页。
② 杨国荣:《科学的形上之维——中国近代科学主义的形成与衍化》,上海人民出版社1999年版,第11页。
③ (清)赵尔巽等:《清史稿·李鸿章传》(第39册),中华书局1977年版,第12017页。
④ (清)赵尔巽等:《清史稿·李鸿章传》(第39册),中华书局1977年版,第12017页。

在"痛吾国之不国,痛吾学之不学"的无奈中,作出了不约而同的选择,都将西方的科学精神当成了摆渡中国走出状若危卵窘境的"诺亚方舟"。严复的"中国的问题首先是科学的问题"的诊断①准确地传达了这部分人的心声。洋务运动则是拉开近代中国接受西方科学主义大幕的重要历史节点。1840年,清政府在第一次鸦片战争中遭受沉重打击,使本已衰微的国力在战败的重创中彻底变成了风中残烛。1844年,被誉为近代"睁眼看世界"第一人的魏源在《海国图志》中提出了"师夷长技以制夷"方略,倡导学习西方先进的科学技术来抵御西方,此之谓尽得西洋之长技以足夺其所恃。但是,魏源的这种"驭夷之术"真正付诸实践却是延迟了近20年后的事情。19世纪50年代开始的太平天国运动以及1856—1860年的第二次鸦片战争使危机四伏的清政府的统治如履薄冰。同治三年(1864年)恭亲王奕䜣在呈同治帝的奏折中说:"查治国之道,在乎自强,而审时度势,则自强以练兵为要,练兵又以制器为先。自洋人构衅以来,至今数十年矣。迨咸丰年间内患外侮,一时并至,岂尽武臣之不善治兵哉。抑有制胜之兵,而无制胜之器,故不能所向无敌耳。外洋如英法诸国,说者皆知其惟恃此船坚炮利,以横行海外。而船之何以坚,与炮之何以利,则置焉弗讲。即有留心此事者,因洋人秘此机巧,不肯轻以授人,遂无从窥其门径。"②该奏折中附了一封李鸿章给同治帝的信,信中说:"中国士大夫沉浸于章句小楷之积习;武夫悍卒,又多粗蠢而不加细心,以致所用非所学,所学非所用。无事则嗤外国之利器为奇技淫巧,以为不必学。有事则惊外国之利器为变怪神奇,以为不能学。不知洋人视火器为身心性命之学者,已数百年。一旦豁然贯通,参阴阳而配造化,实有指挥如意,从心所欲之快。其演习之弁兵,使由而不必使知。其创制之员匠,则举国尊崇之,而不以曲艺相

---

① 严复语,参见[美]本杰明·史华兹《寻求富强:严复与西方》,叶凤美译,江苏人民出版社1996年版,第172页。
② (清)宝鋆等修:《筹办夷务始末(同治朝)》(卷二十五),第1页。

待。中国文武制度,事事远出西人之上,独火器万不能及。其故何由?盖中国之制器也,儒者明其理,匠人习其事,造诣两不相谋,故功效不能相并。艺之精者,充其量不过为匠目而止。洋人则不然。能造一器为国家利用者,以为显官,世食其业,世袭其职。故有祖父习是器而不能通,子孙尚世习之,必求其通而后止。上求鱼,臣干谷。苟荣利之所在,岂有不竭力研求,穷日夜之力,以期至于精通而后止乎?……中国欲自强,则莫如学习外国利器。欲学习外国利器,则莫如觅制器之器。师其法而不必尽用其人。"① 国运日坠,帝心犹焚,再加之奕訢和李鸿章等的游说,同治皇帝痛下决心,破壁去垒,打开学习西方之大门,以期实现中兴自强。正是在这种自强愿望的主导下,恭亲王奕訢、曾国藩、张之洞、左宗棠、李鸿章等清政府中具有开明思想的一批权臣开始将魏源"师夷制夷"的思想付诸实施,发动了以学习西方科学技术,制轮船、造火器、开矿办厂、大兴实业的自救图存的"富强""中兴"运动,这就是中国近代史上众所周知的"洋务运动"。

自19世纪60年代初开始至90年代中期止的由晚清政府主导的洋务运动之核心目的在于强国,在这种强国的目的中,居于首位的乃是强军,因此,洋务运动在其实施的过程中主要是围绕着军事和军备而展开。同治三年(1864年)12月27日李鸿章的奏折称:"臣查西洋诸国以火器为长技,欲求制驭之方,必须尽其所长,方足夺其所恃。臣设局仿制,原为军需紧急起见,亦欲中国官牟匠役互相传习,久而愈精。……造成炮弹虽与外洋规模相等,其一切变化新奇之法窃愧未遑。"② 洋务运动中执牛耳的曾国藩、李鸿章在"借夷助剿"太平天国的运动中亲身体验到西方轮船、火器的威力,所以,造轮船、大炮就成了他们所倡导的洋务运动的主要内容,其中比较典型的事件有:1861年,曾国藩设立安庆军械所,主要生产子弹、火药和炸弹,

---

① (清)宝鋆等修:《筹办夷务始末(同治朝)》(卷二十五),第9—10页。
② 中国史学会主编:《洋务运动》(四),上海人民出版社1961年版,第10页。

拉开了近代中国军事现代化的序幕。1863年，李鸿章在上海设立了三所洋炮局（又称"炸弹局"或"炮局"）；1865年，又将洋炮局与新购买的美商旗记铁厂合并重组，成立江南制造总局。同年，李鸿章又在南京成立金陵制造局。1866年，左宗棠在福建成立福州船政局。19世纪90年代，张之洞建立了汉阳铁厂和湖北枪炮厂。在开办军事工业的同时，洋务派从19世纪70年代开始开设了一批官督商办、官商合办的民办企业，其中包括采矿、冶炼、纺织等工矿、民生业以及航运、铁路等交通运输事业，成立了轮船招商局、开平矿务局、电报总局、上海机器织布局等官办商业机构。洋务派一方面创办军事、民用工业，引进西方先进的科学技术；另一方面设立学校，传播自然科学知识，培养技术人才。在洋务派的主持下，1862年，总理衙门内附设同文馆。1863年，在上海设立广方言馆。1864年在广州设同文馆等外语学校，旨在培训外语人才。同时，各地陆续开设了一批工艺学校、军事学校和其他新式学堂。如1865年江南制造局开设机械学校。1866年福州船政局创办福州船政学堂。1879年天津设立天津电报学堂，1880年又开设北洋水师学堂。1882年上海设立上海电报学堂。1886年天津和广东分别设立天津武备学堂和广东陆师学堂。1887年广东设立广东水师学堂。1890年南京设立南京水师学堂。1893年湖北和天津分别设湖北自强学堂和天津医学堂。在教育理念上，这些学堂与中国旧的私塾有着根本的不同，其课程设置均以西方近代自然科学或实用科学的课程为主，例如代数、物理、几何、微积分、化学、天文测算、航海测算、国际法和地质矿务等，成为这些学堂的核心科目。虽然这些课程的内容未必系统、深奥，但其所涉西学之范围已是相当广泛。此外，洋务派还设馆翻译西方的自然科学、军事科学、工程制造、医学、农学以及有关历史、政治及社会制度的著作，并选派大批学童赴西方留学，学习西方先进的科学技术，中国最早的一批科学主义的实践者其实就是从这批新人中诞生的。

洋务运动，顾名思义就是以洋为"务"的运动。"务"既有精神上、形而上学上的"务",亦有技术、实践、形而下的"务"。就洋务运动言之,在具体实践中,这个"务"实际上与社会精神建构、形而上的诉求基本无涉,而是更多地侧重于"实用""实践",或者说是"形而下的诉求"。之所以指出这一点,是因为洋务运动虽主张学习西方,但在更深的精神构建上,在关乎中国文化身家性命的根柢或者是形而上的层面上,洋务派丝毫不认为西方文化优于中国文化,而是认为西方文化只不过在具体的应用或者器物层面上超越了中国文化,这虽然限制了其对西方文化的精神层面的接受与认知,不过,也使其与后来那些盲目学习西方、号召完全抛弃中国文化传统的激进的科学主义者划清了界限。这从洋务运动的中坚之一张之洞的"中学为体,西学为用"的口号中即可窥见一斑。(按:像王之春在《蠡测卮言·广学校》说:"西学者,非仅西人之学也。名为西学,则儒者以非类为耻,知其本出于中国之学,则儒者当以不知为耻。"他认为,泰西之文字本于中国的佉卢,天文历算本于中国的盖天宣夜之术,西方的化学、重学、光学则本于《墨子》,汽学本于《亢仓子》,电气本于《礼经》《关尹子》《淮南子》,"至于圆一中同长、方柱隅四谨、圆规写爻、方柱见股、重其前、弦其轱、法意规圆三、神机阴开、剖劂无迹、城守舟战之具、蛾传羊坅之篇,机器兵法皆有渊源。墨言理气,与管子、关尹子、列子、庄子互相出入,《韩非子》《吕氏春秋》备言墨翟之技,削鹊能飞、巧輗拙鸢,班班可考。泰西智士从而推衍其绪,而精理名言、奇技淫巧本不能出中国载籍之外,儒生于百家之书、历代之事未能博考,乍见异物,诧为新奇,亦可哂矣!"① 这样的观点在时人中不在少数,洋务派对西学固有自知之明,当然不像王之春诸人那样自大和愚昧。)正是因为如此,在对待中国文化的态度上,洋务派同样具有强烈的文化自恋和文化自尊心态,对于西方的科学文化一方面热情拥抱,另一方面心存芥蒂,保持着警惕

---

① 王之春:《清朝柔远记》,中华书局1989年版,第367—368页。

和距离，他们的这种文化立场其实和当时反对洋务运动、认为其妄图"用夷变夏"的所谓的顽固派之间并没有根本的区别。正是对于西学的这种既利用又排斥的矛盾态度，复之以洋务派的功利、实用主义的科学诉求画地为牢，限制了洋务运动中洋务派对西方科学精神的实质进行深入的讨论和正确认知的空间。在洋务派这些爱国的知识分子所寄予厚望的大国想象中，西方的技术只不过是助我"天朝"跻身于世界列强之林的一种利器，而在精神层面上，祖宗之法依然不可废除，冯桂芬的"以中国之伦常名教为原本，辅以诸国富强之术"的告诫，以及李鸿章的"中国文物制度迥异外洋榛狉之俗，所以郅治保国邦、固丕基于勿坏者，固自有在。必谓转危为安，转弱为强之道，全由于仿习机器，臣亦不存此方隅之见。顾经国之略有全体有偏端，有本有末，如病方亟，不得不治标，非谓培补修养之方即在是也"①，这个表白，足以见证洋务派的内在精神诉求，或许，他们还期待将来有一天西方的富强之术被中国的伦常名教收入囊中，彻底被中国化。正如张之洞所说："今日学者，必先通经以明我中国先圣先师立教之旨，考史以识我中国历代之治乱、九州之风土，涉猎子、集以通我中国之学术文章，然后择西学之可以补吾阙者用之，西政之可以起吾疾者取之，斯有其益而无其害。如养生者，先有谷气而后可饫庶羞；疗病者，先审藏府而后可施药石。西学必先由中学，亦犹是矣。"② 所以，对于西学，洋务派采取的态度是点到为止即可，至于支撑"诸国富强之术"背后的本源性的东西，在他们眼中，是完全没有必要去花大力气探究的，至于说用它来取代中国的价值本体、精神本体和文化根底，那就不仅是原则性的问题，而且是冒天下之大不韪的事情了。也正是如此，在对于科学的本体的探求和认知上，洋务派坚守着自己的底线，专注于造轮船、制火器，从没有越界之念，也从不做越界的事情："中学为内学，西学为外学，中学治身心，西学

---

① 中国史学会主编：《洋务运动》（四），上海人民出版社1961年版，第14页。
② （清）张之洞：《劝学篇》，上海书店出版社2002年版，第22页。

应世事，不必尽索之于经文，而必无悖于经义。如其心圣人之心，行圣人之行，以孝弟忠信为德，以尊主庇民为政，虽朝运汽机、夕驰铁路，无害为圣人之徒也。"①

但是，历史的洪流却并不是仅凭几个开明权臣的意志就能转移的，洋务派的"中兴"实践在近代中国的历史大颓势面前自然是无法力挽狂澜的。1894 年，中日甲午战争爆发，日本发动了蓄谋已久的侵略中国的战争，战争最终以清政府与日本签订丧权辱国的《马关条约》而告终。甲午一战，陷洋务中兴运动二十余年的强军建设于不义，当时号称装备精良、雄踞东亚的北洋水师全军覆没，李鸿章在奏折中曾经吹嘘的"北洋兵舰合计二十余艘。海军一支，规模略具，将领频年训练，远涉重洋，并能衽席风涛，熟精技艺。综核海军战备，尚能日新月异，目前限于饷力，未能扩充，但就渤海门户而论，已有深固不摇之势"，在日本人的侵略战争面前瞬间被揭穿。甲午战争中清政府的失败原因固然是复杂的，但洋务派学习西学舍本逐末的做法很快就变成一个靶子而成为以严复为代表的近代中国启蒙思想家们所攻击的目标。与洋务派对西学的骑墙不同，严复"坚定不移地把西方作为中国将来的模式"②，并且"以进化论和现代科学方法为背景建立了一个完整的新宇宙观"③，奠定了近代思想家们"把现代科学作为一种价值体系而接受的基础"④。关于这一点，张汝伦的观点值得一提，他指出，"洋务派士人在意的不是西方之道，而是西方的器物（工商、武备），追求的是富国强兵。严复的后辈重视的也不是西方之道、西方的理念，而是西方种种外在的制度（科学、民主）。至于这些制度为何到了中国逾淮为枳，则不在追究之列。他

---

① （清）张之洞：《劝学篇》，上海书店出版社 2002 年版，第 71 页。
② ［美］本杰明·史华兹：《寻求富强：严复与西方》，叶凤美译，江苏人民出版社 1996 年版，第 134 页。
③ 汪晖：《现代中国思想的兴起》（下卷第一部），生活·读书·新知三联书店 2004 年版，第 833 页。
④ ［美］郭颖颐：《中国现代思想中的唯科学主义（1900—1950）》，雷颐译，江苏人民出版社 1998 年版，第 4 页。

们很少从人的精神、人的素质和经验上来理解中西文化的差异。严复却是第一个这么做的"①。

正如蔡元培所指出的那样，"介绍西洋哲学的，要推侯官严复为第一"②。自1895年初始，严复先后在天津《直报》连续发表《论世变之亟》《原强》《救亡决论》等文章，又创办《国闻报》（1897），翻译《天演论》（1899）、《穆勒名学》（1903）、《名学浅说》（1909）等，大力批判中学之弊，向国人介绍西方的科学精神。当然，和此前洋务运动中的李鸿章、张之洞等人有着根本的不同，严复对西学尤其是西方的科学精神的理解已经更加系统和深入，他关注的也并非只是西方科学精神的皮毛，而是支撑其整个精神大厦的根基和本体。因此，在对近代西方思想的引介中，严复注重的并不是西方的轮船大炮，他认为，"汽机兵械之伦，皆其形下之粗迹，即所谓天算格致之最精，亦其能事之见端，而非命脉之所在"③。而应当注重西方的科学思想："富强之基，本诸格致。不本格致，将无所往而不荒虚，所谓蒸砂千载，成饭无期者矣。……然则救之之道当何如？曰：痛除八比而大讲西学，则庶乎其有鸠耳。东海可以回流，吾言必不可易也。"④

清朝末季，严复之前，在面对如潮涌一般不断冲击中学的西学时，以郑观应为代表的一批保守派思想家认为西学本自中学，西学中所谓的科学在中国古已有之，例如，郑观应在《盛世危言》中讨论西学时就这样认为："今人自居学者，而目不睹诸子之书，耳不闻列朝之史，以为西法创自西人，或诧为巧不可阶，或斥为卑无足道。噫，异矣！"他指出，"昔大挠定甲子，神农造耒耜，史皇创文字，轩辕制衣冠，蚩尤作五兵，汤作飞车，挥作弓，夷牟作矢"，当其创

---

① 张汝伦：《现代中国思想研究》，上海人民出版社2014年版，第696—697页。
② 蔡元培：《五十年来之中国哲学》，申报馆编：《最近之五十年》，申报馆1923年。
③ 严复：《论世变之亟》，周振甫选注：《严复诗文选》，人民文学出版社1959年版，第4页。
④ 严复：《救亡决论》，周振甫选注：《严复诗文选》，人民文学出版社1959年版，第56页。

造之始,亦"何尝不惊人耳目,各树神奇?"而且,他认为,占星术始于臾区,勾股学始于隶首,地图学始于髀盖,九章术始于周礼,地圆说创自管子。不仅如此,"浑天之制,昉于玑衡,则测量有自来矣。会输子削木人为御,墨翟刻木鸢而飞,武侯作木牛流马,则机器有自来矣"。"祖冲之之千里船,不因风水施机自运,杨么之楼船,双轮激水,行驶如飞,则轮船有自来矣。""秋官象胥,郑注译官,则翻译有自来矣。""阳燧取明火于日,方诸取明水于月,则格物有自来矣。"而且,化学、重学、光学、气学、电学均"出于我也"。"古神圣兴物以备民用:曰形、曰象、曰数、曰器、曰物,皆实征诸事,非虚测其理也。"但"自学者骛虚而避实,遂以浮华无实之八股,与小楷试帖之专工,汩没性灵,虚费时日,率天下而入于无用之地,而中学日见其荒,西学遂莫窥其蕴矣。不知我所固有者,西人特踵而行之"。所谓礼失而求诸野者,"此其时也"。"谁谓中人巧思独逊西人哉?以中国本有之学还之于中国,是犹取之外厩,纳之内厩,尚鳃鳃焉谓西人之学中国所未有,乃必归美于西人。西人能读中国书者不将揶揄之乎?"①

郑观应的这种观点和上文援引的王之春在《蠡测卮言·广学校》中的观点如出一辙,遥相呼应,折射出一部分晚清士人对西方科学的倨傲姿态。面对国人这种不知西学根底,事事以自我为中心的浅薄、自大和愚昧,严复进行了严厉的批判。1895 年,在《救亡决论》中,严复指出:

> 晚近更有一种自居名流,于西洋格致诸学,仅得诸耳剽之余,于其实际,从未讨论。意欲扬己抑人,夸张博雅,则于古书中猎取近似陈言,谓西学皆中土所已有,羌无新奇。如星气始于臾区,勾股始于隶首;浑天昉于玑衡,机器创于班墨;方诸阳燧,

---

① 郑观应:《盛世危言》,辽宁人民出版社 1994 年版,第 28—30 页。

格物所宗；烁金腐水，化学所自；重学则以均发均悬为滥觞，光学则以临镜成影为嚆矢；蜕水蜕气，气学出于亢仓；击石生光，电学原于关尹。哆哆硕言，殆难缕述。此其所指之有合有不合，姑勿深论。第即使其说诚然，而举划木以傲龙骧，指椎轮以訾大辂，亦何足以助人张目，所谓诟弥甚耳！夫西学亦人事耳，非鬼神之事也。既为人事，则无论智愚之民，其日用常行，皆有以暗合道妙；其仰观俯察，亦皆宜略见端倪。第不知即物穷理，则由之而不知其道；不求至乎其极，则知矣而不得其通。语焉不详，择焉不精，散见错出，皆非成体之学而已矣。今夫学之为言，探赜索隐，合异离同，道通为一之事也。是故西人举一端而号之曰"学"者，至不苟之事也。必其部居群分，层累枝叶；确乎可证，涣然大同，无一语游移，无一事违反；藏之于心则成理，施之于事则为术；首尾赅备，因应釐然，夫而后得谓之为"学"。①

从严复以上的论述中我们可以看出他对格致之学本质的理解，在他看来，王之春、郑观应诸人的观点根本不值一哂，而且他们根本没有参出西学作为真正之"学"的精髓：即物穷理知其道、至乎其极得其通、择精语详、不散不错、整饬成体；探赜索隐，合异离同，道通为一；部居群分，层累枝叶；确乎可证，涣然大同，无一语游移，无一事违反；藏之于心则成理，施之于事则为术；首尾赅备，因应釐然。从严复所罗列的以上数语可以见出，在严复眼中，西学不仅追求知其然，更追求知其所以然，它在深层次上实现的是对事物本质的探究，同时它还要确保自己能够精确地、清晰地描述这种本质，并且能够将这种描述组织为一个系统的、有层次的知识体系。与之相比，严复认为，中学的最大弊端就在于它在研究目的上知其然而不知其所以然，在形态上语焉不详，择焉不精，散见错出，最终只能像遗珠一样

---

① 严复：《救亡决论》，南京大学历史系、国营红卫机械厂《严复诗文选注》注释组：《严复诗文选注》，江苏人民出版社1975年版，第157—159页。

缺乏体系、不成系统。

在《西学通门径功用说》中，严复对比了中西学之间的异同，提出了"考订""贯通""试验"乃西学之三重功夫，他认为，在这三重功夫中，虽然"考订"和"贯通"在中学中很受重视，但"试验"一重却是中学所缺乏的："大抵学以穷理，常分三际。一曰考订，聚列同类事物而各著其实。二曰贯通，类异观同，道通为一。考订或谓之观察，或谓之演验。观察、演验二者皆考订之事而异名者。盖即物穷理，有非人力所能变换者，如日星之行，风俗代变之类，有可以人力驾驭移易者，如炉火厨畜之类是也。考订既详，乃会通之以求其所以然之理，于是大法公例生焉。此大《易》所谓圣人有以见天下之会通以行其典礼，即西人之大法公例也。中西古学，其中穷理之家，其事或善或否，大致仅此两层。故所得之大法公例，往往多误。于是近世格致家乃救之以第三层，谓之试验。试验愈周，理愈靠实矣。此其大要也。"① 不过，对于中学中的"考订"（观察或演验），严复也有不同的理解，他认为，中学中所讲的"考订"（观察或演验），其对象不是现实生活，而是故纸堆，是书本，是赫胥黎所讲的"第二手事"，所以，像朱熹那样以"即物穷理"释"格物致知"，他指的其实是"读书穷理"，而不是通过社会实践、通过观察生活而得到的"理"。

不仅如此，严复还认为，像洋务派那样仅仅仿拟西方制轮船、造火器这些表面的功夫而不在科学知识层面学习西方是根本行不通的，"即如行军，必先知地，知地必资图绘，图绘必审测量，如是，则所谓三角、几何、推步诸学，不从事焉不可矣。火器致人，十里而外为时一分，一机炮可发数百弹，此断非徒袒奋呼，迎头痛击者，所能决死而幸胜也。于是则必讲台垒濠堑之事，其中相地设险，遮扼钩连，又必非不知地不知商功者所得与也。且为将不知天时之大律，则暑寒

---

① 严复：《西学通门径功用说》，爱颖编辑：《国闻报汇编》，西江欧化社1903年版，第66—67页。

风雨,将皆足以破军;未闻遵生之要言,则疾疫伤亡,将皆足以损众:二者皆与扎营驻地,息息相关者也。乃至不知曲线力学之理,则无以尽炮准来复之用;不知化学涨率之理,则无由审火棉火药之宜;不讲载力、重学,又乌识桥梁营造?不讲光、电、气、水,又何能为伏椿旱雷与通语探敌诸事也哉?"① 所以,他批评洋务派"盗西法之虚声,而沿中土之实弊",并未真正把摸到西学之精髓,说到底不过乃"行百里者所以半九十里也"②。因此,他提出,学习西学,就是要学习它的精神,舍格致之事,只是仅得西学之"皮毛"。③

更进一步讲,严复还清楚地看到西学精神的基础乃实事求是,因此,他批判蹈空课虚、闭门造车、华而不实的学术态度,强调实事求是的重要性,"盖学术末流之大患,在于徇高论而远事情,尚气矜而忘实祸"④。因此,他批评陆王心学"师心自用",自以为"不出户可以知天下",然天下事与其所谓知者"果相合否?不径庭否?不复问也。自以为闭门造车,出而合辙,而门外之辙,与其所造之车,果相合否?不龃龉否?又不察也"。并且推崇西学的实验、实证精神:

  然而西学格致,则其道与是适相反。一理之明,一法之立,必验之物物事事而皆然,而后定之为不易。其所验也贵多,故博大;其收效也必恒,故悠久;其究极也,必道通为一,左右逢源,故高明。方其治之也,成见必不可居,饰词必不可用,不敢丝毫主张,不得稍行武断,必勤必耐,必公必虚,而后有以造其至精之域,践其至实之途。迨夫施之民生日用之间,则据理行

---

① 严复:《救亡决论》,周振甫选注:《严复诗文选》,人民文学出版社1959年版,第60—61页。
② 严复:《救亡决论》,周振甫选注:《严复诗文选》,人民文学出版社1959年版,第62页。
③ 严复:《救亡决论》,周振甫选注:《严复诗文选》,人民文学出版社1959年版,第60页。
④ 严复:《救亡决论》,周振甫选注:《严复诗文选》,人民文学出版社1959年版,第57页。

术，操必然之券，责未然之效，先天不违，如土委地而已矣。且西士有言：凡学之事，不仅求知未知，求能不能已也。学测算者，不终身以窥天行也；学化学者，不随在而验物质也；讲植物者，不必耕桑；讲动物者，不必牧畜。其绝大妙用，在于有以练智虑而操心思，使习于沉者不至为浮，习于诚者不能为妄。是故一理来前，当机立剖，昭昭白黑，莫使听荧。凡夫恫疑虚猲，荒渺浮夸，举无所施其伎焉者，得此道也；此又《大学》所谓"知至而后意诚"矣。且格致之事，以道眼观一切物，物物平等，本无大小久暂贵贱善恶之殊。庄生知之，故曰道在屎溺，每下愈况。王氏窗前格竹，七日病生之事，若与西洋植物家言之，当不知几许轩渠，几人齿冷。且何必西士，即如其言，则《齑诗》之所歌，《禹贡》之所载，何一不足令此子病生。而圣人创物成能之意，明民前用之机，皆将由此熄矣。率天下而祸实学者，岂非王氏之言与？①

　　古人所标之例，所以见破于后人者，正坐阙于印证之故，而三百年来科学公例，所由在在见极，不可复摇者，非必理想之妙过古人也，亦以严于印证之故。②

　　正是因为对实验的重视，严复认为应该在学校教育中设置"物理科学"，而且认为这种"物理科学"重视观察和实验，使用归纳方法，可以培育国人一种真正的科学思维、科学方法和科学精神。

　　除了强调实事求是精神，重视观察、实验、归纳的方法，对斯宾塞和赫胥黎的进化论的推崇也是严复科学思想中非常重要的内容，他甚至认为其"集格致之大成"："斯宾塞尔者，与达（按：达尔文）同时，亦本天演著《天人会通论》，举天地人形气心性动植之事而一

---

　　① 严复：《救亡决论》，周振甫选注：《严复诗文选》，人民文学出版社1959年版，第58—59页。
　　② 严复：《穆勒名学》丙部案语，商务印书馆1931年版，第178页。

贯之，其说尤为精辟宏富。其第一书开宗明义，集格致之大成，以发明天演之旨。"① 严复认为，中国人是历史循环论者，好古非今，西方人是历史进化论者，所以，西学不断精进："尝谓中西事理，其最不同而断乎不可合者，莫大于中之人好古而忽今，西之人力今以胜古。中之人以一治一乱、一盛一衰，为天行人事之自然；西之人以日进无疆，既盛不可复衰，既治不可复乱，为学术政化之极则。"② 1899年，他翻译的《天演论》旋即风行全国，而他翻译《天演论》的最重要目的就是将"物竞""天择"的思想传播给国人，这正如《天演论》中所指出的："天演为体，而其用有二：曰物竞，曰天择。此万物莫不然，而于有生之类为尤著。物竞者，物争自存也，以一物以与物物争，或存或亡，而其效则归于天择。天择者，物争焉而独存。则其存也，必有其所以存，必其所得于天之分，自致一己之能，与其所遭值之时与地，及凡周身以外之物力，有其相谋相剂者焉。夫而后独免于亡，而足以自立也。而自其效观之，若是物特为天之所厚而择焉以存也者，夫是之谓天择。"③《天演论》给严复带来了巨大的声誉，且对国人影响甚巨，蔡元培指出："自此书出后，'物竞''争存''优胜劣败'等词，成为人人的口头禅。"④ 中国后来的坚定的科学主义者如胡适、陈独秀、丁文江、吴稚晖等也深受《天演论》之影响。

在对科学方法的具体引介中，严复非常重视培根所倡导的归纳法，认为它在推动西方科学精神发展的过程中应居首功。"二百年学运昌明，则又不得不以柏庚氏（按：培根）之摧陷廓清之功为称首。"⑤ 在翻译中，严复把归纳译作"内籀"，演绎译作"外籀"："及观西人名学，则见其于格物致知之事，有内籀之术焉，有外籀之

---

① ［英］赫胥黎：《天演论》，严复译，商务印书馆1930年版，第4页。
② 严复：《论世变之亟》，周振甫选注：《严复诗文选》，人民文学出版社1959年版，第3页。
③ ［英］赫胥黎：《天演论》，严复译，商务印书馆1930年版，第2—3页。
④ 蔡元培：《五十年来中国之哲学》，申报馆编：《最近之五十年》，申报馆1923年。
⑤ 严复：《原强》，周振甫选注：《严复诗文选》，人民文学出版社1959年版，第29页。

术焉。内籀云者,察其曲而知其全者也,执其微以会其通者也。外籀云者,据公理以断众事者也,设定数以逆未然者也。"他认为任何科学的理论都离不开这两种方法,二者是"即物穷理之最要涂术也"。① 由于受英国近代经验主义哲学的影响甚重,严复推崇归纳的方法而对演绎的方法颇有微词,他认为,虽然外籀之术可以帮助我们获得具有普遍必然性的知识,但外籀(演绎)所依据的普遍知识或公例(即大前提)却是归纳法的结果,"公例无往不由内籀,不必形数公例而独不然也"。因此,他要求中国学者重视归纳的方法,"明者著论,必以历史之所发见者为之本基。其间抽取公例,必用内籀归纳之术,而后可存。若夫向壁虚造,用前有假如之术(西人名学谓之 a'priori),立为原则,而演绎之,及其终事,往往生害"②。

郭颖颐在《中国现代思想中的唯科学主义(1900—1950)》中曾指出:"就科学的全面应用来说,在 20 世纪前半叶,中国的各种条件是令人沮丧的,但却激发了思想界对科学的赞赏。"同时,他还将中国思想界对科学的这种赞赏命名为"唯科学主义"(scientism)。③ 或许正是当时中国的条件粗鄙不堪,才激起了国人心中对科学精神的热切渴望。在严复等中国早期科学主义先驱的努力下,科学的意识和科学精神开始在中国慢慢扎下根来,并大扬其途。梁启超在《清代学术概论》中描述过这一盛况,他说:"海通以还,外学输入;学子憬然于竺旧之非计,相率吐弃之。"④"综观二百余年之学史,其影响及于全思想者;一言蔽之,曰:'以复古为解放'。……然其所以能著著奏解放之效者,则科学的研究精神实启之。"⑤ 1905 年科举制度的废除、1909 年新的教育体系的确立越发加速了科学精神在中国的落地进程。

---

① 严复:《译〈天演论〉自序》,[英]赫胥黎:《天演论》,严复译,商务印书馆 1930 年版,第 2 页。
② 严复:《〈民约〉平议》,《庸言》1914 年第 2 卷第 1、2 号合刊。
③ [美]郭颖颐:《中国现代思想中的唯科学主义(1900—1950)》,雷颐译,江苏人民出版社 1998 年版,第 1 页。
④ 梁启超:《清代学术概论》,商务印书馆 1921 年版,第 12 页。
⑤ 梁启超:《清代学术概论》,商务印书馆 1921 年版,第 13 页。

在新式学校中，科学不仅成了"学校的一个科目"，①而且取代"四书五经"成为学校教育的压倒性内容，科学精神凌驾于儒学精神成为新式学校的灵魂。陈平原曾指出："要说'西化'，最为彻底的，也最为成功的，当推大学教育。学科设置、课程讲授、论文写作、学位评定等，一环扣一环，已使天下英雄不知不觉中转换了门庭。"②那么，这种西化的实质是什么？正如当时力主"废科举兴学校"的康有为对学校教育的斥责——"以智为学而不以德为学"，从他的斥责中我们可以看出，所谓的智之学，也就是科学之学，它成为近代中国大学教育的唯一内容，而且主导着近代中国大学教育西化的走向和实质。在晚清教育改革的"远法三代，近取泰西"的口号中，"远法三代"，"未免过于遥远、过于模糊"，③基本悬空，剩下的只有"近取泰西"。所以，传授知识、普及科学就成了当时学校教育的唯一要务，学校之所尊"仅在知识，不在人"④。而学校的上课下课，亦"多变成整套的机械作用"（按：梁启超语）。科学主义逐渐被作为一种意识形态在社会中确立并随之演变成为一种新的学术理念、价值鹄的和研究准则。中华民族历经千载所苦心经营、执守的价值认同、文化观念和思维模式在西方科学主义的清洗下逐渐分崩离析、势薄西山。这种不断高涨的追逐西方新学的狂热浪潮，使得大多数旧中国的先进知识分子"一年土，二年洋，三年不认爹和娘"，本于西方的"科学主义"逐渐越俎代庖取代了儒家礼教转而凸显成为中国先进知识分子的普世价值和核心意识形态。在这样的历史进程中，科学主义逐渐升腾为一种社会普遍信仰，人们对科学普遍保持着一种由衷的敬畏。以"科学"为主旨的学术研究理念不断被当时的知识分子向各

---

① ［美］郭颖颐：《中国现代思想中的唯科学主义（1900—1950）》，雷颐译，江苏人民出版社1998年版，第4页。
② 陈平原：《中国现代学术之建立——以章太炎、胡适之为中心》，北京大学出版社1998年版，第18页。
③ 陈平原：《中国现代学术之建立——以章太炎、胡适之为中心》，北京大学出版社1998年版，第101页。
④ 钱穆：《现代中国学术论衡》，生活·读书·新知三联书店2001年版，第179页。

个学科领域推演。顾颉刚就曾经代表当时这些知识分子表达了他们将科学理念向其他领域推演的初衷，他说，"中国的学问是向来只有一尊观念而没有分科观念的"，"旧时士大夫之学，动称经史词章，此其所谓统系乃经籍之统系，非科学之统系也"。① 由此可见，说到底，此种推演的目的无非在于他们认为中国的学问太不科学了，因此，"天天渴望追求真理，时时企图破除成见"就成了当时中国先进知识分子不约而同的心愿，在这样的时代情绪下，科学主义思潮顺势而风起云生，"黜伪而崇诚"（严复语，"诚"即"科学真理"）旋即成为世人心目中固执而坚强的观物察形、析事剖理之不二法门。正如郭颖颐所指出的，严复提出的"黜伪而崇诚（真）"，这种以"真"作为学术核心价值追求的做法，"奠定了新时代思想家们把现代科学作为一种价值体系而接受的基础"②。总之，严氏开其端，此后的王国维、梁启超、胡适、陈独秀、吴稚晖、丁文江、傅斯年等人昌其绪，均沿着严复所开辟的前径，披荆斩棘，鼎力于科学精神在中国的传播与发扬光大，最终使"中国人的想象力已完全被科学精神所掌握"③。当然，这样的专力加持，使科学精神日渐变异为郭颖颐所称的唯科学主义。

第二节　科玄论战与科学主义地位的确立与激变

20 世纪初叶，中国的情况的确如郭颖颐所描述的那样，一方面是外学的输入，另一方面是中国各种条件的不堪，两相对比，促使中国思想界对于科学的普遍赞赏和推崇。国学大师王国维对西方的科学

---

① 顾颉刚：《古史辨》第 1 册，朴社 1926 年版，第 29、31 页。
② ［美］郭颖颐：《中国现代思想中的唯科学主义（1900—1950）》，雷颐译，江苏人民出版社 1998 年版，第 4 页。
③ ［美］郭颖颐：《中国现代思想中的唯科学主义（1900—1950）》，雷颐译，江苏人民出版社 1998 年版，第 14 页。

精神情有独钟，在《论新学语之输入》中，王氏曾就中西文化传统和思维方式的区别表达出了对西方以"综括"及"分析"为特质的科学主义思维方式之推崇。他说："国民之性质各有所特长，其思想所造之处各异，故其言语或繁于此而简于彼，或精于甲而疏于乙……抑我国人之特质，实际的也，通俗的也；西洋人之特质，思辨的也，科学的也，长于抽象而精于分类，对世界一切有形无形之事物，无往而不用综括（Generalization）及分析（Specification）之二法，故言语之多，自然之理也。吾国人之所长，宁在于实践之方面，而于理论之方面，则以具体的知识为满足，至分类之事，则除迫于实际之需要外，殆不欲穷究之也。……故我中国有辩论而无名学，有文学而无文法，足以见抽象与分类二者，皆我国人之所不长，而我国学术尚未达自觉（Selfconsciousness）之地位也。"① 显然，在王国维的意识中，中国学术之落后，说到底无非因思维方式的落后。因此，革故鼎新、倡导科学精神和科学思维自然是王氏实现其"系统灿然""步伐严整"的学术建构理念的首要之选。

王氏之后，自五四新文化运动至20世纪30年代前后，中国出现了一个张扬科学主义的小高潮。五四新文化运动的主将胡适、陈独秀以及梁启超、吴稚晖、丁文江等都身体力行地宣扬科学精神。在张灏看来："五四所谓的科学方法当然主要是指自然科学的一套方法。在欧洲启蒙运动的影响之下，五四认为这套方法不但可以用来了解社会人文现象，而且可以用以建立一个理性的人生与社会。"② 除了这种期望以自然科学的方法建立一个新型的人生和社会，张灏还指出，比较起来，"五四对科学理性的信心犹超过启蒙运动，因为西方启蒙运动思想里面尚有对科学理性主义一些批判性的认识。康德（Immanuel Kant）和休谟（David Hume）所代表的理性主义都承认科学理性无

---

① 王国维：《论新学语之输入》，傅杰编校：《王国维论学集》，中国社会科学出版社1997年版，第386页。
② 张灏：《幽暗意识与民主传统》，新星出版社2006年版，第202页。

从替人类的价值建立一个理性的标准。借用韦伯的（Max Weber）的名词，欧洲启蒙运动多多少少认识科学只能建立功效理性，而非价值理性，但五四则缺少这份批判的认识，相信科学既可建立功效理性，又可建立价值理性。它既是人类客观知识的保证，又是价值观和人生观的绝对标准"①。而且他指出："五四对科学的了解非常有历史的意义。一方面，他们结束了从晚清以来科技不分的传统；科学不只是一套'技艺'，而且是一套思想方法。同时，在价值上，他们的强调科学也有助于在中国建立知识主义的权威，弥补传统对纯知识所缺乏的尊重。另外一方面，五四也开启了中国知识分子长久以来对科学性能的错觉和夸大，因而造成一种'泛科学观'或'科学主义'的心态。这种心态认为：科学是认识真实惟一的途径；它是人类理性惟一的表现。它不但可以帮助我们了解现象，而且可以决定我们的价值观、人生观和宇宙观。因此，掌握了科学知识，人类就可迟早解决一切问题。在这种心态的支配下，难怪五四知识分子喊出'科学万能'的口号。"②张灏的分析是符合五四新文化运动至20世纪30年代前后中国科学主义宣扬者对科学的决绝、盲从和狂热的实际的。

在五四启蒙运动发轫之初，陈独秀就对科学表现出了一种虔诚的信念。1915年，在《新青年》创刊号的发刊词《敬告青年》中，他将"想象"设置于"科学"的对立面，明确宣告："科学者何？吾人对于事物之概念，综合客观之现象诉之主观之理性而不矛盾之谓也。想象者何？既超脱客观之现象，复抛弃主观之理性，凭空构造，有假定而无实证，不可以人间已有之智灵明其理由，道其法则者也。在昔蒙昧之世，当今浅化之民，有想象而无科学。宗教美文皆想象时代之产物。近代欧洲之所以优越它族者，科学之兴。其功不在人权说，下若舟车之有两轮焉，今且日新月异。举凡一事之兴，一物之细，罔不诉之科学法则以定其得失从达，其效将使人间之思想云为：一遵理性

---

① 张灏：《幽暗意识与民主传统》，新星出版社2006年版，第202页。
② 张灏：《幽暗意识与民主传统》，新星出版社2006年版，第181—182页。

而迷信斩焉；而无知妄作之风息焉。国人而欲脱蒙昧时代，羞为浅化之民也。则急起直追，当以科学与人权并重。"继之，他悉数列举了"士""农""工""商""医"诸学科"不知科学"会导致"无常识思维"之危害，最后，他认为，"欲根治之，厥维科学"。①

与陈独秀一样，胡适也投身到宣扬科学主义的时代小高潮之中。针对第一次世界大战后由西方弥漫到中国的科学悲观论，胡适批判说："我们当这个时候，正苦科学的提倡不够，正苦科学的教育不发达，正苦科学的势力还不能扫除那迷漫全国的乌烟瘴气。"② 而对于玄学论者宣称的"科学破产论"，胡适则严厉给予斥责："那光焰万丈的科学决不是几个玄学鬼摇撼得动的"，"中国此时还不曾享着科学的赐福，更谈不到科学带来的'灾难'"。当然，同当时的其他人一样，胡适也坚信科学万能，"我们也许不轻易信仰上帝的万能了，我们却信仰科学的方法是万能的"。③ 正因为迷信科学，时人尊称他为"赛先生，活菩萨"。不仅如此，胡适还进一步对科学的方法进行了深入探讨，他指出，科学的精神在于其方法，对科学方法，他将其归纳为五个要点：（1）特殊的、问题的、不笼统的；（2）疑问的、研究的、不盲从的；（3）假设的、不武断的；（4）试验的、不顽固的；（5）实行的、不"戏论"的。同时，胡适还提出科学精神的四重要素分别是观察、实验、质疑和批判，从方法论的层面对科学精神在近代中国的推行作出了具体的指导。

对于科学主义中的进化论和实验精神，胡适同样给予高度重视，1930年，在《介绍我自己的思想》中，胡适写道："我的思想受两个人的影响最大：一个是赫胥黎，一个是杜威先生。赫胥黎教我怎样怀疑，教我不信任一切没有充分证据的东西。杜威先生教我怎样思想，教我处处顾到当前的问题，教我把一切学说理想都看作待证的假设，

---

① 陈独秀：《敬告青年》，《新青年》1915年第1卷第1号。
② 亚东图书馆编辑：《科学与人生观》，亚东图书馆1923年版，第7—8页。
③ 胡适：《我们对于西洋近代文明的态度》，《胡适文选》，亚东图书馆1930年版，第148页。

教我处处顾到思想的结果。这两个人使我明了科学方法的性质与功用。"① 不仅如此，胡适还敏锐地看到进化论和实验主义没有本质上的区别，它们实际上就是一回事："实验主义是生物进化论出世以后的科学方法。"达尔文的生物演化学说给了我们一个大教训，那就是"教我们明了生物进化，无论是自然的演变，或是人为的选择，都由于一点一滴的变异，所以是一种很复杂的现象，决没有一个简单的目的地可以一步跳到，更不会有一步跳到之后可以一成不变"。说到底，他认为，实验主义是从达尔文主义出发的，故"只能承认一点一滴的不断的改进是真实可靠的进化"。②

作为科玄论战中的主力之一，吴稚晖这个喜欢自称"乡下老头"的人其实一点也不"乡下"，事实上，早在20世纪初，当中国的很多知识分子尚不知道科学为何物之时，吴稚晖就已经很"前卫"了，他不仅深谙科学之旨，而且还对来自西方的神圣推崇备至。在1907年他和李石曾共同撰写的《新世纪之革命》中，吴稚晖就发表了这样的"高论"："科学公理之发明，革命风潮之澎涨，实十九、二十世纪人类之特色也。此二者相乘相因，以行社会进化自然之公理。……昔之所谓革命，一时表面之更革而已……若新世纪之革命则不然。凡不合于公理者皆革之，且革之不已，愈进愈归正当。故此乃刻刻进化之革命，乃图众人幸福之革命。"③ 吴稚晖曾称自己的信条就是，"我信'宇宙一切'，皆可以科学解说"④。不仅如此，他还极力推崇"科学"，主张迎受西洋文化中的"赛先生（science，科学）"，"请他兴学理财"。⑤ 同时，他也主张用科学对教育进行改造，"除理化机

---

① 胡适：《介绍我自己的思想》，《胡适文选》，亚东图书馆1930年版，"自序"第3页。
② 胡适：《介绍我自己的思想》，《胡适文选》，亚东图书馆1930年版，"自序"第3—4页。
③ 吴稚晖、李石曾：《新世纪之革命》，参见《新世纪》1907年第1期。
④ 吴稚晖：《一个新信仰的宇宙观及人生观（续四卷三号）》，《太平洋》1923年第4卷第5号。
⑤ 吴稚晖：《一个新信仰的宇宙观及人生观（续四卷三号）》，《太平洋》1923年第4卷第5号。

工等之科学实业外，无所谓教育。足以当教育之二字之名义者，惟有理化机工等科学实业也"①。凡此可见，在吴稚晖眼中，教育的内容只有"科学"。正是这种对于科学的信仰甚至使吴稚晖相信"用清水一百十一磅，胶质六十磅，蛋白质四磅三两，纤维质四磅五两，油质十二两，会逢其适，凑合而成一百四十七磅之我"②。相信摩托可以救国，1933年，在《新中华》杂志上，他就发出了"神哉摩托""圣哉摩托"的呐喊。

除了吴稚晖，丁文江也是彻底信赖科学的代表，小他四岁的胡适曾称丁文江是一个"科学化最深的中国人"。丁文江对于科学是发自内心的崇拜："惟有科学方法，在自然界内小试其技，已经有伟大的结果，所以我们要求把他的势力范围，推广扩充，使他做人类宗教性的明灯。"③ 在对待科学的态度上，丁文江认为科学方法万能："我相信不用科学方法所得的结论都不是知识；在知识界内科学方法万能。科学是没有界限的；凡百现象都是科学的材料。凡是用科学方法研究的结果，不论材料性质如何，都是科学。"④ 除此之外，丁文江还有将科学的研究方法推广到一切学术研究中去的倾向。总之，推崇科学，是丁文江的人生要务，在1923—1924年科学与玄学的论战中，他比任何一个人都坚信科学必胜、玄学必败："在知识界内，科学方法是万能，不怕玄学终究不投降。"⑤

近代中国宣扬科学精神的思想家队伍中，梁启超是重要的一员。梁启超初抱"致用"之学术理念，期"借经术以文饰其政论"，

---

① 吴稚晖:《答人书（一）》，1907年9月28日，梁冰弦:《吴稚晖学术论著》，出版合作社1925年初版，第237页。
② 吴稚晖:《论物理世界及不可思议与友人书》，参见罗家伦、黄季陆主编《吴稚晖先生全集》第4卷，台北：中国国民党中央委员会党史史料编纂委员会1969年版，第395页。
③ 丁文江:《玄学与科学——答张君劢》，张君劢、丁文江等:《科学与人生观》，山东人民出版社1997年版，第205页。
④ 丁文江:《我的信仰》，《独立评论》第100号，1934年5月30日，第10页。
⑤ 丁文江:《玄学与科学——评张君劢的〈人生观〉》，张君劢、丁文江等:《科学与人生观》，山东人民出版社1997年版，第16页。

惜"其业不昌"，乃转而求之于西学，自愿成为"欧西思想输入之导引"。① 他发动新史学运动的重要目的在于将西方的科学精神与中国的史学研究结合起来，开辟一个中国史学研究的新天地、新途径。因此，对于科学精神，梁启超是从来不敢有所怠慢的。1904年，在《论中国学术思想变迁之大势（续）》中，他就对科学精神作了一个高度的概括："所谓科学的精神何也？善怀疑，善寻问，不肯妄徇古人之成说与一己之臆见，而必力求真是真非之所存，一也；既治一科，则原始要终，纵说横说，务尽其条理，而备其左（佐）证，二也；其学之发达，如一有机体，善能增高继长，前人之发明者，启其端绪，虽或有未尽，而能使后人因其所启者而竟其业，三也；善用比较法，胪举多数之异说，雨下正确之折衷，四也。"梁氏指出，凡此数端乃"皆近世各种科学所以成立之由"。② 1922年8月20日在南通科学社年会上的讲演中，梁启超对科学和科学精神进一步加以说明："近百年来科学的收获，如此其丰富：我们不是鸟，也可以腾空；不是鱼，也可以入水；不是神仙，也可以和几百千里外的人答话；……诸如此类，那一件不是受科学之赐？任凭怎么顽固的人，谅来'科学无用'这句话，再不会出诸口了。"他还认为，中国人对科学有着严重的误会，总认为"科学无论如何高深，总不过属于艺和器那部分，这部分原是学问的粗迹，懂得不算稀奇，不懂得不算耻辱"。并批评中国人把科学看得"太呆了""太窄了"，他们"只知道科学研究所当结果的价值，而不知道科学本身的价值；他们只有数学几何学物理学化学等等概念，而没有科学的概念。他们以为学化学便懂化学，学几何便懂几何；殊不知并非化学能教人懂化学，几何能教人懂几何，实在是科学能教人懂化学和几何。他们以为只有化学数学物理几何等等，才算科学，以为只有学化学数学物理几何等等，才用着科学；

---

① 梁启超：《清代学术概论》，商务印书馆1921年版，第11页。
② 梁启超：《论中国学术思想变迁之大势（续）》，梁启超主编：《新民丛报》第五十四号，中华书局2008年版，第7532页。

殊不知所有政治学，经济学，社会学等等，只要够得上一门学问的，没有不是科学。我们若不拿科学精神去研究，便做那一门子学问也做不成。中国人因为始终没有懂得'科学'这个字的意义，所以五十年前，有人奖励学制船学制炮，却没有人奖励科学；近十几年学校里都教的数学几何化学物理，但总不见教会人做科学；或者说：只有理科工科的人们才要科学，我不打算当工程师，不打算当理化教习，何必要科学？中国人对于科学的看法大率如此"。一言以蔽之，在梁氏眼中，中国人并没有真正了解科学的性质。那么，科学精神者何？梁启超指出，"有系统之真智识，叫做科学；可以教人求得有系统之真智识的方法，叫做科学精神"。如何求"真知识"？梁启超指出，这"很是不容易"，"要钻在这件事物里头去研究，要绕着这件事物周围去研究，要跳在这件事物高头去研究，种种分析研究结果，才把这件事物的属性大略研究出来，算是从许多相类似容易混淆的个体中，发现每个个体的特征。换一个方向，把许多同有这种特征的事物归成一类，许多类归成一部，许多部归成一组，如是综合研究的结果，算是从许多各自各离的个体中，发现出他们相间的普遍性。经过这种种工夫，才许你开口说'某件事物的性质是怎么样'。"何谓系统之知识？梁启超指出，"知识不但是求知道一件一件事物便了，还要知道这件事物和那件事物的关系；否则零头断片的知识，全没有用处。知道事物和事物互相关系，而因此推彼，得从所已知求出所未知，叫做有系统的智识。系统有二：一竖，二横。横的系统，即指事物的普遍性，如前段所说。竖的系统，指事物的因果律，有这件事物，自然会有那件事物；必须有这件事物才能有那件事物；倘若这件事物有如何如何的变化，那件事物便会有或才能有如何如何的变化，这叫做因果律。明白因果，是增加新智识的不二法门，因为我们靠他才能因所已知推见所未知；明白因果，是由智识进到行为的向导，因为我们预料结果如何，可以选择一个目的做去。虽然，因果是不轻容易谭的：第一，要找得出证据；第二，要说得出理由。因果律虽然不能说都要含有

'必然性',但总是愈逼近'必然性'愈好,最少也要含有很强的'盖然性';倘若仅属于'偶然性'的,便不算因果律。""想应用因果律求得有系统的智识,实在不容易。总要积无数的经验,或照原样子继续忠实观察,或用人为的加减改变试验,务找出真凭实据,才能确定此事物与彼事物之关系。这还是第一步。再进一步,凡一事物之成毁,断不止一个原因,知道甲和乙的关系还不够,又要知道甲和丙、丁、戊等等关系。原因之中,又有原因,想真知道乙和甲的关系,便须先知道乙和庚,庚和辛,辛和壬等等关系。不经过这些工夫,贸贸然下一个断案,说某事物和某事物有何等关系,便是武断,便是非科学的。科学家以许多有证据的事实为基础,逐层逐层看出他们的因果关系,发明种种含有"必然性"或含有极强"盖然性"的原则;好像拿许多结实麻绳组织成一张网,这网愈织愈大,渐渐的函盖到这一组智识的全部,便成了一门科学。"① 1916年,梁启超在《国民浅训》中对中国和泰西的学术研究方法进行了对比:"我国学者,凭冥想,敢武断,好作囫囵之词,持无统系之说;否则注释前籍,咬文嚼字,不敢自出主张。泰西学者,重试验,尊辩难,界说谨严,条理绵密;虽对于前哲伟论,恒以批评的态度出之,常思正其误而补其阙。故我之学皆虚,而彼之学皆实;我之学历千百年不进,彼之学日新月异无已时,盖以此也。"② 他认为,"有系统之真智识,叫做科学;可以教人求得有系统之真智识的方法,叫做科学精神"③。并且自谦地说自己"虽不懂自然科学,但向来也好用科学方法做学问"④。此外,梁启超对西方下定义之法颇为推崇,在《论中国学术思想变迁之大势》第三章"全盛时代"第四节"先秦学派与希腊印度学派比较"中,他指出,国人做学问,历来不重视对概念的解释,满足于语义含糊,"寥廓而不定",论理自然无从做到"周到精微",

---

① 梁启超:《科学精神与东西文化》,《科学》1922年第7卷第9期。
② 梁启超:《不健全之爱国论》,《广益杂志》1919年第2期。
③ 梁启超:《科学精神与东西文化》,《科学》1922年第7卷第9期。
④ 梁启超:《自鉴序》,《饮冰室合集·文集第十四册》,中华书局1936年版,第1页。

西人则不然,"大抵西人之著述,必先就其主题,立一界说,下一定义,然后循定义以纵说横说之"①。善于分类也体现了梁启超习惯于做综合研究,其工作步骤正如他对于"科学精神"的第一层解释所说,"从许多相类似容易混淆的个体中,发现每个个体的特征",再"从许多各自分离的个体中发现出他们相互间的普遍性"。以诗歌表情法为例,大致先区分出"奔迸""回荡""蕴藉"等不同诗歌作法,然后在"艺术是情感的表现"上找到共同点,从而使整个论述自成系统。②

1919年,在《何为科学家》中,任鸿隽批判了那种将科学误认为是轮船、飞机、铁路、大炮、潜艇、电车、电灯、电报、电话、机械制造、化学工业的物质主义和功利主义的科学观,认为它"但看见科学的末流,不曾看见科学的根源,但看见科学的应用,不曾看见科学的本体",是一种错误的科学观。对于科学,他提醒人们不要"买椟还珠",仅仅只从应用的角度去考虑,而舍弃对科学本体的探索,"要是人人都从应用上去着想,科学就不会有发达的希望"③。而且他认为科学对于中国建立真正的学术研究具有重要的意义,"近世中国舍文人外无所谓学者也,此吾所以谓今日中国无学界也。是故欲立学界,在进文人知识;欲进知识,在明科学;明科学,在得所以为学之术;为学之术,在由归纳的论理法入手。不以寻章摘句玩索故纸为已足,而必进探自然之奥。不以独坐冥思为求真之极轨,而必取证于事物之实验。知识之进也,庸有冀乎。此吾所以以科学的方法,为今日为学之第一要素也"④。对于科学的重要性和方法论特征,他也分别进行了研究。

---

① 梁启超:《论中国学术思想变迁之大势》,梁启超主编:《新民丛报》第七号,中华书局2008年版,第857页。
② 夏晓虹:《梁启超的文学史研究》,王瑶主编:《中国文学研究现代化进程》,北京大学出版社1996年版,第18—19页。
③ 任鸿隽:《何为科学家》,《新青年》1919年第6卷第3号。
④ 任鸿隽:《建立学界再论》,《留美学生季报》1914年秋季第3号。

科学者，缕析以见理，会归以立例，有觚理可寻，可应用以正德利用厚生者也。百年以来，欧美两洲声明文物之盛，震铄前古。翔厥来原，受科学之赐为多。①

今夫吾人今日，陆行则驭汽车，水行则驾轮舟，绝尘而驰，一日千里，山陵失其险阻，海洋失其邈远，五方异族，往来如一堂者，此发明蒸汽机关者之赐也。趋利赴急，片时可寄千里之书，亲戚远离，瞬居而得晤言之雅，则发明电力机械者之赐也。且也，机械之学，进而益精，蒸汽电力，以为原动，则一日而有十年之获，一人而收百夫之用，生产自倍，闾阎殷赈。近稽统计，远西名邦，若美，若英，若法，若德，二十年间，国富之增，或以十倍，或以五倍，或以三倍，假非其人好勤远略，糜财经武，则彼社会学家所理想"去贫"之说，未始不能实现也。此科学之有造于物质者也。②

科学者，智识而有统系者之大名。就广义言之，凡智识之分别部居，以类相从，井然独绎一事物者，皆得谓之科学。自狭义言之，则智识之关于某一现象，其推理重实验，其察物有条贯，而又能分别关联抽举其大例者谓之科学。是故历史、美术、文学、哲理、神学之属非科学也，而天文、物理、生理、心理之属为科学。今世普通之所谓科学，狭义之科学也。③

除了以上主力，1917 年出版的《学艺》，甚至声称要以真理为基础来促进学术和批判，唯科学主义在这里显露无遗。而傅斯年说得更极端："方今科学输入中国，违反科学之文学，势不能容，利用科学之文学，理必孳育。此则天演公理，非人力所能逆从者矣。"④ 究其言外之意，无非说科学之输入中国乃是天意，不可违背，顺之者昌，

---

① 任鸿隽：《〈科学〉发刊词》，《科学》1915 年第 1 卷第 1 期。
② 任鸿隽：《〈科学〉发刊词》，《科学》1915 年第 1 卷第 1 期。
③ 任鸿隽：《说中国无科学之原因》，《科学》1915 年第 1 卷第 1 期。
④ 傅斯年：《文学革新申议》，《新青年》1918 年第 4 卷第 1 号。

逆之者必然自取灭亡。任鸿隽则进一步指出，科学的本质在于其方法，而其方法则为归纳之法，他称归纳法为"研究科学之必要"，并且进一步指出归纳法不仅是实验的，而且是进步的。①

"1923 年'科玄论战'中科学派获得绝对胜利，最终使科学变成一种绝对的、终极的价值受到极力推崇。"②可以说，经由19世纪后期即开始宣传又经五四启蒙运动和科玄论战的大力鼓吹，"科学"一词已成为社会上最受崇尚之概念。1923年，胡适为《科学与人生观》作序时就充分肯定了这一伟大成果："这三十年来，有一个名词在国内几乎做到了无上尊严的地位：无论懂与不懂的人，无论守旧和维新的人，都不敢公然对他表示轻视或戏侮的态度。那个名词就是'科学'。这样几乎全国一致的崇信，究竟有无价值，那是另一问题。我们至少可以说，自从中国讲变法维新以来，没有一个自命为新人物的人敢公然毁谤'科学'的。"③胡适的这段话至少表明这样一个事实，即在20世纪初期的三十余年中，科学已经作为一种至上的权威在国人的信仰中扎下根来。西方学者韦莫斯曾将科学主义称为一种信仰，他指出，"这种信仰认为只有现代意义上的科学和由现代科学家描述的科学方法，才是获得那种能应用于任何现实的知识的唯一手段"④。W. C. 丹皮尔在《科学史：及其与哲学和宗教的关系》中也有相似的观点，他认为，科学主义相信"观察、归纳、演绎与实验的科学方法，不但可应用于纯科学原来的题材，而且在人类思想与行动的各种不同领域里差不多都可应用"⑤。韦莫斯和丹皮尔的上述论断差不多

---

① 任鸿隽：《论中国无科学之原因》，《科学》1915 年第 1 卷第 1 期。
② 吴海江：《新文化运动时期的科学主义思潮：路向、特质及影响》，《自然辩证法研究》2008 年第 5 期。
③ 胡适：《科学与人生观·序》，亚东图书馆编辑：《科学与人生观》，亚东图书馆1923年版，第 2—3 页。
④ [美] 郭颖颐：《中国现代思想中的唯科学主义（1900—1950）》，雷颐译，江苏人民出版社1998年版，第 16 页。
⑤ [英] W. C. 丹皮尔：《科学史：及其与哲学和宗教的关系》，李珩译，商务印书馆1975年版，第 283 页。

就是对近世那些宣扬科学主义者心底的科学主义情结的逼真描绘。

其后，由于俄国十月革命的胜利和马克思主义在中国的传播，早期中国的马克思主义者将科学主义与马克思主义联姻，形成了一种唯物的实证主义和机械马克思主义的科学观。这主要以陈独秀和李大钊等中国早期的马克思主义者为代表。马克思主义与科学主义的联姻，主要原因在于李大钊、陈独秀等人早期对于马克思主义的理解还缺乏深入性和辩证机制，同时，也因为他们心底深处的科学主义思维在作怪，当然，这种联姻以及伴随后来马克思主义在中国地位的上升，确实有效地阻止了科学主义思维的进一步传播和衍化，除了在机械唯物论那里还保留一定的市场，科学主义也逐渐被辩证唯物主义和历史唯物主义取代。

美籍学者郭颖颐在其对中国唯科学主义研究影响深远的《中国现代思想中的唯科学主义（1900—1950）》中认为，中国唯科学论者的坚持者和西方不同，他们并不是科学家或者科学哲学家，而是一些"热衷于用科学及其引发的价值观念和假设来诘难、直至最终取代传统价值主体的知识分子"。很明显，在他看来，中国的唯科学主义实际上就是一种"与科学本身几乎无关"、只是在"某些方面利用科学威望的一种倾向"。① 实际上，从他的分析中我们可以看到，第一，中国的唯科学主义者有可能是一群对科学抱着一种无知态度的人，他们本身的宣传和理论可能是基于他们对科学的皮毛的理解，这是由身份上的差异导致的；第二，中国的唯科学主义其实讨论的问题并不是在科学的范畴之内，科学只是他们为了达到某种政治意图的标签。这样，唯科学主义在中国的盛行很可能起于一场误会，首先是妄图颠覆中国传统价值立场的知识分子对科学本身的误解；其次是在特定历史条件下所形成的对于科学的一种盲目狂热与激情。

按照郭颖颐的理解，中国知识分子于20世纪初期对科学的接受

---

① ［美］郭颖颐：《中国现代思想中的唯科学主义（1900—1950）》，雷颐译，江苏人民出版社1998年版，第1页。

实际上是将其"作为一种教条"来进行的。① 由此可见，科学与中国的第一次相遇实际上就戴着反科学的面具。不管如何，中国的学术在20世纪早期"被科学打得个旗靡辙乱"（按：梁启超语），在这样的时代境遇中，作为20世纪中国学术之"小兄弟"的中国文学史同样不能幸免。在科学主义的统御、威慑下，中国文学史成为一个被压抑了个性的学科。梁启超在第一次世界大战终结之时，曾作为中国赴欧观察组之一员，目睹了欧洲之惨状，在《欧游心影录》中，他不仅认为第一次世界大战就是"科学先生"对人类的报应，并且作了一个这样的比喻："好像沙漠中失路的旅人，远远望见个大黑影，拼命往前赶，以为可以靠他向导。那知赶上几程，影子却不见了。因此无限凄惶失望。影子是谁。就是这位'科学先生'。"② 可惜，他的这种感悟并不足以扭转科学主义如洪水猛兽一样席卷中国知识、价值和学术领域的大势。

---

① ［美］郭颖颐：《中国现代思想中的唯科学主义（1900—1950）》，雷颐译，江苏人民出版社1998年版，第4页。

② 梁启超：《饮冰室专集之二十三》，参见《饮冰室合集·专集第五册》，中华书局1936年版，第12页。

第二章 中国科学主义的价值范式、认知谱系与方法论域

本章主要剖析中国科学主义的核心理念机制,分别从其信仰科学万能的价值范式,拒绝学科差异、试图以自然科学来统驭人文社会科学的学科规约逻辑及推崇进化实证和机械唯物辩证法的科学主义方法论三个方面对中国科学主义的内在特质与理念机制进行研究。

第一节 科学万能:近代中国科学主义的价值理念

科学主义,1951年出版的大英百科全书是这样解释的,即它主张"自然科学的方法是知识探究的唯一有效的方法,应该被应用于所有的研究领域,包括哲学、人文学科和社会科学"①。这个解释敏锐地指出了科学主义迷信自然科学方法的倾向。西方学者韦莫斯更是直接将科学主义称为一种信仰,并指出,"这种信仰认为只有现代意义上的科学和由现代科学家描述的科学方法,才是获得那种能应用于任何现实的知识的唯一手段"②。这种对自然科学方法的迷信和盲目

---

① E. Cassirer, *The Philosophy of the Enlightenment*, Princeton University Press, 1951.
② [美]郭颖颐:《中国现代思想中的唯科学主义(1900—1950)》,雷颐译,江苏人民出版社1998年版,第16页。

信仰是中国近代科学主义的传播者一开始就持有的立场,即自然科学的精神被提升到万能论的价值哲学高度,并被作为一种教条四处播撒。也正是在这种意义上,郭颖颐认为中国是"从20世纪开始把科学作为一种教条来接受的"①。

在价值论层面,中国20世纪早期的科学主义以自然科学精神来建构中国社会的价值鹄的并普遍宣扬科学万能思想。在它看来,中国彼时所面对的所有问题,无论是精神的还是物质的、现实的还是将来的,都可以依靠科学的精神和方法加以解决。也正是在这个层面上,中国20世纪早期的宣扬科学精神的思潮更加具有"主义"的特征。如前章所述,自洋务运动始,维新派对西方科学的体认主要局限在制铁船、造火器等器物仿拟层面(技),尚未提升到对科学的本体(道)的认知和探求。魏源提出的"师夷长技以制夷"、张之洞倡导的"中学为体,西学为用"等其实就是此种情形下科学主义的典型范例。此后,甲午战事的失利陷这种形下仿拟于吊诡,维新派中的一部分人逐渐意识到仅有形下的器物仿拟而没有形上的信仰建构,想借科学来救中国于水火之中显然是与虎谋皮。因此,科学的本体开始进入中国近代知识分子的视域。这就是近世中国科学主义发生的逻辑前提,就实际发生的角度来看,严复则是这个前提的起点。正是如此,郭颖颐会认为,在介绍西方科学概念方面起作用最大的是严复,他"奠定了新时代思想家们把现代科学作为一种价值体系而接受的基础"②。1895年,严复指出:"今之称西人者,曰彼善会计而已,又曰彼擅机巧而已。不知吾今兹之所见所闻,如汽机兵械之伦,皆其形下之粗迹……而非命脉之所在。其命脉云何?苟扼要而谈,不外于学术则黜伪而崇真。"③严复这里敏锐地将西学区分为形上、形下两个

---

① [美]郭颖颐:《中国现代思想中的唯科学主义(1900—1950)》,雷颐译,江苏人民出版社1998年版,第4页。
② [美]郭颖颐:《中国现代思想中的唯科学主义(1900—1950)》,雷颐译,江苏人民出版社1998年版,第4页。
③ 王栻主编:《严复集》,中华书局1986年版,第2页。

层面，他的这种区分既符合中国传统哲学的惯例易为国人所接受，同时一针见血地点破了国人在接受西学中所存在的误区。无论如何，严复这种呼吁国人关注科学的形上层面而不能眼盯着制铁船造火器等形下粗迹的吁求拉开了近代中国知识分子对科学本体诉求的序幕。1898年，康有为最早使用了"科学"一词。1915年1月，任鸿隽等在沪上创办《科学》杂志。1915年10月，中国科学社在美国成立。这一系列的事件最终集结为一场文化运动和信念对决——五四新文化革命和科玄论战，参与到这场运动和对决中的胡适、陈独秀、吴稚晖、丁文江、傅斯年等开始反复提倡科学万能思想，将20世纪初期中国社会的价值鹄的成功推向了科学主义一翼。

科学万能思想的核心就是崇拜科学，并试图将之提升到信仰本体的高度，这在20世纪早期倡导科学主义的论者那里是一种极其普通、极其常见的态度。1923年，在驳斥玄学论者所提出的"科学破产论"时，胡适指出，中国遍地乩坛道院，要交通没交通、要实业没实业，哪里有资格去谈论科学破产？1926年，他发表的《我们对于西洋近代文明的态度》就公然规劝国人抛弃上帝信仰科学，把"赛先生"作为自己的"新宗教"。①

除胡适外，陈独秀也认为科学并不仅仅是一个知识体系、一种认识方法，更重要的是，它还是一种价值理念、一种信仰体系："宇宙间物质的生存与活动以外，世人多信有神灵为之主宰，此宗教之所以成立至今不坏也。然据天文学家之研究，诸星之相毁，相成，相维，相拒，皆有一定之因果法则。据地质学家之研究，地球之成立，发达，其次第井然，悉可以科学法则说明之。据生物学者，人类学者，解剖学者之研究，一切动物，由最下级单细胞动物，以至最高级有脑神经之人类，其间进化之迹，历历可考。各级动物身体组织繁简不同，势力便因之而异。此森罗万象中，果有神灵为之主宰；则成毁任意，

---

① 胡适：《我们对于西洋近代文明的态度》，《现代评论》1926年第4卷第83期。

何故迟之日久,一无逃于科学的法则耶?有神论者其有以语我!"① 陈独秀在实验主义与唯物史观的结合问题上虽然与胡适存在分歧,但是他并不反对科学主义:"余辈对于科学之信仰,以为将来人类达于觉悟获享幸福必由之正轨。尤为吾国目前所急需,其应提倡尊重之也。"② 1915 年,在《新青年》的发刊词中,陈独秀矛头直指中国传统文化,指责其缺乏科学精神。他认为,近代西方民族之强盛,乃是源于"科学之兴",中国在诸方面之所以落后,就是因为缺乏科学精神、科学思维:"士不知科学,故袭阴阳家符瑞五行之说,惑世诬民;地气风水之谈,乞灵枯骨。农不知科学,故无择种去虫之术;工不知科学,故货弃于地,战斗生事之所需,一一仰给于异国;商不知科学,故惟识罔取近利,未来之胜算,无容心焉;医不知科学,既不解人身之构造,复不事药性之分析,菌毒传染,更无闻焉,惟知附会五行、生克、寒热、阴阳之说,袭古方以投药饵,其术殆与矢人同科。其想象之最神奇者,莫如'气'之一说;其说且通于力士羽流之术;试遍索宇宙间,诚不知此'气'之果为何物也。凡此无常识之思维,无理由之信仰,欲根治之,厥维科学。夫以科学说明真理,事事求诸证实,较之想象武断之所为,其步度诚缓;然其步步皆踏实地,不若幻想突飞者之终无寸进也。宇宙间之事理无穷,科学领土内之膏腴待辟者,正自广阔。青年勉乎哉!"③ 1917 年,在《再论孔教问题》中,陈独秀又提出要破除封建迷信,"以科学代宗教",来开拓国人的真实信仰,"或谓宇宙人生之秘密,非科学所可解,决疑释忧,厥惟宗教。余则以为科学之进步,前途尚远。吾人未可以今日之科学自画,谓为终难决疑。反之,宗教之能使人解脱者,余则以为必先自欺,始克自解,非真解也。真能决疑,厥惟科学。故余主张以科学代宗教"。并且他认为,以科学代宗教,能"开拓吾人真实之信仰,虽缓终达,若迷

---

① 陈独秀:《随感录》,《新青年》1918 年第 5 卷第 1 号。
② 陈独秀:《再论孔教问题》,《新青年》1917 年第 3 卷第 5 号。
③ 陈独秀:《敬告青年》,《青年杂志》1915 年第 1 卷第 1 号。

信宗教以求解脱,直欲速不达而已"①。在1918年的《随想录》中,他又重申,"今欲学术兴,真理明,归纳论理之术,科学实证之法,其必代圣教而兴欤"②。1917年,在《新青年》第3卷第4号上,陈独秀提出,"政治之有共和,学术之有科学,乃近代文明之二大鸿宝也"③。因此,学术"必以科学为正轨",一切装神弄鬼的东西,"皆在废弃之列"。④ 而且还宣称,只有"德先生"和"赛先生"才"可以救治中国政治上道德上学术上思想上一切的黑暗"⑤。1924年,在《评泰戈尔在杭州上海的演说》中,陈独秀从中西文化对比的角度提出了科学精神对中国文化的重要性,他认为,欧美文化自18世纪起,政治、道德、教育、文学都包含着科学实证精神,"我们中国教育,若真要取法西洋,应该弃神而重人,弃神圣的经典与幻想而重自然科学的知识和日常生活的技能"。但是,中国文化里没有流淌着科学的基因,而是皇帝、龙庭、宫妃、阉党、八股、裹足、雕板、大枷的大杂烩,中国人从来没有"科学的头脑和兴趣",唯有"科学大兴",物质文明,方能"造乎其极"。⑥

对于科学万能,吴稚晖和丁文江也是"笔锋常带感情"。早在1907年,吴稚晖就认为科学公理的发明是19、20世纪"人类之特色"。⑦ 其后,1923—1924年科学与玄学的纷争,坚定了吴稚晖的这个信念:"我信'宇宙一切',皆可以科学解说。"⑧ 即使人们理想中的大同世界,在吴稚晖看来,也唯有"课之于科学",方能得以最终实现。⑨ 1924年,吴稚晖担任了《科学周报》的编辑工作,他不仅

---

① 陈独秀:《再论孔教问题》,《新青年》1917年第3卷第5号。
② 陈独秀:《随感录(十九)》,《新青年》1918年第5卷第2号。
③ 陈独秀:《时局杂感》,《新青年》1917年第3卷第4号。
④ 陈独秀:《再论孔教问题》,《新青年》1917年第3卷第5号。
⑤ 陈独秀:《本志罪案之答辩书》,《新青年》1919年第6卷第1号。
⑥ 陈独秀:《评泰戈尔在杭州上海的演说》,《民国日报》1924年4月25日。
⑦ 吴稚晖、李石曾:《新世纪之革命》,《新世纪》1907年第1期。
⑧ 吴稚晖:《一个新信仰的宇宙观及人生观(续四卷三号)》,《太平洋》1923年第4卷第5号。
⑨ 亚东图书馆编辑:《科学与人生观》,亚东图书馆1923年版,第82页。

恪守《科学周报》的格言："研求科学的内容，申明科学的价值"，还用了一段极有文采的文字表达了他对科学的极尽赞誉、顶礼膜拜之情："科学在世界文明各国皆有萌芽。文艺复兴以后，它的火焰在欧土忽炽。近百年来，更是火星迸裂，光明四射。一切学术，十九都受它的洗礼。即如言奥远的哲学，言感情的美学，甚至瞬息万变的心理，琐碎纠纷的社会，都一一立在科学的舞台上，手携手的向前走着。人们的思想，终容易疏忽，容易笼统，受着科学的训练，对于环境一切，都有秩序的去观察、整理；对于宇宙，也更有明确的了解。……以往的人们，受自然威权的制限太多了，因此而生出神权黑暗的时期。得科学来淡下了神权的崇拜，人们的思想，遂得一大解放。独立自尊的观念，未来的理想世界，都仗着它造因。"① 同时，他还试图用科学来统摄美学和哲学："科学者，让美学使人间有情，让哲学使情能合理，彼即有合理（按：应为情）合理，得到真正合理之一部分。美学随宇宙而做工不完，哲学随宇宙而做工不完，科学区域，亦即随宇宙而日扩日大，永永不完。物质文明之真正合理者，因是他管辖。精神文明之真正合理者，亦是他管辖。如有挟人死观之人，与其诅咒科学破产，毋宁希望世界末日。"② "恃有'科学万能'在，区区覆天载地，正可当仁不让。"③ 吴稚晖用这种近乎偏爱的文字来称誉科学，可见他是真心地喜爱、彻底地信赖科学了，无怪乎郭颖颐认为，"吴稚晖对科学的信赖是彻底的"④。

  作为"科学化最深的中国人"（按：胡适语）和科玄论战中攻击张君劢、梁启超的"主将"（按：陈独秀语）丁文江，一样怀着科学

---

① 吴稚晖：《〈科学周报〉发刊语》，周云青编：《吴稚晖先生文存》，医学书局1925年版，第74—75页。
② 吴稚晖：《一个新信仰的宇宙观及人生观（续四卷三号）》，《太平洋》1923年第4卷第5号。
③ 吴稚晖：《一个新信仰的宇宙观及人生观（续四卷三号）》，《太平洋》1923年第4卷第5号。
④ [美]郭颖颐：《中国现代思想中的唯科学主义（1900—1950）》，雷颐译，江苏人民出版社1998年版，第40页。

万能信仰,他不仅称要把科学的势力范围推广扩充,"使他做人类宗教性的明灯"①,而且坚信"在知识界内,科学方法是万能,不怕玄学终究不投降"②。傅斯年甚至拉来"天演公理"作为科学主义的大旗,他指出,"违反科学之文学,势不相容,利用科学之文学,理必孳育。此则天演公理,非人力所能逆从者矣"③。推崇科学,是丁文江的人生要务;信仰科学,是丁文江的人生信条。在1923—1924年科学与玄学的论战中,他比任何一个人都更加相信科学必胜、玄学必败。总而言之,在以上诸人的推动下,科学主义顺利地由最初的器物仿拟嬗变为早期中国社会的价值本体和普遍的意识形态,并为草创期中国文学史观的建构提供了形而上的理念支撑。

美籍学者张灏曾指出,中国近代的主流思想家们为中国的进步和发展"找到了'德先生'和'赛先生'",但"'德先生'与'赛先生'在他们的心目中已常常不自觉地变成了'德菩萨'与'赛菩萨'"④。张灏这个揶揄颇为准确,它实际上讽刺的就是近代中国科学主义者将科学精神提升到价值万能论高度的这种倾向。

第二节 学科规约:近代中国科学主义的认识论域

如果说科学万能论是20世纪早期中国科学主义者在信仰层面为科学精神的流布准备条件的话,那么,他们推行的"学科规约主义",抹杀自然科学与社会科学之间的阈限,抛售自然主义的社会科学观,将社会科学强行拉入自然科学范畴的做法,则是在认识论层面为科学主义统摄学术研究确立路标。所谓学科规约主义,是指那种拒

---

① 亚东图书馆编辑:《科学与人生观》,亚东图书馆1923年版,第40页。
② 亚东图书馆编辑:《科学与人生观》,亚东图书馆1923年版,第16页。
③ 傅斯年:《文学革新申议》,《新青年》1918年第4卷第1号。
④ 张灏:《幽暗意识与民主传统》,新星出版社2006年版,第184页。

绝学科差异、试图以自然科学来统领其他学科的倾向。正如郭颖颐所指出的那样，"一般地说，唯科学主义是一种从传统与遗产中兴起的信仰形式，科学本身的有限原则，在传统与遗产中得到普遍应用，并成为文化设定及该文化的公理。更严格地说，唯科学主义（形容词是'唯科学的'Scientistic）可定义为是那种把所有的实在都置于自然秩序之内，并相信仅有科学方法才能认识这种秩序的所有方面（即生物的、社会的、物理的或心理的方面）的观点"[①]。因此，他们轻率地在"统治自然科学的自然法则（laws of nature）和被认为是描述了有秩序的，可分析的人类社会的自然法（narural law）之间划了等号"[②]。近代中国，这种倾向始于严复。在译介进化论时，严复就将进化原理引入人类社会，提出"微动植二物为然，而人民亦犹是也。人民者，固动物之一类也"[③]，并大肆宣扬斯宾塞的进化伦理学。严复这种抹杀自然科学与社会科学域限的倾向到五四前后，则被陈独秀等人推演为自然主义的社会科学观。在这种观念中，社会科学完全沦为自然科学的附属。1917年，在论及宇宙法则时，陈独秀认为宇宙间的法则不外两种，即自然法与人为法，前者是普遍的、永久的、必然的，后者则是一时的、部分的、当然的。在他看来，科学属于前者，宗教、法律、道德等属于后者。同时，他又指出，人类社会进化的结果就是科学不断发达，改正一切人为法，使其与自然法同效，进而实现宇宙与人生的"真正契合"。[④] 在《新文化运动是什么?》中，陈独秀指出："科学有广狭二义：狭义的是指自然科学而言，广义的是指社会科学而言。社会科学是拿研究自然科学的方法，用在一切社会人事的学问上，像社会学、论理学、历史学、法律学、经济学等，

[①] ［美］郭颖颐：《中国现代思想中的唯科学主义（1990—1950）》，雷颐译，江苏人民出版社1998年版，第16—17页。

[②] ［美］郭颖颐：《中国现代思想中的唯科学主义（1990—1950）》，雷颐译，江苏人民出版社1998年版，第10页。

[③] 王栻主编：《严复集》，中华书局1986年版，第6页。

[④] 陈独秀：《再论孔教问题》，《新青年》1917年第3卷第5号。

凡用自然科学方法来研究、说明的都算是科学；这乃是科学最大的效用。我们中国人向来不认识自然科学以外的学问，也有科学的威权；向来不认识自然科学以外的学问，也要受科学的洗礼……我们要改去从前的错误，不但应该提倡自然科学，并且研究、说明一切学问（国故也包含在内），都应该严守科学方法，才免得昏天黑地乌烟瘴气的妄想、胡说。"① 在《科学与人生观·序》中，陈独秀重申社会科学其实就是"科学的观察分类说明等方法应用到活动的生物，更应用到最活动的人类社会"的结果，② 而根本无视社会科学方法上的独特之处，将之与自然科学及其方法混淆在一起。陈独秀在"1919 年以后逐渐转向马克思主义"，"把哲学唯物论及其决定论的解释进一步推向强调经济规律及社会发展不可改变的'科学'规律。换句话说，随着向辩证唯物论的转变"，他的观点是"彻底唯科学的了"。③ 在《马克思的两大精神》中，陈独秀认为，"欧洲近代以自然科学证实归纳法，马克思就以自然科学的归纳法应用于社会科学。……马克思所说的经济学或社会学，都是以这种科学归纳法作根据，所以都可相信的，都有根据的"④。1915 年，在《新青年》第 1 期上发表的《法兰西人与近世文明》一文中，陈独秀指出法兰西对现代文明的三个最大的贡献：人权说、生物进化论和社会主义。他还提出了"政治之有共和，学术之有科学"的口号。陈独秀在接受了马克思主义之后，他的思想中关于科学的预先假定，便把"科学与社会科学融为一体"，"尽管在口头上仍称赞科学的实际结果，但他却对用科学原则和规律来研究人类社会行为更感兴趣"。⑤ 正是如此，郭颖颐指

---

① 陈独秀：《新文化运动是什么？》，《新青年》1920 年第 7 卷第 5 号。
② 陈独秀：《科学与人生观·序》，亚东图书馆编辑：《科学与人生观》，亚东图书馆 1923 年版，第 2 页。
③ [美] 郭颖颐：《中国现代思想中的唯科学主义（1900—1950）》，雷颐译，江苏人民出版社 1998 年版，第 48 页。
④ 陈独秀：《马克思的两大精神》，《广东群报》1922 年 5 月 23 日。
⑤ [美] 郭颖颐：《中国现代思想中的唯科学主义（1900—1950）》，雷颐译，江苏人民出版社 1998 年版，第 56 页。

出，陈独秀对科学的理解"决超不过对牛顿物理学的模糊理解和对进化论的肤浅研究"，他所感兴趣的只是"一般意义上的尊崇科学"，他对科学方法可靠性的"偏见"和他对科学本身的"一知半解"，都导致"一个僵化的信仰：一种唯物论的、教条的唯科学主义"。①

如果说陈独秀在此流露的只是一种以自然科学范式规约社会科学的倾向，那么1920年的《新文化运动是什么?》，则使他借着界定科学内涵的名义完全走向了自然主义的社会科学观。在该文中，陈独秀指出，科学有广、狭之分，前者为社会科学，后者为自然科学。立足于一切学问都得提倡自然科学、接受自然科学洗礼的观念，陈独秀提出，社会科学就是用自然科学方法解决"一切社会人事"的科学。②虽然吴稚晖认为人类文化可以区分为三个学科，即情感学（美学、文学、宗教）、情理学（玄学、哲学）、理智学（科学），但在具体操作上，他却将科学凌驾于其他两门学科之上，认为科学能让美学"有情"，让哲学"合理"，并使它们最终走向真正的"合理"。在此认识的基础上，他宣称一切学科都要"立在科学的舞台"，接受科学的通约。③自然主义的社会科学观在丁文江和王星拱那里同样有所体现。在科学与玄学的论战中，张君劢不仅将科学区分为物质科学与精神科学，而且认为科学方法只适用于物质科学以及精神科学中的一小部分。在他看来，精神科学中的大部分问题如人生观等是不能运用科学方法加以解决的。张的这种观点受到丁文江、王星拱的激烈抨击，在他们二人看来，一切精神现象都可还原为物质现象，所以，根本不存在精神科学。因此，与张君劢相左，丁、王认为科学方法具有普适性，自然科学和社会科学不存在你我之分。正是在这种意义上，他们指出，"科学就是哲学"。实际上，胡适的泛实证理性、科学主义人生观、文化实验室态度以及进化历史思想等也都属于以自然科学逻辑

---

① ［美］郭颖颐：《中国现代思想中的唯科学主义（1900—1950）》，雷颐译，江苏人民出版社1998年版，第66页。
② 陈独秀：《新文化运动是什么?》，《新青年》1920年第7卷第5号。
③ 周云青编：《吴稚晖先生文存》，医学书局1925年版，第75页。

取代社会科学逻辑的自然主义社会科学观。正是在这样的认识论交织中,社会科学在20世纪早期被自然科学"绑架",并沦为其附庸。草创期中国文学史观中视文学史学科为科学等自然科学主义的社会科学论调的出场与上述科学主义的这种认知逻辑毫无疑问有着很大的干系。

丁文江还持有着将科学的研究方法推广到一切学术研究中去的倾向,他认为,"许多人对于'科学'的认识,到极粗浅的应用为止。其次也不过包括所谓自然科学,物理,化学,生物,地质等等。假如我说历史是科学,行政是科学,大多数的人是不承认的。其实这种狭义的范围是无意识的。在知识界里科学无所不包。所谓'科学'与'非科学'是方法问题,不是材料问题。凡世界上的现象与事实都是科学的材料。只要用的方法不错,都可以认为科学。所谓科学方法是用论理的方法把一种现象或是事实来做有系统的分类,然后了解它们相互的关系,求得它们普遍的原则,预料它们未来的结果。所以我们说这一种知识是真的,就等于说这是科学的,说一件事业有系统,合理,就等于说这是科学化的"①。

第三节 实证归纳和进化论:近代中国科学主义的方法谱系

任鸿隽在《说中国无科学之原因》中指出:"要之科学之本质不在物质,而在方法。今之物质与数千年前之物质无异也,而今有科学,数千年前无科学,则方法之有无为之耳。诚得其方法,则所见之事实无非科学者。不然,虽尽贩他人之所有,亦所谓邯郸学步,终身为人厮隶,安能有独立进步之日耶,笃学之士可以知所从事矣。"② 基于此,他认为,中国之所以无科学,"一言以蔽之曰,未得研究科

---

① 丁文江:《科学化的建设》,《独立评论》1935年第151号。
② 任鸿隽:《说中国无科学之原因》,《科学》1915年第1卷第1期。

学之方法而已"①。对于何为科学的方法,他指出,科学的方法就是归纳的方法,"无归纳法则无科学",而且他还借用了哈佛大学校长爱里亦脱的"是为东方人之金针者,则归纳法是也"的观点来强调归纳法的重要性。具体言之,任鸿隽所理解的归纳法包括两个方面,第一它是实验的方法,第二它是进步的方法。无独有偶,丁文江在《玄学与科学——答张君劢(续)》中也指出,"科学的万能,不是在他的材料,是在他的方法"②。因此,对科学方法的重视也是近代中国科学主义者的重要特点。

在方法论层面,中国早期科学主义推崇实验归纳和进化方法,并将它们提升为学术的通则。进化论进入中国,于19世纪50—70年代。1859年,李善兰翻译《谈天》,介绍哥白尼学说,其中涉及天体演化观念。1873年,华蘅芳和美国传教士玛高温合译的英国地质学家雷侠儿的《地学浅释》由江南机器制造总局出版,著中明确提出自然进化、适者生存的思想,该著指出,"一切生物之性于燥湿寒暖,各有性之所相宜,不能遂其性,则不能全其生。其处世甚久者,必其更诸变而不灭者也。其更诸变而不灭者,必其孳生之地甚广者也。盖生物中每有迁徙水土而仍生者,如水中之物,有在陆地亦能生者;冰地之物,有至暖处仍不死者,此必其物能兼具燥湿寒暖相宜之性。故能族类繁盛历诸变而其种不绝。此造化之理也"。同时,该著否定了生物体的形体性情不能改变尤其是不能由此物变为彼物的旧观念,并且提到了勒马克和达尔文的进化观念:"后有勒马克者,言生物之种类皆能渐变,可自此物变至彼物,亦可自此形变至彼形","近又有兑儿平者,言生物能各择其所宜之地而生焉,其性情亦时能改变"。③ 上文中的勒马克,是进化论的倡导者法国生物学家拉马克,兑儿平则是进化论的巨擘达尔文。1889年,广东候补县丞钟天纬在

---

① 任鸿隽:《说中国无科学之原因》,《科学》1915年第1卷第1期。
② 丁文江:《玄学与科学——答张君劢(续)》,《努力周报》1923年第55期。
③ 雷侠儿:《地学浅释》(卷十三),江南机器制造总局1873年版,第16页。

第二章　中国科学主义的价值范式、认知谱系与方法论域 | 57

他的格致书院考试试卷《格致说》中不仅提到达文（按：即达尔文），而且指出他"考究动植各物舆地等"，论"万物分种类之根源"，并论"万物强存弱灭之理"，其理论的要旨在于"凡植物动物之种类，时有变迁，并非缔造至今一成不变，其动植物之不合宜者渐渐渐灭，其合宜者得以永存，此为天道自然之理"。不仅如此，钟天纬还进一步提到了将达尔文的进化论运用至社会分析的施本思（按：即斯宾塞，钟天纬又称之为"赫白德"），认为他的著作"多推论达文所述之理"，使人知"生活之理""灵魂之理"，将"人学而确可知者与确不可知者晰分为二，其所谓确可知者，皆万物外见之粗质，而万物之精微，则确有不可知者在也。夫万物精微，本亦一物，而无形无体之可见，及其化成万物，皆已昭著于人之耳目，故格致家得诸见闻而测知之，至若圣教中之所言上帝，格致学之所论原质，虽非人思力所能知、能测，而要皆实有更无疑义，且万物化成既皆原于此无形可测之一物，则此一物为本而万物为末明矣，施本思所论大率如此"①。除此之外，钟天纬在化名王佐才的《中西格致源流论》中，则批判了时人认为西学中的天学、化学、光学、重学、电学、医学、矿学等中国古已有之的谬论，他认为，中西相合"系偶然之迹"，中西不合乃"趋向之歧"，其故出于中国"每尊古而薄今，视古人为万不可及，往往墨守成法而不知变通"，西人"喜新而厌故，视学问为后来居上，往往求胜于前人而务求实际"，此中西格致之"所由分也"。而且，该文中也明确提到了达尔文，认为"达文所著之书，信以传信，疑以传疑，不敢自矜臆断，其论万物之理，谓创造之始，人物皆粗，历年愈久，则变成灵巧，以动物为植物之所变，而人类又为动物之所变，苟不宜于世，即不能永存。所以上古之物，有为今世所无者，即此理也"②。这其中显然有着后来居上、适者生存的进化观念的影子。同是格致书院学生的江苏太仓州宝山县附生蒋同寅也提到

---

① 钟天纬：《格致说》，陈忠倚：《皇朝经世文三编》卷十一学术十一，格致下。
② 王佐才：《中西格致源流论》，陈忠倚：《皇朝经世文三编》卷十一学术十一，格致下。

了达尔文和斯宾塞,并且认为"达文精地理,著书极多,大半以讲化学为最"①。他这里的"化学",实际上指的就是进化学说,而非现在意义上理解的化学。当然,上述诸人对进化论的理解多依附于格致之学,而且,对进化论包括社会进化论的认识基本上处于介绍层面,缺乏深刻的认知,自然也谈不上以进化论来进行经世致用的实践了。真正对进化论进行实践应用的是康有为1897年刊行的《孔子改制考》。康氏17岁(1874年)即濡染西学,览《瀛寰志略》《地球图》,乃"知万国之故,地球之理"。② 不过,他也有执古不逾的一面,据其自编年谱记载,1876年12月,康氏婚娶张安人,"俗例有人室戏新妇者",但他"守礼拒之","颇失诸亲(友)欢"。③ 而其20岁时,愈加甚之,"造次皆守礼法古,严肃俨恪",致使"人咸迂笑之"。④ 21岁时,他问学九江,广涉群书,日埋于故纸堆里,"渐厌之",有"求道迫切,未有归依"之伤,乃发"著书满家,究复何用"之问。⑤ 22岁(1879年),康氏得《西国近事汇编》《环游地球新录》及"西书数种览之",并"薄游香港",香港的整洁繁华、巡捕严密使康氏认识到西人"治国有法度",万不可以"古旧之狄夷"蔑视之,这种认识促使他"复阅《海国图志》、《瀛寰志略》等书,购地球图,渐收西学之书,为讲西学之基矣"。⑥ 25岁,自京返,道上海,见其繁盛,"益知西人治术之有本",于是,"大购西书以归讲求焉",十一月还家,"自是大讲西学,始尽释故见"。⑦ 翌年,"大攻西学书,声、光、化、电、重学及各国史志,诸人游记,皆涉焉。于时,欲辑万国文献通考,并及乐律、韵学、地图学。是时绝意试事,专精问

---

① 格致书院编:《格致书院课艺》己丑(上),光绪丙申上海书局石印。
② 康有为:《康南海自编年谱(外二种)》,中华书局1992年版,第6页。
③ 康有为:《康南海自编年谱(外二种)》,中华书局1992年版,第7页。
④ 康有为:《康南海自编年谱(外二种)》,中华书局1992年版,第7页。
⑤ 康有为:《康南海自编年谱(外二种)》,中华书局1992年版,第7页。
⑥ 康有为:《康南海自编年谱(外二种)》,中华书局1992年版,第9—10页。
⑦ 康有为:《康南海自编年谱(外二种)》,中华书局1992年版,第11页。

学,新识深思,妙悟精理,俯读仰思,日新大进"①。30 岁(1887年),编《人类公理》(按:即《大同书》的前身),著中,康氏运用进化原理将中国儒学中的公羊三世说包装成一种社会进化理论,康有为究竟是如何旁骛至进化观念的,似应与其受《地学浅释》的影响有关,这从其后来给学生开列西学书目时将《地学浅释》置于首位即可见一斑。1890 年,他向陈通甫讲学时,就提到了"人生马,马生人,人自猿猴变出"的道理。② 与康氏对进化论的浅尝辄止的实践不同,最早向中国系统引介进化方法并将实验归纳之术介绍给国人的实际上是严复。1898 年,严复翻译的《天演论》出版,进化论被介绍到中国。严复曾将进化论称作"天演术"——术者,方法之谓也。这说明,在严复看来,进化论既是一种世界观,也是一种方法论。在《原强》中,严复指出,自进化论一出,"泰西之学术、政教一时斐变",他还称自己翻译《天演论》的目的就是希望进化论能让国人"一新耳目,更革心思",③ 进而实现研究方法的革新。在推介进化论的同时,严复批判中国传统法式,认为它"闭门造车,出而合辙",毫无实验精神。因此,他翻译了《穆勒名学》,将形式逻辑和实验归纳引介给国人,并将它们视为"一切法之法""一切学之学"和"即物穷理之最要涂术"。④ 稍后,在译述《名学浅说》时,严复专门辟文介绍了科学方法的"四层工夫",即观察、臆度、演绎、印证,并认为这"四层工夫"是各个学科的基本方法。⑤ 除严复外,王国维对"综括"及"分析"等科学法式也甚为看重,在《论新学语之输入》中,立足于中西国民性的差异。王国维认为,西人擅思辨、抽象和分类,故对待事物,往往使用"综括"及"分析"之术,国人则比较欠缺。王国维指出,这说明西人比国人科学,也说

---

① 康有为:《康南海自编年谱(外二种)》,中华书局 1992 年版,第 11 页。
② 康有为:《康南海自编年谱(外二种)》,中华书局 1992 年版,第 19 页。
③ 王栻主编:《严复集》,中华书局 1986 年版,第 16 页。
④ 王栻主编:《严复集》,中华书局 1986 年版,第 1320 页。
⑤ [英]耶方斯:《名学浅说》,严复译,商务印书馆 1931 年版,第 88 页。

明中国的学术"尚未自觉"。① 胡适科学主义方法的核心虽然是实证主义，但实验归纳和进化论则是它的两个着力点。前者源于他对证据材料的重视，后者源于他对进化观的认同。前者集中体现在他的"大胆假设，小心求证"说上。而后者，胡适曾这样说：一部哲学史里，康德占四十页。达尔文只有一个名字，赫胥黎连名字都没有，"那是决不能使我心服的"。② 1930年，在盘点自己的精神导师时，胡适认为，对他影响最大的两个人分别是赫胥黎和杜威。③ 赫胥黎的天演论本身就是进化术，而杜威的实用主义则是进化论的变种。进化方法在胡适心目中的地位可见一斑。而他在研究中所推崇的"历史的态度"，用他自己的话说，实际上就是"进化观念在哲学上应用的结果"，这种"历史的态度"要求研究事物是如何发生的、怎样来的，又是怎样变成现在的样子，这种历史的态度，"是实验主义的一个重要的元素"。④

同胡适一样，陈独秀的方法论是由实验归纳和进化论所构成。1915年，在《新青年》的发刊词中，陈独秀不仅认为科学方法就是"综合客观之现象诉之主观之理性而不矛盾"，而且要求国人遵从它以定"得失从达"。⑤ 陈独秀一再强调归纳实证的科学方法，否认直觉思维，要求用"科学说明真理，事事求诸证实"。"举凡一事之兴，一物之细，罔不诉之科学法则"；"一遵理性，而迷信斩焉，而无知妄作之风息焉"。"夫以科学说明真理，事事求诸证实，较之想象武断之所为，其步度诚缓，然其步步皆踏实地。……宇宙间之事理无穷，科学领土内之膏腴待辟者，正自广阔。"⑥ 1920年，在演绎新文化的创造精神时，陈独秀指出"创造就是进化"，而进化也只是"不断地创造"，

---

① 傅杰编校：《王国维论学集》，中国社会科学出版社1997年版，第386页。
② 胡适：《五十年来之世界哲学史》，上海世界图书馆1925年版，第54页。
③ 胡适：《胡适文选》，亚东图书馆1930年版，第3页。
④ 胡适：《实验主义》，《新青年》1919年第6卷第4号。
⑤ 陈独秀：《敬告青年》，《新青年》1915年第1卷第1号。
⑥ 陈独秀：《敬告青年》，《新青年》1915年第1卷第1号。

因此，我们固然"希望我们胜过我们的父亲"，但我们"更希望我们不如我们的儿子"。① 在《敬告青年》中，陈独秀进一步认为进化是宇宙之根本大法：人生如逆水行舟，不进则退，中国之恒言也。"自宇宙之根本大法言之，森罗万象，无日不在演进之途，万无保守现状之理。"② 在把脉中国学术落后的根源时，陈独秀认为其症结在于"持论笼统与辨理之不明"，医治的根本就是中国学术必须接受归纳论理和科学实证方法："今欲学术兴，真理明，归纳论理之术，科学实证之法，其必代圣教而兴欤。"③ 任鸿隽在《何为科学家》中也特别说明，观察、实验、记录、计算、判断等方法，是"研究科学的器具"。④ 并且认为，科学的起点，就是实验的方法。科学的本质，是事实，是观察事实、研究事实。⑤

彼时，在推崇实证方法的同人中，梁启超对于实证的方法非常重视，他指出，"凡辨别古人作品之真伪及其年代，有两种方法：一曰考证的，二曰直觉的。考证的者，将该作品本身和周围之实质的资料搜集齐备，看他字句间有无可疑之点，他的来历出处如何，前人对于他的观察如何，……等等，参伍错综而下判断。直觉的者，专从作品本身字法句法章法之体裁结构及其神韵气息上观察，拿来和同时代确实的作品比较，推定其是否产于此时代。譬诸侦探案件，考证的方法是搜齐人证物证，步步踏实，毫不杂以主观；直觉的方法则如利用野蛮人或狗之特别嗅觉去侦查奇案，虽像是狠杳茫狠危险，但有时亦收奇效。"⑥ 同时，对于进化论，梁启超亦是推崇有加，他不仅指出"近世进化论发明，学者推而致诸各种学术"⑦，而且，1902 年，他

---

① 陈独秀：《新文化运动是什么?》，《新青年》1920 年第 7 卷第 5 号。
② 陈独秀：《敬告青年》，《新青年》1915 年第 1 卷第 1 号。
③ 陈独秀：《随感录（十九）》，《新青年》1918 年第 5 卷第 2 号。
④ 任鸿隽：《何为科学家》，《新青年》1919 年第 6 卷第 3 号。
⑤ 任鸿隽：《何为科学家》，《新青年》1919 年第 6 卷第 3 号。
⑥ 梁启超：《中国之美文及其历史》，《饮冰室合集·专集第十六册》，中华书局 1936 年版，第 107—108 页。
⑦ 梁启超：《德育鉴》，商务印书馆 1916 年版，第 1 页。

在《新民丛报》第十八号上发表的《进化论革命者颉德之学说》一文中，更是表达了对进化观念的特别垂青，文章指出，"自达尔文种源论出世以来，全球思想界忽开一新天地，不徒有形科学，为之一变而已，乃至史学、政治学、生计学、人群学、宗教学、伦理道德学，一切无不受其影响，斯宾塞起，更合万有于一炉而冶之，取至淆至赜之现象，用一贯之理，而组织为一有系统之大学科，伟哉！近四十年来之天下，一进化论之天下也"①。梁氏对进化观念的偏爱由此可窥。

除上述诸人外，吴钧在《进化与退化》中也认为，纵观千古，横览六合，朝局变迁无常，风俗厚薄靡定，国家分合难测，"八荒治乱，常起弹指之间；百代兴亡，等诸一枰之奕"。凭吊旧迹，几不解世态变迁何以若此，然放开巨眼，"以观察其经过之程途"，则发现期间"有一原则焉"，即"世界万事日以进化是已"，今试稽其"进化之迹"，则"穴居弗善也，变而为宫室"，"俪皮弗善也，变而为衣裳"，"结绳弗善也，变而为书契"，"封建弗善也，变而为郡县"，"科举弗善也，变而为学校"，"好古弗善也，变而为维新"，"专制弗善也，变而为立宪"，"帝政弗善也，变而为共和"，"社会之事事物物，无一不日在进化之中，苟静观而穷索之，则其递嬗递进之迹，实有蛛丝马迹之可寻，而由此原则以宰制万象，用能使时势日转，而世运亦日新。故乾坤之所以能运转，社会之所以能成立，人类之所以能生存，皆谓由此原则所支配焉可也"②。所以，进化为世事之公例，正是因为进化，世运才会日新："世事有进化，于是人类之希望从而生焉。……人类有希望，正所以促进世事之进化，递相为因，递相为果，而宇宙万象遂日以臻于标新领异之域。故欲谋社会之健全，国家之发达，当知进化之公例，而顺而导之，正不能逆而拒之也。"③ 因

---

① 梁启超：《进化论革命者颉德之学说》，梁启超主编：《新民丛报》第十八号，中华书局2008年版，第2389页。
② 吴钧：《进化与退化》，《庸言》1914年第2卷第5号。
③ 吴钧：《进化与退化》，《庸言》1914年第2卷第5号。

此,"盖进化为天演之公例,推之万事而皆准者也"。① 朱希祖则将进化和革命捆绑到一起,认为:"世界是时时进化的,时时变换的。把旧的不适用的,变换做新的适用的,就叫作革命。"② 并且,他坚信进化一定就是后来者居上,"据进化的学理讲来,子孙的学问,见识,才力,总比祖父要进步"③。陈独秀不仅强调优胜劣汰、适者生存的必然性:"世界进化,骎骎未有已焉。其不能善变而与之俱进者,将见其不适环境之争存而退归天然淘汰已耳。"④ 而且发展了进化的创新内涵:"创造就是进化,世界上不断的进化只是不断的创造,离开创造便没有进化了。"⑤

事实上,实验归纳和进化论成为早期学界的方法原则,与科学主义者的这种前后相继的推崇是分不开的。总之,由明末清初发端,晚清蓄势,再经新文化运动的加冕,科学主义最终修成"正果",在近现代中国的社会思想和文化领域影响甚巨。

---

① 吴钧:《进化与退化》,《庸言》1914年第2卷第5号。
② 朱希祖:《敬告新的青年》,《新青年》1920年第7卷第3号。
③ 朱希祖:《敬告新的青年》,《新青年》1920年第7卷第3号。
④ 陈独秀:《敬告青年》,《新青年》1915年第1卷第1号。
⑤ 陈独秀:《新文化运动是什么?》,《新青年》1920年第7卷第5号。

第三章 科学主义与中国文学史观的建构历程

本章集中剖析科学主义与20世纪中国文学史观的建构历程。依照历史与逻辑相统一的原则,本章首先按照历史的逻辑将科学主义介入20世纪中国文学史观建构的过程区分为发轫、确立、激变、遗声四个阶段,然后从晚清学制变革与新史学的冲击(发轫)、科玄论战与中国文学史观的科学主义加冕(确立)、与机械唯物史观的联姻(激变)、落幕的科学主义(遗声)等方面在历史纵深层面研究20世纪中国文学史观与科学主义在内在诉求上的异构同质性。

第一节 发轫:20世纪中国文学史观的科学主义端倪

科学主义对20世纪早期中国社会思想界的影响,基本上是全面的,它渗透到人文社会科学研究的各个领域,时值草创期的中国文学史观自然深深地被打上了科学主义的烙印。20世纪初汉语学界文学观念与史学观念的兴起,以及二者的联姻,是促使中国文学史学科诞生的重要原因。将20世纪初国人自著中国文学史的发轫视为外在如日本乃至英俄德等国中国文学史写作风潮的冲击,是学界众多学者所秉持的观点。在早期中国文学史著述者群体中,"文学史乃历史之旁支"的观点颇为滥觞,因此,彼时中国正在萌动的新生文学观念与史学观念,以及二者的联姻,也应该是20世纪早期中国文学史学科诞生的重要原因,但对这个原因的考察却常常被人们忽视。中国早期文学史书写者生活的时代,是中国人的历史观念发生根本性变革的时代,以梁启超为代表的新史学视西方近世以来的科学史学为圭臬,借其对中国传统的历史观念进行了彻底颠覆,并因此而为早期中国文学史的书写提供了重要的理论支撑。在对这个原因的探究中,我们会发现,以梁启超为代表的中国新史学在早期国人自著中国文学史的生发中占据举足轻重的地位。晚清及民初凡西来学科皆有与史学挂钩的情形,章学诚"凡涉著作之林皆是史学"的观点就是对这种情形很好的说明。同时,值得我们注意的是,晚清史学的兴盛是同科学主义的兴盛密不可分的,以梁启超为代表的新史学的根本主旨就是以科学精神来改造中国的旧史,这种史学观念实际上对早期中国文学史的学科认知、观念建构、方法择取和著述实践产生了重要的影响。

晚清以降,日渐兴盛的西学之风使部分学者看到了史学可以借此提升自己的机会。有清一代,经学盛而史学衰。邓实在盘点清代学术时就指出,"本朝学术,实以经学为最盛,而其余诸学,皆由经学而出"①。他虽未特别提及史学,但经学为主流、史学为末流,沦为被康有为斥责的证经之学而坠失其学科独立性的事实是毋庸置疑的。流为经学附庸的状况也使史学对从业者的吸引力大打折扣,陈寅恪在《重刻〈元西域人华化考〉序》中特意提到这一点:"虽有研治史学之人,大抵于宦成以后,休退之时,始以余力肄及,殆视为文儒老病销愁送日之具。"② 史学的这种不堪地位和惨淡经营激起了诸多学人的不满,尤其是作为晚清中国新史学第一人的梁启超。复有晚清以降,

---

① 邓实:《国学今论》,《国粹学报》1905年第4、5号。
② 陈寅恪:《重刻〈元西域人华化考〉序》,陈垣:《元西域人华化考》,陈智超导读,上海古籍出版社2000年版,第158页。

政柄渐弛，世变日亟，锋镝之祸频仍，内忧外患加剧，救国保种的热情使国人对史学的态度陡然逆转，章太炎坚信史学可以"辑和民族，攘斥羯胡"的信念似乎就昭示着当时正在悄然转移的学术风气。在历史大变局的助力下，史学逐渐从学术的边缘突入风暴的中心，"几乎形成笼罩一切传统学问之势"。① 事实上，任何事物与对象，被过度关注必然会使其弊端暴露无遗，中国传统史学在彼时的境况亦是如此，尤其是在晚清之际部分学人已具备"西史之眼光"的境地下，随之而来的清算中国传统史学的运动自然也就被快速地提上了日程。

梁启超就是这场清算运动的发起者，他1901—1902年发表的《中国史叙论》和《新史学》曾被盛誉为"新史学的里程碑"。② 1901年，在《中国史叙论》中，他全盘否定中国传统史学，称"虽谓中国前者未尝有史，殆非为过"③。在他看来，中国旧史或以"邻猫生子"之琐事充塞，或为"专奖励一姓之家奴走狗"，根本算不上"学"，更遑论史学。即使《资治通鉴》《新五代史》这样"最称精善"的史著，在他看来，也难逃此厄，"其他更何论焉"。梁的"中国无史论"在邓实、陈黻宸等人那里得到积极回应，如邓实曾言："邓子受三千年史氏之书，而读之渊渊焉，而思睊睊然，而忧曰：史岂若是邪？中国果有史邪？虽然尝闻之旧史氏矣，古者天子诸侯必有国史，皆世其官存而史存，史存而国存，官亡而史亡，史亡而国亡。左史记言，史之外无有言焉；右史记事，史之外无有事焉。是故六经者，史之大宗经亦史也；诸子者，史之小宗子亦史也。……呜呼，中国无史矣，非无史，无史家也；非无史家，无史识也。"④ 在这种群起讨伐的声潮中，马叙伦"中国何尝无史"的辩驳不仅显得

---

① 罗志田：《清季民初经学的边缘化与史学的走向中心》，《权势转移：近代中国的思想、社会与学术》，湖北人民出版社1999年版，第305页。

② 王汎森：《晚清的政治概念与新史学》，罗志田主编：《20世纪的中国：学术与社会》（史学卷上），山东人民出版社2001年版，第2页。

③ 梁启超：《中国史叙论》，中华书局编辑部编：《清议报》第九十册，中华书局1991年版，第5621页。

④ 邓实：《史学通论》，《政艺通报》1902年第12号。

苍白空洞，而且底气也大打了折扣。实际上，"中国无史论"是以梁为代表的中国早期新史学人以"西史眼光"也即科学史学观照中国旧史的一种过激判断，但是，诡异的是，它却成为梁氏等人颠覆旧史传统、发动"史界革命"的核心理念和重要口实。中国倘无史，这完全不只是一个学术问题，而是一个关乎民族命脉、国家存亡的问题，就像陈黻宸所指出的，"国而无史，是为废国；人而弃史，是为痿人"①。故史界革命在梁等新史学同人那里其实已经上升到救亡图存的高度，梁氏就明确指出："史界革命不起，则吾国遂不可救。悠悠万事，惟此为大。"而且他还特别补充说倡新史学并非自己喜新好异，实"不得已也"。②

"欲存国性，独赖史书"，救国保种从振兴史学始，无论如何都是一种近代式的乌托邦臆想。但是，在甲午战事陷"师夷长技以制夷"的强国梦想于吊诡的逼仄情势下，借史学振兴防民族坠亡也是当日学人国运多舛中无奈的选择。多事之秋，唯有资治经世的学问方有生长之气息，盖数中西通例。稍后胡适"即令工程之师遍于中国，遂可以致吾国于富强之域乎"的诘问亦可帮我们反观晚清学人弃"技"而诉"史"的这种普遍心理。史学不振，人心弥散，国亡遂至。"算学之程式机械之图形""汽机轮轨钢铁木石"这些雕虫小技于事无补。③ 1902年，梁启超的《论中国之旧史学》开篇即张此义："史学者，学问之最博大而最切要者也，国民之明镜也，爱国心之源泉也。今日欧洲民族主义所以发达，列国所以日进文明，史学之功居其半焉。"④ 因此，他

---

① 陈黻宸：《陈黻宸集》（上册），中华书局1995年版，第569页。
② 梁启超：《新史学》，梁启超主编：《新民丛报》第一号，中华书局2008年版，第68页。
③ 胡适：《非留学篇》，《胡适全集》（第20卷），安徽教育出版社2003年版，第14—15页。此文很多学者概认为曾在《甲寅》1915年第1卷第10号上刊发，实际上《甲寅》杂志在该期只是刊发了胡适寄《非留学篇》给《甲寅》杂志社记者时附带的一封来信以及《甲寅》杂志社记者介绍《非留学篇》及胡适本人情况的一篇通讯。在此特作辟误。
④ 梁启超：《新史学》，梁启超主编：《新民丛报》第一号，中华书局2008年版，第59页。

断言,"史界革命不起,则吾国遂不可救"①。当然,这种以史学革命取代政治变革的陡转或许是梁氏变法失败,出走东瀛,一隅之中仅能以"蝇头小楷"继续其政治抱负和爱国诉求的别种选择,其间虽已没有了"公车上书"时的冲动,但其变法的激情却依然如故。其后,在《三十自述》中,梁氏曾称要"草一中国通史,以助爱国思想之发达"②。个中"草"字,颇有意味,这既是梁的自谦,大概也折射出他将爱国主义灌注至国人的急切之情。一旦学术公器被赋予救国使命,其聚合人气的目的很快即可实现,梁启超引领的中国新史学就是这样上路的。

通观梁氏新史学,概有以下科学主义的特征。

首先,以公理公例意识入史,并视其为史之灵魂。所谓公理公例,实指历史背后的规律及其内在的因果关系。梁氏认为,历史背后有公理、公例,此乃史之灵魂,史家的要务就是求得此公理和公例。以公理公例入史是梁之新史学与旧史学的分水岭。1901年,在中国新史学的发轫之作《中国史叙论》中,梁严格区分了新旧史学:"前者史家,不过记载事实,近世史家,必说明其事实之关系与其原因、结果,前者史家不过记述人间一二有权力者兴亡隆替之事,虽名为史,实不过一人一家之谱牒;近世史家,必探察人间全体之运动、进步,即国民全部之经历及其相互之关系。"③ 其后的《中国新史学》,梁进一步指出,"历史者,叙述人群进化之现象而求得其公理公例者也"④。此种史观使梁对史家的要求不同于以往:"善为史者,必研究人群进化之现象,而求其公理公例之所在。"⑤ 在梁看来,历史的群

---

① 梁启超:《新史学》,梁启超主编:《新民丛报》第一号,中华书局2008年版,第68页。
② 梁启超:《三十自述》,《饮冰室自由书》,商务印书馆1916年版,第167页。
③ 梁启超:《中国史叙论》,中华书局编辑部编:《清议报》第九十册,中华书局1991年版,第5621页。
④ 梁启超:《新史学》,梁启超主编:《新民丛报》第三号,中华书局2008年版,第337页。
⑤ 梁启超:《新史学》,梁启超主编:《新民丛报》第三号,中华书局2008年版,第337页。

群相际、代代相续,其间必"有消息""有原理",史者之职在于"苟能勘破之",知其因果,道其所以。① 据许冠三统计,诸如"人群学之公例""世界进化之大理""天演日进之公理""天演之公例""天演学物竞天择优胜劣败之公例""进化之大理"等"不时出没于"梁之述作之中,② 公理公例意识在其史观中的地位由此可见一斑。对公理公例的强调使梁于中国旧史极尽备责,斥其只知"某日有甲事,某日有乙事","至此事之何以生,其远因何在,近因何在,莫能言也"。③ 故中国旧史虽汗牛充栋,却"如蜡人院之偶像,毫无生气,读之徒费脑力。是中国之史,非益民智之具,而耗民智之具也"④。梁的斥责无疑击中了旧史的积疴,所以,即使是反对梁"中国无史论"的晚清遗老章太炎在论及中国旧史时也不得不承认其缺乏"经纬本末"的能力。梁的《新史学》还首提"历史哲学"概念:"是故善为史者,必研究人群进化之现象,而求其公理公例之所在,于是有所谓历史哲学者出焉。历史与历史哲学虽殊科,要之,苟无哲学之理想者,必不能为良史,有断然也。"⑤ 其实,强调历史哲学的重要性,并将寻求公理公例这一史之要务提升至历史哲学的高度,梁启超的目的无非是进一步强化公理公例意识对于史学的重要性。晚年,他在反思其早期史学思想中的公理公例意识时,曾坦率地承认历史里头未必有因果律:"原来因果律是自然科学的命脉",所以,"治科学离不开因果律,几成为天经地义","史学向来并没有被认为科学","何必把自然科学所用的工具扯来装自己门

---

① 梁启超:《新史学》,梁启超主编:《新民丛报》第一号,中华书局2008年版,第64页。
② 许冠三:《新史学九十年》,岳麓书社2003年版,第18页。
③ 梁启超:《新史学》,梁启超主编:《新民丛报》第一号,中华书局2008年版,第64页。
④ 梁启超:《新史学》,梁启超主编:《新民丛报》第一号,中华书局2008年版,第64—65页。
⑤ 梁启超:《新史学》,梁启超主编:《新民丛报》第三号,中华书局2008年版,第337页。

面"。非惟不必，抑且不可。因为如此便是"自乱法相"，必至"进退失据"。① 不过，从前后近二十年的时间来说，这显然属后见之明了。

其次，以进化观入史，反对历史循环论。1901年，在《中国史叙论》中，梁氏就看到"西人之著世界史，常分为上世史、中世史、近世史等"，而非"一朝为一史"。② 基于此，他将中国史区分为上、中、近三世，旨在"探察人间全体之运动进步"。③ 可以说，进化观是贯穿梁氏早期新史学思想的核心理念。1902年，在对新史学的三点界说中，他点点不离进化，几奚离开进化即无以言说其新史学主张。是年，在《进化论革命者颉德之学说》中，梁不仅称颉德是进化观的"传钵钜子"，并且坚信颉氏传播进化论的《泰西文明原理》必对世界产生深刻影响并大放其光。同时，梁还认为，俟进化论出，全球思想遂开新的天地，"近四十年来之天下，一进化论之天下也。……进化论实取数千年旧学之根柢而摧弃之翻新之者也"④。在同年的《论中国群治不进之原因》中，梁又视进化论为天演公理，"夫进化者，天地之公例也，譬之流水，性必就下；譬之抛物，势必向心。苟非有他人焉从而搏之，有他物焉从而吸之，则未有易其故常者"⑤。因为对进化观的推崇，使得梁对中国旧史学的历史循环论颇有微词，并对其进行了严厉的批评，在他看来，"凡人类智识所能见之现象，无一不可以进化之大理贯通之。政治法制之变迁，进化也；宗教道德之发达，进化也；风俗习惯之移易，进化也。数千年之历史，进化之历史；数

---

① 梁启超：《研究文化史的几个重要问题》，《饮冰室文集之四十》，中华书局1989年版，第2—3页。
② 梁启超：《中国史叙论》，中华书局编辑部编：《清议报》第九十一册，中华书局1991年版，第5684页。
③ 梁启超：《中国史叙论》，中华书局编辑部编：《清议报》第九十册，中华书局1991年版，第5621页。
④ 梁启超：《进化论革命者颉德之学说（未完）》，梁启超主编：《新民丛报》第十三—十八号，中华书局2008年版，第2389—2390页。
⑤ 梁启超：《论中国群治不进之原因》，梁启超主编：《新民丛报》第十号，中华书局2008年版，第1210页。

第三章　科学主义与中国文学史观的建构历程 | 71

万里之世界，进化之世界也"①。但是，历史循环论却在根本上误会了"历史之真相"，未能从总体上把握人类历史之大势，"察其真方向之所在"，仅以一个历史断面的进退涨落来衡量历史之总体，因此，其所见必"局于一部"，无以勘破"历史之实状"。梁甚至还感慨中国数千年来之所以未有良史，概因进化观"未明"。正是梁对进化论的倡导，致使窦警凡将他视为"邪逆"，并对进化论颇有斥责："然近有饮冰室文及《天演》、《原富》等书，以人人共知之理、共愤之弊，发而为文，稍参以《国策》、《庄》、《韩》之机调，而傅以《骚》、《选》之词，故易于动人之听观。但持论或未衷于经史，根柢未深，其所设策有施诸实事而万不可行者，有可以行之异域而不必施诸中夏者，甚至有为卑贱躁进之徒遂其自便纵欲盗名网利之谋者，读者又当分别观之，而畅抉其失也。"② 但无论如何，梁启超在中国新史学中所倡导的进化观的确突破了中国旧史学的历史思维阈限，为中国史学开辟了一新的天地。

最后，以实证归纳比较方法和新的历史空间意识入史。实证归纳比较是梁新史学的方法论基础。1902年，在《论中国学术思想变迁之大势（续）》中，梁指出，"言泰西近世文明进步之原动力者，必推倍根，以其创归纳论理学，扫武断之弊，凡论一事，阐一理，必经积累试验然后下断案也"③。在《中国历史研究法》中，他提出比较法的重要性，"于同中观异，异中观同，则往往得新理解焉。此春秋之教所以贵'比事'也"④。在《清代学术概论》中，梁之所以列赵翼为清儒之首，其主要依据就是赵氏善用归纳之法比较研究，以"观盛衰治乱之原"。⑤ 梁之《概论》作于1920年，可见在历经近20

---

①　梁启超：《论学术之势力左右世界》，梁启超主编：《新民丛报》第一号，中华书局2008年版，第95页。
②　窦警凡：《历朝文学史》，清光绪三十二年（丙午）铅印本，北京图书馆北海分馆藏本。
③　梁启超：《论中国学术思想变迁之大势（续）》，梁启超主编：《新民丛报》第五十四号，中华书局2008年版，第7531页。
④　梁启超：《中国历史研究法》，商务印书馆1922年版，第196页。
⑤　梁启超：《清代学术概论》，商务印书馆1921年版，第87页。

年后,他对于归纳法的推崇依然如故。历史分期意识是历史研究者对历史整体进行分割的一种意识,它实际上是历史研究者历史空间观念和历史空间思维的一种体现,梁的新史学在历史空间意识上亦有所突破。中国传统的历史意识往往以政权更迭作为历史空间切分的主要标准,因此,在形式上体现出来就是"一朝为一史",这种历史空间架构与中国旧史学"家谱式""相斫书"的叙述模式是相符相称的。但是,在以进化论和公理、公例为主导意识的新史学传统中,这种基于王朝更迭的历史空间意识和"家谱式""相斫书"的历史叙述模式显然会撕裂历史的"同体进化",造成历史公理、公例的碎片化,进而对历史的规律性有所掩盖。因此,在梁的新史学那里,依附于中国旧史学的历史空间观念必须被颠覆并进行全新的置换。所以,梁启超的新史学在历史分期问题上就一反中国传统的历史分期法,采用同体进化的分期方法,将中国历史分为上世(从神话时代到汉朝)、中世(从汉到宋)和近世三期,他的这种同体切分的历史分期法对其后黄人、来裕恂等人的中国文学史的分期策略有着直接的影响。

一方面是受以梁启超为代表的新史学将史学的功用提升到救国保种高度的影响;另一方面是清政府以西学为架构的学制改革和日本中国文学史写作风潮的推动,共同促成了中国文学史学科的发轫。1902年"壬寅学制"实施,1904年"癸卯学制"推行,1905年科举制度废除,1909年新式教育体系确立,这连锁的行政举动将晚清教育改革导向深入,也从体制上确保了科学精神的中国旅程。新式教育,新的面孔,新的内容,"科学成了学校的一个科目",[①] 科学精神上升为教育的灵魂。这种"欺师灭祖"的教育"逆行"让一度力主"废科举、兴学校"的康有为措手不及,他痛斥新式学校"师欧媚美","盖以智为学而不以德为学","故知识虽多,而道德愈衰也"。[②] 但康氏的

---

① [美]郭颖颐:《中国现代思想中的唯科学主义(1900—1950)》,雷颐译,江苏人民出版社1998年版,第4页。

② 康有为:《中国颠危误在全法欧美而尽弃国粹说》,《不忍》1913年第六册,第22页。

痛斥根本无力逆转近世中国教育制度转型的大势。新式学校依旧我行我素，"所尊仅在知识，不在人"①。内容上如此，形式上亦继之，学校的上课下课，"多变成整套的机械作用"②。晚清教育改革曾提过"远法三代，近取泰西"的愿景，但在实际操作中，"远法三代"显得"过于遥远、过于模糊"，③ 基本悬空，剩下的只有"近取泰西"一条路。这样一来，学术分科、课程设置、讲义编写等，"一环扣一环，已使天下英雄不知不觉中转换了门庭"④。借力教育先行，科学精神趁势由"器"到"学"，继而至"道"，成为流转于近世中国的价值标的、学术理念和研究通则，并被推演至各个学科。时人曾自鸣曰："一年土，二年洋，三年不认爹和娘。"现在来看，这个略带揶揄的调侃实在是生动地折射出近世国人对科学的狂热。晚近，顾颉刚在回顾清季学人为何将科学理念向其他领域推演时说道："中国的学问是向来只有一尊观念而没有分科观念的"，"旧时士大夫之学，动辄称经史词章，此其所谓统系乃经籍之统系，非科学之统系也"。⑤由此可见，清季学人推演科学价值、理念和方法的目的包含假科学整饬中国学问的一片良苦用心。正是如此，"黜伪而崇诚"（严复语）、"天天渴望追求真理，时时企图破除成见"就自然成了晚清学人内心深处的共同纠结。

科学主义对早期中国文学史观的影响早在其发轫之初就已现端倪。1904年完成的林传甲《中国文学史》，在体例、章目设置和章节比例的分配上就整饬有秩、结构匀称，这种形式上的配置显示了林氏过人的理性整合能力和严谨的逻辑思维水平。同时，该著多处使用

---

① 钱穆：《现代中国学术论衡》，岳麓书社1986年版，第168页。
② 梁启超语，参见丁文江、赵丰田《梁启超年谱长编》，上海人民出版社1983年版，第1138页。
③ 陈平原：《中国现代学术之建立——以章太炎、胡适之为中心》，北京大学出版社1998年版，第101页。
④ 陈平原：《中国现代学术之建立——以章太炎、胡适之为中心》，北京大学出版社1998年版，第18页。
⑤ 顾颉刚：《古史辨》（第1册），朴社1926年版，第29、81页。

"科学"一词,这表明林氏不仅是一个深谙科学之旨的学者,也是一个善于运用科学观念来阐发议论的人。同时,著中数次使用"变迁"一语,并明确地提到赫胥黎之《天演论》,而且,该著还强调治文学者需要具备实事求是的科学精神。不过,从总体上看,林著对科学的认知乃至具体的应用还是显得有些生硬和胶着,置言之,甚或有些肤浅。例如,在对进化论的应用上,他虽然多次使用了体现进化理念的"变迁"范畴,但是,对他来说,"'变迁'似乎还局限在描述某一种文化分类那种实际的安排,而并未试图解释发展演变的起因和特征"①。此外,在著中不少地方,他也有简单化生搬套用"科学"概念的倾向。林传甲的《中国文学史》问世之后,黄人和来裕恂的《中国文学史》在对科学精神的把握和科学意识的呈现上与林著相较则更为自洽、合理。众所周知,在历史的分期问题上,中国传统的以朝代作为历史分期的做法往往并不能真实、有效地反映历史的内在规律性,所以,梁启超的新史学就引进了更加符合科学主义历史观的西方历史空间观念,对依附于中国传统的历史空间观念基础上的历史分期意识进行转换,这种做法对黄人和来裕恂等人的文学史写作产生了很大的影响。黄人的《中国文学史》就直接"否定了惯用的朝代分期法而使用了梁启超(1873—1929)的把中国史分为上世(从神话时代到汉朝)、中世(从汉到宋)和近世(在黄的《文学史》中以明文学为代表)的新三分法",②它将中国文学的发展分为四个阶段:全盛期(先秦时期)、华丽期(两汉至元)、暧昧期(明代)、第二暧昧期(清代)。中国台湾的《中国书目季刊》1995年6月刊发的《中国文学史的开山之作》一文,曾称黄人的《中国文学史》是"近代

---

① 米娜:《被忽略的早期中国文学史学的里程碑:曾毅的〈中国文学史〉(1915)》,北京大学中国传统文化研究中心编:《文化的馈赠:汉学研究国际会议论文集(语言文学卷)》,北京大学出版社2000年版,第95页。
② 米娜:《被忽略的早期中国文学史学的里程碑:曾毅的〈中国文学史〉(1915)》,北京大学中国传统文化研究中心编:《文化的馈赠:汉学研究国际会议论文集(语言文学卷)》,北京大学出版社2000年版,第95页。

中学和西学融合的产物，是科学的思维方式和研究方法的结晶"①。此论不仅明确指出了黄著内在的科学主义特征，而且确实是符合黄著的实质的。

在20世纪科学主义中国文学史观的发轫期，曾毅的《中国文学史》也是较为重要的一部，曾著动笔于1914年，1915年由上海泰东书局出版。系统观念是曾著恪守的首要目标。在《中国文学史·凡例》中，曾毅曾说："本编为供普通参考而作，不敢过繁，使阅者有惝然难于卒业之感，亦不敢过简，致阅者索然寡味，不能得系统之观念。"② 而在具体的论述中，曾氏热衷于讨论时代、环境对文学的影响，尤其是强调地理环境对文学的作用。同时，曾氏也多生硬套用科学术语，例如，在对汉初时代状况的分析中，曾著认为汉初社会老庄之学盛行，主要原因之一就在于邹鲁派和郑卫派在"实验上之效果极少"，显然，曾氏这里对"实验"一语的使用就较为生硬、附会，所以，在1929年的订正版中，该语就被曾氏删除。③ 由此我们也可以看出曾氏对其早期生搬科学概念的一种幡然醒悟和及时矫正。此外，曾毅还追求文学史的客观性，注重对文学史上演变的因果的探讨，同时，坚持将进化观作为评价中国文学历史发展的主要方法，这些均可表明他在文学史观念上的某种科学主义倾向。

综上，我们可以说，科学主义作为一个游荡在20世纪早期中国文学史版图上的幽灵，既促成了早期中国文学史学科的发轫，也主导了20世纪早期中国文学史的学科归属、价值取向和理念构筑，这对其后中国文学史研究中科学主义地位的确立起到了重要的铺垫作用。

---

① 参见龚敏《黄人及其〈小说小话〉之研究》，齐鲁书社2006年版，"附录一"第261页。
② 曾毅：《中国文学史》，泰东书局1915年版，"凡例"第1页。
③ 曾毅：《中国文学史》，泰东书局1915年版，第51—53页。

第二节 20世纪中国文学史观中科学主义的确立

风气既开，载笔者众。在林传甲、黄人、来裕恂、曾毅等早期中国文学史写作者的推动下，科学主义在 20 世纪中国文学史观的建构中逐渐由发轫走向确立，最终对中国文学史学科的建构和中国文学史观念的形成产生了举足轻重的影响，尤其是在 1923 年的科玄论战后，以胡适、郑振铎、刘大白、谭正璧、容肇祖、胡云翼、刘大杰、钱基博、刘经庵、李长之等为代表的文学史作者更是自觉地以科学主义为尺度，深度反思了中国文学史的性质、对象、范畴、研究方法以及相关涉的文学观念等，使中国文学史的面孔逐渐摆脱了早期著述包罗经、史、子、集直到小说、戏曲、八股文，像具体而微的百科全书，"将文学的范畴扩大，侵入了哲学、经学和史学等的领域"①、缺乏"明确的文学观念"和"现代文学批评的态度"的窘迫状况，② 从而使中国文学史的面貌"愈来愈远离传统，向欧美的近代文学观念和学科体制靠近"③，同时，也使其更加符合科学的理念和具备现代意义上的学科品质。在这种前提下，弥散着科学的气息并包裹着现代性外壳的中国文学史观念开始在国人的心目中逐渐萌芽、生根，并最终成长起来。当然，毋庸讳言的是，20 世纪 20—30 年代国人的中国文学史书写实践在一定意义上是为了配合新文化运动和宣扬科学主义、进化论等意识形态的产物。

首先，在文学的观念上，该时期的文学史作者一般都较为自觉地摆脱像林传甲、来裕恂、黄人、张德瀛等早期中国文学史实践者在文

---

① 刘经庵：《中国纯文学史纲》，北平著者书店 1935 年版，"编者例言"第 1 页。
② 胡云翼：《新著中国文学史》，北新书局 1947 年版，"自序"第 3 页。
③ 戴燕：《文学史的权力》，北京大学出版社 2002 年版，第 11 页。

学观念上和中国旧学割舍不断的情结,而是更加自觉地确立较为科学的文学观念。例如,在《现代中国文学史》绪论中,钱基博就首先指出:"治文学史,不可不知何谓文学",而对于"何谓文学",钱基博认为,文学可区分为"狭义的文学"与"广义的文学"两种,前者是就"美的文学"而言。"所谓美的文学者,论内容,则情感丰富,而不必合义理;论形式,则音韵铿锵,而或出于整比;可以被弦诵,可以动欣赏。"后者则是"述作之总称"。① 钱基博的这种区分尽管有折中中国传统文学观念与现代文学思想之嫌疑,但是,在他的狭义的文学观念中,文学的独立品格和美学精神毕竟被有意识地凸显出来,而且,就其《现代中国文学史》的具体写作情况来看,他基本上采取的也是狭义的文学观念。如果说钱基博的这种"美的文学"的思想仅仅只是从表现情感的角度来强调文学史的对象、题材的话,那么,刘经庵的《中国纯文学史纲》则是从写照人生、批评人生,甚至"离了人生便无所谓文学""文学固不外乎人生"的角度加速了中国文学史书写与西方科学理念的接轨。在《中国纯文学史纲》中,刘经庵专辟"文学的定义"一节来探讨文学的内涵,他指出:"文学的定义,无论中外皆有广狭之别。在中国,广义的文学是指一切用文字发表的东西,如政教、礼制、言谈、书简、学术、文艺等,即《释名》所谓,'文者会集众字,以成辞义'之意。狭义的文学是单指描写人生,发表情感,且带有美的色彩,使读者能与之共鸣共感的作品。"而且,他明确指出:"一般治文学的人,当舍广义的而取狭义的,庶不失于庞杂,侵占了别的学科的园地。"更加值得一提的是,也是在这一节中,刘经庵引用了近人罗家伦在《什么是文学》中对文学的定义,并认为该定义"比较完善"。他说:"近人罗家伦在他的《什么是文学》里,参照了各家的文学的定义,而定出一个比较完善的,今引之如下:'文学是人生的表现和批评,从最好的思

---

① 钱基博:《现代中国文学史》,世界书局1933年版,第1—2页。

想里写下来的,有想像,有感情,有体裁,有合于艺术的组织。集此众长,能使人类普遍心理,都觉得他是极明瞭、极有趣的东西.'从这个定义里,我们可以知道文学是人生的写照,是思想和艺术的结晶,文学家对于人生的种种,观察得最为周到,或主观,或客观,或片面,或综合,或内里,或外表,都能深刻地详为写述。他们无论是写诗歌,写戏剧,或写小说,皆是人生的表现和批评。换言之:离了人生便无所谓文学。文学固不外乎人生,亦当有高尚的思想,和丰富的想像,用艺术的手腕,创作的精神,去委婉的,灵妙的,真挚的,表现出来,绝不抄袭,不摹仿,使读者感到清爽有趣与作者起共鸣之感。否则,便无文学上的价值。"① 不仅如此,在"文学的特质"一节中,刘经庵甚至使用了法国文学理论家勃封的"风格就是人本身"的观念来阐述文学与人之间的密切关系,他说:"读一篇文学的作品,如果我们加以探讨,可知充满了作家的个性或人格。法国勃封(Buffon)曾说:'文体是人'。由此可知无论怎样的文体,结局都是作者人格的表现。亨德(Hunt)曾将'文体是人',倒转来说,'人是文体'。这就是说在人与文体之间,有着不可分离的关系,我们若换个说法,'作品是人','人是作品',亦是同样的。在中国赵执信的《谈龙录》说:'文中亦有人在'。方植之《昭昧詹言》说:'诗中须有我在'。这和勃封、亨德所说几无二致。"②

除钱基博和刘经庵外,林庚、郑宾于、谭正璧等人也分别阐述了文学与人生的密切关系。在《中国文学简史·自序》中,林庚指出,"伟大的文艺就是有助于理想社会的文艺,但爱好文艺的人们,却正以为那理想的社会,必然的须是接近于文艺的社会。人生的意义是什么,社会的理想也就是什么……没有文艺的时代,无论如何,离开那理想的社会必然还远;……文艺是领导人生的"③。在《中国文学流

---

① 刘经庵:《中国纯文学史纲》,北平著者书店1935年版,第1—3页。
② 刘经庵:《中国纯文学史纲》,北平著者书店1935年版,第3—4页。
③ 林庚:《中国文学简史》,北京大学出版社1995年版,"附录"第728页。

变史》中，郑宾于指出："文学是基本于感情的：有思想，（无论好和坏）有体裁，有想象，有趣味，有艺术的组织，有美的欣赏，有普遍性与永久性的特长，是人生的表现和批评。"① 谭正璧的《中国文学进化史》更是认为，要想解答"文学是什么"，必须先弄清楚三个问题：文学作品所含的性质怎样；文学发生的动机如何；文学与人生的关系怎样。关于文学和人生的关系，谭正璧认为，"文学是人生的反映"，"离开了人生便没有所谓文学"。在具体的分析中，谭正璧指出："但是文学并不是人生所需要，是文学需要人生。有了人生她才有起源，有了人生她才有内容，人生有所活动和变迁，她也跟着活动和变迁，人生向前不绝的进化，她也跟着进化。所以在战争时代，她决不会歌咏升平；反之，在融合的环境中，她要是无病呻吟，她便不是文学，至多只可算是退化了的文学。文学之于人生，似影随形，一刻不可须臾离，离开了形，影便消灭。"最后，他总结说，简单些说来，"可以掀动别人的同情；高妙的想像是她的意境，人生的映像是她的资料；她跟着人生活动和变迁而活动和变迁，她永远跟着人生，站在前进不息的创造的大道上，永远没有休息，也永远没有止境：这就是所谓文学，现代人所公认的文学"。② 当然，我们现在来看，谭正璧主要是从反映论的角度来强调文学与人生的关联，所以，他只是看到了人生作为文学的题材的重要性，而对"人生需要文学"，他则作出了一个否定的判断（即"文学并不是人生所需要"），这显而易见是不正确的。但是，无论如何，正是在这些文学史学者对文学本质思考的推动下，"这样，有关文学是人类情感的表现（按：包括文学为人生、人生需要文学）等等新潮理论，便又从历史的角度，顺理成章地进入了文学史家的视野，并由近代的局部发端，蔓延推广到整个中国文学史的理解中去，从而绘成了中国文学史合乎近代

---

① 郑宾于：《中国文学流变史》，北新书局1936年版，第11页。
② 谭正璧编：《中国文学进化史》，光明书局1929年版，第6—9页。

理性的科学的发展图式"①。当然，也正是在这样一个文学意识流布、逶迤的历程中，科学主义逐渐张开自己的网，将中国文学史孱弱的躯体死死地裹挟在其羽翼之下。

一方面是文学观念的革故鼎新，另一方面则是自觉地确立科学的文学史观念和研究方法。这首先体现在20世纪早期的中国文学史实践者对于文学史学科性质的理解上。这一时期的文学史实践者普遍认为文学史研究属于科学研究，其和自然科学研究并没有本质上的区别。例如，在《中国新文学的源流》一书中，周作人对文学史的学科性质就作过这样的界定："至于文学史则是以时代的先后为序而研究文学的演变或研究某作家及其作品的。不过，我以为文学史的研究在现今那样办法，即是孤立的、隔离的研究，多少有些不合适：既然文学史所研究的为各时代的文学情况；那便和社会进化史、政治经济思想史等同为文化史的一部分，因而这课程便应以治历史的态度去研究。至于某作家的历史的研究，那便是研究某作家的传记，更是历史方面的事情了。这样地治文学的，实在是一个历史家或社会学家，总之是一个科学家是无疑的了。"② 除周作人，钱基博也是这样认识文学史学科的性质的："文学史非文学，何也？盖文学者，文学也。文学史者，科学也。文学之职志，在抒情达意。而文学史之职志，则在纪实传信。文学史之异于文学者，文学史乃纪述之事，论证之事；而非描写创作之事；以文学为记载之对象，如动物学家之记载动物，植物学家之记载植物，理化学家之记载理化自然现象，诉诸智力而为客观之学，科学之范畴也。"③

不过，在该时期自觉地确立科学的文学史观念和研究方法上最为用力的则是郑振铎和胡适。如果说处在科学主义文学史观发轫期的林传甲在其《中国文学史》中所呈现出的科学主义意识尚处于自觉和

---

① 戴燕：《文学史的权力》，北京大学出版社2002年版，第10页。
② 周作人：《中国新文学的源流》，人文书店1934年版，第16—17页。
③ 钱基博：《现代中国文学史》，世界书局1933年版，第4页。

不自觉的临界点上的话，那么，郑振铎的文学研究和文学史书写对于科学主义的归依则不仅是自觉，甚至是主动的献身。这位被夏志清称为"白话文学的大史家""有搜集旧小说珍本的癖好"① 的文学史作者早在1923年《小说月报》第14卷第1号上刊发的《新文学之建设与国故之新研究》中就宣称自己要"'无征不信'，以科学的方法，来研究前人未开发的文学园地"②。显而易见，这其中所洋溢着的对于科学方法的仰慕、自信和开辟学术新领地的惊喜，但极易遮蔽他对于科学方法本应该持有的警觉和自省，使科学主义成为后来指导郑氏中国文学史写作的不二法门。

　　科学对证据和严谨性的要求自然带来一些学者对文学史研究中考证的重视，李嘉言在给张长弓著《中国文学史新编》写的书评中这样说，"著者因为要取材谨严，所以'对于伪托及需要考证的材料，皆加以精细的鉴别'"，"这种态度用在作文学史上，我以为是最值得表彰的。过去作文学史的人，除了极少数的几个人外，大部分所缺的就是这个。而且那极少数的几个人，如胡适先生，郑振铎先生，也未能全做到好处，或失之偏见，或失之疏漏；所以到现在没有一部完美的理想的文学史出现。换言之，一部完美的理想的文学史出现，恐必在善用尽用这种态度之后。这种态度，我认为是作文学史的先决条件。没有这种态度的人，似乎大可不必高抬贵手，还是让研究小问题的人将他们各个解决之后，你再去整理编纂吧；本书在这种态度上虽未能作得尽美尽善，要而著者肯提出这种态度，肯应用这种态度，已经是值得称赞的了"。③ 邓季宣在翻译法国文学理论家朗松的《科学精神与文学史的方法》的译者附识中指出："因为有考证的功夫，才能得到比较确实的知识，有了确实的知识，才能加以评判；用科学的方法，去把文学的思想与个别的印象联系起来，把文学的变迁增长与

---

① 夏志清：《中国古典小说导论》，胡益民等译，安徽文艺出版社1988年版，第4页。
② 郑振铎：《新文学之建设与国故之新研究》，《小说月报》1923年第14卷第1号。
③ 李嘉言：《评〈中国文学史新编〉》，《文哲月刊》1935年第1卷第3期。

趋势,极有系统的标举出来;这是十分正当的办法。"①

众所周知,胡适的学问一向以注重证据而著称于世,用他自己的话说就是"有一分证据,说一分话;有十分证据,说十分话",要"大胆假设,小心求证",做什么事情必须要做到:拿证据来!他将清代的考据与西方的实证主义结合在一起,创造了胡式的实证研究方法。这种研究方法的痕迹早在《五十年来中国之文学》中表现就是非常的突出,尤其是他在对文言文学的研究中,从其行文风格中我们就可以看出,几乎是处处小心,言必有据。可以说,重视科学方法,自觉加以实践,是胡适治学的重要特征。正如陈平原指出的那样,"胡适治学之所以能独辟蹊径,一个重要的原因是其'方法的自觉'"②。陈平原这里所说的方法,具体说来就是实证、归纳和进化等科学的方法。胡适研究中国文学史的双线文学观更加具有科学的精神,它在历史空间意识上进行了突破,打破了以往按照朝代进行文学史分期、人为切断文学演进的脉络的弊端,将中国文学史作为一个整体进行观照,更利于突出他的文学进化的观念。

刘大白曾在《中国文学史》"引论"中指出,要想写一部名副其实的文学史,需从三点着手:第一,要明确文学是什么;第二,要懂得编历史的方法;第三,估定文学的"时代价值和生命价值"。关于第一点,刘大白认为,文以创造为贵,赫胥黎所谓的"物各肖其所先,而代趋于微异","肖"是因袭,而"异"就是"所谓创造了"。所以,"文学在历史上是演进的,是有系统相衔接的,而编文学史者底任务之一,是在乎说明它怎么样演进"。关于第二点,刘大白指出,"人类生活底演进",就是"文学演进的原因"。文学是"群化之一",所以"文学底演进",是"跟着人类底生活而演进",而且其趋势,总是"向着较好的一方面"。关于第三点,刘大白指出,所谓文

---

① [法]朗松:《科学精神与文学史的方法·译者附识》,邓季宣译,《东方杂志》1929年第26卷第4号。
② 陈平原:《胡适的文学史研究》,载王瑶主编《中国文学研究现代化进程》,北京大学出版社1996年版,第216页。

学的价值,就是它影响人类生活的结果。不过,价值是跟着人类生活的变迁而变迁的。判定文学的现代价值,需从现代的立足点出发;判定文学的当时价值,则要立足于文学产出的那个具体的时代,这样才能"还它一个相当的价值"。除这两种价值以外,他认为文学还有一种"艺术生命上的价值"。他指出,文学是有生命的,这种生命是作家"用他底艺术手段努力创造的成果"。凡是真的文学作品,都有这种艺术生命。这种艺术生命,不同于"当时价值"和"现代价值",它是不受人类生活变迁制约的,而且它是永在的,只要人类存在一天,它就会存在一天。① 在对中国文学史的历史分期上,刘大白深受进化论的影响,同时,刘氏亦祖重考证之法,例如,他对屈原的作品、对周代小说、对《胡笳十八拍》的考证、对《木兰诗》的讨论等,都颇具小心、严谨、实证的色彩。至于其立足于西方科学主义视野,以有无统系作为评价中国文学史的准的,则体现在他对《文心雕龙》的评介之中。

除上述诸人外,容肇祖、胡云翼的中国文学史研究自觉实践科学主义的理念与方法。容肇祖的《中国文学史大纲》"绪论"认为,"文学史是叙述各时代的文学的演变。它是文化史的一部分。文化史是演进的、不断的活的历史,自然文学史也是演进的、不断的活的历史了"。同时,他还认为当时人们著述的文学史和以往相比有四大进步:将文学的内涵由泛说中国学术而限定到一定的范围;对于文学史材料的鉴别与发现更加谨严;研究方法由宽泛的而到实证的,由主观的而到客观的;叙述方法由散漫的而到系统的,以成演变的活的历史。② 在文学史的研究态度上,容肇祖认为"我们研究文学史的态度,只有和一般历史家的态度一样,我们是客观的,叙述的,或者是批评的"。不仅如此,他同时借鉴傅斯年的观点指出,文体的生命就像有机体一样,也要经历一个由生而少而壮而老而死的过程。因之,

---

① 刘大白:《中国文学史》,大江书铺1933年版,第7—16页。
② 容肇祖:《中国文学史大纲》,朴社1935年版,第2—3页。

"在我国的文学史里，每每一种体裁，开头来自民间，文人借用了，遂上台面，更继续经过修整扩张，弄得范围极大，技术极精，而原有的动荡力遂衰。这种文学，我们大概可以看出他们的产生，长大，僵化，以至老死，或者生身，再世，以至鬼影复现。我们可以用历史的必然的演变的理由去解释他，我们亦可以说文学是活活的由有生命的语言而来，渐渐的没有了语言上的生命，只剩文字的躯壳，故此老死了，只有鬼影出现，不会再世出来。由此旧的体裁死了，新兴的体裁替代了出来，而中国文学史遂成为一部不断的演变的活历史。这是很可注意的"①。此外，容氏的《中国文学史大纲》论述严谨，条分缕析，非常注重实证精神，而且，在对归纳方法的使用上也较为自觉等，这些都体现出在其间游弋着的科学主义精神。

在谈到文学史的研究方法时，胡云翼曾指出："过去的文学史多偏重于死板板的静物叙述，只知记述作家的身世，批评其作品。至于各个时代的文学思潮的起伏，各种文体的渊源流变，及关于各种文学的背影及原因的分析，皆非其所熟知。……我在这本文学史上最注意的就是纠正这方面的错误。我要把各时代散漫的材料设法统率起来；在可能的范围内，要把各种文体，各种文派，作家及作品，寻出它们相互间的联络的线索出来，作为叙述的间架；同时，我注意各个时代文学思潮的形态及其优点与缺点，注意各种文体的发展及各种文派的流变。总之，我尽力的使我的文学史能够成为一部活的脉络一致的文学史。"同时，他还指出："普通所认定对于文学史的叙述，应抱持谨慎、客观、求信的态度；对于文学史上所下的批评，应求其正确，恰合于现代的文学鉴赏观念。关于这些，我也不曾忽略。"②

正是在以上诸学者的努力和推动下，科学主义在20世纪20年代至40年代的中国文学史的观念建构中盛极一时，催生了一大批烙着明显的科学主义印记的中国文学史文本。

---

① 容肇祖：《中国文学史大纲》，朴社1935年版，第3—5页。
② 胡云翼：《新著中国文学史》，北新书局1933年版，"序"第6—7页。

第三节 20 世纪中国文学史观中科学主义的激变

我们这里所谓的 20 世纪中国文学史观中的科学主义的激变主要指的是 20 世纪中国文学史观中马克思主义的辩证唯物主义和历史唯物主义的介入所引起的以自然科学精神为核心的科学主义的理念和方法逐渐被马克思主义的科学观取代的现象。

1933 年,谭丕模的《中国文学史纲》由北新书局出版,这是 20 世纪中国文学史实践中较早的一部运用马克思主义的唯物史观来进行中国文学史写作尝试的著述。在"绪论"中,作者强调了马克思主义经典作家所提出的文学是经济基础的反映、具有意识形态属性等原理,以此为基础,作者对文学史的性质和目的进行了界定,他指出,"文学是社会经济生活所反映出来的意识形态之一;那末,文学史就是关于这类意识形态的历史叙述。根据这一个原则,把中国每一个时代的作家和其作品,作一个有系统的记载;同时,并把各时代的文学变迁的轨迹和变迁的因子找了出来;这就是中国文学史唯一的任务。所以凡是研究中国各时代的文学'怎样'变迁和'为什么'变迁情形的学问,这就叫做中国文学史"[1]。在《中国文学史纲》的"自序"中,谭丕模自述是"用新兴社会科学的方法"来编写《中国文学史纲》的,而且他还指出他所用的这种方法"与过去一般编文学史者"的方法是不同的。[2] 那么,谭氏采用的这种所谓的与过去文学史著者不同的"新兴社会科学的方法"究竟是一种什么样的方法呢?实际上,他说的这种新兴社会科学的方法就是马克思主义的辩证唯物主义和历史唯物主义。

---

[1] 谭丕模编著:《中国文学史纲》,北新书局 1933 年版,第 1 页。
[2] 谭丕模编著:《中国文学史纲》,北新书局 1933 年版,"自序"第 1 页。

在《中国文学史纲》的"绪论"中，谭丕模立足于马克思主义的经济基础与上层建筑的关系的论断指出，文学作为一种社会意识形态，"其存在根据与其发展历程，绝对不是偶然的，超时间的，却是社会经济基础上之必然的产物。而被社会经济基础所决定。社会经济基础一有变动，则文学内容亦随之而变动；因此，社会经济进展至某一阶段，则文学亦随之进展至某一阶段；社会经济停滞在某一阶段，则文学亦停滞在某一阶段。所以经济的变迁，是文学进展的动力，我们要把握着中国文学的史的演变的真面目，只有采用这一个唯物论的辩证法"①。由此可见，谭丕模所说的文学史研究的"新兴社会科学的方法"，和此前林传甲、来裕恂、胡适、郑振铎等人所提倡的科学主义的方法不同，而是当时刚刚兴起的马克思主义的辩证唯物主义和历史唯物主义的方法。以谭丕模等人为代表的中国文学史研究的辩证唯物主义和历史唯物主义的方法实践的出场，意味着在中国文学史写作中与科学主义的方法分道扬镳的新的研究方法的萌芽。

在谭丕模看来，自清末文学史研究在中国真正成为一门学科至20世纪30年代的三十年中，出版的数十种"中国文学史"，它们在研究方法上都存在着错误，没有一部能真正把握中国文学的过往来程，究其缘由，主要是因为此前的研究者们没有掌握唯物史观的方法，因此，他提出，要想纠正以往文学史研究中的这种错误，则应当"用新兴科学的方法——唯物论的辩证法去研究"。② 例如，他举例指出，在以往文学史中普遍存在的断代错误，即"以朝代为单位，把每个时代，都找出几个文学家或几篇文学作品来记述一下，就算是文学史唯一的任务"③。如果采用马克思主义的唯物论的经济基础分析的方法，就可以从实质上避免这种错误。他具体分析说，中国社会自西周以来，物质的生产力固定在封建制度之下已经三千年了，

---

① 谭丕模编著：《中国文学史纲》，北新书局1933年版，第6页。
② 谭丕模编著：《中国文学史纲》，北新书局1933年版，第5页。
③ 谭丕模编著：《中国文学史纲》，北新书局1933年版，第2页。

"一个朝代，因为封建经济的稳定与动摇的关系，也就形成两种不同的文学倾向。……要断代，也应当以经济的变动为标准，而不应以一个朝代的起没为标准"①。也就是说，在他看来，文学史中的断代分期问题应当以经济基础的更替为依据，而不是以朝代的变换作为标准。

正是由于谭丕模的《中国文学史纲》对于马克思主义唯物论和历史观的重视，1933年，李何林在上海《文艺春秋》杂志第4卷第6期发表的《读中国文学史纲》一文盛赞谭著《中国文学史纲》是"用'科学唯物论'的方法和观点从事中国文学写作的第一部"。不过，李何林所称的"第一部"之说未必准确，但他认为谭著是"用进步的科学方法写作，不忽略文学本身的源流或发展，并兼顾与其他上层文化关联的文学史"的评论却是中肯之语，当然，这也是他对谭氏在文学史写作中对唯物论方法的借鉴和相对成功的运用的一种褒扬。同时，李何林认为《中国文学史纲》有三个鲜明的特点，其中第一个就是"利用中国社会史研究的成果，根据中国历史的发展阶段，来解释各时期的文学现象，但不失之于机械的唯物论，或笼统简单的以经济基础解释文学现象"②。此外，邓绍基在《"五四"以来继承文学遗产问题的回顾和探讨》一文中对谭著给予肯定，称其"是中国最早旗帜鲜明地应用历史唯物论来编写的文学史著作"③。

总之，谭丕模的《中国文学史纲》以马克思主义的辩证唯物主义和历史唯物主义为方法，立足于经济基础对文学的发展演变的影响，总结了一种和以往中国文学史所揭示的完全不一样的中国文学的发展规律，为后世运用马克思主义的唯物辩证法进行中国文学史的研究开辟了一条全新的通途。正如郭预衡在为新版谭著所作的序言中说的那样："在三十年代初期，运用新的科学方法来写中国文学史，这

---

① 谭丕模编著：《中国文学史纲》，北新书局1933年版，第3页。
② 李何林：《读中国文学史纲》，《文艺春秋》1933年第4卷第6期。
③ 邓绍基：《"五四"以来继承文学遗产问题的回顾和探讨》，上海文艺出版社编：《文艺论丛》第十五辑，上海文艺出版社1982年版，第147页。

在中国文学史的撰述史上,是开辟了新的途程的。"① 不过,谭著对于马克思的经济基础与上层建筑之间的关系的理解带有明显的机械论色彩,致使该著在理解社会经济的发展与文学的发展的关系时提出,"文学是社会意识形态之一;其存在根据与其发展历程,绝对不是偶然的,超时间的,却是社会经济基础上之必然的产物,而被社会经济基础所决定。社会经济基础一有变动,则文学内容亦随之而变动;因此,社会经济进展至某一阶段,则文学亦随之进展至某一阶段;社会经济停滞在某一阶段,则文学亦停滞在某一阶段。所以经济的变迁,是文学进展的动力,我们要把握着中国文学的史的演变的真面目,只有采用这一个唯物论的辩证法"②。显然,谭氏的这种论见完全无视文学在发展过程中的复杂性以及文学自身的特殊发展规律,尤其是马克思主义经典作家已经明确阐明的文学发展与社会发展的不平衡规律,而是一味强调社会经济对文学的绝对统治地位,这显然违背了马克思主义的辩证唯物论。

几乎与谭氏同时,1933 年出版的贺凯的《中国文学史纲要》"绪论"也提出,近 20 年来编著的三四十种中国文学史,"都不过是叙述了各时代的花样翻新的文学演变的遗迹,并没有找到文学变化的社会背景和产生的经济条件"。虽然数量不少,但却千篇一律。对文学的解释,依然脱不了"旧时代的传流(按:似应为统)思想"。他以胡适的《白话文学史》为例,指出该作虽然重视平民文学,注意到各时代的社会关系,如讲南北朝文学,离不开五胡乱华;讲李白,注意到唐代是一个自由解放的时代。不过,唐代为什么会变成一个自由解放的时代,其原因当然是社会经济的转变,而胡适"却没有寻到这一点",所以,他的《白话文学史》虽然"能打破传统的旧调,博得读者欢迎,但始终还是先看到了文学的形式,和表面的变迁,并不是先决定了某时代的经济变化,而寻求它反映出来的意识形态"。对

---

① 参见谭丕模《中国文学思想史合璧》,北京师范大学出版社 1994 年版,第 316 页。
② 谭丕模编著:《中国文学史纲》,北新书局 1933 年版,第 6 页。

此，贺凯指出："现在我们所要求的新时代底文学史，是从社会进化的阶段中寻求文学的推演与转变，由物质生活所反映的意识形态中，而求出文学的产生与存在的价值。"他还特别指出，这部《中国文学史纲要》"重在社会经济基础的变迁"，因为文学是"社会基础最上层的建筑物"。① 在对文学史的分期上，贺凯认为，中国四五千年的长久历史究竟建立在什么样的社会基础上这一问题，虽然尚在探讨之中，但从生产关系和统治阶级的剥削上可以判定中国社会依然停滞在半封建社会之中，中国的文学，则是为了适应封建生产关系而产生的意识形态，直到鸦片战争后，中国才开始向资本主义的路上行进，这是中国社会经济基础的转变，反映到文学上"也是一个大变化"。因此，他将中国文学史区分为两个时期：封建社会的文学推演（西周至鸦片战争前）和帝国主义侵入后的文学转变（鸦片战后至 20 世纪 30 年代）。他认为，第一时期的文学反映的是封建社会的意识形态，它是由封建社会的经济状况所决定的。第二时期的文学反映的是资产阶级的意识形态，它是由资本帝国主义入侵中国，以农村经济和小手工业为代表的封建经济破产，新兴资本主义的经济状况所决定的。②

其后，由于俄国十月革命的胜利和马克思主义在中国的广泛传播，早期的中国马克思主义者或将科学主义与马克思主义联结，形成了一种唯物的实证主义和机械马克思主义的科学观。③ 马克思主义与科学主义的联结，主要原因在于早期对于马克思主义理解还缺乏辩证、深入和系统。当然，随着后来马克思主义在中国思想领域地位的上升，确实有效地阻止了科学主义思维的进一步传播和演化。

该时期坚持运用辩证唯物论的历史观研究中国文学史的还有张希

---

① 贺凯：《中国文学史纲要》，斌兴印书局 1933 年版，第 1—2 页。
② 贺凯：《中国文学史纲要》，斌兴印书局 1933 年版，第 2—10 页。
③ 杨国荣指出："作为五四科学思潮影响之下形成的第一代马克思主义者，他们或多或少亦带有某种泛科学主义的特点。"何中华也认为："'科玄论战'以来盛行起来的科学主义思潮，构成了中国人接受马克思主义哲学的一种无法剔除的解释学背景。"

之、郑振铎、刘大杰等人。张希之的《中国文学流变史论》出版于1935年，该作指出，坊间流行的中国文学史著作存在着不少缺点，因此，作者"尝试编制一部近于理想的文学史"。在第一章"文学史方法论"中，张希之指出："'文学史'是一种特殊的'历史科学'。我们想精密地确定文学史的任务及方法，须先说明一般历史科学的任务及方法。更进一步，我们想说明历史科学的任务及方法，又须先了解科学是什么，科学的基本任务是什么。讲到'一般的科学'，从它研究的'对象'和'任务'上看，我们应该这样解释：'科学是以现象为研究的对象。其任务在于观察现象，搜集现象，使它整理化，体系化；并进而认识其因果关系，考求其因果法则，以求达到实际上的应用。'根据这种解释，我们可以确定科学有以下几种基本的任务：（一）观察现象，搜集现象，作精确的、系统的记述。（二）由现象的记述，进而认识现象连续的'因果关系'。（三）由个别现象的因果关系，进而推得一般现象的'因果法则'。（四）对于体系化和因果化的现象设法利用。"基于此，张希之认为，"'历史'是一种特殊的科学，换言之，是研究过去人类生活事迹的科学"。历史的任务"当亦不能外此"。不过，他又认为，历史所研究的事迹"有一种主要的特征，每种事迹只发生一次，不至重演"。所以，历史科学和自然科学"有些不同"。如果说一定要具体地析出历史科学的任务，他认为这应该包含以下几方面："（一）对于历史事迹的确定认识和记述；（二）由历史事迹的确定记述，研究其发生变迁的原因；（三）由个别事迹发生变迁的原因，进而推得一般的法则；（四）由一般的历史法则，预测并创造未来的历史，实践'社会的人'的使命。"张希之进一步分析认为："第一种基本任务是在答复：（一）过去实际上发生了些什么？（二）实际发生的究竟是怎样一回事？这是属于历史事迹本身的研究。想完成这种任务，须作以下的工作：（一）搜集关于人类学，人种学，经济史，神话，传说以及古人所作关于历史事迹的论述，考古学所得的实际材料。（二）应用'校勘''考证'

'训诂'种种的方法，审定史料，确定过去的历史事迹。（三）分析历史事迹构成的个别因素，以便有确定的认识。第二种基本任务是在答复：'为什么有这样事迹发生？'，换言之，就是'为什么当时的事迹是这样而不是那样？为什么这事迹含有如此的特征，使它有存在的可能？'，想完成这种任务，须作以下的工作。（一）根据经济基础，说明历史事迹发生的原因。（二）根据人物本身及现实的社会环境，说明历史事迹发展的形态。（三）根据社会进化，说明整个历史演变的过程。第三种基本任务是在根据个别历史事迹的研究，得到一般的历史法则。这种法则具有'普遍性'和'必然性'两种特征。它可以应用于它所包含的那些无穷数量之类似的，真实的或可能的情景。它可以同样地在两列事实中间，设立一种必然的关系——就是这些事实不可避免地从那些事实里生出的关系。第四种基本任务是把历史法则，应用之于实际。一个伟大的历史家不但在（于）他能够分析过去，解剖现在，而且在（于）他能够创造未来。离开了实践，研究便失掉了它的意义。所以历史家应认清历史的法则，遵循客观的指示，适应社会的需要，对人类历史的发展，发生伟大的作用。这是研究历史最高级的任务。"同时，为了更加准确地表达自己对历史科学的任务的见地，张希之分别引用了金尔尔、朴利果仁《西方革命史》中对历史科学的理解："历史是社会科学之一种，它不是观察社会生活中之某一部门，而是观察社会生活之全部；它并不取出某一种现象来研究，而是要研究社会生活的全部，并描写社会生活的泉水在某时某地的如何流动。历史是发现社会变化规律的科学，这种规律不独为我们了解过去与现在的钥匙，并且也可以使我们推测将来"以及沙耳列·拉波播尔《历史哲学》中对历史科学的理解："历史哲学，只有当着经验的概括立场放弃了时，才能成为科学。它会有成功地定出一些重要的法则，足以使我们历史的命运得着光明。人，做他自己的历史，他全部历史，仅仅是在认识其法则——如果是正确的——底时候。"在明确历史科学的任务和方法的基础上，张希之对文学史的任务和方法进行了讨论,他认为,"文学史是以过去和现在的文学作品为研究的对象。其所研究的范围,虽只系历史的一特殊部分,但决定文学作品的条件,也就是决定一般历史事迹的条件。所以文学史的任务和一般历史的任务是一致的"。据此,他认为,文学史之任务应有四种:"(一)对于过去现在文学作品的认识与叙述。(二)由确定的叙述,研究其产生及变迁的原因。(三)由分析的研究进而推得一般的法则。(四)把握住一般的法则,实践地来完成了历史的使命。"对于第一种任务,张希之认为主要体现在文学史家对过去的文学史料的审定以及时代对于文学的内容和形式的影响上。对于第二种任务,张希之认为就是要去追问"为什么产生这样文学作品?"和"为什么各时代的文学作品在内容上形式上不住地演变?"他认为,说到底文学都是环境——自然与社会——的产物,是作家依个人的才能气质"把现实的状态用特殊的方法反映出来的产物"。因此,分析文学作品的内容及其产生的原因,应当"从唯物论的观点出发"。他分别从家庭与氏族、社会阶级、民族、社会环境等方面具体分析了社会经济基础对作家以及他所创作的文学作品的影响。值得一提的是,在分析中他多次引用了布哈林的《唯物史观与社会学》中的观点和波格达诺夫的"意识形态"理论,自觉引用马克思主义经典作家的生产力与生产关系的论述、经济基础和上层建筑关系的分析以及社会意识形态理论、劳动理论,普列汉诺夫的若干论述,等等,既深入剖析了文学与社会物质条件之间的密切关联,又强调文学史对文学的变迁的研究,提出文学史"不能不在文学与社会的物质的条件的联系上,作个一贯的说明",也强化了其论述中的唯物论倾向。当然,毋庸置疑的是,他的这种唯物论显而易见在一定程度上带有机械论的色彩,而且,他对马克思主义的历史唯物主义的理解也比较肤浅,有时甚至将之与进化论同等视之。对于第三种任务,张希之认为文学史的研究要在文学与其他条件的联系上,"说明它所以产生及变迁的原因",但文学史家不能仅仅停留在这个阶段上,而是要由"分析的研究",进一步推得"一般的法则"。这其中关键的问题是，文学史家应当把说明特定时代的文学的法则应用于"一般现象上看它能不能常常妥当，常常适用"？他认为，如果可以，那么，这种特殊的法则，"便成了一般的法则"。而且，他甚至归纳了如下文学的一般法则。（一）文学不是孤立的东西，它和社会的、自然的种种条件都有密切的联系。（二）文学不是固定了的东西，它是在不住地变化。就整个历史讲，它自从发生一直发展到现在，经过种种不同的形态。就某一特定的阶段讲，它总经过发生、发展和没落三个历程。（三）文学发展过程中的某一阶段，必与其前一阶段互相衔接。换言之，必多少继承其前一阶段的遗产。同时，在某时代中的文学，往往具有没落、发展种种复杂的形态。张希之认为，这四条"都是在文学的产生与变迁上的普遍法则，这种法则的说明与证实，是研究文学史的人所应负的使命"。对于第四种任务，张希之认为科学研究的最终目的就是要把研究的结果"作实际的应用"，因此，一个伟大的文学史家不但在于他能够正确地"说明过去文学的产生与变迁"，而且在于他把握住了"文学产生变迁的原则"，认清了"现代社会发展的阶段"，努力地完成了文学史家的"伟大的历史的使命"。此外，他还立足于马克思主义的唯物论和经济基础的变革而旧的上层建筑绝不会同时变革的原理，深入剖析了文学史所具有的通过对旧的意识形态的颠覆来实现自己同变革了的经济基础相适应，进而重建新意识形态的批判性实践功能。①

20世纪30年代以后，郑振铎开始抛弃此前自己在文学史研究中的唯科学倾向，尝试运用唯物史观来进行文学史的研究，因此，在具体的研究中，他开始注重社会政治经济基础对文学发展的决定性作用，注重以唯物论的历史发展观取代进化史观，不再唯归纳考察和实证进化的方法是从，开始强调"一个伟大的作品的产生，不单只该

---

① 张希之：《中国文学流变史论》，文化学社1935年版，第1—43页。

赞颂那产生这作品的作家的天才，还该注意到这作品产生的时代与环境，换言之，必须更注意到其所以产生的社会的因素"。① 因此，从时代环境、经济因素方面研究一个时代的文学产生的原因就成了他的文学史研究中的新的"必由之路"。例如，在对元杂剧的分析中，他指出元杂剧兴盛的原因，不单只是关汉卿、马致远等这些作家努力的结果，它和元朝的社会政治经济等时代因素是密不可分的。他的《插图本中国文学史》尽管没有完全摆脱进化论的影响，但是，毫无疑问的是，该作明显初步具备了从社会经济基础因素来分析文学发展原因的唯物论视野。而他在文学史中对于文学的"真"的精神的提倡则又显然带着他的机械唯物论的现实主义文学观的影子，例如，他将《金瓶梅》提升到中国文学的最高成就的位置，其主要的评判依据就是他反复强调的文学的"真"，这和他早在1920年3月20日为《俄罗斯名家短篇小说第一集》写的序中指出的"中国的文学，最乏于'真'的精神，它们拘于形式，精于雕饰，只知道向文字方面用工夫，却忘了文学是思想、情感的表现，所以它们没有什么价值。俄罗斯的文学，则不然。它是专以'真'字为骨的；它是感情直觉的表现；它是国民性格、社会情况的写真；它的精神是赤裸裸的，不雕饰不束格律的表现于文字中的。所以它的感觉，能够与读者的感觉相通，而能收到极大的效果"中对于文学的"真"的机械化理解一脉相承。事实上，由于文学观中的机械唯物论倾向，郑振铎所要求的文学的"真"并不是马克思主义现实主义中所理解的"真"，而是自然主义、写实主义文学观念中所理解的"真"，因此，他将《金瓶梅》提升到中国文学的最高成就的位置背后所依据的义理支撑毫无疑问是机械唯物主义的文学精神对于文学"真实"的要求。

此外，刘大杰的《中国文学发展史》贯彻了机械唯物论的文学史观，例如在对殷商文学发展研究的结论中，他认为，"文学正如其

---

① 郑振铎：《中国文学研究者向哪里去？》，《文学》1934年第2卷第6号。

他的艺术一样，是社会生活的反映。决不能离开当日的物质生产状况与社会意识而独立发展。这种状态，在文学的原始时代，表现得更是明显。所以艺术是生活的附庸，无论他的社会使命，是巫术的宗教的或是教育的，总是脱不了实用的功能"[1]。谭正璧则将进化论、革命论和阶级论杂糅在一起，并且依照机械唯物论的原则对写实主义的文学大加推崇。而在对未来文学的趋势的展望上，他认为将来最有希望的文学是"在世界文坛上最进化的最时代的新写实主义文学"，"苍白幽暗的神秘主义，神经衰弱的浪漫主义，妄自独断的印象主义，个人独立的写实主义，以及朦胧不明的象征主义，现在是都过去了，正在到来的是新写实主义。她是没有国别的，没有颜色的，而且是男性的、勇敢的、唯物的、乐观的、现实的文学，她是新时代最进步、最有生命的世界文学。最近的中国文学，也正对准着这个方向，毫不畏缩的前进！前进！"[2]

第四节 遗声：20世纪中国文学史观中科学主义的落幕

中华人民共和国成立之后，随着马克思主义的辩证唯物主义和历史唯物主义思想作为科学真理在文学史研究中核心领导地位的确立，客观、进化、归纳、实证等科学主义的理念与方法在中国文学史观的建构中或者与马克思主义思想相结合而获得新的身份认同，或者因为与马克思主义思想的相悖而从中国文学史观的建构中逐渐消退。马克思主义的辩证唯物主义和历史唯物主义成为中国文学史研究和文学史观建构、写作实践的理论基础、核心价值和方法指南。

1954年出版的谭丕模的《中国文学史纲》，除了带有新式的社会

---

[1] 刘大杰：《中国文学发展史》，中华书局1941年版，第11—12页。
[2] 谭正璧编：《中国文学进化史》，光明书局1929年版，第391—392页。

主义意识形态的风气，作者还特意将"历史唯物论"作为中国文学史研究的科学方法。① 1958年由人民文学出版社出版的北京大学中文系文学专门化1955级集体编著的《中国文学史》明确提出中国文学史的研究必须以马克思列宁主义作为指导思想，"没有马列主义就不能建立任何一门真正的社会科学"②。该《中国文学史》由于使用了具有强烈的意识形态和政治寓意的红色封面而被称为红皮本的《中国文学史》。在前言中，作者这样指出，根据马克思主义经典作家所阐述的"经济基础决定上层建筑"原理，文学是社会现象，是"基础的上层建筑"，每一时代的文学面貌是由当时的"社会经济基础所决定的"，于是，各时期"文学的特征""文学的发展规律"，就不再是"杂乱无章不可理解的东西"，而是可以给予"科学的说明的"。对于如何科学地说明每一时代文学的特征、文学的发展规律，作者指出，"只有历史唯物主义，才使文学史成为科学"，丢开"历史唯物主义"，丢开"决定文学内容的社会基础"去侈谈文学，就不能正确解释文学现象，"科学地说明文学发展规律"。而丢开社会的发展趋势，丢开对进步的与反动的事物的了解，去空谈文学，也就失去了"评价文学的根本依据"。③

除了红皮本的《中国文学史》外，王瑶根据马克思主义经典作家的辩证唯物主义和历史唯物主义原理提出，"文学史既是文艺科学，也是一门历史科学，它是以文学领域的历史发展为对象的学科。因此一部文学史既要体现作为反映人民生活的文学的特点，也要体现作为历史科学、即作为发展过程来考察的学科的特点"④。"文学史作为一门独立的学科，它不同于以分析和评价作品的艺术成就为任务的

---

① 谭丕模编著：《中国文学史纲》，高等教育出版社1954年版，第5页。
② 北京大学中文系文学专门化1955级集体编著：《中国文学史·上册》，人民文学出版社1958年版，"前言"第9页。
③ 北京大学中文系文学专门化1955级集体编著：《中国文学史·上册》，人民文学出版社1958年版，"前言"第5页。
④ 王瑶：《关于中国现代文学研究工作的随想——在中国现代文学研究会学术讨论会上的发言》，《中国现代文学研究丛刊》1980年第4期。

文学批评，也不同于以探讨文艺的一般的普遍规律为目标的文艺理论，它的性质应该是研究能够体现一定历史时期文学特征的具体现象，并从中阐明文学发展的过程和它的规律性。"①

追求科学、正确是人民文学出版社1963年出版的游国恩等人的《中国文学史》的核心观念，在《说明》中，该著指出，在内容上，它希望能给人以"比较全面系统的文学史知识和正确的历史观念"。游本并且明确其著述《中国文学史》的指导思想是"力图遵循马克思列宁主义、毛泽东思想的原则来叙述和探究我国文学历史发展的过程及其规律，给各时代的作家和作品以应有的历史地位和恰当的评价"。在文学史的历史分期问题上，该著认为，"至于分期，目前史学界尚有争论"，因此，仍沿用北京大学中文系文学专门化1955级集体编著的《中国文学史》的分期办法，"除末编按社会形态划分外，其余则基本以主要封建王朝作为分期的标志"。关于此，该著补充指出，"尽管以主要封建王朝作为分期标志，不是严格的科学划分，但它也有助于我们掌握我国文学的发展"，所以，"还是采用了这种办法"②。同时，该作注重经济基础对文学影响的分析，认为"《子虚》、《上林》赋的出现不是偶然的。《西京杂记》载司马相如的友人盛览尝问他作赋秘诀。相如说：'赋家之心，苞括宇宙，总览人物，斯乃得之于内，不可得而传。'其实这并不仅仅是作家个人的才力，即他说的'赋家之心'的问题，更重要的是这空前统一、繁荣的汉帝国的出现，加强了正处在上升期的封建统治阶级的信心，也大大开拓了文人学士的胸襟与眼界，使他有可能在赋里多少反映这个强大的汉帝国的面貌，也多少表现了当时统治者一种发扬蹈厉的精神。后来张衡二京，左思三都，虽篇幅加广，而气魄终觉不如。至南朝文人勉强学步，就如在蹄涔之水，吹波助澜，更无足观了。所以《子虚》、

---

① 王瑶：《中古文学史论》，北京大学出版社1986年版，第2页。
② 游国恩、王起、萧涤非、季镇淮、费振刚主编：《中国文学史》，人民文学出版社1963年版，"说明"第1—3页。

《上林》赋的出现是有一定的现实社会基础的。"不过,该著也认为,鉴于《子虚》《上林》赋所表现的时代面貌终究是非常表面和畸形的,因此,它们并不能"真正反映它的时代"。至于它们的艺术形式和表现手法,"则与楚辞有很多联系,是楚辞的变化和发展"。① 革命性、人民性、阶级性是游国恩等人主编的《中国文学史》的最突出的特征,例如,它认为《搜神记》中的《干将莫邪》通过写巧匠莫邪给楚王铸成雌雄双剑后被楚王杀死,其子赤为父报仇的故事不仅"揭露了封建暴君残害人民的血腥罪行",而且突出地表现了我国古代劳动人民"反抗压迫的英雄行为"。对于山中行客见义勇为、自我牺牲为子赤复仇的豪侠气概,该作认为,这体现出了我国古代劳动人民"在反抗压迫的斗争中的团结友爱"。② 由于阶级论的立场,该作对《世说新语》的评价并不高,认为这部作品站在士族阶级的立场掇拾汉末至东晋间士族阶层的遗闻逸事,其褒贬"带有严重的阶级局限性",大大影响了它的"思想性"。不过,该作也认为,《世说新语》毕竟客观地反映了士族阶级的"精神面貌与生活方式",并因此而具有一定的"暴露和认识意义"。③

中国科学院文学研究所本《中国文学史》指的是1962年由人民文学出版社出版、中国科学院文学研究所中国文学史编写组编写的《中国文学史》,该著共分三册,钱锺书、余冠英、曹道衡、胡念贻等均参与编写。该作在1962年出版后曾几次修订重印。该著的"编写说明"明确指出,它"力图遵循马克思列宁主义的观点,比较系统地介绍中国古代文学的发展过程,并给古代作家和作品以较为恰当的评价"④。

---

① 游国恩、王起、萧涤非、季镇淮、费振刚主编:《中国文学史》,人民文学出版社1963年版,第125页。
② 游国恩、王起、萧涤非、季镇淮、费振刚主编:《中国文学史》,人民文学出版社1963年版,第301页。
③ 游国恩、王起、萧涤非、季镇淮、费振刚主编:《中国文学史》,人民文学出版社1963年版,第305页。
④ 中国科学院文学研究所中国文学史编写组编写:《中国文学史》(一),人民文学出版社1962年版,第1页。

人民性、政治性、阶级分析、强调社会存在对文学决定性作用甚至革命性等也是这部文学史的重要理念导引、架构范畴和方法论基础。

进入新时期后，产生了两部引人瞩目的《中国文学史》，即分别由袁行霈和章培恒主编的《中国文学史》，这两部《中国文学史》在贯彻马克思主义辩证唯物论和历史观上较此前的著本有了一些新的突破，而且，在扬弃机械论马克思主义的阶级观点、政治观点、革命观点等方面取得了巨大的进步。袁行霈主编的《中国文学史》指出，文学史是文学的历史，它要在广阔的文化背景上"描述文学本身演进的历史"。文学史应当紧紧围绕文学创作来阐述文学的发展历程，这样，文学史就由三个层面构成。其一是文学创作的社会政治、经济背景，它是深入阐释文学创作的"必不可少的钥匙"，但它却不能成为文学史的核心内容，否则文学史就变成了社会发展史的图解。其二是文学创作的主体即作家，包括作家的生平、思想、心态等。该作指出，我们要充分重视作家研究，但却不能将之当成文学史的核心内容，把文学史变成作家评传的集成。其三是文学作品，它是文学史的核心内容。因为没有作品就没有文学，更没有文学史。文学史的核心内容就是阐释文学作品的演变历程，前两个层面都是围绕着这个核心的。①

章培恒在《中国文学史》"导论"中指出，研究中国文学史的任务，是"清理并描述中国文学演变的过程，探讨其发展规律"。何为文学？章培恒认为，过去我们普遍接受决定文学作品价值的是其"反映社会生活的广度与深度"、在这方面有欠缺的作品绝不会是"第一流的作品"的观点，他指出，这是不准确的。文学作品是以情动人的东西，无论诗词等写真情实感的作品还是小说戏曲等虚构类的作品均是如此。因此，评价文学作品的标准，就是"作品感动读者的程度"。越是在漫长的历史和广阔的空间中，给众多读者以巨大感动的作品它的成就就会越高。不过，对于读者的感动，章培恒认为

---

① 袁行霈主编：《中国文学史》（第一卷），高等教育出版社1999年版，第3—4页。

"应该区别对待",缘何有的很古老的作品到现在还能感动我们,而有的作品在一定时间内感动了读者,但几百年甚至几十年后却不再引起人们的兴趣了?关于此,他立足于马克思关于"人的一般本性"和"每个时代历史地发生了变化的人的本性"的论述进行了解释。对于人的一般本性,章培恒在考察了马克思在《1844年经济学哲学手稿》和《神圣家族》中的论述后指出,马克思所理解的人的一般本性就是"要求满足生活和人的一切需要"。同时,他认为马克思把享乐和显露生命力乃至人的情欲、要求自由和反对束缚、对自我的重视也视为"生活和人的一切需要的组成部分",当作人的一般本性,文学作品越是能够体现出人的一般本性,就"越能与读者的感情相通"。他指出,文学必须体现人性,尤其是体现鲜明的个人性,人性本身是在历史中不断发展着的,这也就"带动了文学的发展",因此,"文学的进步是与人性的发展同步的"。不仅如此,章培恒还认为,在文学形式的演进中,人性的发展也占有"极其重要的地位",大致来说,文学形式的演进有些与人性的发展直接相关,有些则是间接相关。[①] 客观地讲,章、骆本的《中国文学史》确实建构了一种立足于马克思主义的辩证人性观和历史人性论的新的文学史观念,同时,它对20世纪中国文学史观中科学主义的流弊进行了较为有力的扬弃。尽管章、骆在对马克思主义的人性、人的一般本性以及人性的发展与中国文学发展的关系的理解尚有进一步讨论的空间,但章、骆本毕竟开辟了以马克思主义思想为指导的中国文学史研究的新思路,它被学界誉为"石破天惊"之作自然是当之无愧的。

---

① 章培恒、骆玉明主编:《中国文学史》(上卷),复旦大学出版社2004年版,第1—61页。

第四章　20世纪中国文学史书写共同体：以科学的名义

本章呼应第三章的研究，集中于文本实践分析，将20世纪具有时代征候的中国文学史文本作为学术共同体进行文本细读，在百年的历史跨度中具体把捉不同历史时期中国文学史书写中科学主义或科学精神的特殊表现及其内在的统一性，从文本个案研究的维度呈现20世纪中国文学史观的科学主义之变。细读的目标主要集中于20世纪具有历史代表性的中国文学史文本中的历史态度、文学史视野、史料意识及其采取的叙述策略、知识立场、方法谱系、体例设置等。细读的对象将按照历史的逻辑展开，包括草创期林传甲、黄人、来裕恂等的《中国文学史》，确立期曾毅、胡适、郑振铎、钱基博、容肇祖、刘大白、谭正璧、胡云翼等的《中国文学史》，激变期谭丕模、郑振铎、张希之、贺凯、刘大杰等的《中国文学史》及遗声期"红皮本"、王瑶、游国恩等、章培恒与袁行霈等分别著述的《中国文学史》。

第一节　林、黄、来、张的《中国文学史》

科学主义对早期中国文学史的影响早在其发轫之初就已现端倪。作为20世纪国人最早着鞭的几部《中国文学史》，林传甲、黄人、来裕恂、张德瀛等的中国文学史著已经自觉地将科学理念、价值乃至方法贯于其中。首先来看林传甲的《中国文学史》。在《大中华安徽省地理志》中,林氏自言其"当年六岁失怙,先妣林下老人教以数与方名,遂有蓬矢四方之志。弱冠游学武昌,创时务学堂,讲长江形势。首明乡土、地理历史格致之用,受知南皮张文襄公"①。因此,从其求学经历来看,林氏生平习得以及他最为看重的"似乎还不是日后使他名留青史的文学,而是算学和舆地之学"②。所以,我们与其称林传甲为一个文学史家,还不如称其为一个数学家和地理学家或者说一个科学家更为恰当。自然,这样一个谙熟数学和地理学、深受科学之思维浸淫的人来操持文学史的事业,我们实在找不出他有什么理由不把科学的思维带到自己对文学史的理解和书写实践之中,至于他日后放弃旧业转而在地理志学中大展宏图,不知是本于他的"平生之愿"还是自知之明,恐怕也只有他自己清楚了。如前所论,1904年,作为"京师大学堂"国文教习的林传甲为了应付教务提调检查讲义的规定"奋笔疾书",花了不足四个月的时间草成了他的《中国文学史》。这部由"明乡土、地理历史格致之用"的学人错位书写的中国文学史一开始就被打上了明显的科学主义的胎记:第一,在章目设置上,这部《中国文学史》共分为十六章,每章18节,共288节,安排得如此整饬,历史的纷繁被组合在如此井然有秩的框架之内,使我们不得不钦佩林氏的这种出众的理性整合能力。戴燕在《文学史的权力》中曾称林传甲"对课时的精确计算和课程进度的安排","早在他于京师大学堂讲授中国文学史课时,就试练过了"③。这个说法无疑是非常正确的,假如林传甲不是一个受科学意识和科学思维影响极深的人,他能如此精密地安排教学内容和控制教学时间,恐怕是无法想象的。第二,统揽林传甲的《中国文学史》,在十六章中,共有十四处出现了"科学"一词,凡统计如下:"书契既成,中

---

① 林传甲:《大中华安徽省地理志》,中华印刷局1919年版,"自序"第2页。
② 戴燕:《文学史的权力》,北京大学出版社2002年版,第183页。
③ 戴燕:《文学史的权力》,北京大学出版社2002年版,第183页。

国专门科学,遂发明于黄帝之世。""凡今日有用科学,无不备于是时。陶姚以上,当以是为极盛之会矣。"按语:"又按辽金元三朝太祖皆创国书以致勃兴,英法德俄因拉丁以为国书且以识字人数逐年比较以征民智之开塞,科学之盛衰。吾愿黄帝神明之胄宜于文学科学加勉矣。"①"中西科学,咸基于此矣。"②"西文各科学每以突过前人为功,中国算学亦宋人有胜于汉人之处,今日算学更胜于宋元诸巨子矣。"③"易曰:蒙养以正。彼弃实学而弗习,壹志于科学题目,乌可谓之正乎。"④"论事之文,于科学为近。"⑤"孙子发明兵家各科学,其用甚广。"⑥"西国文学史之外,有科学史。近译《西国天算源流考》、《化学源流考》皆是也。中国作史之才,苟充其诗话之量,作科学史,不亦善乎?"⑦"不究科学,而究科学小说,果能裨益名智乎?"⑧"大抵文明之国,科学程度愈高,则分科之子目亦愈多。"⑨林传甲在这十四处对于"科学"一词的运用表明,他无疑是一个深谙科学之旨并善于运用科学观念和思维来阐发论述的人。尤其是在这十四处中,"文学科学"一词竟赫然居于其中,而且,细审之,他这里所谓的"文学科学"既指的是"文学",也指的是"文学的研究",当然,也包括文学史,这几乎可以视为林氏期借以科学之态度或精神来研究文学史之佐证。第三,从林传甲对十六章288节的标题设置以及各章节的具体论述来看,科学之观念与精神贯彻始终。该著中,第一、二、三章的标题分别是"古文、籀文、小篆、八分、草书、隶书、北朝书、唐以后正书之变迁""古今音韵之变迁""古今

---

① 林传甲:《中国文学史》,上海科学书局1906年版,第3页。
② 林传甲:《中国文学史》,上海科学书局1906年版,第20页。
③ 林传甲:《中国文学史》,上海科学书局1906年版,第45页。
④ 林传甲:《中国文学史》,上海科学书局1906年版,第54页。
⑤ 林传甲:《中国文学史》,上海科学书局1906年版,第77页。
⑥ 林传甲:《中国文学史》,上海科学书局1906年版,第105页。
⑦ 林传甲:《中国文学史》,上海科学书局1906年版,第163页。
⑧ 林传甲:《中国文学史》,上海科学书局1906年版,第182页。
⑨ 林传甲:《中国文学史》,上海科学书局1906年版,第205页。

名义训诂之变迁",均使用了"……的变迁"的格式。而在第288节中,林氏共有15处使用了"……的变迁"的格式。参以文中第43页"凡此可见退化之国亦可进化也"以及第47页"读赫胥黎之《天演论》,知动植消耗之故矣"之语,足以证明林传甲已经初步具有进化论的科学主义思维。如果说这些还不足以说明问题的话,那么,林氏论述中随处可见的科学意识则完全可以帮助我们得出林氏以科学思维来作文学史的结论。如他在著中提出治文学者需推崇实事求是的科学精神:文中第六章第2节有言:"世俗治文学者,往往颂习总集别集,依其格律,审其声调,有求文者,贸然应之。累牍盈箱,积成卷帙,遂自命为文,且自尊为古。究其所言,空疏鲜实。"① 也是在这一节中,林氏提出,"大学首格物",治文学者须实事求是,并将那种"空疏鲜实"的治文学之风斥为"博士卖驴";他甚至倡导文学研究须采用"解剖观察之法":第七章第13节中论及读书之理时,林氏推崇古人读书的"分节绘图释例"之法,认为其"不可废也",并在按语中指出"日本汉文典所谓解剖观察法如是";他还以"精实"为品文之标准:第十三章第7节言:"幕王谢之纤丽,不务冲之精实,此中国文学所以每下愈况矣。"第六章第18节云:"论事之文,于科学为近。"除以上诸例,林著论述中所掺杂的科学意识和科学内容就更是不胜枚举了。不仅如此,该著在运思之中多处夹带了数学、逻辑学、地理学、语言学等学科的内容和研究意识:如第八章第5节按语称:"游历远者虽不习地图,诗文亦奇实验之效也。"在另外一处,他还认为中西算学皆采用十进位制是因为本朝人和洋人都是长十个手指头,诸如此类之案,在林著中俯拾皆是。以上诸例均表明林传甲并不是一个游离于科学主义思维的文学史研究者,实际上,他的《中国文学史》已经明显呈现出以科学精神来统摄中国文学史的企图,虽然其中并没有出现像"汉律断唐

---

① 林传甲:《中国文学史》,上海科学书局1906年版,第51页。

狱"之类的错位，究其原因一方面在于林氏的文学观念与其后继者有着根本的不同，另一方面还在于科学主义思维在20世纪初叶的中国还没有经过五四新文化运动的洗礼，尚未被提升到核心的社会价值规范和主流意识形态的地位。无论如何，林传甲的这部《中国文学史》的科学主义素质还是较为鲜明的。林氏的《中国文学史》初由武林谋新室印刷发行，其后，于1910年由上海科学书局出版发行，事实上，这也是一个很耐人寻味的现象。如今，如果某位学人的文学史著作在科学技术类的出版社出版，大家一定会不太容易理解，而林氏的这部《中国文学史》竟然这样做了，或许在近百年之前，世人的学术分科观念尚不如现在这样界限分明，但这其中是不是包含这样一种意识：即林氏的《中国文学史》所吐露出的科学主义的气息实在是有点浓，致使其身份可疑、面目模糊，以至于人们把它当成了一部科学著作而堂而皇之地将其放到了科学书局去印刷发行呢？朱自清先生在谈及包括林氏的《中国文学史》在内的那些早期国人所著的文学史作品时就认为："早期的中国文学史大概不免直接间接的以日本人的著述为样本，后来是自行编纂了，可是还不免早期的影响。这些文学史大概包罗经、史、子、集直到小说戏曲八股文，像具体而微的百科全书。"① 朱先生的"百科全书"之喻很到位，或许它影射的就是这些早期的中国文学史的科学主义本质。从这种意义上说，西方学者米列娜在分析了林传甲的《中国文学史》之后认为林氏的这部著作关涉的对象只是宽泛的"人文学"（Humanities），并且对之表示失望。关于米列娜的失望其实我们也很认同，但她对林氏《中国文学史》所作的"人文学"的判断却有失准确，严格地讲，林氏的《中国文学史》应该属于自然科学与"人文学"杂交而成的一个怪胎。也正是如此，陈国球认为，林传甲的《中国文学史》虽然封面上写着"中国文学史"的字样、卷前标着

---

① 朱自清：《朱自清古典文学论文集》（上册），上海古籍出版社1981年版，第13页。

"仿日本《中国文学史》之意"的口号,但实际上"这本著作根本承担不了'文学史'的任务"①。

几乎是紧随着林传甲的《中国文学史》的问世,东吴大学的文科教员黄人(1866—1913)于1905年写就了他的《中国文学史》。金鹤冲在《黄慕庵家传》中对于黄人以及他的《中国文学史》说过这样的话:"草创十万言,欲有所修饰,未就而卒",②著名学者钱仲联先生在《梦苕庵诗话》中也对黄人撰写《中国文学史》时的情形作过这样的描述:"摩西(按:即黄人,黄人字慕庵,号摩西)性极懒,作字尤谲诡类虫书鸟篆,人不能识。《文学史》一书当时逐日编纂,用为校中讲义,往往午后需用,而午前尚未编就,则口衔烟筒,起腹稿,口授金丈(按:金鹤冲),代为笔录。录就后,略一过目,无误漏,则缮写员持去付印矣。"③或许正是黄人这种慵懒的作风和早逝的不幸使得他的这部《中国文学史》与早期的其他文学史文本相比较,不仅显得粗糙,而且理论与实践不符的弊端也更加明显。正是如此,当代学者戴燕认为,黄人的《中国文学史》"说文学史,大体却是作家的生平概要和作品的抄录,所选作家及所录作品,似乎与他在理论部分的阐述也并不怎么吻合"④。黄人的《中国文学史》其后由国学扶轮社印就二十九册,前三册是总论、略论、分论等,后二十六册分上世、中世、近世三期分别讲述中国文学的历史概貌。其中,前三册是该作的理论阐述部分,可以说集中体现了黄人的文学史观念。在《中国文学史》的理论阐述部分,黄人首先表示了他对文学的理解。他引用了英国文学史家烹苦斯德氏在《英吉利文学史》中的文学定义,[按:烹苦斯德氏的文学定义如下:文学一语有二义。(一)通义,而仅属于书籍一类,从拉丁语(Litera)出

---

① 陈国球:《文学史书写形态与文化政治》,北京大学出版社2004年版,第60页。
② 金鹤冲:《黄慕庵家传》,汤哲声、涂小马编著:《黄人:评传·作品选》,中国文史出版社1998年版,第101页。
③ 钱仲联:《梦苕庵诗话》,齐鲁书社1986年版,第49页。
④ 戴燕:《文学史的权力》,北京大学出版社2002年版,第198页。

之。记录叙述写本典籍等皆属之。就此以为解释,则不关其主题及价值之如何。苟为国民产出之书籍,皆可谓之国民文学。(二)狭义。以文学为特别之著作,而必表示其特质,从此以为解释,则文学之作物当可垂教云。即以醒其思想感情与想像,及娱乐思想感情与想像为目的者也。文学者,因乎读文学者之阶级,无一定之标准,而表现之技巧,断不可少。盖文学为美术作品要素之一,与绘画音乐雕刻等,皆以描写感情为事。就此点言之,则文学者虽出于垂教,以智识为最要目的,而与平常之教科书不同,故文学之关系于科学历史者诚不少,而当其用之,则必选其能动感情能娱乐想像为要,然则文学者,扫除偏际之特殊知识而喻以普通之兴味以发挥永远不易之美之价值者也。如索斯比亚之史剧,楷雷之法国革命史,铿须及麦夸雷之论文,皆具备以上之条件者。①] 并认为这个解释"最深",而且,更重要的是,黄人认为烹苦斯德氏的这个文学定义"不以体制定文学而以特质定文学",这深得他的"赏识",所以,他就"兹即取以为释文学之标准",直接进行了搬用。或许是觉得烹苦斯德氏的定义过于烦琐,黄人又剥粗存精,从中提炼出了文学必有之"六种意味":即虽亦因乎垂教而以娱人为目的;当使读者能解;当为表现之技巧;摹写感情;有关于历史科学之事实;以发挥不朽之美为职分。黄人认为,文学"此外虽有他之特质,亦不能出以上之范围,而此六种之意味,虽不无重复,要就各种之主脑而有差异"②。值得一提的是,黄人的这种对于文学史的选材范围的理解几乎与我们现在普遍通行的理解相差无几,他所推崇的娱乐、审美、情感、想象也是我们当前理解文学以及甄选文学史题材所惯用的标准,由此可见他在受当时中国传统文学观念影响甚深的境遇下独具一格的眼界和胆识,黄人这种文学观念在当时是较为契合西方近代科学精神所推崇的理性范式的。黄人文学史观的科学主义倾向主要体现在他对历史进化论的借鉴和认可

---

① 黄人:《中国文学史》,杨旭辉点校,苏州大学出版社2015年版,第59页。
② 黄人:《中国文学史》,杨旭辉点校,苏州大学出版社2015年版,第60页。

上。例如，在文学史观念上，他称文学史乃"人事之鉴"，且其进化路线"非直线形"，而为"不规则之螺旋形"，其间包含此消彼长、横溢斜出等矛盾，故文治进化，"遇有阻力，或退而下移，或折而旁出，或仍循原轨。……有似前往者，有似后却者，又中止者，又循环者"①。在文学史方法上，他指出文学史"循今则盭古，竺旧则违时；用演绎法，则近武断，而疏漏必多；用归纳法，则涉更端，而结宿无所"，②故文学史"属于叙述"，当用叙述之法。③需指出的是，黄人这里所谓的"叙述"并非一般意义上之"叙述"，而是叙述文学进化之现象、求其公理公例之所在意义上的"叙述"。

科学主义对早期中国文学史之影响不仅及于黄人，还有来裕恂。来著《中国文学史》概成于1905年，虽不及林、黄之作流布广，但其科学主义的劲头却一点也不输前二者。在绪言中，来氏即推崇科学，著中之科学观念与意识更不鲜见。如先秦文学评议部分，来氏认为先秦文学虽制造了中国文学的空前繁荣，但其弊也不少：其一，该期缺乏"论理之学"，因此，文化上多诡辩、少科学，致"文学不能光大"；其二，该期缺乏"物理之学"，致文学"蹈于空疏"。④这些指责自然是立足于科学主义立场而发，至于是否符合文学史实，则不是来氏所关心的问题。在国朝文学总论中，来氏评议说："道光以来，西学东渐，于是欧亚文化，混合为一。迄今学校兴，学科分，求学之士，凡得之于学堂者，皆有科学之性质，于是文章益形进步矣。"⑤论及近今文学，来氏又言："中国之文学，自此将与欧美合乎。是又开前古未有之景象，而文学史上，又为之生色矣。"⑥说到底，在来氏看来，科学乃文学进步之本，只要

---

① 黄人：《中国文学史》，杨旭辉点校，苏州大学出版社2015年版，第13页。
② 黄人：《中国文学史》，杨旭辉点校，苏州大学出版社2015年版，第58页。
③ 黄人：《中国文学史》，杨旭辉点校，苏州大学出版社2015年版，第2页。
④ 来裕恂：《萧山来氏中国文学史稿》，岳麓书社2008年版，第43—44页。
⑤ 来裕恂：《萧山来氏中国文学史稿》，岳麓书社2008年版，第185页。
⑥ 来裕恂：《萧山来氏中国文学史稿》，岳麓书社2008年版，第203页。

有科学，文学之昌明则是可以打包票的。此外，散见于著中其他章节的科学观念与精神也绝不含糊。如第八章先秦文学之评议云："文学以竞争而进步，中国六家九流、诸子百氏，其分门别户，立说各不相同。要皆持之有故、言之成理，故文学以竞争而发达（按：这里既有物竞天择、适者生存之意，也有进化之理）。"① 陈平原认为，若"仔细辨析"，来著"也隐约可见梁启超的声影"。② 其实何止是"隐约"，简直就是直接搬用。如梁著《论学术之势力左右世界》（1902）在论及西方近世思想大开、文明灿然时，曾举哥白尼、玛志伦、培根、笛卡儿、孟德斯鸠、瓦特、达尔文、奈端、边沁、黑拨、约翰·弥勒等人为证，而来著在证明今日"世界之改观者，'皆'科学为之也"时，除将"玛志伦"改为"麦志伦"，将"孟德斯鸠"改为"蒙德斯鸠"等外，悉数搬录以上诸人。③ 更有甚者，来氏的先秦文学之"四优五弊"说，除"影响之广远""无抗论别择之风"未取，"师法家数之界太严"改为"法家之说太严"外，也均为直接搬用梁《论中国学术思想变迁之大势》中对先秦学派的评定。④ 上述两作均乃梁氏新史学之先声，来氏援袭之目的，无非想将梁著倡导的科学、进化、竞争的观念和精神迁移至其中国文学史观念的想象和构筑之中。

张德瀛的《中国文学史》与林、黄、来著同期，此著成于1906—1909年间，1909年由广东政法学堂出版，计4篇66章，9万余言。张著与科学主义也颇有丝连，在历史观上，张氏强调科学主义的历史观，认为历史是"任乎天地自然之数而与时为消息者"，其间"皆载真意"。这个观点与备受科学主义影响的梁启超的新史学所认为的历史群群相际、代代相续，其间必"有消息""有原理"，史家之职在于"苟能勘破之"，知其因果、道其所以的看法相当一致。同时，张

---

① 来裕恂：《萧山来氏中国文学史稿》，岳麓书社2008年版，第43页。
② 陈平原：《折戟沉沙铁未销——新刊来裕恂撰〈中国文学史稿〉序》，来裕恂：《萧山来氏中国文学史稿》，岳麓书社2008年版，第6页。
③ 来裕恂：《萧山来氏中国文学史稿》，岳麓书社2008年版，"绪言"第2页。
④ 来裕恂：《萧山来氏中国文学史稿》，岳麓书社2008年版，第42—45页。

著中亦有进化论的倾向，如他的"有文字而后有人群"，乃"有进化之机"的群化历史观，等等。此外，张著"序录"中云："据乱之后为升平，升平之后为太平，往古来今，代有作者，世运虽变，未尝绝也。继此者亦必绳绳乎而靡有艾也。"① 这种视历史为一整体，而不因朝代更迭而断裂的观点与梁科学主义史学称历史乃"同体进化之状"也有着异构同质的地方。

总而言之，林、黄、来、张等著的科学主义倾向虽然未必是预先约定的结果，而且他们彼此也未必阅读过对方的著作，例如，林、黄的著作就几乎是同时动笔，但是，在早期中国文学史的发展中，他们不约而同地选择科学主义却并非简单的现象，它们所折射出的是早在中国文学史的发生时期，科学主义就已经悄然渗透于其中，参与中国文学史观的孕育和建构。林、黄、来、张之后，曾毅、胡适、郑振铎、钱基博、容肇祖、刘大杰、刘大白、谭正璧等人次第登台，笙镛琴瑟，并奏竞陈，共同演绎了一曲科学主义进军中国文学史观建构的历史大合唱。

第二节　曾、郑、钱、容、谭、二胡、二刘的《中国文学史》

一　曾毅

曾毅的《中国文学史》动笔于1914年，他因宣传民主宪政而被判极刑，后有惊无险，经人斡旋保释出狱而远走日本避难期间，1915年由上海泰东书局出版。全书计五编，九十章。陈广宏曾认为，"曾氏旅日期间所编著之《中国文学史》，算得上是20世纪初期中国学界在向近代人文学科转型过程中较早出现的中国文学史著述了"②。

---

① 张德瀛：《中国文学史》，《张德瀛著作三种》，闵定庆点校，南京大学出版社2017年版，第1页。
② 陈广宏：《曾毅〈中国文学史〉与儿岛献吉郎〈支那文学史纲〉之比较研究》，卢盛江、张毅、左东岭编：《罗宗强先生八十寿辰纪念文集》，中华书局2009年版，第628页。

其论基本符合曾著的事实。在20世纪早期的《中国文学史》著本中，曾著是颇受好评的一部。胡怀琛曾称其为民国以来"比较的最好"的一部《中国文学史》："中国有正式的文学史，是在二十年前。第一部《中国文学史》，是前清京师大学教员林传甲做的。出版于宣统二年。民国以来，也出过几部文学史：计谢无量一部，曾毅一部，张之纯一部，王梦曾一部。其中以曾毅的比较的最好，谢无量的比较的最博。"① 郑振铎也曾以"略为可观"赞誉之："王梦曾、张之纯及葛祖兰三人所编的是中学师范的用书，浅陋得很，林传甲著的，名目虽是《中国文学史》，内容却不知道是些什么东西！有人说，他都是钞《四库提要》上的话，其实，他是最奇怪——连文学史是什么体裁，他也不曾懂得呢！……朱希祖的一本则太简略……只有谢无量与曾毅的二书，略为可观。曾毅的较谢无量的还好些。"②

曾著博得如此之盛名一方面与它谨博征策的文学史研究态度有关；另一方面与它将科学观念、方法与精神视为《中国文学史》的追求目标密不可分。在《中国文学史·自序》中，曾毅就曾言，"盖吾国数千年文学，其间源流派别变迁升降之形极为蕃赜，自非浸馈亲切者，不能言之缅缅，以异国人治异国文学，其为隔靴搔痒，宜矣。毅生鄙塞，尝以为吾国数千年文史，散居故籍，以今科学方疺，顾使承学之士，望洋兴叹，而自沮于溯洄之无从，岂非有心世道君子忧耶！不揣肤浅，谨博征往策，撮为五编"③。《中国文学史·凡例》中说："本编为供普通参考而作，不敢过繁，使阅者有憪然难于卒业之感，亦不敢过简，致阅者索然寡味，不能得系统之观念。"④ 具体言之，曾著的科学主义思维与观念体现在如下几个方面。

以时代、环境论文学。注重运用时代、环境因素对文学的影响来分析文学史现象是曾著的首要特点，这种注重时代和地理环境的分析

---

① 胡怀琛编：《中国文学史概要》，商务印书馆1931年版，第13页。
② 郑振铎：《我的一个要求》，《中国文学论集》（下册），开明书店1934年版，第397页。
③ 曾毅：《中国文学史》，泰东书局1915年版，"自序"第2页。
④ 曾毅：《中国文学史》，泰东书局1915年版，"凡例"第1页。

使曾著和早期的林、黄、来、张的《中国文学史》区别开来。例如，曾著开篇在对上古文学的分析中就提出，中国上古之文学，"主于北方民族以发挥实践的思想"，而其影响后世，酿成"国民特色"，可与西方文学比肩。他认为，上古之时，汉族的领地，以黄河为中心，而"渐拓殖于南北沿岸"，五帝三王时，"王化之所及，主在河边，而未达于江南"。舜之德化，虽渐始于有苗，但逮至文王之时，风化也仍"不越江汉"。即使在周成王的时代，势力所及，也仍然"东不过江黄，西不过氐羌，南不过蛮荆，北不过朔方"。纵然至于吴寿梦，汉人亦"未通中国"，"楚不与岐阳之盟"，因此，中国之政教，仍未曾"实被于江南"。且上古之初，彼"生长风雪关河之里，目不睹明霞散绮之色，耳不闻千里莺啼之声"，百年之人生，唯目击此"滔滔之浊流""莽莽之旷野"。其地质，"则第四世纪之水成岩也"，其风物则"荒寒洪大"，地昧之所宜，"黍稷菽麦四种耳"，天似穹庐，"苍苍然垂于四际者"。其正色，远而无所极，若夫夕阳黯淡，垂影关中，岭树低迷，陇流鸣咽，旅雁度寒云，羸马嘶古道，寥旷苍凉之景，"至今犹昨"。"且黄河之水，来从星宿，其长也，二千五百里，经流之面积，占七十万方里。秋冬之时，大气干燥，其水半涸半澄，渗为沙碛，飒飒之风，来自穷发，黄尘颒洞，千里常昏。"而一朝泛滥，则大浸稽天，举数十万之生灵，几亿万之财产，"秋风振箨，一扫而空"，即后世治水术精，犹"不堪其苦"，而况于人智未开，草昧初启之世，"若是乎，以浴于天然之惠者少，期欲以人为胜天然，以感于天然之美者少"。故尝于人道范围内，运躬行实践之功，此北方文学所以"于理想界，鲜逍遥自适之风；于现实界，常发见人间行为之标准也"。《诗》三百篇，"大抵于君臣父子夫妇兄弟朋友间实践伦理之下，表彰其思想感情"；《书》百篇，"皆以道治平之政事"，尧舜三代之"政治史也"；《易》"断人事之吉凶"，所以"开天下之愚，通天下之志"，亦"开物成务之道"。然则，燕赵多悲歌之士，"感时泣事"；邹鲁多仁义之人，"温重敦厚"，"何莫非缘于地理之影响？"① 因此，"三代文学，不过时代精神之反映"②。再如，曾著第二章"汉初文学之状况与高祖之遗谟"在论述汉初文学时认为，三秦之世，焚书坑儒，政暴民烦，伺其气数之末，刘项角逐遂起，"泯泯棼棼，么么日甚"，文学之事，"殆无可言者"。汉初干戈粗定，务为休养，且高祖刘季有武略而无文德，其麾下枭杰之才，屠贩之辈，"四皓逸于野，两生不肯行。其谁与追经国之本原，发郁郁之盛业哉"？汉初社会之心理既如彼，高祖之经营又如此，所以，老庄宁静之学得逞，考其原因，曾毅认为，"殆有三种"，其一，"时势之所趋"；其二，"自然披靡之势"，邹鲁派之主义"见斥于高祖"，"郑卫派之政术，二世败亡"，"实验上之效果极少"；其三，反秦之人，多为南人，素被老庄思想浸染。他举例说，萧何之画一、曹参之不扰狱市、张良之受书、陈平之阴谋奇计、娄敬之和亲匈奴，皆老子"卑弱之术"，而陆贾之家居极欲，则"庄周养生之意"。所以，宁一之歌、更始之乐、清虚之理想，上下流行，但这些都不过是"一时之催眠药"，与人性相悖，久用"致害"，所以，到了武帝的时候则废除休养生息之政策，"而一努力于事功"。（按：值得一提的是，在1929年的订正版中，"实验"一语则被曾氏删除。③ 从这里也可以看出曾氏对早期生搬科学概念的一种矫正。）在论北朝文学时，曾氏曰："北朝文学之特色，有清刚质实之音，无轻艳浮华之习，力虽不逮汉魏，格已高出齐梁。此固风会使然，亦有地气所致。"④ 凡此种种，都体现出了曾氏将文学与时代、社会乃至地理环境联系起来进行考察的倾向，而这种倾向的滥觞却是本自自然科学和实验、实证基础上形成的法国近代文学理论家丹纳和斯塔尔夫人的社会学的文学批评方法。

追求文学史的客观性，重视历史因果规律的发掘以及对归纳总结方法的运用，且坚持进化观，肯定俗文学。注重对文学历史的进化分

---

① 曾毅：《中国文学史》，泰东书局1915年版，第21—22页。
② 曾毅：《中国文学史》，泰东书局1915年版，第34页。
③ 曾毅：《中国文学史》，泰东书局1915年版，第51—53页。
④ 曾毅：《中国文学史》，泰东书局1915年版，第119页。

析,也是曾著的鲜明特色。例如,在上古文学论中,曾毅指出:"唐虞三代之文明,一载之于《尚书》,尧舜以前,无可征信。百家所称,其文不雅驯,以人文进化之理推之,而证以后世学者之说,要为人智未开,庶绩未熙,民蠢蠢然各安其堵。山无蹊隧,泽无舟梁;饥则含哺,饱即鼓腹;百年老死,不相往来。老庄称太古无事曰至德之世者是也。虽然,唐虞之人文发达,决非一蹴可几,即黄帝之垂衣裳、监万国,亦必承数十世君牧之后,其见于载记者,如容成氏、大庭氏、柏皇氏、中央氏、栗陆氏、骊畜氏、赫胥氏、尊卢氏、祝融氏,非必继踵而统一天下,其于当代,或为一地方之首领,一部族之雄长,要皆有助于人文之进化也。"① 对于此前通行的将经、史、子、集均纳入文学史之错误行径,曾毅立足于进化观念进行了批评。在《中国文学史》第六章"文学之分类"中,他指出:"文学之分类,原属于文学研究者之职分,非文学史所宜深论也。惟古今文学变迁之形,至为繁赜,不略举之,转无以见文学史之范围。……特以文者,谓以程序的连缀字句,著为篇章,用达吾人之意者也。"他认为,三代以上,没有文学分类的观念,六艺、诸子,皆为文学;两汉以后,文学始分,六艺各有专师,而别为经部;诸子流派益歧,而蔚为子部;导于《尚书》《春秋》,而史学立;文章流别分于诸子,而集部兴。因此,他进一步指出,"经史子集,四部别居,其流弥繁",而"统视为文学",显然是不可以的,因为,"世益进化,学益分科,文学之疆域,当画其界,而与历史学等观,不得谓独操诸学之原,与伦理学数学同量"②。同时,曾著第三编第二十八章"隋之统一与文运之更始"在评价王通提出的"中说"时认为,王说是对儒家传统的继承,"纯然儒家言也",而王通"续诗书,正礼乐,修元经,赞易道"成"六经"的行为遭到后人的批评,曾毅用进化的观念对之进行了驳斥,他曰:"后之论者,多所疑怪,谓其续经为吴楚僭王,陋

---

① 曾毅:《中国文学史》,泰东书局1915年版,第22—23页。
② 曾毅:《中国文学史》,泰东书局1915年版,第16页。

儒从而和之，加诟厉焉。于是，通之道不行于当时，且长埋于后世矣！夫就秦汉以来之事，而窃取其义，以明王道，统文献，征进化，夫复何害？苟其不足比于六经，自有优劣之判，则并存焉而以观后王为法，亦未始非治平之一助。必悬一六经以尚古为能事，务排通而后快，谓经不可续，圣不可继也，岂不悖哉？而幸也通之道薪尽而火传也。"① 不过，在1929年的订正版中，他则完全删除了自己的这种驳斥，抑或是曾氏为了进一步追求文学史的客观性所致。② 在论前清文学中，曾氏也据进化观念提出，"前清文学，冠绝古今"，并将前清文学与汉唐宋明诸代文学进行了比较后指出，汉代"去古未还，学有本原"，所以，它只能拾古人牙慧，"拨寻灰烬之余"，以至于"思泉枯竭"，复以其"新离兵革"，边戍不宁，况高祖起于布衣，素不喜儒，故汉代文学迟至武帝方有起色。唐虽有太宗之文治武功，但其承"六代绮靡之弊，学术崩离已久"，"收拾且难，遑言深造"，故"词盛而理弱"。宋始"兼乎词理"，而"五季盗窃，简陋无文"，虽有"右文之君相"，已无"雄迈之气风"。明之所得，"徒咀嚼古人糟粕之余"，而无甚"表襮"。以此知前清文学之"冠绝古今，非偶然也"，乃历史运会之"使之然哉"，"天地且不得而闭其用"。③ 这里，曾氏对汉、唐、宋、明诸代文学不若前清的论断虽然独具识眼，却很难令人信服，尤其是其运会"使其然"和"天地且不得而闭其用"之论断，似有"天演公理"、后来居上之进化论的声影。（按：在1929年本中，此语依然保留，可见曾氏进化思想之一以贯之。）进化观念不仅是曾著声张通俗文学的借口，也是其评价中国文学历史发展的主要方法。在《中国文学史》第四编第四十二章"弘正文学"中，曾毅立足于进化说批判李梦阳、何景明提倡"文必秦汉，诗必盛唐"，为文"故作艰深，钩章棘句"，以致"不可句读"。曾毅认为：

---

① 曾毅：《中国文学史》，泰东书局1915年版，第126—127页。
② 曾毅：《中国文学史》，泰东书局1929年版，第147—152页。
③ 曾毅：《中国文学史》，泰东书局1915年版，第284页。

"秦汉之文，浑金璞玉，自一时风会酿成。后世文明日进，理欲其显，故格变而平；事繁于往，故语演而长。自唐至明，习近千载。而李、何以其偏戾之才，矫为声牙佶屈，无其质而貌其形，故终于肤浅，归于踏袭，诚不免多此一举矣。"① 不过，需要说明的是，在1929年的订正版中，曾氏一改此论，转而对李、何唯古主义之论进行了称誉："后进文明，远异于古，理欲其显，故格变而平；事繁于往，故词衍而长。势之所趋，力难矫拂。"然李、何于"举世波靡之后，独屹壁垒，振起风流，恢廓词场，鼓舞英俊，至令后之七子，复慕而张之，以震荡有明三百年间之文闱，不可谓非豪杰之士也"。② 究其原因，盖有纠进化论之弊而刻意为之之嫌也。此外，曾毅也注重对文学史的演变之因果律的探讨，例如，曾著第二十二章"元嘉文学"提出，"文至宋而又一大变，气变而韶，色变而丽，体变而整，句变而琢，诗则于律渐开，文则于排益甚，而质直之貌衰焉，原其所自，厥有数因"。具体有何数因，他认为，其一，因于国势者；其二，因于地利者；其三，因于学风者。③ 这显然体现出了他对文学史因果律的自觉追求。至于著中对唐代诗歌盛极一时原因的归纳，则折射出曾氏对归纳总结之科学方法的熟稔。

不仅如此，曾毅眼光犀利、思想开明，对通俗文学系认同之心，多欣赏之意。第三十四章"元之建国与文运"云，元代建国之后，于文学上"不惟无长养，徒见其摧残"，故元儒著文，浅薄漫漶，即使一代大儒，也只是步"欧苏之后尘"。唯诗之一体"不袭宋人之浅陋，而出以幽丽"，"于词曲，于小说，乃融会而有通俗文学之发生"，则为文学史上可"大书特书者也"。④ 他具体分析道，"元之文学，比于历代，皆瞠乎其后，而可指为特色者，实惟通俗文学，即小说戏曲之类是也。文以载道也，实所以弼教，前代学者每务为高深，

---

① 曾毅：《中国文学史》，泰东书局1915年版，第259—260页。
② 曾毅：《中国文学史》（下册），泰东书局1929年版，第155页。
③ 曾毅：《中国文学史》，泰东书局1915年版，第106—107页。
④ 曾毅：《中国文学史》，泰东书局1915年版，第235页。

故通俗文学之发达,迟迟吾行。及至元通俗小说戏曲出,而人犹多忽视,以为无当于明道之文,而不知其力之浸染,比于研经薜史者之所为,尤为普遍而渗濂。希腊文明,有耶世希罗之悲剧家,亚黎士多夫之戏剧家,而愈显其色;法兰西革命,有福禄特尔之小说剧本鼓吹,而益促其功。盖其感发警醒,有使人转移于不自觉者,明道弼教之用,为独至矣。顾元世之所以尚者,其意虽不在此,要其发明之功,实不可或轻"。曾氏指出,考其原因,可归纳为以下三种。其一,"宋金之留贻。前此无以白话说理者。自二程始因弟子之讲习,仿佛家说法为语录,是后言性理者因之。此文体之用俗语者也。邵康节之诗,宛如口语;黄山谷之词,至有竟体用白话。后起者往往效之,此韵文之用俗语者也。元人因以运入小说戏曲"。其二,"元人之鄙朴"。他认为,元代统治者起于漠北,"不谙文理",朝廷文告,"多鄙俚",即使史官载笔,也是俗语斥篇,上行下效,"故通俗文学适于发达"。其三,"元人之豪奢"。"元起朔漠荒寒之区,无礼教之束缚,一旦入中国,乃大放于声色、口体之欲,汉人迎其意,被其教者,遂于怪力乱神、骄奢淫佚之事极力描写以承之。"① 对于元之小说,曾氏也多有褒奖,他认为,元之小说,"始尽变汉以来之短章,而为联贯之编述,诚伟制也"。他评价施耐庵之《水浒》"笔墨如生龙活虎,不可捉摸",状人"务求刻画尽致","一人有一人之精神",缀篇构制则"脉络贯透,形神俱化",堪与《史记》相媲美,被称为"盖与龙门《史记》相埒";评价罗贯中之《三国》"运以巧思,串穿连缀,有波澜,有变化,亦奇作也",并认为其对清初小说影响颇甚,"清初诸将,多得力此书"。而对胡应麟诋《水浒》"鄙俚"、谢肇淛斥其"君子所不道"等谬说,曾毅认为,这些不过"迂儒之谈"。② 对于元之杂剧和曲,曾氏亦多有嘉许,他指出:"元小说戏曲家,大都穷处民间,不屑干禄胡人之朝,而以游戏笔墨,描写社会情

---

① 曾毅:《中国文学史》,泰东书局1915年版,第238—239页。
② 曾毅:《中国文学史》,泰东书局1915年版,第240—241页。

状，以发其郁勃不平之气，兼资劝惩，斯亦其人之志事，而不可或非者也，安得以其小道而忽之？"① 毫无疑问，曾氏的这些开明观念与中国传统中以诗文为正统的文学观念大异其趣，甚至和此前的一些文学史著者如林传甲、来裕恂等的观念大为不同，他在文学史中对元之小说戏曲的肯定一方面大有胡适张扬白话文学之旨意，同时，其背后进化观念亦趁势留其小影；另一方面反映出了时至1915年前后，新文化运动的风气已经先期而至的时代之音。

二 郑振铎：质疑、实证，再质疑、再实证

在20世纪前叶，自觉重视对中国文学研究方法的探讨并付诸实践的学者群体中，郑振铎不仅属于较为积极的一员，而且可比肩胡适，他是为数不多的对中国文学的研究方法进行过深入、系统的思考的一员。他的《整理中国文学的提议》②《新文学之建设与国故之新研究》③《研究中国文学的新途径》④《中国文学研究者向那里去?》⑤《中国文学的遗产问题》⑥ 等著述都对中国文学研究的新方法进行了详细的探求和思索，为以进化、实证、归纳等为核心的立足于近代自然科学的文学研究精神以及强调对文学进行时代和环境的考察的方法等作为中国文学研究的新方法的确立作出了不懈的努力，他的以《插图本中国文学史》为代表的中国文学史写作实践就是对这些新方法的具体操练。

1922年10月1日，郑振铎的《整理中国文学的提议》在《文学旬刊》第51期发表（按：该文不少人误作《整理中国文学的建议》，实际上是以讹传讹，特作辟正）。是文中，郑振铎明确地提出了整理

---

① 曾毅：《中国文学史》，泰东书局1915年版，第243页。
② 西谛：《整理中国文学的提议》，《文学旬刊》1922年第51期。
③ 郑振铎：《新文学之建设与国故之新研究》，《小说月报》1923年第14卷第1号。
④ 郑振铎：《研究中国文学的新途径》，《中国文学研究（上）》，《小说月报》1927年第17卷号外。
⑤ 郑振铎：《中国文学研究者向那里去?》，《文学》1934年第2卷第6号。
⑥ 郑振铎：《中国文学的遗产问题》，《文学》1934年第2卷第6号。

中国文学需要有"近代的文学研究的精神"。那么，何谓他所理解的"近代的文学研究的精神"？在该文中，他借用了 B. G. Nonlton 的观点，指出近代的文学研究的精神有三重内涵：（一）文学统一的观察；（二）归纳的研究；（三）文学进化的观念。所谓统一的观察，郑振铎认为，就是"承认文学是一个统一体"，不能分国、分时代进行研究，文学研究应该以"文学"为单位，而不能以"国"或"时代"为单位。而"归纳的研究"，他认为这是"研究一切学问的初步"，无论是对个人的、部分的或全部的中国文学的研究，都"必须应用这'归纳的观察法'"，把作品与作家"仔仔细细的研究个公同的原则与特质出来"。而"进化的观念"，郑氏认为就是把进化论"应用到文学上来"。郑氏指出，很多人反对把进化论引入文学研究中去，是因为，在他们眼里进化论就是宣扬"后者必胜于前"，与之不同，郑振铎认为，这种观点其实是对进化论的一种误解，他指出，"'进化'二字，并不是作'后者必胜于前'的解释"，而是"说明某事物，一时期、一时期的有机的演进或蜕变而已"，所以说英国文学的进化"由莎士比亚，而史格德，而丁尼生。并不是说丁尼生比莎士比亚一定好。这种观念是极重要的。中国人都以为文学是不会变动的。凡是古的，都是好的。古人必可以作为后起之人的模范"。基于此，他认为，中国文学史上所谓的"学杜""学韩"都是"受这种思想的支配"。如果有了进化的观念，文学上"便不会再有这种固定的偶像出现，后起的文学，也决不会再受古代的传袭的文学观的支配了"[①]。可以说，《整理中国文学的提议》是郑振铎对近代文学研究中科学的精神和方法较为系统的一次思考。

其后，在 1927 年的《研究中国文学的新途径》中，郑振铎对这种科学的精神和方法进行了更为深入细致的探讨，并且将之提升到中国文学研究的"必由之路"的高度。在该文的开篇中，郑氏作了这

[①] 西谛：《整理中国文学的提议》，《文学旬刊》1922 年第 51 期。

样一段描述：

  浓密的绿荫底下，放了一张藤榻，一个衣衫不履的文人，倚在榻上，微声的咿唔着一部诗集，那也许是《李太白集》，那也许是《王右丞集》，看得被沉浸在诗的美境中了，头上的太阳的小金光，从小叶片的间隙中向下睒眼窥望着，微飔轻便的由他身旁呼的一声溜了过去，他都不觉得。他受感动，他受感动得自然而然的生了一种说不出的灵感，一种至高无上的灵感，他在心底轻轻呼了一口气道："真好呀，太白的这首诗！"于是他反复的讽吟着。如此的可算是在研究李太白或王右丞么？不，那是鉴赏，不是研究。腻腻的美馔，甜甜的美酒，晶亮的灯光，喧哗的谈声，那几位朋友，对于文艺特别有兴趣的朋友，在谈着，在辩论着。直到了酒阑灯灺，有几个已经是被阿尔科尔醉得连舌根都木强了，却还捧着茉莉花茶，一口一口的喝，强勉的打叠起精神，絮絮的诉说着。"谁曾得到老杜的神髓过？他是千古一人而已。"一个说。"杜诗还有规矩绳墨可见，太白的诗，才是天马行空，无人能及得到他。所以倡言学杜者多，说自己学太白的却没有一个。"邻座的说。这样的，可以说是在研究文学么？不，那不过鉴赏而已，不是研究。斗室孤灯，一个学者危坐在他的书桌上，手里执的是一管朱笔，细细的在一本摊于桌上的书上加注，时时的诵着，复诵着，时时的仰起头来呆望着天花板，或由窗中望着室外，蔚蓝的夜天，镶满了熠熠的星。虫声在阶下唧唧的鸣着，月华由东方升起，庭中满是花影树影。那美的夜景，也不能把这个学者由他斗室内诱惑出去。他低吟道："寒随穷律变，春逐鸟声开"，随即用朱笔在书上批道"妙语在一'开'字"，又在"开"字旁圈了两个朱圈。再看下去，是一首咏蝉的绝句，他在"居高声自远，非是藉秋风"二句旁，密密的圈了十个圈，又在诗后注到："于清物当说得如此"。这不可以算是研究么？不，这也不过是鉴赏而已，不是研究。"①

很显然，郑振铎在这里不厌其烦地要加以区分的就是"文学鉴赏"与"文学研究"，而且，他认为二者有着本质的不同。因为在他这里，文学鉴赏与文学研究之间"有一个绝深绝崭的鸿沟隔着"：

> 鉴赏是随意的评论与谈话，心底的赞叹与直觉的评论，研究却非有一种原原本本的仔仔细细的考察与观照不可。鉴赏者是一个游园的游人，他随意的逛过，称心称意的在赏花评草，研究者却是一个植物学家，他不是为自己的娱乐而去游逛名圃，观赏名花的，他的要务乃在考察这花的科属，性质，与开花结果的时期与形态。鉴赏者是一个避暑的旅客，他到山中来，是为了自己的舒适，他见一块悬岩，他见一块奇石，他见一泓清泉，都以同一的好奇的赞赏的眼光去对待它们。研究者却是一个地质学家，他要的是：考察出这山的地形，这山的构成，这岩这石的类属与分析，这地层的年代等等。鉴赏者可以随心所欲的说这首诗好，说那部小说是劣下的，说这句话说得如何的漂亮，说这一个字用得如何的新奇与恰当；也许第二个鉴赏者要整个的驳翻了他也难说。研究者却不能随随便便的说话；他要先经过严密的考察与研究，才能下一个定论，才能有一个意见。……文学的自身是人的情绪的产物，文学作家大半是富于想象的浪漫的人物；文学研究者却是一个不同样的人，他是要以冷静的考察去寻求真理的。所谓文学研究，也与作诗作剧不同。它乃是文学之科学的研究，把文学当做一株树，一块矿石一样的研究的资料的。②

从郑振铎的具体论述来看，在他的理解中，文学研究即"以冷

---

① 郑振铎：《研究中国文学的新途径》，《小说月报》1927年第17卷号外。
② 郑振铎：《研究中国文学的新途径》，《小说月报》1927年第17卷号外。

静的考察去寻求真理",是"文学之科学的研究",也就是"把文学当作一株树、一块矿石一样的研究",说白了,也就是像植物学家研究树木,地质学家研究矿石那样去研究文学。不仅如此,郑振铎还指出,尽管中国是一个文学大国,但是,文学研究在中国却"绝不发达",原因就在于我们没有科学的方法,缺乏"归纳的考察"和"进化的观念",而且,他甚至认为,这两种方法是文学研究者都要走的"必由之路"。对此,我们还是详细言之。首先,关于"归纳的考察"。郑振铎的文学研究追求并实践科学的实证方法和精神,他不但继承了乾嘉以来的考证学传统为自己新的学术研究服务,还吸收了当时西方的科学方法,尤其是以培根为代表的促进了西方近代科学发展的归纳法,并将之推为新文学研究的基础:"'归纳的观察'是研究一切学问的初步。无论我们做个人的研究工夫也好,做一部分或全部分的中国文学的研究工夫也好,我们必须应用这'归纳的观察法',把作品与作家仔仔细细的研究个共同的原则与特质出来。"[1] 事实上,在郑振铎眼里,文学研究中如果没有"归纳的考察",那它只能流于文学鉴赏:"文学的研究之应用到归纳的考察,是在一切的科学之后,有了这样的研究方法与观念,便再不能称臆的漫谈,不能使性的评论了。"[2] 周予同在为郑振铎的《汤祷篇》作序时曾对郑氏"归纳的考察"作过这样的说明:"开始阅读原著,大量收集资料,从目录版本的路线钻进去、推开去。"[3] 不过,周予同这里说明的只是郑氏"归纳的考察"法的第一步,对于第二步,郑振铎在《研究中国文学的新途径》中阐述得非常清晰,那就是"等到证据搜罗得完备了,等到把这些证据或材料归纳得有一个结果了,于是他的定论才可告成立,他的研究才可告终结"[4]。郑氏文学研究所遵循的科学精神由此

---

[1] 西谛:《整理中国文学的提议》,《文学旬刊》1922年第51期。
[2] 郑振铎:《研究中国文学的新途径》,《小说月报》1927年第17卷号外。
[3] 周予同:《汤祷篇·序》,郑振铎:《汤祷篇》,上海古典文学出版社1957年版,第7页。
[4] 郑振铎:《研究中国文学的新途径》,《小说月报》1927年第17卷号外。

可见一斑。其次，关于"进化的观念"。关于进化的观念对文学史研究的重要意义，郑振铎是这样说的："文学史上的许多错误，自把进化的观念引到文学的研究上以后，不知更正了多少。"① 由此可见，在郑振铎看来，"进化的观念"实在是拯救文学史误入歧途的"救世主"。正是如此，其《插图本中国文学史》就自觉地使用了"进化的观念"。段海蓉在《从〈插图本中国文学史〉看郑振铎的中国文学史研究》中就曾指出，郑振铎的《插图本中国文学史》虽然"没有把进化的文学史观写在题目上"，但是，这首先从其纲目结构上就可以"看得出来"。她认为，郑振铎"先从文学的载体文字谈起"，在上卷"古代文学"部分中，由于文体形式样式少，所达到的"艺术水平低"，因此，篇幅的页数也少，"只有165页，仅占全书篇幅的1/10强"。而中卷的"中世文学"部分，除了"继续阐述上部分已提到的诗、文、辞赋这几种文学形式在艺术上的日臻完美、风格流派日益多样以外"，又将在这一时间范围内"出现的丰富的文学样式——罗列、细细阐明"，包括文学批评、笑话故事、传奇、词、变文、鼓子词、诸宫调、话本、杂剧、散曲等。每一种新的文学样式的出现可以说"都是文学进化的证明"，而每一种已有的文学形式在艺术水平上的提高，也"都是文学发展的显示"。由于这一部分可以"从大量新出现的文学样式和固有文学形式在艺术水平上的长足进步两方面来表现文学的发展"，所以，这部分的篇幅"多达661页，占总篇幅的1/2强"。下卷"近代文学"已不再像"中世文学"那样出现那么丰富的文学形式，所以，他主要论述了长篇小说、杂剧等文学样式的发展，当然这种发展"依然是文学进化的体现"。众所周知，《插图本中国文学史》是一部未完的著述，虽然最后一部分著述者的思路我们已无从得见，但从上面的分析中，我们已能"比较清晰地看出进化论文学史观的痕迹"。再次，《插图本中国文学史》"注重民俗文

---

① 郑振铎：《研究中国文学的新途径》，《小说月报》1927年第17卷号外。

学",郑振铎甚至将那些不为正统史家所齿的作品、作家"与莎士比亚、但丁相提并论"。段海蓉指出,这是因为在郑振铎看来,这些不引人注意的作品"也许正是后来某个伟大之作的源头,或者虽然某种文体成就不高,但它却对后来出现的其他文体产生了很大影响,而且它本身也是反映当时文学发展状况的一个不可或缺环节,不能遗漏,如诸宫调"。而郑氏这种"将文学的发展看成一个互相联系的链条,注重体现发展过程的每一个环节的思路,或多或少地带有进化论思想的痕迹"①。由此可见,郑振铎不仅在理论层面宣扬进化观念,在其具体的文学史实践上,他也是进化论的忠实信徒。郑振铎对鲁迅的治学曾有这样的评介:"他在任何方面都是能见其大,能见其全的。他是最精密的考据家校订家。他的校订的工夫是不下于顾千里、黄荛圃他们的;而较他们更进步的是,他不是考据,校订为止境。他是在根本上做工夫的。他打定了基础,搜齐了材料,然后经过了尖锐的考察,精密的分析,而以公平的态度下判断。不麻胡,不苟且,从根本上做工夫,这便是他治学的精神。"② 事实上,这个评价用之于郑氏自身,恐怕也是极其恰当的。

郑振铎的科学主义文学史观最典型的落地就是他于1932年由朴社出版的《插图本中国文学史》,此外,亦散见于他所发表的一些文章之中。要而言之,可见以下诸方面。

其一,进化观念是郑振铎着鞭《插图本中国文学史》和架构其文学史思想所凭依的重要理念、方法和叙述策略。在《插图本中国文学史》中,郑振铎坚持以进化观念来分析中国历代文学的衍化变迁。例如,他对《水浒》成书的论述中就鲜明地体现出这种观念。郑振铎认为,《水浒》之祖本虽出于施耐庵,但是使其成为巨作的,却是嘉靖时的一位无名氏。比较简本《水浒》与嘉靖本可以见出,

---

① 段海蓉:《从〈插图本中国文学史〉看郑振铎的中国文学史研究》,《新疆大学学报》(哲学社会科学版)2005年第6期。
② 郑振铎:《鲁迅先生的治学精神》,《申报》1937年10月19日。

两作"躯壳虽是",但精神却已"全然不同"。简本"只是一具枯瘠不华的骨殖",附之以血肉、赋之以灵魂者则为"嘉靖本的《水浒传》的作者"。嘉靖本不仅"扩大、增饰、润改"了简本,简直是给其"以活泼泼的精神,或灵魂",而使之"焕然动目"。如果说《水浒》没有遇到嘉靖时代的这位改作者,那么,其充其量不过属于《三国志演义》的"伯仲之间的一物而已"。正是这位无名作者,将其由平常的一部英雄传奇"直提置之第一流的文坛的最高座上"。而且,这位作者运用国语文的程度已臻"灯火纯青之候",几乎是"莹然的美玉""粹然的真金""湛然的清泉",已不见"一毫的渣滓""一丝的污点"。进一步看,郑氏认为,其"曲折深入、逼真活泼的描写,也已与最高的创作的标准相符合"。郑氏指出:"第一黄金时代(按:指南宋)的诸话本作家,有时虽也可达到这个境地,然其作品总是短篇,若长至一百回,十余册的作品,他们是不敢试手的。这种长篇的大著之出现于此时,正是以见这个嘉靖时代之较第一黄金时代为尤伟大,也正足以表现学文(按:此处应为文学,原文有误)史上的演化律是并非'一代不如一代',而大都是在向前进步的。"①在词的发生问题上,郑振铎坚持使用进化的分析,他反对宋以来的"诗余"说,认为词的产生是文学自然进化的结果。他指出:词和诗"并不是子母的关系",词是"唐代可歌的新声的总称"。这新声中,"也有可以五七言诗体来歌唱的",但五七言的"固定的句法",万难"控御一切的新声",故崭新的长短句便不得不"应运而生"。长短句的产生"是自然的演进",是"追逐于新声之后的必然的现象"。②同时,他还将文学的发展与自然界的进化等同起来,例如,也是在论词的发生中,他指出:"一种新文体的产生,往往有其很悠久的历史;若蝴蝶然,当其成虫之前,必当经过了毛虫和蛹的阶段。"③ 当

---

① 郑振铎:《插图本中国文学史》,朴社1932年版,第1223—1225页。
② 郑振铎:《插图本中国文学史》,朴社1932年版,第545页。
③ 郑振铎:《插图本中国文学史》,朴社1932年版,第546页。

然，这种将人文科学与自然科学混同的思想也典型地反映了郑氏的学科规约意识。在郑振铎眼中，进化观念简直就是文学史研究的灵丹妙药，怎么用都不为过。在《研究中国文学的新途径》中，他指出："文学史上的许多错误，自把进化的观念引到文学的研究上以后，不知更正了多少。达尔文的进化论，竟不意的会在基本上改革了人类的种种错谬的思想。"① 他具体分析说，过去，很多人都相信《水浒传》《三国志》《西游记》"都是元朝人流传下来的"，但是，有了进化观念，就会发现这种说法实谬，因为元代正值中国长篇小说方萌之时，怎么可能会有《水浒传》《三国志》《西游记》这样"完美的作品产生"？他指出，近年来，《西游记》的底本即杨致和的四十一回本《西游记》、《三国志》的祖先即日本《三国志平话》的发现，以及许多元明人关于水浒故事的杂剧、明人的好几种简本《水浒》都足以资证《水浒传》《三国志》《西游记》"决不是元时的著作"。因此，"在这个地方，我们有了进化论的观念的帮助，便可以大胆的改正一般文学史上把小说当做元人的盛业的谬误了"。② 不仅如此，郑氏还认为，进化论不仅可以帮助我们改正像上述的"把小说当做元人的盛业"的谬误，更可以帮助我们破除"古是最好、今不如古"的谬见。郑振铎认为，中国文学史上的"明清不及唐宋、唐宋不若汉魏"之论就是这种谬见的典型体现。他指出，进化的观念并非完全反对这种观点，而是要"告诉他们以更真确的真理"。文学的东西，本不能以时代之古今论优劣，说古不如近与说近不如古是"一样的错误"。更何况，"进化"一词并非完全是"多进化而益上"的意思，而是要把"事物的真相"显示出来，使人"有了时代的正确观念"，明白任何事物都是时时"随了环境之变异而在变动"，有时是"进化"，有时也许是在"退化"。文学与其他事物一样，"自有它的进化的曲线，有时而高，有时而低，不过在大体上看来，总是向高

---

① 郑振铎：《研究中国文学的新途径》，《小说月报》1927 年第 17 卷号外。
② 郑振铎：《研究中国文学的新途径》，《小说月报》1927 年第 17 卷号外。

处趋走"。郑氏指出，文学的这种进化的规律在文学史上是普遍的，例如，在小说方面的体现，早期的《搜神记》《世说新语》诸书中有不少小说材料，但其叙述却非常"简单"；至于唐代，唐人传奇"继之而起"，且"已渐渐有了描写"、有了"更婉曲的情绪"；宋代的评话，描写"更细腻了"；明人的小说则"更进一步"，它们不仅将宋元人二卷四卷的小说衍化为百回、百二十回的长篇巨制，而且在结构和描写的技术上，也都有了"显著的进化"。在戏曲方面也是如此，例如，元曲在结构和人物上都"甚简单"，不仅每剧只四五出且只限一个主要的人物歌唱，明传奇则大为进步，不仅出数可以多至三四十出，人物也多了不少，且每个人物都可以歌唱，有时是合唱，有时是互接地唱，这使剧场热闹了许多，与元曲相比"确是一个大进化"。在具体的故事的演变上，郑氏提出，在中国文学史上，同一个故事，例如，从白居易的《琵琶行》到马致远的《青衫泪》再到顾大典的《青衫记》，从白行简的《李娃传》到石君宝的《李亚仙花酒曲江池》再到郑若庸的《绣襦记》，由唐无名氏的《白蛇记》到《西湖佳话》中的《雷峰怪迹》再到无名氏的传奇《雷峰塔》和陈遇乾的弹词《义妖传》，它们"愈变愈烦愈细"，"在最初总是很简单的，描写也必很质朴，渐渐的却变得内容更复杂、描写更细腻了"，这自然是进化使然。同时，郑振铎认为，进化论可以帮助我们破除拟古的风气，帮助我们确立文学是时时"在前进""在变异"，"一个时代有一个时代的文学，一个时代有一个时代的作家"的观念，认识到不顾当代的情势与环境而只知"以拟古为务"，那是"违背进化原则的"，也是"最不适宜于生存的，或是最容易'朽'的作家"。[①] 不仅如此，在郑氏看来，文学演变历史中的进化并非只是部分的、局部的进化，而且也是整体的进化，因此，文学史应该确立文学整体进化的观念，不宜"仅仅的赞叹或批判每个作家的作品"，也不宜"仅仅为每个作家作传记、下评

---

① 郑振铎：《研究中国文学的新途径》，《小说月报》1927年第17卷号外。

语",而应更注意于一支文学主潮的"生与灭"、一个文学运动的"长与消",注意"记载整个文学的史的进展"。① 当然,他的这种持论应当是受梁启超新史学中所提出的"同体进化"思想影响的结果。

其二,大胆质疑,小心求证。在《研究中国文学的新途径》中,郑振铎认为,"自《文赋》起,到了最近止,中国文学的研究,简直没有上过研究的正轨过"。在作品研究方面,一向是"鉴赏的漫谈的或逐句评注的";在作家研究方面,除了"年谱"一类的著作可以作为文学研究的参考资料外,其余的根本算不上"研究";在一个时代的文学或一种文体的研究方面,却"更为寂寞",因为没有一部"有系统的著作"。因此,中国文学研究就如同一块待开垦的"膏沃之土地"。不过,他也特别指出,在作品研究方面,"近几年胡适对于《红楼梦》《水浒传》的考证却完全是走的一条新路,一条正路"②。在郑氏看来,开垦中国文学这一沃土不能像以往那样"无结果""无方法""赤手空拳",要有"耕田的工具",要有"研究的新途径与新观念"。他指出,这种"耕田的工具""研究的新途径与新观念"就是"归纳的考察"和"进化的观念",它们是每一个研究者都必须遵循的"必由之路"。对于"归纳的考察",郑氏认为,它实质上是要求文学研究者在研究中"不能逞臆的漫谈""不能使性的评论",应该"无征不信",注重证据的搜罗以及对这些证据的归纳,"等到证据搜罗得完备了,等到把这些证据或材料归纳得有一个结果了,于是他的定论才可告成立,他的研究才可告终结。所以他们不轻信,他们信的便是真实的证据,他们不轻下定论,他们下的定论便是集合了许多证据的归纳的结果"③。毋庸置疑,以上诸论都体现出了他对于证据的重视。当然,科学精神不是盲信、盲从,而是需要怀疑、需要否定。因此,科学精神与敢于质疑是分不开的,郑振铎的《插图本中国文学史》就具有充分的质疑精神

---

① 郑振铎:《插图本中国文学史》,朴社1932年版,第3页。
② 郑振铎:《研究中国文学的新途径》,《小说月报》1927年第17卷号外。
③ 郑振铎:《研究中国文学的新途径》,《小说月报》1927年第17卷号外。

(即科学精神),例如,第八章在对五言诗的产生问题的阐述中,郑氏就大胆质疑了五言诗产生于苏武、李陵、枚乘的说法,其间考证谨严、剖分缕析,推翻了既往的旧说,得出了令人信服的结论:"由此可知以《古诗十九首》等无主名的五言诗为枚乘、苏、李所作,是有了种种的实证,知其为无稽的;固不仅仅以其违背于文学发展的规律而已。"① 再例如,他对《悲愤诗》两篇和《胡笳十八拍》究竟哪一篇是蔡琰所作的考证,② 也是他对大胆质疑、细处求证方法的具体运用。事实上,真正的质疑并非哗众取宠,为疑而疑,质疑的背后需要用令人信服的证据来支撑自己的质疑,郑振铎深谙此点,所以,他的质疑从来并不仅仅是否定,更重要的是基于考证的建构。正是如此,郑振铎痴于质疑、勤于考证,例如,他对三百篇的作者的考证,不厌其烦;从敦煌写本中发现不曾进入文学史的诗人,如隋唐间的王梵志等;他对杂剧的考证亦颇显功力,而且也时见卓识。这其中尤其是他对五言诗起源的考证则更是典型地体现出他超常的实证精神。在中国文学史上,关于五言诗的起源,钟嵘《诗品》、萧统《文选》、徐陵《玉台新咏》均有起于李陵、苏武、枚乘之说,郑氏大胆质疑这种观点,他认为,钟嵘、萧统、徐陵认为李陵、苏武、枚乘为五言之祖,但他们并没有"提出什么重要证据来"③,所以,不足为信。带着这样的疑问,郑氏先后参证刘勰、颜延之、苏东坡、洪迈、顾炎武、翁方纲、钱大昕等人之论,广泛求索后指出,旧说认为"以《古诗十九首》等无主名的五言诗为枚乘、苏、李所作,是有了种种的实证,知其为无稽的"。当然,郑氏对于五言诗起于李陵、苏武、枚乘之说的质疑另外一个原因在于他认为此说不符合进化的观念。郑氏指出,如果真如钟嵘、萧统、徐陵所言,"良时不再至,离别在须臾"乃李陵所作,而"西北有高楼""青青河边草"

---

① 郑振铎:《中国文学史》,朴社1932年版,第88页。
② 郑振铎:《中国文学史》,朴社1932年版,第92—93页。
③ 郑振铎:《中国文学史》,朴社1932年版,第140页。

是枚乘之为，那就意味着枚乘、李陵之时，五言诗在体格上是臻于"完美"的了，那么，它们的起源一定是远在枚、李之前，至少在汉初应当就有五言诗的存在，但是文学史的事实却是汉初并没有五言诗的踪影，即使到汉武帝时，五言诗也仍然不复存在，因此，"良时不再至，离别在须臾""西北有高楼""青青河边草"这样"至完至美"①的五言诗不可能出自景武之世的枚乘、李陵、苏武之手，因为"其违背于文学演化的原则"②。那么，五言诗究竟始于何时？郑氏考证后认为，《汉书·五行志》所载的汉成帝时的童谣《邪径败良田》和班固的《咏史诗》是我们所知道的"最早的最可靠的五言诗"，与体格上已经"至完至美"的"良时不再至""西北有高楼""青青河边草"相比，这两首显然属于比较幼稚的五言诗，郑氏认为，由此可断定它们距五言诗的"草创的时代还未远"，同时，郑振铎又广引《汉书》载永始元延间的《尹赏歌》、《后汉书》载光武时的《凉州歌》以及顺帝时期的民歌，得出五言诗当起于成帝建始元年前后的高见。

陆侃如等曾认为："五四运动时代提倡以科学方法整理国故，并且认为清代朴学方法含有科学精神，故二十年来文史研究都注重史料的考订，渐渐成为风气。"③郑振铎当受这种风气影响极深，对于史料的考订和求索异常重视，他曾经批评说："中国文学史的编著，今日殆已盛极一时；三两年来，所见无虑十余种，惟类多因袭旧文。即有一二独具新意者，亦每苦于材料的不充实。"④因此，"史料的谨慎的搜辑，在中国文学史的编纂中，因此便成了重要的一个问题"⑤。所以他尤其重视新史料的发现。例如，他的《插图本中国文学史》对敦煌石室发现的《云谣集杂曲子》以及民间杂曲《叹五更》《孟姜

---

① 郑振铎：《中国文学史》，朴社1932年版，第139页。
② 郑振铎：《中国文学史》，朴社1932年版，第145页。
③ 陆侃如、傅庚：《中国文学欣赏举隅（序）》，《陆侃如古典文学论文集》，上海古籍出版社1987年版，第112页。
④ 郑振铎：《中国文学史》，朴社1932年版，"例言"第1页。
⑤ 郑振铎：《中国文学史》，朴社1932年版，第8页。

女》《十二时》等和对敦煌写本中的变文如《维摩诘经变文》《目连救母变文》《佛本行集经变文》《八相成道经变文》《明妃变文》《列国志变文》的详细介绍；对《全相评话五种》中《武王伐纣书》《乐毅图齐七国春秋后集》《秦并六国秦始皇传》《前汉书续集》的发掘，这种对于新史料的热衷追逐，说到底，其实是其文学史研究中考证精神的一个必然的延伸。

总之，郑氏的中国文学史观体现出严谨的态度，充满着实证的科学精神。苦于对实证精神的重视，他的《插图本中国文学史》的主要工作和特色集中在文学史的外围，即对具体的作品、篇目的真伪的辨析以及作者的考证方面，至于作品本身的批评乃至解读，则已经不是《插图本中国文学史》的核心工作了。尽管对具体的作品的感悟，郑氏有时亦有精辟之高论、敏锐之洞察。例如，他论《诗经》一章：

> 《诗经》中的民间歌谣，以恋歌为最多。我们很喜爱《子夜歌》，《读曲歌》，等等；我们也很喜爱《诗经》中的恋歌。在全部《诗经》中，恋歌可说是最晶莹的圆珠圭璧；假定有人将这些恋歌从《诗经》中都删去了，——像一部分宋儒、清儒之所主张者——则《诗经》究竟还成否一部最动人的古代诗歌选集，却是一个问题了。这些恋歌杂于许多的民歌、贵族乐歌以及诗人忧时之作中，譬若客室里挂了一盏亮晶晶的明灯，又若蛛网上缀了许多露珠，为朝阳的金光所射照一样。他们的光辉竟照得全部的《诗经》都金碧辉煌，光彩炫目起来。他们不是忧国者的悲歌，他们不是欢宴者的讴吟，他们更不是歌颂功德者的曼唱。他们乃是民间小儿女的"行歌互答"，他们乃是人间的青春期的结晶物。虽然注释家常常夺去了他们的地位，无端给他们以重厚的面幕，而他们的绝世容光却终究非面幕所能遮掩得住的。①

---

① 郑振铎：《中国文学史》，朴社1932年版，第42页。

此数语实乃有洞见、有文采、多感悟之论。只可惜这样的妙论往往被淹没于郑氏谨小慎微的科学态度之中。而且，郑振铎的《插图本中国文学史》叙述的重点在于"史"，所以，他对于具体的文学流变乃至作家生平的关注胜于对作品本身的关注，而且各个部分的比例也不均衡，有则话多，无则话少。当然，他对于具体的文学流变乃至作家生平的关注的主要目的在于伸张他的考证之才能，这既与他在《研究中国文学的新途径》等文中将文学鉴赏与文学研究绝然分开的一贯科学主义立场有关，也显而易见有着扬考证之长避文学鉴赏之短、最终抛弃文学史的文学本位的嫌疑。

　　其三，用时代、环境、民族分析文学史的机械唯物论方法倾向，对历史的组织性的重视，对"真"的文学精神的推崇以及对文学研究的严密性、系统性的要求等从另外一个侧面体现出了郑振铎文学史观中的科学主义倾向。在《插图本中国文学史》中，郑振铎对用时代、环境、民族分析文学史的方法颇为赞同，他指出，"像写作《英国文学史》（公元1864年出版）的法人太痕（Taine，1828—1873），用时代、环境、民族的三个要素，以研究英国文学的史的进展的，已很少见"①。所以，他认为，文学史的主要目的在于将作为人类最崇高创造物的文学在"某一个环境，时代，人种之下的一切变异与进展表示出来"②。而对于历史的组织性的重视显然是郑氏文学史观中科学主义思维和精神的又一种体现。在《插图本中国文学史》中，郑振铎提出：

　　　　我们如将先秦的历史家与先秦的哲学家比较一下，我们便知道历史家在散文上所占的地位实在是非常的渺小的。先秦的历史书籍，有被称为"断烂朝报"的《春秋》；有依据这个编年体裁而叙述得比较详细的《左传》；有依国别编次，并无叙述的系统的《国语》、《国策》，此外更有惟一的传记：《穆天子传》。像

---

① 郑振铎：《中国文学史》，朴社1932年版，第2页。
② 郑振铎：《中国文学史》，朴社1932年版，第7页。

《春秋》、《竹书纪年》等编年体的历史,本来不算是什么有组织的东西。他们不过依了时间的自然顺序以记载历年所发生的史迹而已。①

由此可见,郑氏的历史观强调对历史的组织性的重视,这无疑是他的科学主义史观的一个重要的体现。此外,从郑振铎的文学史观中我们也可以看到他对于文学的"真"的精神的提倡。例如,在对司马迁和司马相如的评价中,他认为:

> 这个时代,两司马并称,然司马迁的重要,实远过于司马相如。司马相如以虚夸无实之辞,写荒诞不真的内容,他以乌有先生、亡是公为其所创作的人物,其作品的内容,也只不过是"乌有"、"亡是"之流而已。司马迁的著作却是另一个方面的,他的成就也是另一个方面的。他不夸耀他的绝代的才华,他低首在那里工作。他排比,他整理古代的一切杂乱无章的史料,而使之就范于他的一个囊括一切前代知识及文化的一个创作的定型中。而他又能运之以舒卷自如,丰泽精刻的文笔。②

事实上,郑振铎之所以有这样的结论,是因为他对司马迁和司马相如的评价所依据的标准是"真"。当然,无论从哪个方面看,这个标准显然均不能被称为文学的标准,恰恰相反,它是科学主义思维中的标准。再如,他剑走偏锋地将《金瓶梅》提升到中国文学的最高成就的位置,其主要的评判依据也是上述"真"的精神,这是和他在1920年3月20日为《俄罗斯名家短篇小说》(第一集)写的序中指出的"我们中国的文学,最乏于'真'的精神,他们拘于形式、精于雕饰,只知道向文字方面用工夫,却忘了文学是思想、情感的表

---

① 郑振铎:《中国文学史》,朴社1932年版,第66页。
② 郑振铎:《中国文学史》,朴社1932年版,第100页。

现。所以他们没有什么价值。俄罗斯的文学，则不然。他是专以'真'字为骨的；他是感情的直觉的表现；他是国民性格、社会情况的写真；他的精神是赤裸裸的，不雕饰，不束格律的表现于文字中的。所以他的感觉，能够与读者的感觉相通，而能收极大的效果"①。显而易见，在这里我们也可以看到郑振铎所具有的带有鲜明的机械唯物论色彩的所谓的现实主义的影子。可以这样说，郑振铎所要求的不是现实主义，而是写实主义、自然主义，他对文学精神的这种要求背后的义理支撑应该是科学主义思维和精神对于"真实"的理解。正是这种对于文学的"真"的要求，致使他斥元杂剧中仙佛度世剧鄙野无稽，对《乐毅图齐七国春秋后集》中的神怪布阵斗法也有不以为然之意，认为这种用法老套，斥之为妄加无稽的"神谈"。也正是这种对于文学的"真"的要求，致使他认为《前汉书续集》"谨守历史故实"，虽"间有附会"，却"不大敢造作过于无稽的谣传"，且很少"神怪仙佛的成分"，为一部"很正则"的"讲史"。不仅如此，在引用历史时，它也是"尽引原文""不加增润"。郑氏还特别指出，该作中的"荆轲刺秦王"一段，"便是完全引用《史记·刺客列传》的本文的（只不过将古文改为半文半白之文体而已）"②。实际上，郑氏的这些持论，将历史态度与文学态度合二为一，或者说，在他的眼中，仅有历史二字，文学并不重要，只要作品忠于历史，即入他的法眼；反之，作家背离历史，就成了他眼中的"神谈"之具。可以这样说，从郑氏对讲史的平话的要求来看，他很显然用历史性挤兑了讲史平话的文学性。这其中与郑氏对历史的科学、客观本质的认可不无关系。正是这种对于文学的"真"的精神的推崇，他在艺术技巧上提出"科学的描写法"③，并且认为好的文学应该能够"使我们直接与一切事物的真相打个照面"④。同时，对于文学研究的严密

---

① 郑振铎：《俄罗斯名家短篇小说》（第一集），新中国杂志社1920年版，"序二"第4页。
② 郑振铎：《中国文学史》，朴社1932年版，第952页。
③ 郑振铎：《文艺丛谈》，《小说月报》1921年第3期。
④ 郑振铎：《俄国文学史略》，商务印书馆1924年版，第96页。

性、系统性，郑振铎也是有着自己的要求的。在《中国文学史》第四十三章"批评文学的复活"中，郑氏认为，中国的文学批评自《诗品》和《文心雕龙》以降，系统性就已经不再。所谓的文学批评类的著述，也"大抵都只是记载些随笔的感想，即兴的评判，以及琐碎的故事，友朋的际遇，等等，绝鲜有组织严密，修理整饬的著作"。因此，这些批评往往"过于琐碎，不成片段；一节一语，或是珠玉，但若要把他们连缀起来，寻得其一贯的主张，便是劳而无功的了；正像碎玻璃片在太阳光底下发亮，远远看去，仿佛有些耀煌，迫而视之，便立觉其不成一件东西了"①。故在《中国文学史》中，郑氏盛赞严羽在《答吴景仙书》中所提倡的"真取心肝刽子手""自家实证实悟""若哪吒太子，析骨还父，析肉还母"的论诗精神，并且指出，"大批评家自非有这种精神不可"。②当然，郑氏之所以推崇这些精神，最重要的是它们重实证、重理性剖析，符合他一贯倡导的近代科学研究的旨趣。

三 钱基博：义取周易，文裁班、马

在20世纪早期的中国文学史写作中，以"现代中国文学史"命名的唯一一部中国文学史即为钱基博的《现代中国文学史》。穆士达曾指出，"自从窦警凡著《历朝文学史》后，关于'中国文学史'的著作，出版的已经不少"，然而"专讲现代中国文学史的，在过去竟没有一本"，所以，"钱先生这一部书，即使本身尚有缺陷，也算是为出版界弥补了一种缺陷"③。该书于1932年12月由无锡国专学生会集资排印，1933年9月由上海世界书局正式出版。钱谓其著名为"现代中国文学史"，据他自己解释说，"是编以网罗现代文学家，尝

---

① 郑振铎：《插图本中国文学史》，朴社1932年版，第805—811页。
② 郑振铎：《中国文学史》，朴社1932年版，第813页。
③ 穆士达：《钱基博著现代中国文学史·穆士达先生的批评》，《图书评论》1934年第10期。

显闻民国纪元以后者","仿《儒林》分经叙次"。① 实际上,他这个解释是就《现代中国文学史》的选材而言。钱著选材自清末民初至1930年,述"近三十年文学演变",很接地气,也很具备现实文学的关怀精神。魏泉曾指出:"钱基博冠以'文学史'之名的著述有两部:《现代中国文学史》和《中国文学史》。他的《现代中国文学史》写作出版时间在20世纪二三十年代,而《中国文学史》则是成书于抗战时期,而且《中国文学史》严格意义上并没有完成。所以,真正代表钱基博的文学观念形成以及文学史写作创新之处的,当推其《现代中国文学史》。"② 因此,与其未终之卷《中国文学史》相比,《现代中国文学史》在其文学史观念的形成中具有更加重要的地位。钱基博在《钱基博现代中国文学史》序言中也曾自负地称:"仆少眈研诵,粗有睹记;信余言之不文,幸比次以有法。征文,则扬、马佽陈词赋,《汉书》之成规也。叙事,则王、谢详征逸闻,《晋书》之前例也。知人论世,详次著述,约其归趣,迹其生平,抑扬咏叹,义不拘虚,在人即为传记;在书即为叙录,吾极其详,而以俟后来者之要删焉。署曰长编,非好为多多益善也。吾为刘歆、贾护,而听人之为班孟坚焉;吾为二刘、范氏,而蕲人之为司马君实焉;不亦可乎?"③ 他并且自称其《钱基博现代中国文学史》为"现代文人之忏悔录"④,钱氏初创现代中国文学之史的心迹于此可见一斑。在此,我们权主要以钱之《钱基博现代中国文学史》为例,来考察一下科学主义对其文学史观念的内在影响。

　　文学史是什么或者说如何理解文学史,是钱基博的《钱基博现代中国文学史》一开篇就要解决的首要问题。在界定文学史的内涵时,钱基博首先引用了《说文·史部》中"史,记事者也,从又持

---

① 钱基博:《钱基博现代中国文学史》,吉林人民出版社2013年版,"序言"第1页。
② 魏泉:《国民意识与"文史之学"的现代转型——以洪业、钱基博为中心的考察》,杨扬主编:《20世纪中国文学与国民意识》,上海辞书出版社2012年版,第102页。
③ 钱基博:《钱基博现代中国文学史》,吉林人民出版社2013年版,"序言"第2页。
④ 钱基博:《钱基博现代中国文学史》,吉林人民出版社2013年版,"跋"第528页。

中，正也"之说，然后指出，"中者，不偏之谓"，在此基础上，他进一步引用了章炳麟的"记事之书，惟为客观之学"的观点，由此引论出发，他指出，"夫史以传信"，史之所贵者，在其"能为忠实之客观的记载"，"不偏不党而能持以中正"，而非其有"丰厚之主观的情绪"，以此类推，他断定，文学史一定和追求主观的文学不同，因为"盖文学者，文学也。文学史者，科学也。文学之职志，在抒情达意。而文学史之职志，则在纪实传信。文学史之异于文学者，文学史乃纪述之事，论证之事；而非描写创作之事；以文学为记载之对象，如动物学家之记载动物，植物学家之记载植物，理化学家之记载理化自然现象，诉诸智力而为客观之学，科学之范畴也。不如文学抒写情志之动于主观也"。再推而论之，他甚至质疑司马迁的《史记》也算不上"史"，因为它乃司马氏"发愤之所为作"，"工于抒慨而疏于记事：其文则史，其情则骚也"。具体至文学史的著述，他批评胡适《五十年来之中国文学》不属于文学史，因为它"褒弹古今，好为议论，大致主于扬白话而贬文言；成见太深而记载欠翔实也"。可见，在钱氏的理解中，记实为史家之所贵，而成见则是史家之大忌。史者，必须持中以记事，而记事在他看来，即客观实录、记作业。史如此，文学史亦然。所以，他戏称文学史乃记"吾人之文学作业者也"，中国文学史，则乃记"中国人之文学作业"。① 文学史既然乃"记作业"，那么，客观罗列文学史料是否也可以算作文学史？对此，钱氏的答案是否定的。在他看来，文学史如果只停留于罗列文学史料，显然是不够科学的，也不能算得上文学史。为了说明这一点，他特意以《后汉书》《晋书》《南齐书》《南史》《旧唐书》《宋史》《明史》中的"文苑传""文学传"为例指出，这些所谓的"文苑传""文学传"不单遗落了中国文学史上的一流文宗，将二流乃至二流以下的作家录入其中，而且，其作传的目的，也仅在于"铺叙履

---

① 钱基博：《钱基博现代中国文学史》，吉林人民出版社2013年版，第4页。

历",对于简略者甚至仅"记姓名而已",而对于文学之兴废得失,则"不赞一辞焉",实在不符合文学史的品格。他指出,文学史所重,在于"综贯百家,博通古今文学之嬗变,洞流索源,而不在姝姝一先生之说;在记载文学作业,而不在铺叙文学家之履历"。也就是说,在钱氏看来,文学史并非材料聚会、史料之学,它必须阐明古今文学发展嬗变之公理,探索文学发生、发展背后之规律。从这一点上看,钱基博的文学史观并非像有人所说的那样,乃是从旧文学的立场上的立论,恰恰相反,它融合了旧学与新知,也是对中国旧习的文史之学的一种扬弃和超越。也正是如此,所以,他认为,中国古代的《文章志》《文选》《唐文粹》《宋文鉴》《文章正宗》《元文类》《明文海》《国朝文录》等都只是收录文学作品,难窥文学嬗变之迹,算不上文学史,充其量只不过是文学史"编纂之材料焉尔"。① 在此基础上,钱氏提出了他对文学史的理解,他不仅仿照刘知几的作史"三难"之说,提出做文学史必俱"三要",即事、文、义,并且进一步认为,"夫文学史之事,采诸诸史之《文苑》;文学史之文,约取诸家之文集;而义则或于文史之属有取焉。然设以人体为喻:事譬则史之躯壳耳,必敷之以文而后史有神彩焉,树之以义而后史有灵魂焉"。他认为,这其中义尤为重要,乃文学史之灵魂。借此出发,他提出了中国文学史的写作原则:义取《周易》,文裁班、马。所谓的"义取《周易》",钱氏指出,是因为《周易》中强调"圣人有以见天下之动而观其会通""《易》有圣人之道……以动者尚其变……通其变,遂成天下之文"。文学史需要"见历代文学之动,而通其变,观其会通者也"。由此可见,钱氏提出的"义取《周易》",显然是对文学史需要洞见历代文学发展变迁的内在规律的要求。而他所谓的"文裁班、马",则是强调文学史要讲究文采、匠心、布局、章法,不能仅仅罗列史料,要做到情辞有连、裁篇同传,知人论世,详次著

---

① 钱基博:《钱基博现代中国文学史》,吉林人民出版社2013年版,第5—6页。

述，约其归趣，详略其品，抑扬咏叹，义不拘墟，在人即为列传，在书即为叙录。一卷之中，人分首尾；两传之合，辞有断续；传名既定，规制綦密。当然，钱氏所理解的文学史之"义"，虽然取自《周易》，但我们也不难从中看出梁启超的新史学所提倡的史学需把握历史演进之公理的"科学史观"的影子。而钱氏所谓的文学史的"文"，当然也不仅仅局限于狭义上的"文采""辞藻"，而是涵盖了文学史的编纂体制、文学史的逻辑架构、文学史的思维运作乃至文学史的话语表现等近代立足于自然科学基础上的科学主义学科意识的因子。

同时，钱基博对于文学史知识的系统性也有着自己的追求。戊戌变法失败后，钱基博从《格致新报》上读到严复所译《天演论》，耳目为之一新，从此对生物学、自然科学产生兴趣。1905年科举制被废止后，受"中体西用"思想的影响，钱基博与当时大多数年轻人一样，转而一心向往西学，并自学了代数、几何、三角、微积分等课程，还与同乡一起组织理科研究会，延请教师讲授物理、化学、博物、生理卫生等课程。更让人意外的是，而后以集部之学扬誉大江南北的钱基博，最早的从教生涯竟然始于教授数学。① 当然，这个经历表明，钱基博与林传甲颇有几分相似，他早年也曾深受科学意识之浸淫。在《钱基博现代中国文学史》中，钱基博曾指出："博梼昧无知晓，但掇拾排比诸公之行事及言论，散见于数十年中各报章，而参证之于本集，叙次之以系统。"② 在《自然科学的形而上学起源》中，康德曾指出："每一种学问，只要其任务是按照一定的原则建立一个完整的知识系统的话，皆可被称为科学。"③ 参以康德的这个论断，足以充分说明钱氏《现代中国文学史》对于系统性的追求是具备一定的科学品质的。这种对系统性的追求还体现在钱基博对文学史要"见历代文学之动"，而"观其会通"之本性的体认上。在书中，钱

---

① 傅宏星：《钱基博年谱》，华中师范大学出版社2007年版，第18页。
② 钱基博：《钱基博现代中国文学史》，吉林人民出版社2013年版，第529页。
③ 转引自［德］汉斯·波塞尔《科学：什么是科学》，李文潮译，上海三联书店2002年版，第11页。

基博指出："而文学史者，所以见历代文学之动，而通其变，观其会通者也。"① 同时，他还批评司马迁的《史记》虽然"上稽仲尼之意"，"会《诗》、《书》、《左传》、《国语》、《世本》、《战国策》、《楚汉春秋》之言"，通黄帝尧舜至于秦汉之世，可谓"观其会通者矣"，但令人遗憾的是，司马氏"观会通于帝王卿相之事者为多，观会通于天下之动者少"，不知"以动者尚其变"耳。也就是说，在钱氏看来，历史绝非帝王将相之家谱，它当着力把握的应该是历史整体运动之深层规律，钱氏的这种历史观念无疑有着梁启超科学主义新史学的声影。② 在具体的文学史研究方法上，钱基博注重"比类""比次"之法。关于此种方法，在《我之中国文学的观察》中，钱氏曾这样说："侯官严畿道先生尝言'西国动植诸学，大半功夫存于别类；类别而公例自见。此治有机品诸学之秘诀也。'博谓中国之文学的观察，亦不可不注意分类，以分类不讲，即不能即异见同，籀为公例也。"不仅如此，他还认为，中国文学史上昭明太子之《文选》、姚鼐之《古文辞类纂》、曾国藩之《经史百家杂钞》都提出过文学分类的观点，不过，他们"皆以文学之体裁分也"，"似不免太落迹象，拘于形式而忽于内容；必以内容之分类辅之而加以观察；则文之表里精粗无不到，全体大用无不明矣"！基于此，他指出："若论文学之内容，可分三类。一曰说理。二曰记事。三曰表情。论辨，序跋，说理之类也。传状，碑志，杂记，记事之类也。书说，赠序，箴铭，颂赞，诗赋，诗歌，哀祭，表情之类也。"③ 吴忠匡曾在钱基博《中国文学史》1993 年版的后记中对钱氏的"比类""比次"之法有过这样的介绍："'比类'、'比次'之说，就作家所处的时代环境、政治思潮、社会思潮等状况，着重考察历代文章的利病与其升降得失的历史根源，在评论历代文学理论与其作品的同时，运用排比综合的方

---

① 钱基博：《钱基博现代中国文学史》，吉林人民出版社 2013 年版，第 7 页。
② 钱基博：《钱基博现代中国文学史》，吉林人民出版社 2013 年版，第 7 页。
③ 钱基博：《我之中国文学的观察》，钱基博：《国学必读（上）》，中华书局 1924 年版，第 340—341 页。

法，揭示它的发展、演变与其流别。"① 从这里可以看出，钱氏的"比类""比次"之法既有唯物史观的影子，也有通过归纳、分析，揭示对象的规律与本质的科学主义的质素。

此外，钱氏《现代中国文学史》也多借进化的观念来揭示中国文学的演变。该著"总论"中开篇即引清儒焦循"一代文学有一代之所胜"和胡适的"一时代有一时代之文学，周秦有周秦之文学，汉魏有汉魏之文学，唐、宋、元、明有唐、宋、元、明之文学"之论。焦氏"一代文学有一代之所胜"是刘勰的"时运交移，质文代变"的变体，未必与进化论有什么纠葛，但胡适的"一时代有一时代之文学"之说则无疑是基于进化观念的一个判断，钱氏当明此理，因此，他引用胡适此论说明他的文学史观对进化观念也是欣然接受的。正是如此，在论中国文学骈散分化的现象时，他指出："文之初创，骈散间用。数之初创，奇偶间用。厥后数理日精，奇数与偶数遂各立界说。文法日备，骈文与散文乃自为家数。喜骈，则成诗赋一流。嗜奇，则为散韵一派。又或合乐则以韵语，记事则以散行；而纯主偶者为骈体；纯主奇者称散文。然则骈散古合今分者，亦文字进化之一端欤。"② 在评价明代前七子李梦阳、何景明"文必秦汉，诗必盛唐"的复古文学思想时，钱氏认为："秦汉之文，玉璞金浑，风气未开。后世文明日进，理欲其显，故格变而平；事繁于昔，故语演而长；此亦天演自然之理。"而何、李却违背文学的这种进化之公理，"以其偏戾之才，矫为聱牙诘屈，无其质而貌其形，为文弥古，于时弥戾"③。同时，对于提倡"废古文，用白话"之新文学运动的代表人物胡适、陈独秀、钱玄同等人斥责林纾为桐城余孽，钱基博也做了这样的评价："是时胡适之学既盛，而信纾者寡矣；于是纾之学，一绌于章炳麟，再蹶于胡适。会徐树铮又以段祺瑞为奉直联军所败，纾气益

---

① 吴忠匡：《中国文学史》，中华书局1993年版，第232页。
② 钱基博：《钱基博现代中国文学史》，吉林人民出版社2013年版，第12页。
③ 钱基博：《钱基博现代中国文学史》，吉林人民出版社2013年版，第29页。

索。然纾初年能以古文辞译欧美小说,风动一时;信足为中国文学别辟蹊径。独不晓时变,姝姝守一先生之言;力持唐、宋,以与崇魏、晋之章炳麟争;继又持古文,以与倡今文学之胡适争;丛举世之诟尤,不以为悔,殆所谓'俗士可与虑常'者耶?然有系于一代文学之风会者固非细;不可不特笔也。"① 在此,钱氏显然有些指责林纾背历史潮流、不解白话之风情、不懂文学进化之理的意味。当然,钱氏作为新文学运动的旁观者,大概对林纾也抱有几分同情,所以,他并不像胡适等人那样对林纾持理不让、"痛打落水狗"。在该著序言中谈到为什么会讨论林纾时,他说:"至若林纾之文谈,陈衍之诗话,况周颐之词话,以及吴梅之曲话,其抉发文心,讨摘物情。足以观文章升降得失之故。"② 这就是说,他讨论林、陈、况、吴的主要目的,无非想通过他们来说明文学进化的缘由,并没有将他们作为反面典型而大加鞭笞的意思。当然,这其中骨子里的原因还在于,钱氏对于古文学并非一味排斥,而是带有一丝同情之理解。

总体上来看,钱基博的《现代中国文学史》征文辨俗、卓识鸿裁,在20世纪30年代的中国文学史林中当属出类拔萃、独具一格者。正如魏泉在评价钱氏的《现代中国文学史》时所指出的那样:"他的文学史概念,是经由现代教育体制从西学中得来,而他的文学史观,却是植根于他所熟悉和深思的以中国的经史传统做底子的'集部之学'。在传统学术和现代学术的交集点上,他苦心孤诣,无所依傍地建构了一套极具个人特色的文学史理论,并将这一套理论具体化为《现代中国文学史》的写作。尽管他的写法既没有先例,也不合时流,但对于他想要论列的晚清以后的新旧体诗文衍变,钱基博是有自己的深思熟虑的。"③

但是,钱基博的《现代中国文学史》招致的非议也不少,例

---

① 钱基博:《钱基博现代中国文学史》,吉林人民出版社2013年版,第213页。
② 钱基博:《钱基博现代中国文学史》,吉林人民出版社2013年版,"序言"第3页。
③ 魏泉:《从钱基博的"集部之学"到文学史》,《读书》2013年第5期。

如，陆侃如就曾认为钱著"对于新文学不能下公平的判断，对于旧文学不能有深入的认识"，陆氏并称此乃"钱先生的书两点最大的遗憾"①。穆士达也批评钱著拘于"知人论世"之樊篱，故其所辑之人，总是"迹其生平""吾极其详"，穆氏并因此而讥讽钱氏"不知选择"，既然"著者自云'文学史者，文学作业之纪载也'"。那么，"据此则除'文学作业'之外，不应多所纪载"。② 不仅如此，针对钱氏对古文学的迷离态度，穆士达也颇有微词，指责他"不明流变"，不知道现代文学早已是白话文学的天地，古文学吃了败仗成为"余气游魂"，于是"其正文四〇八页之篇幅"，大部分为"明吃败仗的古文学所占"。而对真正代表时代之所胜的白话文学，"只费二十四页"之篇幅，其中"引《尝试集·自序》之文，竟占一十四页"，实在是不知道"现代之所'胜'，果为何物"，因此，他讥刺钱基博根本"没有资格写作文学史"。③ 此外，对《现代中国文学史》的"方法错误"，穆士达非议甚多，讥讽他论"文学史"时，虽曾征引泰纳的"人种、环境、时代"之文学三要素说，"好像是懂得一点方法论的"。但实际上，他却把泰纳的观点理解为研究一个文学家的作品，"不可不先考证文学家之履历也"。这种把泰纳的三种要素释为"文学家之履历"的解读，实在是"张冠李戴，世俗知笑"。然而，钱氏却执迷不悟，竟据此"以考证文学家之履历"，于是他的文学史的内容，"多叙琐事末节，大部分与文学的本身，没有关联；而其性质便与旧式的'文谈'、'诗话'绝无差别。这乃是以'文苑传'的方法来写文学史，而不是以文学史的方法来写文学史。在方法上已根本错误，结果自然是'买椟还珠'"。④ 除上述诸人，马玉铭也批评钱

---

① 陆侃如：《评钱基博〈现代中国文学史〉》，《文艺先锋》1943年第3卷第2期。
② 穆士达：《钱基博著现代中国文学史·穆士达先生的批评》，《图书评论》1934年第10期。
③ 穆士达：《钱基博著现代中国文学史·穆士达先生的批评》，《图书评论》1934年第10期。
④ 穆士达：《钱基博著现代中国文学史·穆士达先生的批评》，《图书评论》1934年第10期。

氏的《现代中国文学史》"名不副实，充其量，只可算是一部'近代中国文学作家列传'"。如果把"《绪论》、《编首》及下编《新文学》中的'白话文'一段去掉，仅剩中间几大段，而名之曰'近代中国古文作家略传'，或比'近代中国文学作家列传'这个名词，还要妥当一点"①。狄福则在《文学》第2卷第1号发表的一篇书评《现代中国文学史》中，曾对钱著做了这样的评价，狄福认为，钱著"共分上下两编，复冠以'绪论'和'编首'。'绪论'就'文学'、'文学史'、'现代中国文学史'三项加以诠释，'编首'则就'上古'、'中古'、'近古'、'近代'诸时期的中国文学加以概述。上编为'古文学'，又分'文'、'诗'、'词'、'曲'四类；'文'再分为魏晋文、骈文、散文三项，每项下即为所系属的作家，如魏晋文下叙王闿运、章炳麟、苏元瑛三人，骈文项下叙刘师培、李祥、孙从谦三人，散文项下叙林纾、马其昶、姚永概三人。'诗'再分为中晚唐诗、宋诗二项，中晚唐诗项下叙樊增祥、易顺鼎二人，宋诗叙陈三立、陈衍、郑孝胥、胡超梁、李宣龙五人。'词'、'曲'不分项，'词'叙朱祖谋、况周颐两人，'曲'叙王国维、吴梅两人。下编为'新文学'，分'新民体'、'逻辑文'、'白话文'三类，'新民体'叙康有为、梁启超二人，'逻辑文'叙严复、章士钊二人，'白话文'叙胡适一人。每一人之下复间有附述者，如胡适后附周树人、徐志摩。吴梅后除附童斐、王季烈……外，更附南社，盖本书的体例全为史传体，而末后附述南社者，则著者自谓'谨援《明史文苑传》附纪复社、几社之例，附于末。'（用史传体写文学史是否适当，这是一个问题，容后再说）"。同时，狄福还质疑钱基博以辛亥革命进行文学史分期这一做法的荒谬武断："辛亥革命不知为了什么是可以作为著作文学史的鸿沟的？王闿运以辛亥后五年死，苏玄瑛以辛亥后七年死，遂得列入现代文学史；俞樾于辛亥前六年死，黄遵宪于辛亥前七

---

① 马玉铭：《钱基博著〈现代中国文学史·马玉铭先生的批评〉》，《图书评论》1934年第10期。

年死,遂不能列入现代文学史;苏玄瑛固然是后辈,王闿运、俞樾和黄遵宪其实是同时人,然而在本书中却分开了。就是著者自己,似乎也难守此界,致有将张之洞、王鹏运和谭嗣同诸人破例插入之憾。"①

四 胡适:文学史的历史的眼光

在科学主义介入20世纪前半叶中国文学史观的生成和建构历程中,胡适和郑振铎筚路蓝缕,力启山林,功不可没,堪称架构科学主义中国文学史观的"双子星座",正是他们二人不遗余力地推行和身先士卒地实践,科学主义文学史观在20世纪30年代前后的中国文学史研究中如日中天,形成了一股浩浩荡荡的科学主义中国文学史著述风潮。

大胆怀疑、小心求证的科学精神。重视科学精神,倡导科学方法,自觉加以实践,是胡适治学的首要特征。正如陈平原指出的那样,"胡适治学之所以能独辟蹊径,一个重要的原因是其'方法的自觉'"②。陈平原这里所说的方法,实际上就是实证、归纳和进化等建立在科学精神之上的方法。而这其中,对于实证的重视又是胡适治学最为突出的特点。在《治学的方法与材料》中,胡适指出,"科学的方法,说来其实很简单,只不过'尊重事实,尊重证据'。在应用上,科学的方法只不过'大胆的假设,小心的求证'"。而且,他认为,近三百年来的西方自然科学的方法和中国的朴学方法,在本质上是一样的,都要求做到"大胆地假设,小心地求证"。不过,胡适同时注意到了朴学方法和西方科学方法之间的差别:"考证学只能跟着材料走,虽然不能不搜求材料,却不能捏造材料。"无论"文字的校勘"还是"历史的考据",都只能"尊重证据",却不能"创造证据",但自然科学的方法则"不限于搜求现成的材料,还可以创造新

---

① 狄福:《现代中国文学史》,《文学》1934年第2卷第1号。
② 陈平原:《胡适的文学史研究》,王瑶主编:《中国文学研究现代化进程》,北京大学出版社1996年版,第216页。

的证据",实验的方法便是"创造证据的方法"。他举例说,譬如平常的水不会分解成氢气和氧气,但我们可以人工把水分解成氢气和氧气,以证实水是氢气和氧气合成的,这便是"创造新证据"。在他看来,朴学的方法倚重的是纸上的材料,"纸上的材料只能产生考据的方法;考据的方法只是被动的运动材料"。因此,"考证家若没有证据,便无从做考证;史家若没有史料,便没有历史"。但是,"自然科学家便不然","自然科学的材料却可以产生实验的方法;实验便不受现成材料的拘束,可以随意创造平常不可得见的情境,逼拶出新结果来"。① 《五十年来中国之文学》是胡适将考证之法运用到中国文学史研究中的一篇重要的文章。该文发表于1922年的《申报》,它以古文和白话为两种对立文学类型对1872—1922年的中国文学发展态势进行了述评。从该文的立足点来看,胡适表现出了大力提倡白话文学和鞭挞古文文学的倾向,这自然与当时如火如荼的新文化运动所带来的社会风气有关。作为新文化运动主将之一的胡适,大力倡导白话文学,反对僵化的、脱离广大人民群众的文言文学本是情理之中的事。也许是1922年这个时间点距离新文化运动的起点太过接近、新的文学尚不成气候的缘故,这篇长文对古文文学的考证剖析很是细致,也很到位,但是,对于新文学,该文则过于注重对其文学主张的介绍,至于具体的新文学的文本,它则几乎无例可举,显然有些文不对题。当然,这其中实际上反映出了一个问题,那就是胡氏之所长,应该仍是古文文学、考证功夫,而不是他言必大力提倡的白话文学。但不管如何,这篇文章写得仍然很有气势,大有得理不让人的架势,而且也很符合钱基博后来对此文的指责:褒弹古今,好为议论,成见太深。从文学史的角度来看,这篇文章既然是对1872—1922年中国文学发展概况的梳理,那么我们自然完全可以视其为一篇稍具文学史体制的著述。而且,从该文中,我们很明显可以看到胡适后来架构其

---

① 胡适:《治学的方法与材料》,《小说月报》1929年第20卷第1号。

《白话文学史》所依赖的两个重要理论支点：进化论和实证法。众所周知，胡适的学问很注重证据，用他自己的话说就是"有一分证据，说一分话；有十分证据，说十分话"，要"大胆假设，小心求证"，做什么事情必须要做到：拿证据来！不仅如此，他开创性地将清代的考据与西方的实证主义结合在一起，创造出了具有近代西方科学精神的胡式的实证研究方法。这种方法在胡氏的治学之中屡试不爽，《五十年来中国之文学》概莫能外。事实上，胡氏的这种实证的方法在《五十年来中国之文学》中的运用也是非常的突出，尤其是体现在他对文言文学的研究中，从其行文风格我们可以看出，胡氏几乎是处处小心、言必有据。例如，他对《儿女英雄传评话》的分析中有这样的话："此书前有雍正十二年和乾隆五十九年的序，都是假托的。雍正年的序内提起《红楼梦》，不知《红楼梦》乃是乾隆中年的作品！故我们据光绪戊寅（一八七八年）马从善的序，定为清宰相勒保之孙文康（字铁仙）做的。文康晚年穷困无聊，作此书消遣，序中说'昨来都门，知先生已归道山'，可知文康死于同治、光绪之际，故我们定此书为'近五十年前的作品'。"① 这段分析文字朴学的味道、考证的气息都是非常浓厚的。此类行文在该文中胡氏对《儒林外史》版本的分析、刘鹗《老残游记》的研究中均可以看到。这说明胡适受实证主义的影响非常深刻，而且，他也确实把实证方法作为他的文学史研究的主要方法来对待。当然，对于此点，后人多有诟病，例如，鲁迅就曾指责实证法易把文学史作成资料汇编，导致其"史"性全失。不过，需要补充的是，鲁迅大概也未能免俗，他的《中国小说史略》不仅"承袭自乾嘉学派的'朴学'方法，即重视材料、认真考证、立论惟求征信精严的传统的史学方法"②，甚至"把小说作为历史来读"，当作"历史现象来分析"。③ 尽管有人称其为他的"一大

---

① 胡适：《五十年来之中国文学》，申报馆1924年版，第59页。
② 董乃斌、陈伯海、刘扬忠主编：《中国文学史学史》（第三卷），河北人民出版社2003年版，第196页。
③ 储大泓：《读〈中国小说史略〉札记》，上海文艺出版社1981年版，第84页。

特色",① 但其重考证、重材料的倾向当与胡适的做法如出一辙。

对于胡适的这种实证方法的核心要旨,深得胡适真传的胡之学生顾颉刚在评价宋代史学家郑樵时的这样一段话应该是可以帮助我们明白个大概的:"郑樵的学问,郑樵的著作,总括一句话,是有科学的精神。他所最富的精神,就是中国学术界最缺乏的精神。他尊重实验,打破士人与工人的界限……他做一种学问,既会分析(如《艺文略》、《六书略》等),又会综合,既会通(如《天文志》、《动植志》),又会比较(如诗与歌比,华文与梵文比),又富于历史观念,能够疑古,又能够考证;又富于批评精神,信信疑疑,不受欺骗。"② 胡适毕其一生所倡导的科学方法,其骨子里大概也不过就是信信疑疑、不受欺骗的"实证态度"这四个字而已。

进化的文学观念。进化论是胡适时代普遍流行的观念,胡适自然也深受这种观念的影响,他自己曾说,他的名字中就有"物竞天择,适者生存"的进化论之影子。如前所述,他的《五十年来中国之文学》的两个理论支点之一就是进化论,因此,在褒弹五十年来中国之文学时,他依据进化观念指出,白话文学是符合文学进化规律的新文学,是活文学,而文言文学则是落后于时代的僵化文学,必然会被淘汰,是死文学。胡适绳墨文学的态度,始终只是一个历史进化的态度。他自己在文中也说得很明白:文学者,随时代而变迁者也。一时代有一时代之文学……因时进化,不能自止。……以今世历史进化的眼光观之,则白话文学之为中国文学之正宗,又为将来文学必用之利器。实际上,进化论是达尔文对生物界研究分析的一个结果,它是否也适合于人类社会现象的分析,尤其是作为人类精神现象的文学的分析,在胡适之后,已经有很多学者提出批评,如梅光迪、周作人等就指出进化论无视文学植根历史民性的特点,武断地以进化观绳之,且

---

① 储大泓:《读〈中国小说史略〉札记》,上海文艺出版社1981年版,第84页。
② 顾颉刚:《郑樵学术》,《顾颉刚读书笔记》第1册,台北:联经出版事业公司1990年版,第457页。

坚信后必超于前，显然是把复杂的文学历史简单化了。周作人甚至提出载志与言情的二分法来和胡适的白话与文言的区分针锋相对，可见，胡适这种进化的观念对五十年来中国文学的评价确实是抱着太深的成见，大有激情压过理性的倾向，但这已是后话了。

1914年1月25日，胡适在他的《留学日记》中写下这样一段话："今日吾国之急需，不在新奇之学说，高深之哲理，而在所以求学论事观物经国之术。以吾所见言之，有三术焉，皆起死之神丹也：一曰归纳的理论，二曰历史的眼光，三曰进化的观念。"① 由此可见他对进化观念的重视。在《文学改良刍议》中，胡适提出，"一时代有一时代之文学"，他的"一时代有一时代之文学"的观念背后的义理支撑并非刘勰的"时运交易，质文代变"，而是进化论。所以，他特意明确指出，"此非吾一人之私言，乃文明进化之公理也"。他认为，从文学史上看，每一个时代的文学均"各因时势风会而变，各有其特长"。我们"以历史进化之眼光观之，决不可谓古人之文学皆胜于今人也"。"左氏、史公之文奇矣，然施耐庵之《水浒传》视《左传》《史记》，何多让焉？《三都》《两京》之赋富矣，然以视唐诗宋词，则糟粕耳。此可见文学因时进化，不能自止。唐人不当作商周之诗，宋人不当作相如、子云之赋，即令作之，亦必不工。逆天背时，违进化之迹，故不能工也。"② 在《文学进化观念与戏剧改良》中胡适又批评张之纯的《中国文学史》全然没有历史进化的观念，对于张氏的《中国文学史》在论及昆曲之盛衰时所说的："是故昆曲之盛衰，实兴亡之所系。道咸以降，此调渐微。中兴之颂未终，海内之人心已去。识者以秦声之极盛，为妖孽之先征。其言虽激，未始无因。欲睹升平，当复昆曲。《乐记》一言，自胜于政书千卷也。"③ 胡适讥讽道，"这种议论，居然出现于'文学史'里面，居然作师范学校'新教科书'

---

① 胡适：《胡适留学日记》（一），商务印书馆1947年版，第167页。
② 胡适：《文学改良刍议》，《新青年》1917年第2卷第5号。
③ 张之纯：《中国文学史》（卷下），商务印书馆1915年版，第118页。

用"，"真是莫名其妙"。他进一步指出，张氏这种议论的病根全在"没有历史观念"，将一代的兴亡与昆曲的盛衰视为"因果的关系"，至于其"欲睹升平，当复昆曲"之论则更是愚人之见，若此，则只消一道"总统命令"、几处"警察厅的威力"，中国立刻便"升平"了！与之不同，胡适认为，文学的衰亡废兴均乃历史进化之果，昆曲的衰亡自有衰亡的原因，它既不能自保于道咸之时，也决不能中兴于既亡之后。因之，现在那些主张恢复昆曲的人，实则逆历史潮流而行，违背历史进化的规律，"虽是'今人'，却要做'古人'的死文字；虽是20世纪的人，偏要说秦汉唐宋的话"。完全不明文学废兴的道理，缺乏文学进化的意识。同时，为了更明确地表明他的文学进化观，胡适又从四个层面对其进行了解释。他指出，文学进化观的第一层意义是，文学是随时代变迁的，一代有一代的文学，即周秦有周秦的文学，汉魏有汉魏的文学，唐有唐的文学，宋有宋的文学，元有元的文学。《三百篇》的诗人做不出《元曲选》，《元曲选》的杂剧家也做不出《三百篇》。左丘明做不出《水浒传》，施耐庵也做不出《春秋左传》。文学进化观的第二层意义是，每一类文学不是三年两载就可以发达完备的，须是从极低微的起源，慢慢地，渐渐地，进化到完全发达的地位。从胡适的具体分析看，他对文学进化观的这一层意义的理解，具体的所指实际是后世的文学一定会比先前要进步。他以杂剧为例进行了说明，他认为，杂剧的限制太严，故除一二大家之外，"多止能铺叙事实，不能有曲折详细的写生工夫"，因此，他们笔下的人物，往往"毫无生气"，而对于"生活与人情"，也往往"缺乏细腻体会的工夫"。倒是后来的传奇做得好，"因为体裁更自由了，故于写生、写物、言情，各方面都大有进步"。例如，李渔的《蜃中楼》虽是合并《元曲选》里的《柳毅传书》同《张生煮海》而成，但《蜃中楼》不但情节更有趣，而且人物也有生气、有个性，例如在杂剧中就没有对钱塘君着意描写，但《蜃中楼》的"献寿"一折所写之钱塘君则是"何等痛快，何等有意味"，他认为，"这便是一进步"。同时,他又比较了昆曲《长生殿》与元曲《梧桐雨》,认为"《梧桐雨》叙事虽简洁,写情实远不如《长生殿》"。所以,杂剧之变为南戏传奇,在体裁方面虽然不如元代的严谨,但因为体裁更自由,故于写生表情方面则实在是大有进步,可以算得上是戏剧史的一种进化。文学进化观的第三层意义是,一种文学的进化,每经过一个时代,往往带着前一个时代留下的许多无用的纪念品;这种纪念品在早先的幼稚时代本来是很有用的,后来渐渐地用不着他们了,但是,因为人类守旧的惰性,故仍旧保存这些过去时代的纪念品。在社会学上,这种纪念品叫作"遗形物"(Vestiges or Rudiments),本可废去,但总没废去。胡适指出,诸如中国戏曲中的曲词、脸谱、嗓子、台步、武把子、唱功、锣鼓、马鞭子、跑龙套等都应该随着戏剧的进化而"扫除干净",否则中国戏剧就永远没有完全革新的希望。现在的评剧家不懂得文学进化的道理,不知道这种过时的"遗形物"很可能阻碍戏剧的进化,更不知道这些东西于戏剧的本身全不相关,而把它们当作中国戏剧的精华,实在是太缺乏文学进化的观念了。胡适指出,文学进化观的第四层意义是,一种文学有时进化到一个地位便停住不进步了,直到他与别种文学相接触,有了比较,无形之中受了影响,或是有意地吸取人的长处,方才继续有进步。[①] 不仅如此,进化观念也体现在胡适对文学史的历史分期的独特理解上,他的古文学与白话文学"古消白长"的双线式文学史观不仅在历史空间意识上进行了突破,打破了以往按照朝代进行文学史分期、人为切断文学演进的脉络的弊端,从而实现了真正将中国文学史作为一个整体进行观照的叙述目的,而且更加具有科学的精神、更利于突出他的文学进化的观念。关于这一点,他在《胡适口述自传》中曾这样说:

在上文我已经提过的,在研究中国文学史方面我也曾提过许

[①] 胡适:《文学进化观念与戏剧改良》,《新青年》1918年第5卷第4号。

多新的观念。特别是我把汉朝以后,一直到现在的中国文学的发展,分成并行不悖的两条线这一观点。在那上一级的一条线里的作家,则主要是御用诗人、散文家;太学里的祭酒、教授,和翰林学士、编修等人。他们的作品则是一些仿古的文学,那半僵半死的古文文学。但是在同一个时期——那从头到尾的整个两千年之中——还有另一条线,另一基层和它平行发展的,那个一直不断向前发展的活的民间诗歌、故事、历史故事诗、一般故事诗、巷尾街头那些职业讲古说书人所讲的评话等等不一而足。这一堆数不尽的无名艺人、作家、主妇、乡土歌唱家;那无数的男女,在千百年无穷无尽的岁月里,却发展出一种以催眠曲、民谣、民歌、民间故事、讽喻诗、讽喻故事、情诗、情歌、英雄文学、儿女文学等等方式出现的活文学。这许多[早期的民间文学],再加上后来的短篇小说、历史评话,和[更晚]出现的更成熟的长篇章回小说等等。这一个由民间兴起的生动的活文学,和一个僵化了的死文学,双线平行发展,这一在文学史上有其革命性的理论实是我首先倡导的;也是我个人[对研究中国文学史]的新贡献。我想讲了这一点也就足够说明我治中国文学史的大略了。①

胡适进化文学史观的最核心体现就是抑文言、扬白话,宣称古文已死。对于自己的白话文学观与文学历史进化论之间的内在关联,他曾这样指出:"文学革命的作战方略,简单说来,只有'用白话作文作诗'一条是最基本的。这一条中心理论,有两个方面;一面要推倒旧文学,一面要建立白话为一切文学的工具。在那破坏的方面,我们当时采用的作战方法是'历史进化的文学观'。"我们要用这个历史的文学观来做"打倒古文学的武器",所以"屡次指

---

① 胡适:《胡适口述自传》,唐德刚译,华文出版社1992年版,第289—290页。

出古今文学变迁的趋势",无论在散文或韵文方面,都是"走向白话文学的大路"。① 在《〈国学季刊〉发刊宣言》中,胡适说:"在历史的眼光里,今日民间小儿女唱的歌谣,和诗三百篇有同等的位置;民间流传的小说,和高文典册有同等的位置;吴敬梓、曹霑和关汉卿、马东篱和杜甫、韩愈有同等的位置。"② 从这里我们可以看出,胡适的"历史的眼光"不仅是进化的眼光,也是白话的眼光。对白话的一味推崇致使他近乎有着一种"白话癖"。在《文学改良刍议》中,他宣称:"文学者,随时代而变迁者也。一时代有一时代之文学……文学因时进化,不能自止。唐人不当作商周之诗,宋人不当作相如子云之赋,即令作之,亦必不工。逆天背时,违进化之迹,故不能工也。……以今世历史进化的眼光观之,则白话文学之为中国文学之正宗,又为将来文学必用之利器,可断言也。"③ 问题是,何谓胡适反复言说之白话文学?在1921年的《什么是文学(答钱玄同)》中,胡适曾这样解说:"我尝说:'语言文字都是人类达意表情的工具;达意达的好,表情表的妙,便是文学?'但是怎样才是'好'与'妙'呢?这就很难说了。我曾用最浅近的话说明如下:'文学有三个要件:第一要明白清楚,第二要有力能动人,第三要美。'"④ 其后,在1928年出版的《白话文学史》的自序中,他解释得更加详细:

> 我把"白话文学"的范围放的很大,故包括旧文学中那些明白清楚近于说话的作品。我从前曾说过,"白话"有三个意思:一是戏台上说白的"白",就是说得出、听得懂的话;二是清白的"白",就是不加粉饰的话;三是明白的"白",就是明

---

① 胡适:《〈中国新文学大系·建设理论集〉导言》,赵家璧主编:《中国新文学大系·建设理论集》,上海良友图书印刷公司1935年版,第19—20页。
② 胡适:《〈国学季刊〉发刊宣言》,《国学季刊》1923年第1卷第1号。
③ 胡适:《文学改良刍议》,《新青年》1917年第2卷第5号。
④ 胡适:《什么是文学(答钱玄同)》,《胡适文存》(一),亚东图书馆1921年版,第297页。

白晓畅的话。依这三个标准，我认定《史记》、《汉书》里有许多白话，古乐府歌辞大部分是白话的，佛书译本的文字也是当时的白话或很近于白话，唐人的诗歌——尤其是乐府绝句——也有很多的白话作品。这样宽大的范围之下，还有不及格而被排斥的，那真是僵死的文学了。①

带着这种白话的眼光论文，致使他的某些持论陷入武断甚至荒诞不经的境况，例如，他认为以"沉郁顿挫"见长的杜甫的诗中有一种"穷开心"，"在贫困之中，始终保持一点'诙谐'的风趣，这一点诙谐风趣是生成的，不能勉强的"，以至于他的诗往往有"'打油诗'的趣味"。②而上述的穷开心、诙谐风趣、打油诗等评价，从根本上说，来源于他对杜甫诗歌所谓的白话特质的肯定。不仅如此，他甚至放开眼光，认为杜甫诗歌的这种所谓的白话特质还有着深厚的历史渊源："《北征》像左思的《娇女》，《羌村》最近于陶潜。钟嵘说陶诗出于应璩、左思，杜诗同他们也都有点渊源关系。应璩做谐诗，左思的《娇女》也是谐诗，陶潜与杜甫都是有诙谐风趣的人，诉穷说苦都不肯抛弃这一点风趣。因为他们有这一点说笑话作打油诗的风趣，故虽在穷饿之中不至于发狂，也不至于堕落。这是他们几位的共同之点，又不仅仅是同作白话谐诗的渊源关系呵。"③而且，他还认为杜诗的妙处恰恰就在这种打油诗、白话、诙谐之中："白话诗多从打油诗出来……杜甫最爱作打油诗遣闷消愁……他又是个最有谐趣的人，故他的重要诗（如《北征》）便常常带有嘲戏的风味，体裁上自然走上白话诗的大路。……后人崇拜老杜，不敢说这种诗是打油诗，都不知道这一点便是读杜诗的诀窍：不能赏识老杜的打油诗，便根本不能了解老杜的真好处。"④其中，最典型的莫过于他对杜甫的《茅

---

① 胡适：《白话文学史》，新月书店1928年版，"自序"第13页。
② 胡适：《白话文学史》，新月书店1928年版，第318—319页。
③ 胡适：《白话文学史》，新月书店1928年版，第334页。
④ 胡适：《白话文学史》，新月书店1928年版，第343—344页。

屋为秋风所破歌》的评价：

八月秋高风怒号，卷我屋上三重茅。茅飞渡江洒江郊，高者挂罥长林梢，下者飘转沉塘坳。南村群童欺我老无力，忍能对面为盗贼，公然抱茅入竹去。唇焦口燥呼不得，归来倚杖自叹息。

俄顷风定云墨色，秋天漠漠向昏黑。布衾多年冷似铁，娇儿恶卧踏里裂。床头屋漏无干处，雨脚如麻未断绝。自经丧乱少睡眠，长夜沾湿何由彻？

安得广厦千万间，大庇天下寒士俱欢颜，风雨不动安如山。呜呼！何时眼前突兀见此屋，吾庐独破受冻死亦足！

以上所引杜诗中加点的句子均为胡适认为的诙谐风趣之语，他还特别指出，"在这种境地里还能作诙谐的趣话，这真是老杜的最特别的风格"①。显而易见，胡适的这种论断不仅十分牵强，而且有故意冲淡杜甫此诗激愤、慷慨的批判主题之嫌疑，尤其是该诗的末尾一段，实际上体现的是杜甫骨子里的经世博爱情怀，这也是他对儒家"仁""爱人"等人道关怀的一种继承，胡氏的"诙谐风趣"之论实在是偏离了杜诗主题上的宏大叙事，而流杜诗于一种自我调侃、怡情，胡适的这种妄论对陷于绝境且初心不改的杜甫是十分不公正的。究其实，大概视儒教为"孔尘、孔渣、孔滓"且衣食无忧又多闲情逸致的胡适博士是无论如何也体会不出杜氏的困顿和激愤，更遑论其有丝毫"爱人"的仁者情怀了。所以，他把玩杜诗于掌中，他的眼中看到的只有白话、诙谐风趣，这实在是杜诗评论史上的一个现代悲剧。正是如此，胡云翼在评介胡适的《白话文学史》时就多有微言，认为他"过于为白话所囿"，"大有'凡用白话写的作品都是杰作'之概"。② 当然，对于那些在《白话文学史》中被他奉为中国文学之正宗的平民文学，实

---

① 胡适：《白话文学史》，新月书店1928年版，第342页。
② 胡云翼：《新著中国文学史》，北新书局1933年版，"序"第4页。

际上胡适褒扬它们的底气也是有着几分不足的。1931年12月30日他在北京大学国文系的演讲中就曾坦率地承认平民文学有四大缺陷：第一，来路不高明，他们出身微贱，故所产生的东西，士大夫们就视其为雕虫小技，词曲、小说不免为小道，皆为其出身微贱的缘故；第二，概属民间琐事如婆媳矛盾、夫妻吵架之类，变来变去，都很简单，思想简单，体裁幼稚；第三，浅薄、荒唐、迷信；第四，为不知不觉之作，平民文学的写作，是无意的传染与模仿，并非有意地去描写。① 由此可知，胡适对于平民文学的老底其实是了然于心的，至于他在《白话文学史》中缘何还要决绝地、没有丝毫妥协地抬高白话文学，并将其奉为正宗，这恐怕就不是文学史理论所能解决得了的了，而且，进一步言之，他作《白话文学史》的目的也并不完全是从文学史出发，以文学史为本，这其中更多的应该是其基于他的文学革命的政治诉求和绝无妥协的斗士态度，也正是如此，陈岸峰认为，胡适的白话文学史有着"话语霸权"的色彩。② 所以，胡氏的《白话文学史》与其说是一部文学史，倒不如说是他的白话运动的"急先锋"和文学革命的檄文，是他"用谁都不能否认的历史事实来做文学革命的武器"的一种迂回战术。③ 而且，他将白话与文言简单地对立起来，而没有看到文言与白话之间的对立统一，由此陷入二元论的窠臼，宣称文言即死、白话乃活，然后埋头从中国历代文学作品中搜求白话的因子，当搜求无果时，乃强行从一些诗文中断取某些句子，认定为白话之语，反过来再证明这些诗作的伟大与正宗，从方法上看，这既具有明显的机械循环论的色彩，又违背了他所追求的科学精神与科学方法，而其结论自然也往往不可避免地流于浅陋和幼稚。

---

① 胡适：《中国文学过去与来路》，《大公报》1932年1月5日。
② 陈岸峰：《疑古思潮与白话文学史的建构——胡适与顾颉刚》，齐鲁书社2011年版，第119页。
③ 胡适：《〈中国新文学大系·建设理论集〉导言》，赵家璧主编：《中国新文学大系·建设理论集》，上海良友图书印刷公司1935年版，第21页。

注重探求文学史的内在因果律的历史的文学观。这种对历史观念的强调体现在文学史观中,就是胡适提出的"历史的文学观念"。在《历史的文学观念论》中,他指出:

> 居今日而言文学改良,当注重"历史的文学观念"。一言以蔽之曰:一时代有一时代之文学。此时代与彼时代之间,虽皆有承前启后之关系,而决不容完全抄袭;其完全抄袭者,决不成为真文学。愚惟深信此理,故以为古人已造古人之文学,今人当造今人之文学。……纵观古今文学变迁之趋势……白话之文学,自宋以来,虽见屏于古文家,而终一线相承至今不绝。……岂不以此为吾国文学趋势,自然如此,故不可禁遏而日以昌大耶?……吾辈之攻古文家,正以其不明文学之趋势而强欲作一千年二千年以上之文。此说不破,则白话之文学无有列为文学正宗之一日,而世之文人将犹鄙薄之以为小道邪径而不肯以全力经营造作之。……夫不以全副精神造文学而望文学之发生,此犹不耕而求获不食而求饱也,亦终不可得矣。(施耐庵、曹雪芹诸人所以能有成者,正赖其有特别胆力,能以全力为之耳。)①

胡适的历史的文学观的另外一层内容就是注重历史因果律。1921年6月30日的日记中,胡适对他的"历史的方法"有一个生动的解释:"历史的方法——'祖孙的方法'。他从来不把一个制度或学说看作一个孤立的东西,总把它看作一个中段,一头是它所以发生的原因,一头是它自己发生的效果;上头有它的祖父,下面有它的子孙。捉住了这两头,它再也逃不出去了。"②借此可见,胡适的"历史的方法"从根本上说其实强调的是对历史的因果律的把握,即强调发

---

① 胡适:《历史的文学观念论》,《新青年》1917年第3卷第3号。
② 胡颂平:《胡适之先生年谱长编》第2册,台北:联经出版事业公司1984年版,第459页。

见前因与后果,强调从历史的因果链条中把握研究对象。

五 刘大杰的《中国文学发展史》

刘大杰的《中国文学发展史》分为上、下两卷,上卷成篇于1939年9月,1941年1月由中华书局初版,下卷成篇于1943年,及至1949年1月方由中华书局出版。《图书月刊》1941年第1卷第6期的新书介绍中曾这样评价刘大杰的《中国文学发展史》(上卷):"断自殷商,下讫晚唐,凡十五章","简当而扼要"。"举凡代表作家与作品之介绍","大体均妥帖","每一时代文学思潮之轮廓","亦殊明晰"。"无征不信","觑缕参证,弥多精彩","言之有物,繁而不伤冗杂","排比论断整饬精当","道人所未道,颇有见地"。总之,"治文学史似易而实难;若比贯陈籍,细大不捐,便成芜杂之史料。又若雌黄评骘,终无精意,则传统式之文学评论,尤属可厌。本书能力避此病,诚不失为后来居上,比较合理之作"。① 该著还曾被陈尚君盛誉为20世纪"最具才华和文采、最客观冷静、体系完整而又具有浓厚个人色彩的文学史著作之一"②。事实上,上述两个评价中不少言辞所针对的就是刘氏《中国文学发展史》的科学主义品质。

恪守进化观念和客观的著史态度。在《中国文学发展史·自序》中,刘大杰指出,"文学便是人类的灵魂,文学发展史便是人类情感与思想发展的历史"。他认为,人类心灵的活动,虽近于神秘,然总脱不了"外物的反映","在社会物质生活日在进化的途中,精神文化自然也是取着同一的步调,生在二十世纪科学世界的人群,他脑中绝没有卜辞时代的宗教观念。在这种状态下,文学的发展,必然也是进化的,而不是退化的了。文学史者的任务,就在叙述他这种进化的过程与状态,在形式上,技巧上,以及那作品中所表现的思想与情感。并且特别要注意到每一个时代文学思潮的特色,和造成这种思潮

---

① 《图书月刊》1941年第1卷第6期。
② 参见刘大杰《中国文学发展史》,百花文艺出版社2007年版,第618页。

的政治状态、社会生活、学术思想以及其它种种环境与当代文学所发生的联系和影响。再其次,文学史者要集中力量于代表作家代表作品的介绍,省除繁琐的不必要的叙述,因为那些作家与作品,正是每一个时代的文学精神的象征。但这种工作,是艰难而又危险的,艰难在于年代过于久远,材料过于繁杂,你很不容易得着适当的处理与剪裁,在求因明变的工作上,很难得到圆满的成绩。所谓危险,便是文学史者最容易流于武断的印象的主观态度,随着自己的好恶,对于某种作品某派作家,时常发生不应有的偏袒或谴责,因此写出来的不是文学发展的历史,而成为文学的评论了。这种现象几乎成了文学史者的通病,实在是很危险的"①。继之,刘大杰引用了朗松的"写文学史的人,切勿以自我为中心,切勿给与自我的情感以绝对的价值,切勿使我的嗜好超过我的信仰。我要做作品之客观的真确的分析,以及尽我所能收集古今大多数读者对于这部作品的种种考察批评,以控御节制我个人的印象"这句话后指出,"我在写这本书时,是时时刻刻把他这一段话记在心中的"。②正是因为对于文学史的客观态度的重视,刘大杰异常强调无征不信、强调文学史的客观叙述、反对个人的偏见。例如,在对殷商时代文学史料的态度上,刘大杰认为,"卜辞以外,也有人将商末的铸鼎彝器上的文字,来作为研究原始文学的材料的,但这些金属器物的真实性,到现在还成问题,我们只好割爱"③。从中显然可以看出刘大杰无征不信的态度,而刘大杰对于汉赋的态度,则体现出他对于文学史的客观叙述的理解。刘大杰认为,以现代人的眼光看,"汉赋自然是一种僵化了的缺乏感情的死文字",不过,在汉代,它"却有活跃的生命"以及"高尚的地位"。但"近人因拘于抒情文学的范围,鄙弃汉赋",甚至在文学史中,"把汉赋的一页,完全弃去不谈,实在是犯了主观的偏见,同时又违反了文学

---

① 刘大杰:《中国文学发展史》,中华书局1941年版,"自序"第1页。
② 刘大杰:《中国文学发展史》,中华书局1941年版,"自序"第2页。
③ 刘大杰:《中国文学发展史》,中华书局1941年版,第7页。

发展的历史性"。他认为：

> 文学史与文学批评的不同，就建立在这一个重要的基点上。文学批评虽也不能违反客观的事实，你多少还能加入个人的主观见解。在文学史的叙述上，你必得抛弃自己的好恶偏见，依着已成的事实，加以说明。那些作家与作品，无论你如何厌恶，是如何僵化，他们在当时能那么兴隆的发展起来，自必有他发展的根源环境，存在的理由和价值。文学史的编著者，便要用冷静的客观的头脑，叙述这些环境理由和价值。若只凭个人的主观任意舍弃割裂，这态度自然是非常恶劣的。①

这种对于文学史研究的客观性的重视也体现在他对于五言诗起源问题的谨慎态度上，刘大杰指出："关于五言诗的起源，是文学史中一件最难解决的问题。而这问题的本身，在中国诗歌的发展史上，又极其重要。我们现在得用客观的眼光，来处理这件事。"② 在谈到对唐代古文运动的认识时，刘大杰指出："无论对于何种运动，我们都应该有一种客观的认识，在历史的工作上，这种态度，尤为必要。"③ 而在评价南北朝文学批评的成就时，他则认为刘勰的《文心雕龙》和钟嵘的《诗品》之所以能"独成系统"，"得到最大的成就"，原因就在于它们"用客观精密的方法，与纯正专心的态度，对于文学的体裁创作与批评，作了有系统的论述。绝不是后日那种或抒印象或传轶事的诗话词话一类的零乱杂碎的文字"④。正因如此，他在评价刘勰的文学批评观念时对中国传统的治学方法提出了如下非议："中国古代的学问，任何方面都缺少方法与条理，缺少科学性与客观性。"⑤

---

① 刘大杰：《中国文学发展史》，中华书局1941年版，第97页。
② 刘大杰：《中国文学发展史》，中华书局1941年版，第140页。
③ 刘大杰：《中国文学发展史》，中华书局1941年版，第285页。
④ 刘大杰：《中国文学发展史》，中华书局1941年版，第228页。
⑤ 刘大杰：《中国文学发展史》，中华书局1941年版，第236页。

进化观念也是刘大杰的《中国文学发展史》所依凭的核心理念驱动,因此,他的《中国文学发展史》在论述具体的文体、作家乃至中国历史上的文学观念的时候,往往立足于进化论来绳墨立论。例如,在探讨唐代诗歌兴盛发达的原因时,刘大杰就首先从诗歌文体本身进化的历史性上来加以探讨。他指出,文学虽是人类的精神生产,然其本身,却也正如"一种有机体的生物",它的发展也有一个"由形成至于全盛衰老以及僵化的过程"。在这个发育的过程中,它的形式与内容,取着"一致的状态"。一种文学在一个时代的兴衰状况,有其"外在的原因",但其本身进展的过程,也是"非常重要的事"。四言诗起于周初,盛于东西周之际,衰于秦汉。后世虽"偶有作者",即使费尽心力,也"无法挽回那已成的衰颓"。辞赋的命运概如此。五言诗兴于东汉,盛于魏、晋、南北朝,到了唐代已是强弩之末。七言及律绝,六朝才初起,带着"嫩草青芽的新生命",正"等待着下代的园丁来培植发扬"。所以,天才的作者,正好在这块园地内"大显身手",来"完成诗歌本身尚未完成的生命"。加之辞赋一体"久已僵化",旁的新文体尚未产生,于是文人的创作,"全部集中精力于诗歌"。因此造成那种"光华灿烂的成就"。然三百年后,诗又至于衰老僵化之期,词体乃就,于是五代、宋朝,"诗的地位就不能不让之于词了"。明乎此,"那些贵古贱今的谬说,也就不攻自破了"①。在对具体的文学观念的评价中,刘大杰同样表现出了他的进化论倾向,最典型的莫如他对葛洪的评价。他用进化论所具有的现代民主精神、革命精神和贱古崇今意识对葛洪的文学思想进行了重新包装。刘大杰认为,葛洪的文学观念中极其重要的一个方面就是将文学看作"进化的"。他具体指出,儒家有一个传统观念,认为无论什么东西都是"今不如古",进而养成一种自卑的拜古心理,而他们所依据的理由无非是古书"才大思深,故其文隐而难晓",今文则"意浅力近,故露而易见"。刘大杰认为,

---

① 刘大杰:《中国文学发展史》,中华书局1941年版,第273页。

葛洪明确反对这种厚古薄今的思想,所以,他在《钧世篇》中批判说:"盖往古之士,匪鬼匪神,其形器虽冶铄于畴曩,然其精神布在乎方策。情见乎辞,指归可得。"① 大胆地将矛头直对儒家的那种盲目崇古的心理。刘大杰称赞说,葛洪的这种文学思想具有"民主的解放精神",是"非常可贵的"。刘大杰进一步评论说,儒家的文学思想认为古文隐而难晓,今文露而易见,这恰恰"不是古文优于今文的标准,反是今文优于古文的证据",今文浅显美丽,正是"文学进化的结果"。因此,刘大杰认为,葛洪提出的"古书之多隐,未必昔人故欲难晓。或世异语变,或方言不同,经荒历乱,埋藏积久,简编朽绝,亡失者多。或杂续残缺,或脱去章句,是以难知,似若至深耳"②,以及"且夫古者事事醇素,今则莫不雕饰,时移世改,理自然也"③,都是在用时代的变迁来说明"文学的进化",而且,刘大杰指出,葛洪用言语不同、章句残缺种种合理的见解,来说明"古今文章不同的原因",是"极合进化论的科学原理"的。同时,刘大杰指出,正是根据这种文学进化论的原则,葛洪断定今文"不仅不劣于古文",反"比古文进步"。所以,他的《抱朴子·钧世篇》指出:"夫《尚书》者政事之集也,然未若近代之诏策军书奏议之清富赡丽也。《毛诗》者华彩之辞也,然不及《上林》、《羽猎》、《二京》、《三都》之汪濊博富也。……其如古人所作为神,今世所著为贱,贵远贱近,有自来矣。故新剑以诈刻加价,弊方以伪题见宝也。是以古书虽质朴,而俗儒谓之堕于天也,今文虽金玉,而常人同之于瓦砾也。"④ 不仅如此,刘大杰还认为,葛洪批判那些庸人俗士,自己"不敢主张","只凭耳闻,不用眼力",于是演出"凡古皆神无今不劣"的见解,他"骂那些人为俗儒",实在是"痛快极了"。刘大杰接着又对葛洪的"至于锦丽而且坚,未可谓之减于蓑衣,辎轿妍而又牢,未

---

① (晋)葛洪:《抱朴子》,上海书店1986年版,第155页。
② (晋)葛洪:《抱朴子》,上海书店1986年版,第155页。
③ (晋)葛洪:《抱朴子》,上海书店1986年版,第156页。
④ (晋)葛洪:《抱朴子》,上海书店1986年版,第155页。

可谓之不及椎车也。若舟车之代步涉，文墨之改结绳，诸后作而善于前事，其功业相次千万者，不可复缕举也。世人皆知之快于曩矣，何以独文章不及古耶？"①之论进行了赞誉，他认为，葛洪的这种"一步进一步的论断"，使得那些俗儒，是无法"反攻的"。因此，他质问道："现在许多卫道的先生们，爱用电灯电话，爱坐轮船汽车，一提到白话文就深恶痛绝，这情形不正是一样吗？"借于此，刘大杰总结说，葛洪的文学理论能将"老子的自然论与庄子的进化论"应用到文学观念方面去，"带着革命的态度"，依着"文质并重和进化论的原则"，对传统的儒家文学观念"加以破坏和攻击"，击破了"儒家素所主张的德本文末和贵古贱今的两个最坚固的壁垒"，发出了"清新自由的理论"，在中国文学思想中有着"重要的价值"，他虽是道教徒，却也是一位学者。正是如此，在魏晋的文学批评史上，葛洪"建立了稳固的地位"。②当然，需要指出的是，刘大杰这里关于庄子思想中进化论的看法，并非他的独创，当是和胡适此前所论有一定的关系。

而且，在对进化论的认识上，刘大杰坚持进化只能是循序渐进的，那种强调进化中的突进的观点是违反常理的。例如，他认为，从卜辞到《诗经》，必须经过《周易》，《周易》虽然是一部迷信的卜筮的书，但我们不能因此"就放弃了他在文学史上的价值，他实在是卜辞时代走到《诗经》时代的唯一桥梁"。"由那样拙劣的卜辞文字，如何能一步便跳到那样成熟的《诗经》？无论在思想与文字的进化上，我们觉得《周易》实在是这过渡时代最适当的产物。"③对此，他具体分析说，卜辞中的文字很幼稚，但到了《周易》，则有很大的进步，爻辞中"已经有许多很有诗意的韵文了"。例如"屯如邅如，乘马班如。匪寇，婚媾。（屯六十二）""乘马班如，泣血涟如。（屯

---

① （晋）葛洪：《抱朴子》，上海书店1986年版，第156页。
② 刘大杰：《中国文学发展史》，中华书局1941年版，第172—174页。
③ 刘大杰：《中国文学发展史》，中华书局1941年版，第9页。

上六)""贲如皤如,白马翰如。匪寇,婚媾。(贲六四)"它们描写生活活跃如画,"不能不算是好的小诗"。① 这些文字,"虽说把他们放在卜筮的书里,作为巫术迷信的装饰,还没有得到独立的文学生命,但我们从其形式修辞和情感上看起来,实在都成为很好的诗歌了。由这时代再走到《诗经》,在诗歌进化的过程上,无论从那一点看来,都是非常合理的。如果一步由卜辞就跳到《诗经》,那发展就过于突进了"②。在对五言诗的艺术进步的理解中,刘氏也有这样的观点,例如,他指出:"由班固到蔡邕,在五言诗的艺术上的进步,有一条非常明显的痕迹,由这一痕迹,我们更可了解文学演化的过程是渐进的不是突变的。"③

同时,刘大杰还注重实证精神并坚持进化观念与实证方法的结合。例如,在对于古今未决的周代"采诗"问题上,刘大杰考证了《国语·周语》《礼记·王制》《汉书·艺文志》《汉书·食货志》中诸说后指出,上述史著"一致都承认有采诗这件事",虽然它们在名词的使用上有献诗、陈诗、采诗之别,但在意义上却是"差不多的"。因此,他反对清人崔述《读风偶识》中的"余按克商以后,下逮陈、灵,近五百年。何以前三百年所采殊少,后二百年所采甚多?周之诸侯千八百国,何以独此九国有风可采,而其余皆无之?……则此言出于后人臆度无疑也"的观点。④ 刘大杰认为,崔述的这个论点虽有"怀疑精神",但其持论"却非常薄弱"。"前三百年的诗少,后二百年的诗多,这正是文学发展史上进化的合理现象。他把前三百年的与后二百年的精神文化状态看作是相等,把前三百年与后二百年的人类的创作力也看作是相等,那实在是完全缺乏常识,而发出这种幼稚的理论。"⑤ 不仅如此,对章学诚《诗教》中的这个观点,"周衰

---

① 刘大杰:《中国文学发展史》,中华书局1941年版,第10页。
② 刘大杰:《中国文学发展史》,中华书局1941年版,第11页。
③ 刘大杰:《中国文学发展史》,中华书局1941年版,第146页。
④ 参见刘大杰《中国文学发展史》,中华书局1941年版,第38页。
⑤ 刘大杰:《中国文学发展史》,中华书局1941年版,第38页。

文弊,六艺道息,而诸子争鸣。盖至战国而文章之变尽,至战国而著述之事专,至战国而后世之文体备。故论文于战国,而升降盛衰之故可知也。……后世之文,其体皆备于战国,何谓也?曰:子史衰而文集之体盛,著作衰而辞章之学兴。文集者辞章不专家,而萃聚文墨以为蛇龙之菹也。后贤承而不废者,江河导而其势不容复遏也。经学不专家,而文集有经义,史学不专家,而文集有传记。立言不专家,而文集有论辩。后世之文集,舍经义与传记论辩之三体,其余莫非辞章之属也。而辞章实备于战国,承其流而代变其体制焉。学者不知而溯挚虞所衰之《流别》,甚且以萧梁《文选》举为辞章之祖也,其亦不知古今流别之义矣。今即《文选》诸体,以征战国之赅备。《京都》诸赋,苏张纵横六国,侈陈形势之遗也。《上林》《羽猎》,安陵之从田,龙阳之同钓也。《客难》《解嘲》,屈原之《渔父》《卜居》,庄周之《惠施》《问难》也。韩非《储说》,比事征偶,连珠之所肇也。而或以为始于傅毅之徒,非其质矣。孟子问齐王之大欲,历举轻暖肥甘声音采色,七林之所启也。而或以为创之枚乘,忘其祖矣。邹阳辨谤于梁王,江淹陈辞于建平,苏秦之自解忠信而获罪也。《过秦》《王命》《六代》《辨亡》诸论,抑扬往复,诗人讽谕之旨,孟荀所以称述先王儆时君也。淮南宾客,梁苑辞人,原尝申陵之盛举也。东方司马侍从于西京,徐陈应刘征逐于邺下,谈天雕龙之奇观也。遇有深(按:应为升)沉,时有得失,畸才汇于末世,利禄萃其性灵,廊庙山林,江湖魏阙,旷世而相感,不知悲喜之何从,文人情深于诗骚,古今一也"①,刘大杰也提出了批评,他认为,章氏该论虽然"能够抛弃六经诸子的思想系统,纯粹从文体上说明文章的渊源流变",但却"缺少文学进化的观念",因而"未能将战国文章兴盛的原因说明"。②既然刘大杰指责章氏因缺乏文学进化的观念而无法参透战国文章之盛的原因,那么,被进化观念武装过的刘氏对此

---

① 参见刘大杰《中国文学发展史》,中华书局1941年版,第57—58页。
② 刘大杰:《中国文学发展史》,中华书局1941年版,第58页。

问题又是如何理解的呢？他指出，春秋战国时代散文的发展历程是同当时的物质文化与精神文化的发展"取着一致的步调"的，从上古的《尚书》到《春秋》以至《国语》、《左传》和《国策》，这是一条"分明的历史散文发展的路线"；而由《老子》《论语》到《墨子》《孟子》《庄子》以及荀韩诸子，这又是一条"分明的哲学散文发展的路线"。他认为，随着物质文化与精神文化的进步，文章的"质与量""形式与内容""修辞与布局"，也"都跟着进步"。这样，战国时代的散文，"已达到成熟的地步"，而完成了中国古代散文的"典型"，在这些作品中，埋藏着"各种文体的种子等待后人去培植创造"。① 这就是说，刘大杰认为，散文至于战国已经发展成熟，进化至最高形态，其后之散文必不能越之，这与四言诗进化至《诗经》而极盛的情况是一样的。同时，刘大杰的进化的文学史观念还体现在他对"一代有一代之文学"的认同上，例如，他认为《诗经》的文句，虽是"用着自二字至九字的杂言"，但四言却是《诗经》的"正格"。所以，"我们可以说《诗经》是中国四言诗的代表"，后世诗人如韦孟、仲长统、曹操、嵇康、陶潜虽都曾努力作四言诗，但那只是"尾声余影"。《诗经》以后的中国诗坛，已经"没有四言诗的地位了"。所以，由杂言进而四言进而五七言，是中国诗歌在形式上进化的"历史线"，"后代的拜古诗人，多不明了这种进化的状态，对于诗的创作或批评，总欢喜以《诗经》来作为范本，连那文气句法和形式，也照样的摹拟着，而反于沾沾自喜，这真是愚妄之极"②。如此来看，刘氏此论大概也未能摆脱胡适《五十年来中国之文学》和《白话文学史》的窠臼。

推崇怀疑精神和具有机械唯物论倾向的文学史观。刘大杰的文学史观中也有大胆怀疑的因子，例如，他对王逸《九辩·序》中提出的宋玉乃屈原之弟子之论的怀疑；对屈原的生平和作品、对《孔雀

---

① 刘大杰：《中国文学发展史》，中华书局1941年版，第57页。
② 刘大杰：《中国文学发展史》，中华书局1941年版，第38—39页。

东南飞》为建安黄初年间作品的考证；由前人对石鼓文年代的争议而引出刘大杰对石鼓文本身的文学史地位的怀疑；等等。尤其是他对于徐陵、刘勰的五言诗起于枚乘之说的怀疑更是体现出了他文学史观中的这种因子。他指出，如果文景时代的枚乘首创五言诗，《枚乘传》《艺文志》何以均"不载"？而且与枚乘同时的司马相如、扬雄、王褒之流均无此种诗作？在他看来，这因为"文学体裁的新起，本是一种风气，一人有作，大家都作起来，于是便成一种潮流"，决不可能在文景时代产生的五言诗，"忽然又中断了"，到了东汉末年，才又"兴盛起来"。汉赋、魏晋古诗、唐诗、宋词的发展情况，"都不是如此"，所以，五言诗起于枚乘之说，"在文学演进的公例上，是不大合理的事"①。除此之外，机械唯物论的倾向也在刘大杰的文学史观中时有显露。例如，在对殷商文学发展研究的结论中，他认为："文学正如其他的艺术一样，是社会生活的反映。决不能离开当日的物质生产状况与社会意识而独立发展。这种状态，在文学的原始时代，表现得更是明显。所以艺术是生活的附庸，无论他的社会使命，是巫术的宗教的或是教育的，总是脱不了实用的功能。"② 不仅如此，他还特别注重地理环境对文学的影响，这具体体现在他对楚辞风格特异性的分析中。③ 而对意识形态一词，刘大杰也进行了生硬、机械的搬用，例如，他在评价梁简文帝的《娈童》等渲染色情的宫体诗时指出，此类作品正是简文帝这位佛徒皇帝的"内生活的镜子"，在这镜子里，他的"意识形态与生活形态"都照得"清清楚楚"。④

注重对文学发展中的内在本质和文学史的因果律的探讨。刘大杰认为，文学在发展的过程中一定有着自己的内在本质，文学史家不能回避这个问题。例如，在对西周、春秋、战国诸子之散文的论述中，刘大杰指出，文学虽为精神的高贵产物，但时代意识和物质条件却是

---

① 刘大杰：《中国文学发展史》，中华书局1941年版，第140—141页。
② 刘大杰：《中国文学发展史》，中华书局1941年版，第11—12页。
③ 刘大杰：《中国文学发展史》，中华书局1941年版，第64页。
④ 刘大杰：《中国文学发展史》，中华书局1941年版，第226—227页。

它的根基。因此,西周、春秋、战国诸子之散文,不管它是历史的还是哲学的,其形式和技巧都是"有一个共同的特质",这种称为"时代性"的共同特质,是一般研究文学史的人们"不得不注意的"。①而且刘大杰也非常注重对文学发展中的因果规律的把握。例如,对于古文运动为何完成于韩愈和柳宗元的问题,刘大杰认为,唐代古文运动的兴起,在文学发展史上,自然是"一种必然的趋势"。自建安至初唐的几百年中,中国文学全然是"朝着艺术的唯美的路上走的"。虽然在这个过程中,纯文学得到了"独立的生命与地位",却导致了文学脱离"现实社会人生的基础",而流于"外形的美丽与空洞"。物极必反,一种文学思潮走到极端,自然会"生出一种反动"。此外,他认为,唐代君主集权的势力相当稳固,衰落了几百年的儒家思想"渐渐地抬头",于是宗经征圣、王道教化的种种观念应时而生,导致出现了对"明道的实用的文学的要求"。刘大杰指出,由上可知,我们便知道这种运动,"虽完成于韩、柳,然其前因后果,是有着一种时代的意义的"②。

六 刘大白:文学史的"仪表"和"针尺"

在此,我们首先需要说明的是,"仪表"和"针尺"之说为刘大白对文学史著述方法的一种自喻,此外,他还有"标准"和"方法"之语。③

刘大白的《中国文学史》1933年1月由大江书铺初版,1934年10月开明书店进行了再版。从中国文学史作为学科初次进入京师大学堂的课堂伊始,就决定了文学史的主要功能是在于"教"而不在于"赏",可以说,是近代大学学科设置这一因素注定了文学史的这种"类本质",这种类本质对于具体的文学史从业者的影响,直接造

---

① 刘大杰:《中国文学发展史》,中华书局1941年版,第57页。
② 刘大杰:《中国文学发展史》,中华书局1941年版,第284页。
③ 参见刘大白《中国文学史》,大江书铺1933年版,第15页。

成了大量以教材为目的的中国文学史的出现。针对中国文学史的这种短板，刘大白提出，文学史的主要目的在于"赏"、在于"游"，而不在于"教"，正是如此，他认为自己的《中国文学史》和当时"坊间的教本式文学史，绝不相同"。① 不过，虽然刘氏自认为其《中国文学史》与众不同，但是，在演绎科学精神上，他的《中国文学史》却与坊间的教本式文学史没有本质的差异。叶圣陶在介绍刘大白的《中国文学史》时说过这样一段话："这是大白先生在上海大学复旦大学等校讲述中国文学史时所编的一部讲稿，是五四运动后最早用语体文来写的一部有系统的文学史。许多人只知道大白先生是个诗人，却不知道他也是个史学家——在史的考证方面有许多发明，我们读了他编的这部文学史后便可知道。在这部巨著中，他不但对于古代的社会背景与文学史演变的痕迹，有了透澈周详的说明，并对各个时代的作家和作品，都给予了新的鉴定，与过去许多文学史中因袭的旧说，依违两可的态度，截然不同。至于方法的缜密，行文的生动，更是这部书的长处。"② 这个评价中的"有系统""考证""演变""缜密"之语，说的实际上就是刘大白《中国文学史》的科学主义品质。

重视进化的观念和方法。在《中国文学史》"引论"中，刘大白批评了历史退化论指导的文学史，他指出，当时流行的十几种文学史，除极少数外，都有"不能认为满意的地方"，严格说起来，它们甚至"不能称为真正的中国文学史"。因为那些编者，不是"误认文学底范围"，便是"误认历史底任务"。刘氏所谓的"误认文学底范围"，指的是当时流行的中国文学史将"非文学跟文学并为一谈"，把"中国古来的学术，都叙述在里面"；而他所谓的"误认历史底任务"，则是指这些文学史专心于"堆垛式的记录"：或者"钞录作品"，沦为"史料底堆积"；或者传记述者，沦为"点鬼簿"和"流

---

① 曹聚仁：《白屋诗人刘大白》，萧斌如编：《刘大白研究资料》，天津人民出版社1986年版，第79页。

② 叶至善、叶至美、叶至诚编：《叶圣陶集》（第18卷），江苏教育出版社2004年版，第371页。

水帐"。他认为，对于文学史的写作来说，这些都是弊病，"这些定义和方法底不合，都是咱们所认为不能满意的。至于他们底根本观念，差不多都以为文运是昔盛而今衰的；这种退化论的历史观，也是咱们所不敢赞同的"。他指出，要想写一部名副其实的文学史，需从三点着手。第一，要明确文学是什么。他指出，历来对文学的抽象解释很多，但几乎没有一个是让人满意的。所以，与其抽象阐释它，还不如具体说明它。在这种意义上，他指出，文学就是"诗篇，小说，戏剧三种"，是同绘画、音乐、雕刻、建筑、舞蹈等并列，"同为艺术底一部分"。这样，所谓中国文学史，就是"诗篇，小说，戏剧底历史"。第二，要懂得编历史的方法。这是一个"很切要的问题"。何谓历史，他指出，"我以为历史是应该就群化演进的历程，作系统的记载"，并非"只像堆沙包样子"，作"人物传志底积叠"。文学也乃"群化之一"，它的"演进"，"跟各种群化一样"，所以，文学史家的任务，就在于围绕"文学演进的历程"，其一说明文学的"怎么样演进"；其二说明文学"为什么这样演进"；其三估定文学的"时代价值和生命价值"。关于第一点，刘大白认为，文以创造为贵，但这种所谓的创造，只是指文学作家"能从种种因袭中创造出新生命来"。因此，"一个时代的新文学底勃兴，决不是破空而来，而依然是从过去时代旧文学中孕育出来的"。历史上一个新时代的文学，"终是旧时代的文学底血系上的绵延"，而且有时还是"祖先隔代遗传的类似的复现"。他指出，这就是赫胥黎所谓的"物各肖其所先，而代趋于微异"，"肖"是因袭，而"异"就是"所谓创造了"。"无论异到怎样，总逃不了一个肖。"故"天演论者所谓演进历程中的创造"，绝不是《旧约圣书·创世记》中的完全新造。"一切生物底创造如此，文学底创造也是如此。"所以，"文学在历史上是演进的，是有系统相衔接的，而编文学史者底任务之一，是在乎说明它怎么样演进"。关于第二点，刘大白指出，"人类生活底演进"，就是"文学演进的原因"。他具体分析道，群化之所以演进，是基于人类的两种欲望,即"要有较久的生活"和"要有较好的生活"。因为受这两种欲望的支配,所以,人类的生活"无时无刻不在那里变迁着"。而且,他认为,所谓变迁,就是"要求较好的生活"。不论变迁的结果怎样,但其根本的动机,总是"较好的生活底要求"。文学是"群化之一",所以"文学底演进",是"跟着人类底生活而演进",而且其趋势,总是"向着较好的一方面"。关于第三点,刘大白指出,所谓文学的价值,就是它影响人类生活的结果。不过,价值是跟着人类生活的变迁而变迁的。例如,风扇在夏天扇有价值,但到了秋凉,它的价值就减少了;火炉在冬天有价值,但是到了春暖,它的价值同样会减少。文学的价值也如此。有些产生于古代的作品,"应那时候人类生活底需要而产出",彼时它有"相当的价值",但至于现代,"人类生活变迁而演进了",它的价值也就"跟着变迁",或降低,或丧失。据此,他将文学的价值区分为"当时价值"和"现代价值"两种。他认为,判定文学的现代价值,需从现代的立足点出发;判定文学的当时价值,则要立足于文学产出的那个具体的时代,这样才能"还它一个相当的价值"。除这两种价值以外,他认为文学还有一种"艺术生命上的价值"。在他看来,文学是有生命的,这种生命是作家"用他底艺术手段努力创造的成果"。凡是真的文学作品,都有这种艺术生命。这种艺术生命,不同于"当时价值"和"现代价值",它是不受人类生活变迁制约的,而且它是永恒存在的,只要人类存在一天,它就会存在一天。古代的作品,之所以如今仍有其魅力,就是这种艺术生命的结果。他指出,他所著《中国文学史》,就是"就中国古代文学作品",而实行上述的"三种任务"。[①] 在对中国文学史的历史分期上,刘大白也深受进化论的影响,例如,他在论汉至隋(公元前206年至公元618年)历时824年的文学时认为,这一时期作品多、历时久,可以"就文学演进的变迁痕迹",将之划成前后两期,前半期是

---

① 刘大白:《中国文学史》,大江书铺1933年版,第7—16页。

两汉,自公元前206年至公元220年,占426年;后半期是三国六朝,自公元220年至公元618年,占398年。前半期的文学,上承周秦南北两派文学,"交会错衍产出了五七言诗和辞赋"。后半期"辞赋演进而为骈俪,诗篇也受到影响,渐渐形成律体"。其间因为南北分裂,又发生南北两派色彩不同的文学,为唐代文学的两源。至于小说,前半期"略具雏形",却已经没有遗迹可寻;后半期中,便留下了许多"草创的作品"。[①] 在论周至秦的文学时,他认为"第一期的文学作品很少,第二期却多了",其中原因之一就是第二期比第一期"时代比较地晚一点,作者既然繁多,作品也因而繁多,这是进化的现象"[②]。此外,在论述《古诗十九首》时,他认为19篇中如《行行重行行》《青青河畔草》《涉江采芙蓉》《庭中有奇树》《迢迢牵牛星》《客从远方来》等,虽然"源出《国风》",但却又与《国风》不同,"另有一种异样的精采"。这种精彩是《国风》的四言格调里"显不出的",所以"从四言变到五言,是诗篇底一种进化"[③]。在论竟陵八友中的任昉和沈约时,他认为任昉奏弹刘整的弹事文一篇,首尾都是骈体,而中间一大段,却是语体散文,这是继汉代王褒《僮约》以后中国文学史上的"第二篇古白话文"。沈约的《四声谱》,虽然当时萧衍、陆厥都曾反对、质疑,"但后世诗篇中的抑扬律,实从此构成",可见它"在中国韵律进化史上,是占很重要的位置的"[④]。同时,刘大白还认为进化的本质就是创新,他具体指出,"人人知道文学是贵乎创造的。然而无论那一个大文学家,当创造的时候,谁也废不了因袭的摹仿。所以一种文学底勃兴,一定有它底渊源,决不是突然发生;正跟人类不是突然发生,而是从猿类进化,再推上去,猿类也是从别的动物进化,而一切动植物都是从原始生物进化一样。《毛诗》以前,有《麦秀》《采薇》等诗歌,做它底先河,

---

① 刘大白:《中国文学史》,大江书铺1933年版,第36—37页。
② 刘大白:《中国文学史》,大江书铺1933年版,第57页。
③ 刘大白:《中国文学史》,大江书铺1933年版,第182页。
④ 刘大白:《中国文学史》,大江书铺1933年版,第276—277页。

所以它不是突然发生；《楚辞》应该也是这样"①。也正是因为讲究文学的进化，所以，刘氏对中国文学史上那些因循模仿的作家评价甚低，例如，对扬雄的评价就是如此。他认为，扬雄在辞赋上模仿司马相如、屈原、《毛诗》；在哲学上模仿《周易》《论语》，史学上模仿太史公，"总计他底著作，几乎无一不是规模前人的"，好在他才气高，"还能于模仿之中，运用他底天才"，因此，他的模仿"总算比较地能够成功"，而他之后那些跟着他"干那模仿生活"的人，可就是"每下愈况了"。②

注重考证。刘大白在《中国文学史》的写作中秉承了胡适"大胆假设，小心求证"的治学精神。例如，他对《木兰诗》的讨论，颇具小心、严谨、实证的色彩。他指出，"至于《木兰诗》，是一般人所传诵的。它所描写的，是一个北方的英雄女子；而所用的就是那时候的语言。这篇诗底价值，跟《孔雀东南飞》差不多；而笔调却完全两样。但是历来笔记志乘中关于木兰的传说，异说纷纭，莫衷一是。关于姓氏，有以为姓朱的，有以为姓魏的，有以为姓花的。关于时代，有以为梁代人的，有以为北魏时人的，有以为隋代人的。关于籍贯，有以为在湖北黄州黄冈的，有以为在河南光州光山的，有以为在直隶保定完县的，有以为在安徽颍州亳州的，有以为在河南归德商丘的，有以为在甘肃凉州武威的，有以为在突厥启民部落的。近人姚大荣氏，曾经根据诗中的人物（可汗、天子、胡骑）、地理（黄河黑山、燕山、明堂）、岁序（十年、十二年）、时制（策勋十二转、对镜贴花黄）等，考定木兰为姓木名兰，隋末唐初人，属当时被称为解事天子和大度毗伽可汗的梁师都底部下，住在现在甘肃宁夏东北境（详见《东方杂志》二十二卷第二号《木兰从军时地表微》一文），但是近人徐中舒氏，又加以驳正，以为姚氏疏于考证，不免附会武断；所举证据，都不足证明木兰为梁师都部下之说。他疑心木兰是复

---

① 刘大白：《中国文学史》，大江书铺1933年版，第96—97页。
② 刘大白：《中国文学史》，大江书铺1933年版，第150—151页。

姓,是中原的异族。又根据《唐六典》,证明'策勋十二转',是唐代勋官之制,创始于唐高祖武德七年;而杜甫《草堂诗》'大官喜我来'四韵,是摹仿《木兰诗》'耶娘闻女来'三韵的。所以断定《木兰诗》是作于初唐盛唐之间。不过木兰究竟是什么地方人,天子、可汗所指何人,不能确定(详见《东方杂志》第二十二卷第十四号《木兰歌再考》一文)。然而姚说固然未必可靠,徐说也未必尽然。因为咱们现在仔细地观察此诗,中间颇有文人修改点窜的痕迹"。对此,刘大白认为,"此诗是北方的平民文学,所以所用的是当时的白话。但是现在看起来,前后都是比较地质朴的白话,而中间'万里赴戎机……壮士十年归'六停,却是比较精练的文言,跟前后截然不同。这显然是经文人修改的。还有一个修改的痕迹,就是诗中对于君主,前后都称可汗,而中间忽称天子。向来解释此诗的人,有以为天子,可汗,是指一人的,也有以为是指两人的。其实原文或许都称可汗,而中间经文人改窜,把'归来见可汗,可汗坐明堂'的两个可汗,给改成天子了。并且这一节的四停,紧接前六停;改的人随手改下,所以两个可汗,都换了天子,而前后都不曾改。就是起于唐代初年的'策勋十二转'的官制,又安知不是唐代文人所改?因此,咱们可以认此诗为北方魏周隋间流传于民间的作品,而经唐代文人改窜的。至于此诗跟北歌有源流的关系,也是很显明的。"基于此,刘大白进一步指出,《梁鼓角横吹曲·折杨柳枝歌》后两曲"敕敕何力力,女子临窗织;不闻机杼声,只闻女叹息。问女何所思,问女何所忆。——阿婆许嫁女,今年无消息"跟此诗前两节"大同小异";《梁鼓角横吹曲·地驱乐歌》"侧侧力力,念君无极;枕郎左臂,随郎转侧。摩捋郎须,看郎颜色;郎不念女,不可与力"中的"侧侧力力"又跟此诗首停(《文苑英华》本作"唧唧何力力")和《梁鼓角横吹曲·折杨柳枝歌》的"'敕敕何力力'略同"。《梁鼓角横吹曲·折杨柳歌辞》"遥看孟津河,杨柳郁婆娑;我是虏家儿,不作汉儿歌。健儿须快马,快马须健儿;跸跋黄尘下,然后别雄雌。"

后曲末停"然后别雄雌",也跟《木兰诗》末停相类。故他赞成徐中舒氏的"《木兰诗》出于北歌之证",并认为是"很不错的"。① 此外,他对屈原的作品、对周代小说、对《胡笳十八拍》的考证以及对唐词《菩萨蛮》《忆秦娥》是否为李白所作的考证等,也都体现出了其注重实证精神的治文学史态度。

贬抑文言,褒掖白话。刘大白对中国文学史上的白话文学也是关注有加。在两汉辞赋文学论中,他特别提到了王褒的《僮约》,认为它是"一篇平民文学的作品",用了"当时的白话",并赞誉它是"两千多年来第一篇白话文",在两汉诸家辞赋中,"找不出第二篇",所以,他全引了该文,以示重视。② 而关于汉代的乐府和五、七言诗,如《战城南》《巫山高》《上陵》《君马黄》《芳树》《有所思》《陌上桑》等,他也是推崇备至。尤其是《孔雀东南飞》,他认为它不仅是"汉代草野文学、平民文学作品中最伟大的杰作",而且甚至可以视为"中国文学史上最伟大的杰作了"。③ 因为提倡白话,所以刘大白反对文言。在对汉代文学的论述中,他基本上借鉴了胡适《国语文学史》第一章"古文是何时死的"中的观点对两千年来在中国文学界里"独占着正统的位置""压住了时时昂头而起的语体文"的文言文进行了严厉批判。他认为,文言文的权威化,汉代是"一个大关键",科举制度始于汉,而汉代科举又以文言文为圭臬,所以,两千年来,语体文被它压在身下,一直到清末民初,废除科举,语体文"才能正式地大张旗鼓,作力争正统的运动"。所以,"现在二千年后的我们,还吃着语言不统一的亏,而直到现在,才做那国语统一的运动"④。他这里所谓的语体文,实际上指的就是平民文学或者白话文学,而国语则指的是白话。正是由于他的白话眼光,他看重孝武帝刘骏的《丁督护歌》,认为是帝王的平民文学;他对晋以后乐

---

① 刘大白:《中国文学史》,大江书铺1933年版,第324—329页。
② 刘大白:《中国文学史》,大江书铺1933年版,第144—148页。
③ 刘大白:《中国文学史》,大江书铺1933年版,第170—178页。
④ 刘大白:《中国文学史》,大江书铺1933年版,第190—196页。

府《横吹曲辞》《清商曲辞》中的平民文学、草野文学非常重视，认为它们"都是没有做作"的，而且有许多都是"用那时候的话在口头上的语言所写的"，① 因而，"都有一种新鲜的趣味"，而不像庙堂文学、贵族文学"那么沉闷"。② 在对中国戏剧发生的问题上，刘氏认为，西方早在古希腊时期戏剧就已经盛行，而中国却独不然，似乎是"一件可怪的事"，但"我以为这仍合（按：似为'和'，原文应有误。）文言文占据文学正统，是有绝大的关系的"。他指出，戏剧表演必须用语言作对话。但中国自汉以降，视文言文为"正当的工具"，而排斥"语体文"，故"必须用语言作对话工具的戏剧文学"，不能"自行产生"。直到鲜卑拓跋这些异族进来，因为"用不惯汉族底文言"，戏剧方才肇端。他以北齐的歌舞戏《踏摇娘》为例，指出其中的"踏谣和来，踏谣娘苦和来"的每叠和词，明明就是"当时的白话"，凭此就可知道戏剧"不能产生于汉族文人之手"，反产生于"外来异族之手"的缘故了。而有唐一代，汉文化统一，戏剧又"无甚进步"，直到金、元异族入主中原，又是"用不惯中国底文言的"，戏剧才"发达起来"。所以，他指出，以后证前，戏剧起源于异族的原因就"更明显了"。因此，文言文"阻碍中国文化发展的罪恶，虽然不止这一端"，而这一端也已经是"一宗铁案了"。不仅如此，他还批评当时竟然还有人"用文言来翻译西洋戏剧"，真可谓"毫无常识""荒谬绝伦"！③ 刘大白对白话文学的生命力也有着清醒的认知，他指出，虽然汉代科举选士列文言为正统，造成汉代以降中国文坛上，文言文学"压住了语体文学，不许它竖起叛旗，摇动它底宝座"，但是，"语体文学底命脉，依然绵延不绝于草野的平民间"。这具体体现在语体文学不仅使它的生命力绵延于"草野的平民间"，而且还能"诱惑那些庙堂的贵族"，使其仿效。像汉代的《铙歌》十八

---

① 刘大白：《中国文学史》，大江书铺1933年版，第320页。
② 刘大白：《中国文学史》，大江书铺1933年版，第307页。
③ 刘大白：《中国文学史》，大江书铺1933年版，第354—355页。

曲、《僮约》，六朝的《吴声歌曲》《西曲歌》《鼓角横吹曲》以及贵族作的《子夜歌》，等等，都是仿效语体文学所作的。由此可见，语体文学"常常侵入文坛中，而有占领一席地的势力，是未可轻侮的了"。不过，刘大白也认为，唐代以前，语体文学对贵族文学的影响只是偶尔之为，就像他们"燕窝鱼翅吃腻之后，偶然吃点青菜豆腐"一样。至于唐代，诗人则自觉地将"文言白话相混合，而使诗篇趋于语体化"。尤其是盛唐，这种倾向"便很显著"。即使主张复古的韩愈，也不能不受影响，白居易则更是"老实挂起平民饭店的招牌"。所以，六朝时的乐府中，留下了"许多草野文学、平民文学"，唐则不然，"咱们固然觉得可惜"，但"盛唐以后的知识阶级，能造成这种诗篇语体化的倾向，也是使咱们可以满意的"。此后，文学的语体化运动，"有进无退"，诗变为词，词变为曲，这潮流尤其汹涌而不可遏，竟是"语体文学底猖獗时期，骎骎乎合文言文学划疆而王，几乎有'三分天下有其二'的声势了"①。

七 谭正璧：文学史要求的是真

对文学史的客观方法的推崇。在《中国文学进化史》的开篇之论中，谭正璧即对文学和文学史的属性进行了划分，他提出，"文学所要求的是美，而文学史是历史之一种，所要求的是真"②。在"鸟瞰中的新文坛"中，谭氏又立足于文学史的这种要求，对文学史的方法进行了明确，他认为，新时代的文学是新开辟的园地，它的性质不容易决定，所以，一般的文学史著者面对它时都比较"踌躇"。但是，谭正璧指出，叙述新时代的文学史的"责任是不可卸的"，"只要消除主观的成见，多用客观的方法"，纵有谬误，"当能见谅于读者"。③基于此，他检点了文学革命前整理旧文学运动中写成的文学

---

① 刘大白：《中国文学史》，大江书铺1933年版，第476—479页。
② 谭正璧编：《中国文学进化史》，光明书局1929年版，第18页。
③ 谭正璧编：《中国文学进化史》，光明书局1929年版，第358页。

史著,并认为它们不过是些"笔记式的诗话、文论及小说谈和兼叙学术或单叙贵族文学"的文学史,不是"琐碎而无系统",便是"稗贩自日本",且又"见解卑陋",所以,真正的有价值的整理是"在文学革命开始后才有的"。他以胡适和鲁迅等为例指出,胡适对《红楼梦》《水浒传》《儒林外史》《西游记》等的研究,推测可靠,结论确定,有证据,"增高了原作的声价不少";鲁迅的《中国小说史略》"用了现代的眼光,科学的方法",将"多年埋没在壁角里的许多伟大的作品",一一"重行估定了价值",使它们"重新占据了地位"。① 对于上述谭氏所提出的文学史当"多用客观的方法"的问题(按:即他所说的"史法"问题),他在《中国文学史大纲》中解释说因为篇幅所限不加讨论,只是从文学史料搜集方法的角度提出了内证法和旁证法。他认为,断定文学史所涉作品的真伪,当"和断定其他历史——如哲学史、佛学史等——材料所用的方法一样,亦用内证、旁证的方法"。所谓内证法,他提出两个具体原则,第一,"作品的内容,须和作者时代相符";第二,"文字也须和同时代所用者相合,而合于文字进化原则"。而所谓旁证的方法,他认为,实际上就是利用从其他文献中获得的线索进行参证。② 由此可见,他所谓的内证法和旁证法主要还是一种注重客观的考据和实证的科学方法。

秉持进化论的文学史观。在《中国文学进化史》中,谭正璧对文学史给出了这样一个定义:"叙述文学进化的历程,和探索其沿革变迁的前因后果,使后来的文学家知道今后文学的趋势,以定建设的方针。"③ 他认为,从这个定义出发,可以得出文学史的两种使命:"一是叙述过去文学进化的因果,所以退化的文学应当排斥于文学史之外的;一是指示未来文学进化的趋势,当然在希望现在文学家走上进化的正轨。"而这两种使命又决定着文学史的作用,不外乎在"使

---

① 谭正璧编:《中国文学进化史》,光明书局1929年版,第382—385页。
② 谭正璧编:《中国文学进化史》,光明书局1929年版,第17页。
③ 谭正璧编:《中国文学进化史》,光明书局1929年版,第10页。

现在文学家知道文学所以进化和怎样才算退化,根据古人经验,避免蹈其覆辙。文学为什么要有文学史,重大的原因就在这一点上。而且过去文学的进化是盲目的,没有一定步骤的;此后的吾们,可以有所依据而向着进化的大路上去,不至事倍功半。文学史的所以必要,这也是其中一因"①。根据文学史的这种作用,他提出了文学史所应当遵循的原则:"文学史所叙述的文学是进化的文学,所指示的途径是向进化的途径,能够合于这原则的是好的文学史,否则便违反定义,内容总是特出或丰富,决非名实相符的佳作。"基于此观念,他对当时的文学史状况进行了批评,他指出,"现在文学史的作者,可算是风起云涌了;但是十九非但亦叙退化了的文学,甚至只叙退化的文学而忽视进化的文学;或仍叙入非文学的作家或作品;要求一部真正的合体的文学史,实在还是没有"。同时,他强调自己的《中国文学进化史》"不但拒绝叙非文学的作者或作品,而且对于退化了的文学,也加以非议和忽视;以进化的文学为正宗,而其余为旁及。本书名为《文学进化史》,其取义就在于此"。为了进一步地表明自己的文学史观念,谭氏又对何谓进化的文学和叙述什么样的文学才算是文学进化史进行了界定,他指出,第一,"进化的文学是活文学,他是用当时的活文字来写成的"。第二,"进化的文学是创造的自然的文学,她是不模仿古人,不拘于格律,有实感,有印象,无所为而为的"。所以,持"以文干禄""文以载道"的主见写的文学,就不属于他所谓的进化的文学,他认为明清八股和宋明语录就是如此。第三,"进化的文学是具有文学的特征的文学,他是含有时代精神、地方色彩、作者个性三特色的"。第四,"进化的文学是具有形成文学的各要素的文学,他是涵有真挚的情绪、丰富的想象、高超的思想、自然的形体的"。文学史只有符合了他所列出的上述四个要求,"叙述这样的进化的文学的文学史,就是文学进化史"。他还称自己的《中国文学进

---

① 谭正璧编:《中国文学进化史》,光明书局1929年版,第10页。

化史》就是如此。① 正是对进化观念无以复加的强调，致使谭正璧对胡适的那本立足于进化论的半部《白话文学史》评价甚高，认为该作是"最近十余年中……最著名的最有价值的"，虽然只有上册，"但我们单就上册来研读，已使我们感到异样的满意了"。② 而对王国维的"凡一代有一代之文学：楚之骚，汉之赋，六代之骈语，唐之诗，宋之词，元之曲，皆所谓一代之文学，而后世莫能继焉者也"之论，谭正璧也是大为赞赏，认为它是"大胆的文学进化论"，对后来的文学革命者影响很大。③

谭正璧进化文学史观的另外一种体现就是其抑文言重白话，充分肯定通俗小说的历史地位。因此，对于弹词、鼓词、影词等以白话和方言为载体的通俗文学，他不仅热情拥抱，并且将它们看作时代的进化的文学。尤为值得一提的是，对于通俗文学的末路，谭氏指出，这是文学史上的进化而非退化现象。他具体分析说，通俗小说的末路一方面与清代的大肆禁毁有关，另一方面与时代风气的迁移有关。清末中国屡受外族侵压，新民救国的时代主题需要"传布新思想，破坏旧风俗的革命小说"，因此，梁启超的《新中国未来记》、许指严的《劫花惨史》应运而生，它们虽和明清通俗小说一样也是白话的，但在风格和体制上却是脱离了"占据四五百年中国文坛的通俗小说"，而是"受外来影响"的产物。另外，清末民初，在西洋文明暴风疾雨式的进攻下，作家不甘寂寞，抛弃旧的文学观念和体式，从事新的创作，谋求对积习深重的中国旧文坛进行彻底的改革，但既是改革，一定是"由渐而至极新的"，所以，这个时期的文学成就并不高，但它们却迎合了中国的时代需要。对于有人批评这一时期的小说简短、肤浅、粗制滥造，不值一哂，谭氏反驳说，这实在是一种不明时代的"误解"，"不宜如此苛责啊"！

---

① 谭正璧编：《中国文学进化史》，光明书局1929年版，第10—12页。
② 谭正璧编：《中国文学进化史》，光明书局1929年版，第386页。
③ 谭正璧编：《中国文学进化史》，光明书局1929年版，第322页。

同时，他热情地讴歌道："新时代已迫近在我们眼前了，一切的一切都不能不走向这个新时代去；几个先驱者已经筑下极艰深的基础，我们只要尽力在这个基础上去谋新的建设——只要新的，什么建设通能表示出这个时代的特征。旧的已隔离得远了，过渡时代也已成了不值留恋的畸形物，觉悟的文学家都不之回顾而一直向前去了。"① 不仅如此，谭正璧也非常重视汉代鼓吹曲辞、横吹曲词和相和歌辞等白话文学，对中国文学史上的其他白话文学、平民文学、俗文学偏爱有加。例如，在评价左思的辞典式作品《咏诗史》八首时，谭氏认为，它虽然也很著名，然"不及他用白话做的《娇女诗》来得自然有味"。② 在评价柳永时，他认为，词到柳永"始创作了许多伟大的浅显的曼声长调"，③ 谭氏并且讽刺南宋姜夔等人的词为"词匠的词"，认为词原本为解放五七言诗歌之"不自由"而生，"以自然为宗"，但姜白石等人"宁可牺牲了词的意思来迁就词的音律，不肯放松音律来保存词的情意，而且又讲究刻画事物，使用古典。于是词就成了少数专家的技术，不能算是有生气的文学了。这派作家，不是词人，不是诗人，只好叫做'词匠'"④。在论及宋人杂剧和金人院本之所以消亡而元杂剧能够保存下来的原因时，谭氏认为，前者是贵族的，所以"流传不广"，而后者则是平民的，因此，"到处风行"。⑤ 在评论传奇时，他又指出，"初期的传奇，还不曾脱尽杂剧的作风，所以文辞还浅俗明白，不惟宾白是真实的人民的对话，即曲文也多用平常的口语。这都因作者非平民即为与民众接近而能赏识俗文学的人，故不求其优雅，而风格甚高。后来传奇的制作，完全移入文士之手；遂同诗和词移入了文士之手一样，逐渐的'优雅化'，'美

---

① 谭正璧编：《中国文学进化史》，光明书局1929年版，第313—318页。
② 谭正璧编：《中国文学进化史》，光明书局1929年版，第71页。
③ 谭正璧编：《中国文学进化史》，光明书局1929年版，第153页。
④ 谭正璧编：《中国文学进化史》，光明书局1929年版，第163页。
⑤ 谭正璧编：《中国文学进化史》，光明书局1929年版，第176页。

丽化'，终于把她送入了坟墓之门"①。此外，谭氏还不认同一般文士对李渔剧作"太俗"的评判，而是认为李渔剧作的长处恰恰正在于它的"太俗"。②

早在1929年出版《中国文学进化史》之前，谭正璧曾于1924年写成过《中国文学史大纲》一书，并于1925年9月在上海光明书局出版。该著显然是他写作《中国文学进化史》之前着墨文学史的一个演练。《中国文学史大纲》问世后曾多次修订再版，至1929年《中国文学进化史》出版之时，已经达七次之多。在《中国文学史大纲》第二节的"论文学史"中，谭氏指出，我们在明白"什么是文学史"之前，应该"先明白什么是'史'"。对于如何理解"史"，他引用了梁启超在《中国历史研究法》中对"史"的定义：史者何？记述人类社会赓续活动之体相，校其总成绩，求得其因果关系，以为现代一般人活动之资鉴者也。他指出，梁启超这里所说的"史"，是指广义的"史"，而"在广义的史里，文学史也是不可少的一部分，不过非专门而已"。因此，要替作为专门的"史"的文学史下一个定义，梁启超的广义的史的定义"当然可以取资"。因此，参考梁氏的定义，他对文学史的概念进行了这样界定："叙述文学进化的历程，和探索其沿革变迁的前因后果，使后来的文学家知道今后文学之趋势，以定建设的方针。"对这样一个定义，他具体解释说，"文学进化的历程"是指文学随时代的变迁而变迁，一代有一代之文学，"不能躐等，亦不能倒置"。例如元曲，它绝不会产生于词令之前，三百篇也不可能产生于元代；司马迁不可能写出《水浒》，罗贯中也作不出《史记》。而从艺术方面看，三百篇进化为古诗，古诗进化为词令，词令进化为曲、套数和杂剧，曲进化为京剧，其间"系统分明，因果昭然，可以不加说明，而自能意会"。而"探索其沿革变迁的前因后果"则是指我们既然明白"文学进化之历程"，则须进一步探索

---

① 谭正璧编：《中国文学进化史》，光明书局1929年版，第211页。
② 谭正璧编：《中国文学进化史》，光明书局1929年版，第231页。

第四章　20世纪中国文学史书写共同体：以科学的名义

文学"所以进化之故"以及"进化后于当时所受之影响若何"。譬如三百篇"如何不能就直接进化成元曲，而中间必须隔以古诗词令，这就带有因果关系了"。谭氏指出，不论任何事物的演进，都是"有一定的步骤的"，就像如果没有有线电报，就不可能有无线电报；如果没有普通的船，就不可能有后来的汽船。三百篇之所以不能直接进化成元曲，是因为元曲中有词令的因素，而词令又必须经过古诗和乐府才能递变而成。元曲兴后，在后来的文学史上有何影响、结果如何，这又是文学史所应"叙明的事"。至于"使后来的文学家知道今后文学之趋势……"谭氏认为，既然我们知晓了文学所以变迁之故以及变迁"至于若何"，因此，后来者"就得循例以创造他的应时代合进化的文学来接续已过去的"。他指出，那些"文起八代之衰""直迫马班""有西京之风"之类的作品，除非作于八代之前，或是马、班、张自作，否则，"决无文学价值之可言，而亦无存在之余地"。谭氏进一步指出，文学史对于此类复古倾向，就应该"屏斥"，因为它"破坏了文学的进化律"，犯了"捣乱现代文学进化步骤之罪"。基于此，他对同样坚持进化论甚至可以与其视为道友的胡适进行了批判，认为他的《五十年之中国文学》总"舍不得二位章氏"，"仍旧因袭了昔时学者的风尚"，可见，他的文学进化观贯彻得也"太不彻底了"。①

在文学史的体例上，谭氏的设置也主要是从进化论出发，以更清晰地深化他的文学进化观念。他认为，以往学者对文学史的分期诸如"理胜时代""词胜时代"，以及依朝代的划分，甚至学西洋分为上古、中古等，这些都不合适。他的文学史完全依照文学的种类，"某一时代的进化的文学是什么，便拿来做叙述的主体"。这种分期，他认为虽然类似于"纪事本末体"，但是，在叙述次序上，却是"完全依照进化的历程而排列的"，它的好处在于可以"使读者明白某一种文学由发

---

① 谭正璧：《中国文学史大纲》，光明书局1927年版，第8—12页。

达至衰败的历程和因果,一气贯注,不必分开寻找"①。不过,对于谭正璧的这种文学史体例设置,胡云翼曾有过批评,说它虽"内容颇为完善",但其"叙述的体例似嫌未妥"。②

八 容肇祖的《中国文学史大纲》

科学实证、客观的态度和归纳的方法。容肇祖的《中国文学史大纲》非常重视文学史的客观态度和实证精神。在"绪论"中,他即开宗明义,认为时人的文学史著述和以往相比有四大进步:限定了文学的意义和范围,由过去泛说中国学术而限定到一定的范围;在文学史材料的考核与发现上态度更加严谨;在文学史的研究方法上由宽泛的到实证的,由主观的到客观的;在文学史的叙述方法上由散漫的到系统的,以成演变的活的历史。③ 这四点中,第一点讲的是文学的定义更加科学合理;第二、三点讲的是研究态度的实证和客观;第四点讲的则是研究成果的系统科学。现在来看,容氏所谓的这四点可谓步步踩实,点点不离客观、实证、科学的精神。实际上,他也曾明确提出,"我们研究文学史的态度,只有和一般历史家的态度一样,我们是客观的,叙述的,或者是批评的"。在他的《中国文学史大纲》中,容氏对自己所要求的这种实证、客观的科学态度也是极力地落实着。例如,在对《诗经》的论述中,他分别从商颂问题,诗经的时代、体制、分类、文辞、形式、地位及其影响等几方面展开,立论颇谨,考证甚严。他对韩非子诸篇的考证、对屈原作品的考证、对世传五言诗的创始人的质疑和考证、"宋元戏曲的产生及其发展"中对戏曲渊源的考证等也都极具实证精神。尤其是他对商颂问题、诗经的时代、体制的论述,更是多方征引,处处小心,极富客观、科学的精神。在他对诗经的文辞的分析中,他明确提出研究诗经的文辞必须破

---

① 容肇祖:《中国文学史大纲》,朴社1935年版,第15—16页。
② 胡云翼:《新著中国文学史》,北新书局1933年版,"序"第4页。
③ 容肇祖:《中国文学史大纲》,朴社1935年版,第2—3页。

除两个主观:第一,"以词人之诗评析三百篇,而忘了诗三百篇是自山谣野歌,以至朝廷曾享用的乐集,本是些为歌而作,为乐而设的";第二,"是把后人诗中艺术之细密,去遮没了诗三百中挚情之直叙"。① 除了客观实证精神,容著对归纳方法的使用较为自觉,例如,第二十五章"梁陈文学的新发展"中,他将梁陈文学发展的新趋势分别区分为批评、选文、创作三点,并进行了具体的分析。他认为,在批评上,梁陈的批评家反对声律、反对用典、反对仿古、反对文以载道,以性情为诗之根本进而主张作家自由表现情感。例如,钟嵘的《诗品》反对声律论、反对用典,简文帝对拟古的批判以及钟嵘、简文帝对吟咏性情的提倡等都是典型的体现。在选文上,梁陈的选文风气渐盛且有摒弃"风教"、注重民歌的倾向。徐陵的《玉台新咏》就是如此。在创作上,乐府歌辞渐受文人重视,加之帝王提倡,模拟乐府的风气"遂极盛行",尤其是对民间短歌的模拟。例如梁武帝、萧纲、陈后主、阴铿、何逊等人的创作。在此基础上,容肇祖进行了归纳,他指出:"总上,创作诸家,自梁武帝以至隋炀帝,我们可以看来当日的几种趋势:一、由梁武帝父子的模拟乐府,而文人乐府体的作品渐多,乐府的小诗更多人摹拟,开唐人绝句的先河。二、由阴铿,何逊,徐陵,庾信的喜欢声律,而严格律诗,便由此出,开唐代律诗的先路。他们的律诗,渐渐的进步。有与唐诗无别的。三、乐府与声律,俱为时尚,于是乐府的创作,亦有时作成律诗的样子。"②

批判退化史观,坚持白话观念和历史进化论且具有公例意识。对进化观念的申张是容肇祖的《中国文学史大纲》分析中国文学历史的重要理路。在"绪论"中,容肇祖认为,"文学史是叙述各时代的文学的演变。它是文化史的一部分。文化史是演进的,不断的活的历史,自然文学史也是演进的,不断的活的历史了"。同时,他还借鉴

---

① 容肇祖:《中国文学史大纲》,朴社1935年版,第22—31页。
② 容肇祖:《中国文学史大纲》,朴社1935年版,第192页。

傅斯年的观点指出，文体的生命就像有机体一样，也要经历一个由生而少而壮而老而死的过程。"在我国的文学史里，每每一种体裁，开头来自民间，文人借用了，遂上台面，更继续经过修整扩张，弄得范围极大，技术极精，而原有的动荡力遂衰。这种文学，我们大概可以看出他们的产生，长大，僵化，以至老死，或者生身，再世，以至鬼影复现。我们可以用历史的必然的演变的理由去解释他，我们亦可以说文学是活活的由有生命的语言而来，渐渐的没有了语言上的生命，只剩文字的躯壳，故此老死了，只有鬼影出现，不会再世出来。由此旧的体裁死了，新兴的体裁替代了出来，而中国文学史遂成为一部不断的演变的活历史。这是很可注意的。"① 在第十六章"五言七言诗的起源及其发展"论"文体的有机体的生命论与诗体的进化"一节中，容肇祖又以诗歌为例具体阐释了文体的生命就像有机体一样，也要经历一个由生而少而壮而老而死的过程的观点。他认为，五言诗这种诗歌体裁，是中国诗歌史进步的结果。中国大多文体的生命和有机体是一样的，要经历一个由生而少而壮而老而死的过程。例如，四言诗"出于民间，登于朝堂，后来成为经典"，然而这只限于春秋之末。汉朝以来的四言诗就做不好。五言诗发于汉代，也是起于民间，三曹父子的努力使其成为"文学上的大体裁"，并且在六朝时一枝独秀，但唐代以后，就逐渐没落了。七言诗虽造胎于八代，但一直到了唐代李杜那里"才成大章法"，而宋以后，又流于末途。词成于唐，五季北宋那样天真，南宋初年那样开展，但吴文英以后却沦为雕虫小技。元曲俗而真、粗而力，盛明以来的剧，精工上远比前人高，而竟"文饰化"过了度，成了些尾大不掉的大传奇，清康熙以后，竟衰败至于死亡。可见，"这些大文体，都不像有千年以上的真寿命，都是开头来自田间，文人备用了，遂上台面，更有些文人继续的修整扩张，弄得范围极大，技术极精，而原有之动荡力遂衰，以至于但剩了

---

① 容肇祖：《中国文学史大纲》，朴社 1935 年版，第 3—5 页。

一个躯壳。为后人抄了又抄，失去了扩张的力气；可以说，只剩了文字上的生命，没有了语言上的生命。这真是文学史中的大问题。故此，文学史或者可和生物史有同样的大节目可观。'把发生学引进文学史来'！是我们剖析文学史时的一个方法"。他认为，"这个方法，我们可用以观察诗体的进化"。① 在对《水浒传》的论述中，他指出，《水浒传》是"四百年来逐渐成功的文学进化的产儿"。② 第三十六章"宋代的诗"在论"宋诗的导源"时说："我们看文学史，是用进化的眼光看，自然文学上的进化，不是直线式的，却常常是像波浪式的。如果这样，我们说诗，自然不能说宋不如唐了。宋诗的体格，自然从唐诗里产生出来，宋诗的长处，自然也是唐诗里所具有的。固然宋初的西昆体（如杨亿、钱惟演、刘筠等所作。）是从晚唐李商隐、温庭筠一些诗体而产生，即苏轼、黄庭坚等一些诗也不外从杜甫、白居易等诗而出。然而宋诗的特长之点，我们断不能说是低于唐代；我们可以说的，是宋代的诗体，尽都导源于唐代。"他具体分析认为，第一，宋诗的体裁较唐诗更为开放、自由。第二，宋诗的特色在白话化，即是用说话的口气来作诗，有时音节是不调的，又每每喜欢用通俗说话的动词、助动词等在他们的诗句之内。第三，宋诗所用的材料特别，不避通俗的事物、通俗的语言，如苏轼的《被酒独行遍至子云威微先觉四黎之舍》就不回避"牛屎""牛栏"这些极平常的事物。第四，宋诗有一种很高的意境与想象。如西江派、四川派的诗等。③ 此外，他评价《儒林外史》写得好的其中一个重要缘由就是它是"国语的文学"。④ 凡此种种，均可见出容氏对白话观念和历史进化论的坚持。

陈岸峰在《疑古思潮与白话文学史的建构——胡适与顾颉刚》中指出，"自胡适（适之，1891—1962）的白话文学史的理念提出及

---

① 容肇祖：《中国文学史大纲》，朴社1935年版，第100—101页。
② 容肇祖：《中国文学史大纲》，朴社1935年版，第305页。
③ 容肇祖：《中国文学史大纲》，朴社1935年版，第250—252页。
④ 容肇祖：《中国文学史大纲》，朴社1935年版，第336页。

其《白话文学史》出版后,有关'中国文学史'与'现代中国文学史'的书写均深受胡适的白话文学史观所影响"①。并且,他举出了较为著名的几部文学史著,如刘大杰的《中国文学发展史》,陆侃如、冯沅君的《中国诗史》以及王瑶的《中国新文学史稿》,不过,令人遗憾的是,他唯独未提及容肇祖的《中国文学史大纲》。实际上,胡适的白话文学史观念对容氏的影响远甚于以上诸作,容著对傅斯年和胡适重视有加,多处征引斯氏和胡氏的论述,尤其是胡氏的,近乎达到言必称胡适的程度。《中国文学史大纲》通编除了新文学运动部分论胡适的内容,其他章节中引胡适之论凡55处(按:具体统计如下:第1页,1处。第4页,2处。第38—39页,1处。第52—53页,1处。第54页,2处。第58页,1处。第66—67页,1处。第111—112页,1处。第120页,1处。第127页,1处。第136页,2处。第140页,1处。第149页,1处。第150页,2处。第151页,1处。第152页,1处。第152—153页,1处。第154—155页,1处。第167页,1处。第170页,1处。第172页,1处。第173页,1处。第187页,1处。第189页,1处。第197—198页,1处。第204—205页,2处。第205页,1处。第220页,1处。第221—222页,1处。第223页,1处。第224—225页,1处。第226页,2处。第227页,1处。第232页,1处。第233页,1处。第239页,2处。第243页,1处。第276页,1处。第281页,1处。第301页,1处。第302页,2处。第303页,1处。第305页,1处。第334页,2处。第337页,1处),居容著引文之首,与第二位差距甚远(按:第二位为傅斯年,引用傅斯年凡13处,具体统计如下:第3—4页,1处。第18—19页,1处。第19—20页,1处。第23页,1处。第26—27页,1处。第34页,1处。第37页,1处。第42页,1处。第77—78页,1处。第80—81页,1处。第83页,1处。第83—85页,1处。第

---

① 陈岸峰:《疑古思潮与白话文学史的建构——胡适与顾颉刚》,齐鲁书社2011年版,第216—217页。

100—101页，1处），且均以"这话是很有理由的""这话是很对的""这话是比较可信的"等称之，可见容氏受胡适进化历史观的影响之深重。

同时，容著对文学史的公例意识的体现也很鲜明。在论明代传奇中，容氏指出："以前的传奇，是为民间的娱乐而作的，所以无论什么人，都可以懂得。如《杀狗记》，如《白兔记》，因此大为文人所不满，到这时期（按：指明中叶以后），作家的趋向是向着优雅美丽的词藻的方面走去，不但是曲文择句选字，务求雅丽，即宾白亦骈四俪六，工整非常。其最甚的，如《浣纱记》、《祝发记》，至通剧无一散语。这是当时作曲家的一种新倾向，虽然不尽属如此，而多少是受有影响的。我们可以知道，由民间而上场面，而到文坛，而转变为纯粹文人的东西，这传奇的发展的经历，亦大都逃不出这种公例。"①在第六章"春秋战国的时代和记事与记言的演进"中，容肇祖认为，春秋以降至战国，是历史的进步，但"前人论史，本退化的观念，以为西周降而为春秋，春秋降而为战国，实为世道衰微的征象"。针对此论，容氏指出，"以统一的周代王国国力的一方面说，则确为陵夷衰微之象"，但就"中国之全体而论"，战国实比春秋"大有进展"，"远非春秋时代所可及"。同时，由于对于历史需求前因、后果，找出历史背后的公理、公例思想的推崇，容氏对早期记事的书中史的观念进行了批评，他以《论语》为例，认为《论语》中的记事除了极少的几段记得"较丰充以外"，大多的记事"只记几句，无前因，无后果"，而这"决然不是一种妥当"的方法。②

九　胡云翼的《新著中国文学史》

推崇客观的方法和公例意识。对于文学史的方法的客观性，胡云翼指出："过去的文学史多偏重于死板板的静物的叙述，只知记

---

① 容肇祖：《中国文学史大纲》，朴社1935年版，第296—297页。
② 容肇祖：《中国文学史大纲》，朴社1935年版，第32—34页。

述作家的身世,批评其作品。至于各个时代的文学思潮的起伏,各种文体的渊源流变,及关于各种文学的背影及原因的分析,皆非其所熟知。……我在这本文学史上最注意的就是纠正这方面的错误。我要把各时代散漫的材料设法统率起来;在可能的范围内,要把各种文体,各种文派,作家及作品,寻出它们相互间的联络的线索出来,作为叙述的间架;同时,我注意各个时代文学思潮的形态及其优点与缺点,注意各种文体的发展及各种文派的流变。总之,我尽力的使我的文学史能够成为一部活的脉络一致的文学史。"同时,他还指出:"普通所认定对于文学史的叙述,应抱持谨慎、客观、求信的态度;对于文学史上所下的批评,应求其正确,恰合于现代的文学赏鉴观念。关于这些,我也不曾忽略。"① 对于公例意识,胡著第一章"诗经"开篇即言,"世界各民族文学的诞生,有一条共同的公例,就是韵文的发达总是较早于散文;而诗歌又为韵文中之最先发达者"②。

持进化观念,尊崇白话文学,贬抑贵族文学。胡云翼的《新著中国文学史》对小说尤为重视,六朝志怪志异、唐代传奇、宋代白话等,均细言之,所费篇幅亦不少。不仅如此,他对汉代民间诗歌非常重视,他认为,"老实说,汉赋只不过是当代(按:即当时)贵族社会一种时髦的装饰品,娱乐品而已;真正的时代文学,社会文学,真正有价值的文学,还是要算这些民间的诗歌呢(按:指《陌上桑》《孔雀东南飞》等)"。③ 正是对于白话的尊崇,他对傅玄拟《陌上桑》的《艳歌行》进行了批评,认为"《陌上桑》是一首绝妙的白话诗,给傅玄一改,原诗的俚俗隽妙处尽行删掉,变成一首平凡无奇的雅诗"④。显然,按照胡氏的观点,《艳歌行》的失败在于它将《陌上桑》中原本俚俗隽妙的地方粗暴地剔除,使其白话的含量大大降低,因而沦为平凡无奇之作。由此看来,在胡氏的逻辑中,诗似乎

---

① 胡云翼:《新著中国文学史》,北新书局1933年版,"序"第6—7页。
② 胡云翼:《新著中国文学史》,北新书局1933年版,第1页。
③ 胡云翼:《新著中国文学史》,北新书局1933年版,第52页。
④ 胡云翼:《新著中国文学史》,北新书局1933年版,第78页。

只有越俗越好、越白越好、越俚越好。这显然陷入了机械进化的窠臼。我们知道,白话、俚俗有时确实能够增益诗歌的艺术魅力,但是,它们之间并非一定就是一种正比例关系,文学史上就有不少俗到无聊、白到无味的作品。具体到傅玄的《艳歌行》来说,其失策之处的确与其剔除原诗中的白话、俚俗有密切关联,但这并不是问题的关键。问题的关键在于他的窜改将原诗中的生动细节、体现罗敷鲜明性格的内容付之阙如,更重要的是,它还歪曲了罗敷的形象,窜改了原作的主题,虽然他的这些改动使《陌上桑》可能会更加地符合汉代统治者对诗教的要求,但却使该作的思想性、艺术性、批判性大打折扣。我们还是先来具体看看这两首诗歌,再做分析。

  日出东南隅,照我秦氏楼。秦氏有好女,自名为罗敷。罗敷喜蚕桑,采桑城南隅。青丝为笼系,桂枝为笼钩。头上倭堕髻,耳中明月珠。缃绮为下裙,紫绮为上襦。行者见罗敷,下担捋髭须;少年见罗敷,脱帽著帩头。耕者忘其犁,锄者忘其锄。来归相怨怒,但坐观罗敷。(一解)使君从南来,五马立踟蹰。使君遣吏往,问是谁家姝?秦氏有好女,自名为罗敷。罗敷年几何?二十尚不足,十五颇有余。使君谢罗敷:"宁可共载不?"罗敷前致辞:"使君一何愚!使君自有妇,罗敷自有夫。(二解)东方千余骑,夫婿居上头。何用识夫婿?白马从骊驹。青丝系马尾,黄金络马头。腰中鹿卢剑,可值千万余。十五府小吏,二十朝大夫,三十侍中郎,四十专城居。为人洁白皙,鬑鬑颇有须。盈盈公府步,冉冉府中趋。坐中数千人,皆言夫婿殊。"(三解)(《陌上桑》)

  日出东南隅,照我秦氏楼。秦氏有好女,自字为罗敷。首戴金翠饰,耳缀明月珠。白素为下裾,丹霞为上襦。一顾倾朝市,再顾国为虚。问女居安在,堂(按:常)在城南居。青楼临大巷,幽门结重枢。使君自南来,驷马立踟蹰。遣吏谢贤女:"岂可同行车。"斯女长跪对:"使君言何殊!使君自有妇,贱妾有

鄙夫。天地正厥位，愿君改其图。"（傅玄《艳歌行》）

从第一句看，《艳歌行》与《陌上桑》无别，均为"日出东南隅，照我秦氏楼。"属于照搬原诗。第二句中除"名"改为"字"外，均无异。从第三句开始，原诗中的"罗敷喜蚕桑，采桑城南隅。青丝为笼系，桂枝为笼钩。头上倭堕髻，耳中明月珠。缃绮为下裙，紫绮为上襦。"被改为"首戴金翠饰，耳缀明月珠。白素为下裾，丹霞为上襦。"略去了罗敷的喜好以及对采桑工具的细节描写，转而专注于对罗敷的配饰、衣着的描绘，尤其是对配饰的描绘——"金翠饰"和衣着的描绘——"丹霞"，雍容华贵，光彩夺目，显然把罗敷包装、打造成了一个贵妇，这与原诗中她作为一个清纯的采桑女的形象大不相称。第七至九句"行者见罗敷，下担捋髭须；少年见罗敷，脱帽着帩头。耕者忘其犁，锄者忘其锄。来归相怨怒，但坐观罗敷。"被改为"一顾倾朝市，再顾国为虚。问女居安在，堂（按：常）在城南居。青楼临大巷，幽门结重枢。"这个改动，尤其是对罗敷形象描写的改动，似乎文字上精练了，但问题却很大。原诗中的描绘与罗敷采桑的境遇高度契合，出场人物的身份都是正在劳作的平民，是罗敷采桑的环境，显然，原诗中的这段描写既侧面烘托出了罗敷的美貌，又具有浓郁的生活气息。傅玄的窜改却使罗敷平添了几分美艳甚至妖娆风骚的味道，一顾倾城，再顾倾国，顾盼神飞，婀娜流丽，风韵虽然有，可清纯却不再，严重歪曲了原诗中罗敷朴素勤劳、清纯貌美的形象。至于傅玄诗中增加的对罗敷住所的描写，则是为了显示罗敷并非平民女子，而是一个大家闺秀，就其立意来讲，纯属狗尾续貂、画蛇添足。第十至十四句"使君从南来，五马立踟蹰。使君遣吏往，问是谁家姝？秦氏有好女，自名为罗敷。罗敷年几何？二十尚不足，十五颇有余。使君谢罗敷：'宁可共载不？'"被改为"使君自南来，驷马立踟蹰。遣吏谢贤女：'岂可同行车。'"原诗中使君问罗敷的话"宁可共载不？"被置换为"岂可同行车"。首先，就"宁可共载不"中的

"载"字来看,在汉代之前,它兼有多义。具体到《陌上桑》中来说,有两个含义不容忽视:第一,指用车装载,这个含义在汉代之前较为普遍;第二,指"生"或者"殖",例如,《管子》第十二卷中的第三十五篇《侈靡》中就有这样一句话:"地重人载,毁敝而养不足,事末作而民兴之,是以下名而上实也。"① 唐代房玄龄在注这句话的时候就说:"载,生也。今地利既重,人之生植谷物,君又从而毁夺弊尽之,所以养不足,人既惰于本业,故竞起末作而事。"② 《礼记》卷十六有言:"毛犹有伦,上天之载,无声无臭,至矣。"③ 汉代郑玄注曰:"载读曰栽,谓生物也。"又注曰:"载,依注读曰栽,音灾,生也。"④ 汉代刘熙《释名》在《释名卷第一·释天第一》中对"载"有过这样的解释:"唐虞曰载,载,生物也。"⑤ 唐代孔颖达在疏汉代郑玄作注的《礼记》中的"文王初载,天作之合"时曰:"彼注云'载',识也。言文王生适有所识,天为之生配,谓生大姒。此载为栽殖者,载容两义,亦得为识,亦得为殖。此对倾者覆之,故以为殖。云'筑墙立板亦曰栽'者,案庄二十九年《左传》云'水昏正而栽',谓立板筑也。"⑥ 凡此种种,皆表明"载"有生殖、生育、生产的含义。以此来看,使君的"宁可共载不"之问就有公然调戏罗敷的意思,即他问罗敷愿不愿意和他一起生育子女。不仅如此,在汉代之前,"载"可能还有身体的含义,例如,方向东在校注《庄子·外物第二十六篇》中的"奈何哉其载焉终矜尔"这句话时,就将其中的"载"释义为"身体"。⑦ 如果"载"具有这样的含义,

---

① (唐)房玄龄注,(明)刘绩补注,刘晓艺校点:《管子》,上海古籍出版社2015年版,第230页。
② (唐)房玄龄注,(明)刘绩补注,刘晓艺校点:《管子》,上海古籍出版社2015年版,第231页。
③ (汉)郑玄注:《礼记》(卷第十六),中华书局聚珍仿宋版印。
④ (汉)郑玄注:《礼记》(卷第十六),中华书局聚珍仿宋版印。
⑤ 刘熙:《释名·释名卷第一·释天第一》,明嘉靖翻宋本。
⑥ (东汉)郑玄注,(唐)孔颖达疏:《礼记疏》,《礼记注疏》卷第五十二。
⑦ 方向东校注:《庄子今解》,广陵书社2004年版,第181页。

它可能就具有"性"的内涵，那么，使君使用这样一个词就是非常下流的。这样，我们也就很容易理解下文中罗敷为什么对这句话反应很不平常：她不仅严词斥责使君的这种无耻言语，甚至有些气急败坏。究其原因，就是因为原诗中使君直言挑逗罗敷，其无耻习性暴露无遗。所以，傅玄窜改此诗时为了维护使君的形象，就必须要剔除"载"字中调戏的含义，概念偷换，改之为"岂可同行车"了。但经他这样一改，不仅语气上弱化，而且，也使原诗中揭露使君的流氓嘴脸的强度被大大削弱。可以说，傅玄的改动维护了使君的形象，是在欲盖弥彰，目的在于掩盖统治者的丑恶嘴脸。第十五至二十四句"罗敷前致辞：'使君一何愚！使君自有妇，罗敷自有夫。东方千余骑，夫婿居上头。何用识夫婿？白马从骊驹。青丝系马尾，黄金络马头。腰中鹿卢剑，可值千万余。十五府小吏，二十朝大夫，三十侍中郎，四十专城居。为人洁白皙，鬑鬑颇有须。盈盈公府步，冉冉府中趋。坐中数千人，皆言夫婿殊。'"被改为"斯女长跪对：'使君言何殊！使君自有妇，贱妾有鄙夫。天地正厥位，愿君改其图。'"原诗中，罗敷是一个性格刚烈的女性形象，面对使君的调戏，她针锋相对，严厉斥责。而《艳歌行》中，罗敷则被描绘成了一个懦弱的女性，她不仅长跪，而且哀求使君放过自己，至于"天地正厥位"之言，则反映出罗敷的愚昧。综上所述，傅玄窜改《陌上桑》的主要病灶在于他颠覆了原诗中罗敷的形象，为使君的流氓无耻行径涂脂抹粉，背离了原作的主题，大大降低了原诗的批判性。所以，胡云翼仅从语体的角度进行分析，认为《艳歌行》的败笔仅仅在于其将原诗的白话转为文言，这显然是将复杂的审美问题简单地归结为语言的问题，其持论也就难免失之偏颇了。

对于白话的尊崇也体现在胡氏对格律的深恶痛绝上，在评价唐代的诗歌创新时，胡云翼认为，"唐代的诗体，向来的论诗者都认定律诗和绝句是唐代的新体诗，都认定那是唐代的代表诗体。这个错误我们是要加以纠正的。律诗源出于六朝的骈偶，专讲声韵对仗，最束缚作者的意境情感,是最下乘的诗体。唐人的律诗就很少好的,绝不足以代表唐诗的特色。我以为能够代表唐诗的特色的诗体,乃是五七言歌行和绝句。唐代的诗人最喜欢做五七言歌行。他们的歌行,自由放肆,不受任何格律的拘束,句子可以长短不齐,用韵没有一定的规则,不讲对仗,不考究平仄。这可以说是从两晋、六朝解放出来的一种新体自由诗。绝句虽与律诗同称'近体',却不与律诗同源,它是从六朝的民间歌谣进化出来的。虽有声韵的限制,而不必讲对仗排偶,格律并不严"①。当然,正是对于格律的深恶痛绝,胡云翼在不少论断上剑走偏锋,失之偏执。例如,在对盛唐诗歌的评价中,他认为,宋代严羽《沧浪诗话》中的这个论断"盛唐诸人,惟在兴趣,羚羊挂角,无迹可求。故其妙处,透彻玲珑,不可凑泊,如空中之音,相中之色,水中之月,镜中之象,言有尽而意无穷"说得太神秘,他认为,"明白的说,盛唐诗的好处,就是能不考究形式格律,而注重于诗歌内容的充实,故其妙处,能'言有尽而意无穷'"②。显而易见,胡氏的这个评价立足于科学精神的反神秘主义立场,一味强调论诗的明白、清晰,致使其不仅没有参透严羽"兴趣"二字的意旨,也没有真正把握住盛唐诗歌的妙处所在,因此,他从自己对格律这种诗歌形式的偏见出发,仅仅在内容方面去找寻唐诗妙处的玄机,这自然会失之武断,相较之下,严羽的论断则高明得多,也更迫近盛唐诗歌的那种只可意会不可言传的神韵。

同时,胡云翼坚持文体进化的思想,在对新文体的发生问题的认识上,他指出,"一种新文体的起来,是经过长期的酝酿,逐渐演化而成立的,绝不是那一两个文人所能独创出来的"③。在批评唐代文学复古运动时,他认为其主要的弊端之一就在于"不应该以复古为名,埋没了文学进化的观念"④。而在讨论小说时,他提出,"小说本

---

① 胡云翼:《新著中国文学史》,北新书局1933年版,第116页。
② 胡云翼:《新著中国文学史》,北新书局1933年版,第122页。
③ 胡云翼:《新著中国文学史》,北新书局1933年版,第54页。
④ 胡云翼:《新著中国文学史》,北新书局1933年版,第113页。

是以讲故事为主,初期的小说,却只能叙简短的故事。逐渐进化,小说的技术渐渐高明了,渐渐能写较复杂的故事了。到了明代,小说的发展已有一千多年的进化史,自然要臻于成熟的时期了"①。此外,胡云翼的《新著中国文学史》也注重实证,例如,他对《菩萨蛮》和《忆秦娥》并非李白作品的考证等,都颇具有实证的精神。

第三节　红皮本、王瑶本、游著、袁著、章骆著《中国文学史》

一　王瑶：作为历史科学的文学史

王瑶的《中国新文学史稿》上册出版于 1951 年 9 月,下册出版于 1953 年 8 月,有学者盛誉它"对于中国新文学史这一学科的独立建制无疑具有筚路蓝缕的开创之功,其对后学的规约与影响已不下半个世纪"②。但也批评它近乎机械地拿毛泽东《新民主主义论》中的思想对新文学的性质阐释及历史分期做了"对应式的处理"。③

在 1951 年出版的《中国新文学史稿·自序》中,王瑶指出,该作依据 1950 年 5 月教育部召集的全国高等教育会议上通过的《高等学校文法两学院各系课程草案》中规定的"运用新观点、新方法,讲述自五四时代到现在的中国新文学的发展史,着重在各阶段的文艺思想斗争和其发展状况,以及散文,诗歌,戏剧,小说等著名作家和作品的评述"而完成。④该著所体现出来的"新观点、新方法"主要体现在运用马列主义思想对新文学的性质、指导思想、分期进行了全新的认识,提出了新文学是中国新民主主义革命的一个部分,是中国共产党和无产阶级领导的文学的观点。不过,在王瑶看来,不仅对新文学的

---

① 胡云翼:《新著中国文学史》,北新书局 1933 年版,第 249 页。
② 孔范今:《论中国文学的现代转型与文学史重构》,《文学评论》2003 年第 4 期。
③ 孔范今:《论中国文学的现代转型与文学史重构》,《文学评论》2003 年第 4 期。
④ 王瑶:《中国新文学史稿》(上册),开明书店 1951 年版,"自序"第 3 页。

研究需要以马克思主义作为指导,对中国古典文学的研究也应当如此。1954年,在《谈古典文学研究工作的现状》中,王瑶曾遗憾地说,"我们的国家出版机关就没有能够印出一本基本上是运用马克思主义的观点方法的中国文学史来,而且似乎一时还很难产生"[1]。同时,他又视以胡适为代表的"整理国故"的方法为"资产阶级反动的治学思想和治学方法"[2]。他指出,改变古典文学落后的研究状况的关键在于"认真贯彻马克思列宁主义的思想和方法"[3]。在批判胡适的"历史进化的文学观念"时,王瑶又强调,"只有马克思主义的文艺科学才能给文学的历史发展提供出科学的说明,而所谓'历史进化的文学观念'却只能为仇视人类文明与古典艺术宝库的现代资产阶级和帝国主义服务。它不能正确地说明任何文学现象,而只有在客观规律的面前碰壁的"[4]。

可以说,王瑶的文学史观集中体现在他综合马克思主义的唯物论和历史观将文学史视为历史科学这个结论上。他所理解的历史科学与黄人、曾毅、胡适、郑振铎、李长之、周作人等人立足于自然科学思维和历史进化观念上的历史学有着本质的不同,而是建立在马克思主义的辩证唯物主义和历史唯物主义基础上的历史科学。这种历史科学在方法上遵循的是唯物辩证的方法,而不是自然科学的实证、客观等方法,而在文学史的历史问题上,它追求的是文学发展的内在历史规律,而不是进化论所要求的因果关联和线性发展。在第一次中国现代文学研究年会的报告中,王瑶指出:"文学史既是文艺科学,也是一门历史科学,它是以文学领域的历史发展为对象的学科。因此一部文学史既要体现作为反映人民生活的文学的特点,也要体现作为历史科

---

[1] 王瑶:《谈古典文学研究工作的现状》,《关于中国古典文学问题》,上海古典文学出版社1956年版,第65页。
[2] 王瑶:《谈古典文学研究工作的现状》,《关于中国古典文学问题》,上海古典文学出版社1956年版,第66页。
[3] 王瑶:《谈古典文学研究工作的现状》,《关于中国古典文学问题》,上海古典文学出版社1956年版,第71页。
[4] 王瑶:《辟胡适的所谓"历史进化的文学观念"》,《关于中国古典文学问题》,上海古典文学出版社1956年版,第77页。

学即作为发展过程来考察的学科的特点。"因此，他认为，"作为历史科学的文学史，就要讲文学的历史发展过程，讲重要文学现象的上下左右的联系，讲文学发展的规律性"①。1989年，在《〈中国现代文学史论集〉后记》中，他又重申"文学史的研究对象虽然是文学，但它也是属于历史科学的一个部门"②。钱理群在《王瑶先生文学史理论、方法描述》中认为，"把文学史作为一个历史科学，这正是王瑶先生文学史观、文学史方法论的核心，也是他的重要理论贡献"③。钱理群的核心之说是符合王瑶文学史观的实际的，不过，重要理论贡献之说值得商榷，因为，把文学史作为历史科学是20世纪早期中国文学史学者李长之、周作人、郑振铎等的普遍观念。如上所述，如果将王瑶所理解的历史科学限定在马克思主义的历史唯物主义和辩证唯物主义的语境之内，倒是说得通的。同时，王瑶还指出，作为历史科学的文学史，与文艺理论和文学批评不同，有着自己独特的学科任务："文学史作为一门独立的学科，它既不同于以分析和评价作品的艺术成就为任务的文学批评，也不同于以探讨文艺的一般的普遍规律为目标的文艺理论，它的性质应该是研究能够体现一定历史时期文学特征的具体现象，并从中阐明文学发展的过程和它的规律性。"④ 显然，王瑶的这种观点还没有摆脱郑振铎在《研究中国文学的新途径》中对文学鉴赏和文学研究的区分，故他的这种认知实际上依然存在着将文学史看作寻求文学发展的客观规律的学科，而没有看到文学史著者自身的审美能力、评判能力和立论能力在文学史实践中的重要作用。正是如此，他才将文学批评与文学史进行了严格的区分，而忽视了文学史实际上也兼有文学批评的责任和功能。

---

① 王瑶：《关于中国现代文学研究工作的随想——在中国现代文学研究会学术讨论会上的发言》，《中国现代文学研究丛刊》1980年第4期。
② 王瑶：《〈中国现代文学史论集〉后记》，《鲁迅研究月刊》1990年第1期。
③ 钱理群：《王瑶先生文学史理论、方法描述》，《王瑶先生纪念集》编辑小组编：《王瑶先生纪念集》，天津人民出版社1990年版，第333页。
④ 王瑶：《中古文学史论》，北京大学出版社1986年版，第2页。

二 红皮本

红皮本《中国文学史》指的是由北京大学中文系文学专门化1955级集体编著、1958年由人民文学出版社出版的《中国文学史》，政治性是这部文学史的标志性特点，正如其宣称的那样，"既然文学只能是有利于某一阶级而不利于另一阶级的，那么，在评价文学时，政治标准第一的原则就是必须坚持的"①。

强调以马克思主义为指导，坚持经济基础决定上层建筑的原理。在前言中，作者指出："没有马列主义就不能建立任何一门真正的社会科学。资产阶级学者在文学史研究上的失败就是一个有力的明证。我们这部文学史的诞生，就是在党的领导下，采取共产主义办科学的方式——群众集体合作的方式，以马克思列宁主义观点去分析文学发展过程的结果。目前要开展一个马列主义学习运动是有着深刻意义的，这是革新一切科学的基本建设，我们预祝它的伟大的胜利。"②在1959年红皮本《中国文学史》的修订版中，作者重申"去年我们编著的《中国文学史》，基本方向是正确的。根据马克思列宁主义的学说，在文学史研究中我们坚决贯彻了阶级观点、历史唯物主义观点和人民性的观点，从而把文学史研究初步建立在科学的基础上"③。在此基础上，作者提出文学史的基本任务在于"正确地运用马克思列宁主义的观点与方法，深入掌握历代文学的丰富材料，研究文学发展的过程，探寻它发展的规律；公允地评价作家与作品在历史上的地位，把优秀的作家与作品介绍给劳动人民"④。同时，根据马克思主义

---

① 北京大学中文系文学专门化1955级集体编著：《中国文学史》（上册），人民文学出版社1958年版，"前言"第7页。
② 北京大学中文系文学专门化1955级集体编著：《中国文学史》（上册），人民文学出版社1958年版，"前言"第9页。
③ 北京大学中文系文学专门化1955级集体编著：《中国文学史》（上册），人民文学出版社1958年版，"前言"第7页。
④ 北京大学中文系文学专门化1955级集体编著：《中国文学史》（一），人民文学出版社1959年版，第1页。

经典作家所阐述的"经济基础决定上层建筑"的原理,作者认为,文学是社会现象,是"基础的上层建筑",每一时代的文学面貌是由当时的"社会经济基础所决定的",于是,各时期"文学的特征""文学的发展规律",就不再是"杂乱无章不可理解的东西",而是可以给予"科学的说明的"。对于如何科学地说明每一时代文学的特征、文学的发展规律,作者指出,"只有历史唯物主义,才使文学史成为科学",丢开"历史唯物主义",丢开"决定文学内容的社会基础"去侈谈文学,就不能正确解释文学现象、"科学地说明文学发展规律"。而丢开社会的发展趋势、丢开对进步的与反动的事物的了解,去空谈文学,也就失去了"评价文学的根本依据"。作者又指出,资产阶级的文学史家恰恰犯了这样的错误,他们要么"根本不去分析社会历史情况,只是就文学而谈文学",要么虽有对社会历史情况的分析,却只不过或者为了"装点门面",并没有把它和作家作品及文学现象的具体分析"联系起来",或者表面上看起来似乎是"从社会状况出发去分析文学",但实质上却是"歪曲了社会本质",来为说明"自己的文学观点服务"。在著者看来,林庚的时代上的"盛唐"与文学上的"盛唐气象"的公式,就是典型的例子。因此,他们指出,资产阶级的文学史家丢掉了经济基础决定文学这个原则,所以,他们的文学史观中,文学自身的发展规律与承继关系便被夸张到了"不适当的"甚至是"绝对的地步",同时,导致也就一个作家的"社会基础"被作家之间的"表面风格的继承"吞没了。作者认为,诸如此类的文学史中的笑话不胜枚举,例如,在《西游》的研究中,不去研究它是由怎样的现实决定的,而去考证《西游》中的猴子与印度猴子的关系;在文学史的分期上,搬弄"黄金时代""白银时代"这些奇怪的名堂;等等。所以,丢开了"历史唯物主义",形而上学地研究文学现象,结果也就丢掉了"文学史的科学性",不能"正确地解释文学现象",深刻地"阐明文学发展的规律",这样的文学史,"就不能不仍是一笔糊涂账"。①

将以往文学史研究中的进化观念与"古为今用""厚今薄古"原则相结合,使进化论带上了新的内容。同样是在该著的前言中,作者指出,文学史研究的目的是接受文学遗产,发展民族新文学,研究古典文学,"只有当它是为了发展今天社会主义文学的时候,才有它的实际意义与存在价值"。但是,资产阶级的文学史家却"拜倒在古人脚下",他们做的只能是"颂古非今",颂扬"封建的毒素",引导人民群众和青年学生"向后看"。②对这种向后看,作者进一步提出了批评:"人类的幻想是离不开现实生活的基础的。在那个荒蛮的时代,他们最大的幻想是长一双长臂,乘一辆飞行的车,他们不可能想到会有今天比水鸟高明得多的复杂的捕鱼机器,有比翅膀高明得多的飞行工具。然而,幻想究竟推动了人们的进化与发展。幻想,表现了原始人的战胜困难、解放生产力的坚强的信念。"③同时,以往在进化论观念支配下的文学史重视平民文学的思想,在红皮本中则被发展、提升成为另外一个具有马克思主义文艺观内涵的概念——人民性,而且,这一概念被确立为文学史的重要原则——"人民性是研究文学史的一个十分重要的原则"④——而得到有效地落实。例如,在对周代民歌的分析中,作者指出,"周代民歌,几千年来,就象一颗巨大的明星,永远闪耀着绚丽的光辉。而在今天我国大跃进形势中产生的成千上万首民歌——新时代的国风,较之三千年前出现的国风要更加光辉绚丽。正象周民歌给予后代作家文学的积极影响一样,今天的民间诗歌,也将给予我们时代的文学特别是诗歌以极大的影响。

---

① 北京大学中文系文学专门化 1955 级集体编著:《中国文学史》(上册),人民文学出版社 1958 年版,"前言"第 4—5 页。
② 北京大学中文系文学专门化 1955 级集体编著:《中国文学史》(上册),人民文学出版社 1958 年版,"前言"第 8 页。
③ 北京大学中文系文学专门化 1955 级集体编著:《中国文学史》(上册),人民文学出版社 1958 年版,第 15 页。
④ 北京大学中文系文学专门化 1955 级集体编著:《中国文学史》(上册),人民文学出版社 1958 年版,"前言"第 6 页。

我们一切文学工作者和文学家们都应该从周民歌在文学史上的重要地位中，认识到必须认真挖掘民歌，向民歌和一切人民创作学习，只有这样，我们才能用我们的笔，我们的诗歌，更好地为我们祖国的一日千里的建设，为我们祖国的美丽的共产主义事业服务"①。

三　游国恩本、袁行霈本

科学、正确是游国恩等人编著《中国文学史》的核心观念。人民文学出版社1963年出版的游国恩、王起、萧涤非、季镇淮、费振刚主编的《中国文学史》说明中指出，该著在内容上，希望能给人以"比较全面系统的文学史知识和正确的历史观念"，并且明确他们著述《中国文学史》的指导思想是"力图遵循马克思列宁主义、毛泽东思想的原则来叙述和探究我国文学历史发展的过程及其规律，给各时代的作家和作品以应有的历史地位和恰当的评价"。在文学史的历史分期问题上，该著认为，"至于分期，目前史学界尚有争论"，因此，他们仍沿用北京大学1955级集体编著的《中国文学史》的分期办法，"除末编按社会形态划分外，其余则基本以主要封建王朝作为分期的标志"。他们指出，"尽管以主要封建王朝作为分期标志，不是严格的科学划分，但它也有助于我们掌握我国文学的发展"，故"还是采用了这种办法"。②

带有机械论色彩。这首先体现在游著本对文学起源问题的认识上，游著本认为，"文学艺术起源于劳动，而原始人的文学艺术活动是和他们的集体生产劳动分不开的"③。这种完全局限于从劳动说出发来解释文学发生的问题，忽视了在文学的发生中人的内在情感需要和心理需要的积极作用，带有一定的机械论的色彩。而且，游著本也

---

　　① 北京大学中文系文学专门化1955级集体编著：《中国文学史》（上册），人民文学出版社1958年版，第31页。
　　② 游国恩、王起、萧涤非、季镇淮、费振刚主编：《中国文学史》，人民文学出版社1963年版，"说明"第1—3页。
　　③ 游国恩、王起、萧涤非、季镇淮、费振刚主编：《中国文学史》，人民文学出版社1963年版，第17页。

多从认识论出发来进行文学作品、文学现象的评价,把文学当作社会生活的一面镜子而不是审美情感的表现。例如,在探讨周王朝采诗的目的时认为,周王朝采诗主要是为了"了解人民的反映,考察其政治的效果"①;认为雅颂"或多或少地反映了社会生活的某些方面,在今天看来还有一定的社会意义和认识价值"②;认为《臣工》《噫嘻》《丰年》《载芟》《良耜》等,是我们"了解西周初年农业生产和人民生活的重要史料"③;认为《甫田》中"倬彼甫田,岁取十千。我取其陈,食我农人"和《大田》中"彼有不获稺,此有不敛穧,彼有遗秉,此有滞穗,伊寡妇之利"等诗句,较为曲折地反映了当时剥削者与被剥削者之间悬殊的"生活状况";④ 在评价《逍遥游》中的神人形象时,批评说该形象"当然是庄子自己头脑中幻想出来的绝对自由的人物。这个人据说是'大浸稽天而不溺,大旱金石流、土山焦而不热'。他的尘垢秕糠都可以铸造出尧舜来的,所以人们认为他在撒谎,而不肯相信了"⑤。游著本在这里所谓的"撒谎"的评价标准自然是和真实的标准相对而言的,其背后的根据无疑是机械论的文学真实观和科学主义的思维。同时,游著本也注重对历代的经济基础对文学的影响的分析,例如,在对司马相如创作的论述中,该本认为,"《子虚》、《上林》赋的出现不是偶然的。《西京杂记》载司马相如的友人盛览尝问他作赋秘诀。相如说:'赋家之心,苞括宇宙,总览人物,斯乃得之于内,不可得而传。'其实这并不仅仅是作家个人的才力,即他说的'赋家之心'的问题,更重要的是这空

---

① 游国恩、王起、萧涤非、季镇淮、费振刚主编:《中国文学史》,人民文学出版社1963年版,第27页。
② 游国恩、王起、萧涤非、季镇淮、费振刚主编:《中国文学史》,人民文学出版社1963年版,第28—29页。
③ 游国恩、王起、萧涤非、季镇淮、费振刚主编:《中国文学史》,人民文学出版社1963年版,第29页。
④ 游国恩、王起、萧涤非、季镇淮、费振刚主编:《中国文学史》,人民文学出版社1963年版,第30页。
⑤ 游国恩、王起、萧涤非、季镇淮、费振刚主编:《中国文学史》,人民文学出版社1963年版,第70页。

前统一、繁荣的汉帝国的出现，加强了正处在上升期的封建统治阶级的信心，也大大开拓了文人学士的胸襟与眼界，使他有可能在赋里多少反映这个强大的汉帝国的面貌，也多少表现了当时统治者一种发扬蹈厉的精神。后来张衡二京，左思三都，虽篇幅加广，而气魄终觉不如。至南朝文人勉强学步，就如在蹄涔之水，吹波助澜，更无足观了。所以《子虚》、《上林》赋的出现是有一定的现实社会基础的"。不过，游著本同时指出，上述二作所表现的时代面貌终究是"非常表面和畸形的"，因此它们并不能"真正反映它的时代"。至于它们的艺术形式和表现手法，"则与楚辞有很多联系，是楚辞的变化和发展"。[①] 在对严羽的诗的说理应当含蓄深远、不即不离，理在情景之中、言超迹象之外，即达到《沧浪诗话》所说的"羚羊挂角，无迹可求""透彻玲珑，不可凑泊""不涉理路""不落言筌"方为诗之上品的观点评价时，游著本指出，"诗的本质首先在于反映现实，反映客观世界和社会生活；而严羽所极力推崇的仅仅是表现方法和艺术风格问题，这是有极大的片面性的"。由此我们可以看出，游著本对严羽的批评显然是立足于反映论且带有机械唯物主义的色彩。[②] 正是如此，在1964年1月北京第1版、1985年5月湖北第1次印刷的《中国文学史》（三）中，此处的"反映客观世界和社会生活"之语就被置换为"同时抒发诗人对客观现实的感受"，这种置换自然是游著本对其早期的机械论观念的一种纠偏的结果。

注重考证。游著本将马克思主义的历史态度和严谨的实证方法结合起来，开辟了用实证的方法研究中国文学史的新思路。例如，在对《古诗十九首》的作者和时代的考证中，游著本指出：

> 关于《古诗十九首》的作者和时代，历来有许多推测，或

[①] 游国恩、王起、萧涤非、季镇淮、费振刚主编：《中国文学史》，人民文学出版社1963年版，第125页。

[②] 游国恩、王起、萧涤非、季镇淮、费振刚主编：《中国文学史》（三），人民文学出版社1964年版，第707—708页。

谓枚乘、傅毅，固不可靠；即曹植、王粲也是揣度之辞。因为从诗歌发展上看，不但枚乘，即与班固同时，才名又相伯仲的傅毅也不可能对五言诗取得这样的成就。至汉末建安中，洛阳被董卓焚毁，早已化为灰烬。曹植《送应氏》诗就描写过它的萧条景象。而《十九首》的诗人眼中的洛阳还是两宫双阙、王侯第宅尚巍然无恙，冠带往来游宴如故。何况洛阳未遭破坏之前，王粲尚幼，曹植并未出世。后人又有据"明月皎夜光"的"玉衡指孟冬"一句断定这首诗为汉武帝太初改历以前的作品。其实这是误解。这里的孟冬不是指季节月份，而是斗星所指的时刻，不能作为西汉时已有五言诗之证。据我们看，这批古诗虽不是一人所作，但风格内容大体相同。其产生的时代，先后距离必不甚远。再从文人五言诗的兴起和发展以及有关历史事实综合考察，估计《古诗十九首》的时代大概不出于东汉后期数十年之间，即至早当在顺帝末年，至晚亦在献帝以前（约公元140—190）。①

再如，在对《木兰诗》的时代的考证中游著本认为，和《孔雀东南飞》相比，《木兰诗》的产生时代问题"更为纷纭"，魏、晋、齐、梁、隋、唐，"各说都有"，不仅如此，还有主名说，认为是曹植和韦元甫所作。对此，游著本指出，"目前我们已可肯定它是北朝民歌"，"陈释智匠撰《古今乐录》已著录这首诗，这是不可能作于陈以后的铁证"。此外，北朝战争频繁，好勇尚武，《木兰诗》"正反映了这一特定的社会风貌"，又诗中"称君主为可汗"，出征地点"都在北方"，也都说明它只能是"北朝的产品"，大约作于"北魏迁都洛阳以后，东、西魏分裂以前"。在流传过程中，它可能经过隋唐文人的"润色"，以至"中杂唐调"，如"万里赴戎机"六句，但就

---

① 游国恩、王起、萧涤非、季镇淮、费振刚主编：《中国文学史》，人民文学出版社1963年版，第184—185页。

全诗看,"仍然保持着北朝民歌的特色"。① 此外,游著本中还有对《三国演义》成书的历史衍化和罗贯中生平的考证等,② 在此不再列举。显而易见,以上考证既具有唯物论精神、现实主义的意识,又充满着实证主义的科学质素。

虽然游著本强调历史唯物主义的观念,不过进化论的痕迹依然有所体现。例如,在对刘勰的评价中,游著本认为他的《文心雕龙》"初步地建立了用历史眼光来分析、评论文学的观念",用刘勰自己的话说就是"振叶以寻根,观澜而溯源"。游著本指出,在《时序篇》里,刘勰首先注意"从历代朝政世风的盛衰来系统地探索文学盛衰变化的历史根源"。例如,他认为建安文学"雅好慷慨"的风格是来自当时"世积乱离,风衰俗怨"的现实环境;认为西晋时代虽然作家很多,但因为"运涉季世",故"人未尽才"。由此,他提出"文变染乎世情,兴废系乎时序,原始以要终,虽百代可知也"。不过,游著本指出,刘勰的社会历史发展观中带有唯心主义的倾向,这造成他对文学兴衰之因的探索过分关注帝王和朝政的因素,不过,在文学理论上他强调"要从文学以外的历史现实的变化中来理解文学的变化",这仍然是具有"朴素的唯物主义的精神"的。同时,游著本还认为,刘勰非常注重文学历史变迁中的"先后继承变革的关系",例如,他在《通变篇》中的这段论述"暨楚之骚文,矩式周人;汉之赋颂,影写楚世;魏之策制,顾慕汉风;晋之辞章,瞻望魏采。榷而论之,则黄唐淳而质,虞夏质而辨,商周丽而雅,楚汉侈而艳,魏晋浅而绮,宋初讹而新。从质及讹,弥近弥淡,何则?竞今疏古,风昧气衰也"不仅阐明了历代文风变迁中的脉络源流,而且非常具有"系统"的意识。基于此,游著本进一步认为,如果把《时序》《通变》两篇结合起来,就可以很明显地看出刘勰对文学史的发

---

① 游国恩、王起、萧涤非、季镇淮、费振刚主编:《中国文学史》,人民文学出版社1963年版,第265—266页。

② 游国恩、王起、萧涤非、季镇淮、费振刚主编:《中国文学史》(四),人民文学出版社1964年版,1964年2月第1次印刷,第860—862页。

展过程是具有"相当简要清晰的概念的",因之,对每一种文体,他都"很重视历史发展的追索"。例如,《明诗篇》对建安、西晋、宋初诗风面貌的变化,"概括相当准确";《诠赋篇》对两汉、魏晋辞赋的盛况,也有"相当充分的描绘"。因此,这两篇可以说是"他心目中的诗史和赋史的提纲"。游著本认为,甚至在《丽辞》《事类》《比兴》等论语言修辞的专篇中,刘勰也有文学语言修辞的历史发展观念。由于他对历史事实有"广泛观察和深入追溯",所以,他对南朝文风的批判也就显得"比较深刻有力",不会让人感到是儒家观点的"片面说教",这是他"超过前代批评家的主要成就"。[①] 此外,游著本还认为,钟嵘论诗和刘勰一样,"也有一定的历史观念"。对此,该作指出,钟嵘在《诗品序》里"对五言诗的产生和发展也有概括的论述",这也可以说是他心目中的"诗史的提纲",只是他着重叙述各代诗人的阵容,与刘勰《明诗篇》着重论述各代诗歌的共同风貌及时代背景"有所不同"。钟嵘论述每个诗人的艺术风格时,很注意"探索每个人风格的源流派别,这是刘勰所没有论到的"。所以,在这方面,他提出了一些很值得注意的论点。例如,他认为的陆机、谢灵运"其源出于陈思"、颜延年"其源出于陆机"和左思诗出于刘桢、陶潜诗"又协左思风力"等,不仅抓住了这些诗人在风格上继承前人的某些比较重要的特点,而且在一定程度上启示了我们"划分诗歌流派的线索"。不过,游著本认为,诗人在风格上继承前代作家,关系是"比较错综复杂的",钟嵘却常常把这个问题"简单化"。例如,他认为"曹植诗出于国风,阮籍诗出于小雅,就是很显明的例子";他认为的"王粲、曹丕诗出于李陵,嵇康诗出于曹丕,陶潜诗出于应璩",却让人"几乎看不出有什么根据";至于他所说的"仗清刚之气"的刘琨之诗出于"文秀而质赢"的王粲,更是有些自相矛盾;他论诗的源头,没有举出两汉乐府,也是很明显的缺点,而

[①] 游国恩、王起、萧涤非、季镇淮、费振刚主编:《中国文学史》,人民文学出版社1963年版,第319—320页。

他对建安诗人所继承的传统缺乏正确判断,正和这一点"有密切关系"。① 在对小说何以成形于魏晋南北朝的问题的认识上,游著本认为这是历史演变的结果:

> 我国小说虽然到魏晋南北朝时期才粗具规模,却有一个长期的历史发展过程;最早可以溯源到古代的神话和历史传说。神话故事以神为中心,历史传说虽然有现实人物为根据,也往往被涂上神异的色彩。它们是我国志怪小说的源头。我国先秦古籍中保存神话最多的是《山海经》,《穆天子传》中也有一些。魏晋志怪小说《神异经》、《十洲记》固是摹仿《山海经》,但如《汉武帝故事》、《汉武帝内传》讲武帝与西王母故事,则显然是从《穆天子传》中穆王"宾于西王母"的情节发展而来,这些都说明了这种渊源关系。②

这种论断体现在游著本对章回体小说和唐传奇的历史的分析中。游著本指出,章回体小说是由"宋元讲史话本发展出来的","这种形式由萌芽到成熟经历了较长的发展过程",一直到了明中叶后,章回体小说的发展才"更加成熟","出现了《西游记》、《金瓶梅》等作品"。③ 在第十一章对唐代传奇兴起的原因的论述中,游著本指出,"中国小说发展到唐代,进入了一个新的阶段",并且,它引用了鲁迅在《中国小说史略》中提出的观点"小说亦如诗,至唐代而一变,虽尚不离于搜奇记逸,然叙述婉转,文辞华艳,与六朝之粗陈梗概者较,演进之迹甚明,而尤显者乃在是时则始有意为小说"来加以论

---

① 游国恩、王起、萧涤非、季镇淮、费振刚主编:《中国文学史》,人民文学出版社1963年版,第325—326页。

② 游国恩、王起、萧涤非、季镇淮、费振刚主编:《中国文学史》,人民文学出版社1963年版,第298页。

③ 游国恩、王起、萧涤非、季镇淮、费振刚主编:《中国文学史》(四),人民文学出版社1964年版,第859—860页。

证。同时，在具体的论述中，游著本大体上是循着鲁迅的上述思路进行的，即认为唐人小说乃六朝志怪志异小说演进之结果，只是在美妙的意境、细致的刻画、丰富的想象、如实的描绘上，唐代传奇"超过了六朝志怪小说"，①并且它进一步以《古镜记》为例进行了具体的说明。游著本认为，《古镜记》按照时间顺序，将古镜灵异的十二段独立故事"贯串成章"，这比起六朝志怪的"零篇散录"，在结构上显然是"有了进步"。②此外，对于进化论文学史观，游著本也是依然有所保留。例如，在对《述异记》中记载的盘古死后"头为四岳，目为日月，脂膏为江海，毛发为草木"之传说的分析中，游著本认为，该传说体现了原始人的朴素唯物思想，这表明了他们从事物变化的初步认识中产生了"简单的进化观念"，这种简单的进化观念就是"世界不是上帝创造的，而是由物质变化而来的"③。在论宋玉的作品中，游著本认为，宋玉的作品据《汉书·艺文志》记载有赋十六篇，其篇目已不可考。然《楚辞章句》有《招魂》和《九辩》，《文选》有《风赋》《高唐赋》《神女赋》《登徒子好色赋》《对楚王问》，《古文苑》有《笛赋》《大言赋》《小言赋》《讽赋》《钓赋》《舞赋》，《招魂》非宋玉所作，其余十二篇，除《九辩》外，都是后人所托，"决不可信"。《古文苑》中六篇，前人指为伪作，"已成定论"。《文选》中五篇由于它们的艺术成就较高，且对后世文学有不小影响，如巫山云雨、曲高和寡等成为古典诗词中常用的成语。因此，"尽管前人作了不少的辨伪工作，提出了许多可疑的理由，但也还有人相信是真的。我们认为《文选》中所谓宋玉赋的体制、风格和语言都与楚辞迥异，倒和汉赋相近，这从辞赋的发展过程来看，在宋玉的时代是很

---

① 游国恩、王起、萧涤非、季镇淮、费振刚主编：《中国文学史》，人民文学出版社1963年版，第527页。
② 游国恩、王起、萧涤非、季镇淮、费振刚主编：《中国文学史》，人民文学出版社1963年版，第528页。
③ 游国恩、王起、萧涤非、季镇淮、费振刚主编：《中国文学史》，人民文学出版社1963年版，第23页。

难出现的"①。游著本的这种论断,是依据文体成长的过程而提出的,它和胡适、郑振铎等持进化论文学史观诸人的论调极其相似。在对五言诗起源的论断中,游著本提出:

> 文人的五言诗是东汉才有的,相传为西汉枚乘、李陵、苏武等人的五言诗都不可信,这只是前人的传闻。《玉台新咏》把《文选》所载《古诗十九首》中的"行行重行行"等八首和另一首古诗"兰若生春阳"题为枚乘所作,是没有根据的。所以钟嵘说:"自王、扬、枚、马之徒,词赋竞爽,而吟咏靡闻。"(《诗品序》)这是为什么呢?因为从五言诗发展的趋势看来,枚乘的时代不可能出现这样优美的文人五言诗。《文选》又载苏武诗四首,李陵《与苏武诗》三首,其中抒写朋友夫妻离别之情,行役战场之苦,与苏李赠别的事无关;诗中所写"江汉"、"河梁"、"山海"、"中州"等语,更与苏李二人当日的情事和行踪不合。显然是后人假托的,或者是众多的无名氏古诗的一部分,被讹传为苏李的作品。至于其他诸书所载的苏李诗,那就更不必说了。此外《古诗十九首》中的"明月皎夜光"一首,有人认为汉武帝太初以前的诗,实是出于误解(详后)。《文选》又把乐府古辞的《怨歌行》题为班婕妤作,也有问题。而古乐府《白头吟》的"皑如山上雪"一首,或又以为卓文君作,更是不可靠的。所以刘勰说:"成帝品录,三百余篇,朝章国采,亦云周备。而辞人遗翰莫见五言。所以李陵、班婕妤见疑于后代也。"(《文心雕龙·明诗》)可见齐梁时人已经不相信西汉时有文人五言诗了。②

---

① 游国恩、王起、萧涤非、季镇淮、费振刚主编:《中国文学史》,人民文学出版社1963年版,第94—95页。
② 游国恩、王起、萧涤非、季镇淮、费振刚主编:《中国文学史》,人民文学出版社1963年版,第181—182页。

此处之论与郑振铎《中国文学史》中依据进化观念对五言诗的起源的判定基本相同，也带有鲜明的进化论的色彩。此外，游著本对黄金时代、萌芽、成熟等早期进化论文学史观中常用的概念、范畴不加处理地进行了借用，例如，它认为隋唐五代时期，中国文学发展到了一个"全面繁荣的新阶段"，诗歌的发展达到了"高度成熟的黄金时代"，词也从民间到文人，从"萌芽到成熟"；① 认为元代是我国戏曲史上第一个"黄金时代"，② 元末随着杂剧创作中心由大都移向杭州，"杂剧也由黄金时代转向衰微"；等等，③ 这些均可资证游著本对进化论的剔除显然还不够自觉和干净。

除上述之外，革命性、人民性和阶级性是游著本常用的核心范畴，例如，它认为《搜神记》中的《干将莫邪》通过写巧匠莫邪给楚王铸成雌雄双剑后被楚王杀死，其子赤为父报仇的故事，不仅"揭露了封建暴君残害人民的血腥罪行"，而且突出地表现了我国古代劳动人民"反抗压迫的英雄行为"。山中行客见义勇为、自我牺牲为子赤复仇的豪侠气概，也体现了劳动人民"在反抗压迫的斗争中的团结友爱"；④ 认为《世说新语》站在士族阶级的立场掇拾汉末至东晋间士族阶层的遗闻逸事，其褒贬"带有严重的阶级局限性"，大大影响了它的"思想性"，但它也客观地反映了士族阶级的"精神面貌与生活方式"，因而具有一定的"暴露和认识意义"；⑤ 批评刘勰《文心雕龙》对汉魏以来的乐府民歌和小说"几乎没有论述，偶尔提到一两句，也是抱轻视的态度"，是"比较明显的

---

① 游国恩、王起、萧涤非、季镇淮、费振刚主编：《中国文学史》，人民文学出版社1963年版，第335页。

② 游国恩、王起、萧涤非、季镇淮、费振刚主编：《中国文学史》（三），人民文学出版社1964年版，第755页。

③ 游国恩、王起、萧涤非、季镇淮、费振刚主编：《中国文学史》（三），人民文学出版社1964年版，第799页。

④ 游国恩、王起、萧涤非、季镇淮、费振刚主编：《中国文学史》，人民文学出版社1963年版，第301页。

⑤ 游国恩、王起、萧涤非、季镇淮、费振刚主编：《中国文学史》，人民文学出版社1963年版，第305页。

缺点";① 认为萧统的《文选》选入了《饮马长城窟行》等汉代乐府民歌,"是值得肯定的",但所选的篇章"毕竟太少","南北朝乐府民歌更一首也没有选";肯定徐陵的《玉台新咏》虽然所收的诗只限于"艳歌",有"明显的局限性",但其中保存了《古诗为焦仲卿妻作》及其他的一些民歌,还是"值得我们重视的";等等。② 同时,游著本还有着将阶级论扩大化的倾向,例如,在对《孤儿行》进行分析时,它就认为这首诗揭露了"地主阶级的残酷性",揭露了亲情关系在阶级社会中被异化为"压榨、剥削"的关系,为了独占家财,兄嫂把亲弟弟看成奴隶,看成仇人,役使他,折磨他,虐待他,必欲置之于死地。因此,这首诗"表面上写的是兄嫂的狠毒",实质上揭露的是"剥削阶级凶恶的本来面目",并使人们看到"私有财产制度是怎样把人变成了禽兽",而且认为,这就是《孤儿行》的"深刻意义"。③

作为在新时期文学史之林中较为有影响的《中国文学史》写本之一,袁著本最重要的诉求就是要坚持文学本位,因此,在"总绪论"中,袁著本指出,"文学史著作必须注意文学自身的特性"④。同时,袁著本还认为,从某种意义上,文学史属于"史学的范畴",撰写文学史应当具有"史学的思维方式"。文学史既然是"史",就应当注意"史"的脉络,清晰地描述出传承流变的过程,而不能像过去那样依时代顺序把作家作品论简单地排列在一起。而且,作为"史",文学史就要靠描述,将过去惯用的评价式的语言,换成描述式的语言。因为,评价式的语言重在"定性",描述式的语言重在"说明",说明"创作的得失及其原因",说明"文学发展变化的前因后果"。袁著本指

---

① 游国恩、王起、萧涤非、季镇淮、费振刚主编:《中国文学史》,人民文学出版社1963年版,第323页。
② 游国恩、王起、萧涤非、季镇淮、费振刚主编:《中国文学史》,人民文学出版社1963年版,第327—328页。
③ 游国恩、王起、萧涤非、季镇淮、费振刚主编:《中国文学史》,人民文学出版社1963年版,第161—162页。
④ 袁行霈:《中国文学史》(第一卷),高等教育出版社2003年版,"总绪论"第3页。

出，进一步言之，描述和评价不仅是两种不同的语言习惯，更是两种不同的思维方式，"描述并不排斥评价，在描述中自然包含着评价"。文学史既然是"史"，就要寻绎"史"的规律，不能满足于"事实的罗列"。而且"史"的规律是客观存在的，它存在于文学事实的联系之中，是自然而然的结论，而不是从外面贴上去的标签。当然，与科学主义文学史观强调文学史的客观、摒弃主观不同，袁著本在文学史研究中对文学史的主观性持宽容甚至重视的态度，它认为，文学史的存在是客观的，描述文学史应当力求"接近文学史的实际"，但是，文学史著作很难做到这一点，因为文学史的资料"在当时记录的过程中已经有了记录者主观的色彩"，加之流传中的佚失，撰写者选用资料角度的不同乃至观点、方法和语言的个性化，纯客观地描述文学史"几乎是不可能的"，文学史总会或多或少带着一些主观性。无论这主观性来自作者严谨的治学态度、富有创新的精神，还是来自一个时代大体相近的观点、方法以及因掌握资料的多少有所不同而具有的某种时代性，这都没有什么不好。当然，袁著本补充说，无论如何，绝不能把主观性当作任意性、随意性的同义语。袁著本还因此认为考证史料工作只是文学史写作的基础性工作，它并不完全等于文学史学，虽然袁著本承认完全不懂史料学很难做好文学史研究，但它的这种理解与胡适、郑振铎等盲目迷信史料和考证的文学史态度有了很大的区别。此外，袁著本提出要"从中国文学的实际出发，具体问题具体分析，以实事求是的态度阐述中国文学的历史"。① 1999 年，在《守正出新及其他——关于中国文学史的编写与教学》一文中，谈到自己主编《中国文学史》的编写方针时，袁行霈说了四个字："守正出新"。他具体指出，所谓"守正"，就是首先"以辩证唯物主义和历史唯物主义为指导，贯彻批判继承的精神，实事求是，具体问题具体分析"。其次，"吸取已有的各种文学史的编写经验，吸收各方面新的研究成果，使这

---

① 袁行霈主编：《中国文学史》（第一卷），高等教育出版社 1999 年版，第 1—6 页。

部书能够体现当前的研究水平"。所谓"出新",就是"以严谨求实的态度,挖掘新的资料,采取新的视角,做出新的论断,力求有所突破和创新,并把学生带到学术的前沿"。"守正"是这部书的"基点",如果不能守正,就会走上歧途,也不能适应教学的需要。"出新"是这部书的"生命",如果不能出新,就失去了编写的意义。① 袁行霈的这种持论基本上能够代表袁著本对于文学史学科的科学性内涵的主要态度。

四 章骆本

在谈及章骆本《中国文学史》的编撰意图时,编著者之一骆玉明曾这样回答:"作为对'重写文学史'呼声的回应。"② 当然,这种回应的具体策略是立足于章、骆二人对于文学的功能、性质和发展路径的全新理解的。和以往的文学史著作不同,张扬个性价值是章骆本的内在理念支撑,骆玉明曾这样指出,除了"科学""民主"两个旗号,五四时代所崇尚的"自由和个性主义的价值为什么长期不能得到充分的肯定"③? 事实上,正是这种质疑,驱使他和章培恒将张扬个性价值作为他们重写中国文学史的首要目的。骆玉明在谈到章培恒的中国文学史研究思路时曾指出,他(即章培恒)试图"把'五四'新文化运动的启蒙精神——尤其是它的赞美个人尊严与个性解放的精神,同马克思主义的人本主义贯通起来,构成审视中国文学发展过程的视角"④。正是这种共同的心迹,使他们携手向前,最终出炉了那部在20世纪后期中国文学史学界引起了轰动效应的《中国文

---

① 袁行霈:《守正出新及其他——关于中国文学史的编写与教学》,《中国大学教学》1999年第6期。
② 骆玉明:《中国文学的路——谈章培恒先生的中国文学史研究》,《复旦学报》(社会科学版)2011年第5期。
③ 骆玉明:《中国文学的路——谈章培恒先生的中国文学史研究》,《复旦学报》(社会科学版)2011年第5期。
④ 骆玉明:《中国文学的路——谈章培恒先生的中国文学史研究》,《复旦学报》(社会科学版)2011年第5期。

学史》。

在《关于中国文学史的思考》中,章培恒指出,文学史写作"首先必然会遇到的问题是:文学的根本价值何在?推动文学发展的核心因素是什么?"① 这两个问题实际上构成了章骆本《中国文学史》的核心骨架和内在导引。在《中国文学史》"导论"中,章培恒指出,研究中国文学史的任务,是"清理并描述中国文学演变的过程,探讨其发展规律"②。但是,何为文学?他认为,长期以来,在文学观念上,文学是以语言为工具的、对社会生活的形象反映的定义在人们的心目中根深蒂固。章培恒指出,根据唯物主义的社会存在决定社会意识的原理,文学自然总是这样或那样地反映出社会存在的特色、有着社会意识形态的属性。既然文学属于意识形态领域,那么,人们说它是社会存在的反映,无疑是"有道理的",至于说它是以语言为手段,所显示的是具体的形象而非抽象的概念,这更是"毋庸词费的事"。③ 在对这个文学的基本定义认同的基础上,章培恒进一步指出,按照这个定义,那么,决定文学作品价值的就是其"反映社会生活的广度与深度",而任何在这方面有欠缺的作品都绝不会是"第一流的作品"。但事实情况如此吗?他举例说,像《诗经》中的《蒹葭》,陈子昂的《登幽州台歌》,李白的《静夜思》,崔颢的《黄鹤楼》,等等,在反映社会生活的广度和深度上,并没有突出之处,但却是千古名篇,这均表明反映社会生活的广度和深度并不是决定作品成就高下的"主要尺度"。不仅诗歌如此,在小说这样的文学体裁中也是如此。例如《西游记》和《三国志通俗演义》,前者是神魔小说,虽然要反映一定的社会生活,但博得读者欣赏的却是它的"构思之幻",没有多少读者会依据《西游记》去认识或观察当时的社会生活;后者则是反映三国时期社会生活的作品。若就反映社会生活的

---

① 章培恒、骆玉明:《关于中国文学史的思考》,《复旦学报》(社会科学版)1996年第3期。
② 章培恒、骆玉明主编:《中国文学史》(上卷),复旦大学出版社2005年版,第1页。
③ 章培恒、骆玉明主编:《中国文学史》(上卷),复旦大学出版社2005年版,第1页。

广度和深度看,《西游记》显然不若《三国志通俗演义》,但二者在中国小说史上均有着重要的地位,所以,反映社会生活方面的差异并没有成为"判定其高下的标尺"。① 基于此,章培恒等认为,文学作品是以情动人的东西,无论诗词这类写真情实感的作品还是小说戏曲这类虚构类的作品均是如此。因此,他认为,如果要给文学下定义,除了反映社会生活,也"应把其打动读者感情的作用包括在定义之内"。② 由此,章培恒等指出,在评价文学作品的标准上,那就是"作品感动读者的程度",越是能在漫长的历史和广阔的空间中,给众多读者以深刻感动的作品,它的成就则越高。不过,对于读者的感动,章培恒认为,这"应该区别对待",③ 有的很古老的作品到现在还能感动我们,而有的作品在一定时间内感动了读者,但几百年甚至几十年后却不再引起人们的兴趣了。个中缘由,他认为应当"从人类发展历史和人性的角度去考虑"。④ 对此,他进一步立足于马克思在《资本论》中关于"人的一般本性"和"每个时代历史地发生了变化的人的本性"的论断进行了分析。同时,他指出,"人的一般本性"和"每个时代历史地发生了变化的人的本性"既"有联系也有差别"。质言之,在每个时代历史地发生了变化的人的本性中,既有与人的一般本性"相通之处",也有"相异甚至相反的一面"。⑤

对于人的一般本性,章培恒等引用了马克思在《1844 年经济学哲学手稿》中关于人性和异化的论述后认为,马克思主义经典作家所提出的人的一般本性指的是每个人的"全面而自由地发展",⑥ 人的这种一般本性的实现,需要以高度发达的生产力为条件。所以,迄今为止,人们仍然需要进行"自我克制",而不能全面实现自己的一

---

① 章培恒、骆玉明主编:《中国文学史》(上卷),复旦大学出版社 2005 年版,第 5 页。
② 章培恒、骆玉明主编:《中国文学史》(上卷),复旦大学出版社 2005 年版,第 14 页。
③ 章培恒、骆玉明主编:《中国文学史》(上卷),复旦大学出版社 2005 年版,第 14 页。
④ 章培恒、骆玉明主编:《中国文学史》(上卷),复旦大学出版社 2005 年版,第 16 页。
⑤ 章培恒、骆玉明主编:《中国文学史》(上卷),复旦大学出版社 2005 年版,第 16 页。
⑥ 章培恒、骆玉明主编:《中国文学史》(上卷),复旦大学出版社 2005 年版,第 17 页。

般本性。不仅资本主义社会如此,此前的"任何社会也都如此",无非是在它们中人的一般本性的自我克制的内容、方式、程度"有所不同而已"。因此,人类为了获得"最无愧于和最适合于他的人类本性"的社会,不得不在无数个世纪里"自我克制",并在某种程度上失去自己的一般本性,才能"在这样的条件下悲壮地、一步一个血印地向前行进"。① 章培恒等认为,在从原始社会到资本主义社会中"每个时代历史地发生了变化的人的本性",全都有符合"人的一般本性"——"人类本性"——的内容,也都有根据那个时代的需要而形成的不符合"人类本性"甚至与之背道而驰的内容。具体到文学作品来说,章培恒指出,文学作品要想在自己所处的那个时期里感动读者,引起他们的共鸣,就必须与当时的"历史地发生了变化的人的本性"相适应。但是,如果它所适应的仅仅是或主要是那个时代所需要的并非符合"人的一般本性"的内容,那么,随着时代的变迁,它的魅力就会在很大程度上甚或全部消失;如果它较多地与那个时代中符合"人的一般本性"的内容相适应,那么,即使这个时代过去了,它也依然能够"在一定程度上打动后世读者的心",从而激发他们的共鸣。这样,章培恒认为,我们在对一部作品的艺术成就进行历史考察时,就不能只看到它对一时一地读者的感动程度,而是要把眼光放得更长远,看到它是否属于能在漫长的历史和广阔的空间中,给众多读者以巨大感动的作品。因为越是这样的作品,其体现人的一般本性的成分也就越多、越浓烈,从而也才能够"与后代的人们、与生活在不同制度下的读者产生强烈的共鸣"。② 他指出,在中国文学史上,正是一系列这样的作品,才构成了中国文学发展的"坐标"。在这种意义上,他认为,"文学发展过程实在是与人性发展的过程同步的"。③

为了进一步阐明人的一般本性,章培恒在详细地考察了马克思在

---

① 章培恒、骆玉明主编:《中国文学史》(上卷),复旦大学出版社2005年版,第18页。
② 章培恒、骆玉明主编:《中国文学史》(上卷),复旦大学出版社2005年版,第19页。
③ 章培恒、骆玉明主编:《中国文学史》(上卷),复旦大学出版社2005年版,第19页。

《1844年经济学哲学手稿》和《神圣家族》中的相关论述后指出，马克思所理解的人的一般本性就是"要求满足生活和人的一切需要"。他同时认为，马克思把享乐和显露生命力乃至人的情欲、要求自由和反对束缚、对自我的重视视为"生活和人的一切需要的组成部分"，①当作人的一般本性。他指出，明白了这些，我们就会懂得"为什么有一些看来似乎没有多大社会意义的作品却能在许多世代中引起广大读者的强烈共鸣，成为千古名篇"。②他以李白的《将进酒》、陆游的《秋夜将晓，出篱门迎凉有感，二首》和辛弃疾的《水龙吟·登建康赏心亭》为例来进行说明。在他看来，李白的《将进酒》的内容可以归纳为三点：一、对以喝酒为中心的享乐生活的赞颂和追求；二、对个人才具的自信；三、对人生短促的悲哀。且第一点尤为突出。若从社会意义或教育意义来看，章培恒指出，此诗显然"并不可取"。但是，如果从马克思主义所理解的人的一般本性的内涵看，诗中对享乐生活的赞颂和追求显然是与违背人性的少吃、少喝等"自我克制"的人生态度相对立的，而"天生我材必有用，千金散尽还复来"的豪情，则可视为对自己强大生命力的自许，而该作以"黄河"两句来形容生命的流程，也间接显示出"生命的强大有力"，虽然同时含有慨叹其一去不复返之意。对于诗中对人生短促——个人生命的易于消逝——的悲哀，章培恒认为，如从"人对于和自己同类的其他存在物的依恋只是基于对自己的爱"的角度说，③也正是难以避免的。所以，他总结说，此诗之获得千古读者的共鸣，正是由于作者率真地、富于感染力地表现了他那"从人性出发的强烈感情"。④而陆游的《秋夜将晓，出篱门迎凉有感，二首》和辛弃疾的《水龙吟·登建康赏心亭》相比，显然后者对现在读者的感染力更强。章培恒等认为，陆游诗中所体现出的遗民的"痛切"，"乃是特

---

① 章培恒、骆玉明主编：《中国文学史》（上卷），复旦大学出版社2005年版，第20页。
② 章培恒、骆玉明主编：《中国文学史》（上卷），复旦大学出版社2005年版，第21页。
③ 章培恒、骆玉明主编：《中国文学史》（上卷），复旦大学出版社2005年版，第22页。
④ 章培恒、骆玉明主编：《中国文学史》（上卷），复旦大学出版社2005年版，第22页。

定时代的产物",对于后世读者来说,唯有其所处之时代特点近于南宋,他才会有较强烈的感动,否则,其感动就较为淡薄。但辛词却不同,它强烈地表现了"生命虚掷的痛苦"和"无人理解的悲愤"以及生命毫无寄托的愁绪,因此,该词"乃是被严重压抑的生命的抗议与悲歌"。① 而作为这种抗议与悲歌的根底的,则是作者"对实现自己的生命价值,也即表现自己的生命力的强烈渴望"。该作的巨大感染力,就来自贯穿于这一切之中的"灼热的感情"。② 同时,章培恒指出,辛弃疾在实现自己生命价值的愿望上远远比一般人"炽烈",例如,他为了实现自己的生命价值,成就一番事业,可以不择手段,公然违背伦理纲常,这绝非一般士大夫所能及。也正是如此,他的悲歌和抗议才具有"如此巨大的震动力"。所以,章培恒认为,对文学来说,作者在作品中如果"完全撇开自己",就不可能引起读者的依恋。辛词正是因为它"顽强地执着于自我的生命价值",深刻地体现了人的一般本性,因之,它在漫长的时代和广袤的区域中,都能引起读者的共鸣。基于此,章培恒指出,这说明,作品越是能够体现出人的一般本性,就"越能与读者的感情相通"。③

同时,章培恒还指出,文学必须体现人性,尤其是体现鲜明的个人性,这种鲜明的个人性实际上也"正是人性的要求"。④ 不过,人性本身是在历史中不断发展着的,这也就"带动了文学的发展"。从历史的角度看,章培恒认为,每个时代的"历史地发生了变化的"人性都离不开"人的一般本性",但又与其有着"不同程度的差异"。⑤ 时间越早,这种差异越大。在这种意义上,人性发展的历史就是每个时代的"历史地发生了变化的"人性逐步向人的一般本性重合的过程。迄今为止,这个过程依然"在路上"。他具体分析说,

---

① 章培恒、骆玉明主编:《中国文学史》(上卷),复旦大学出版社2005年版,第25页。
② 章培恒、骆玉明主编:《中国文学史》(上卷),复旦大学出版社2005年版,第25页。
③ 章培恒、骆玉明主编:《中国文学史》(上卷),复旦大学出版社2005年版,第26页。
④ 章培恒、骆玉明主编:《中国文学史》(上卷),复旦大学出版社2005年版,第26页。
⑤ 章培恒、骆玉明主编:《中国文学史》(上卷),复旦大学出版社2005年版,第27页。

在中国人性论的历史上，自先秦起，压抑个人就一直是主流的文化态度，与之相适应，在先秦文学中，也看不到独立人格的个人，而从个人利益出发的情感，则更是受到"严格克制"，由此带来的是中国早期的文学所致力的，乃是"境界的造成"，而"难以对人的内心世界作具体、细致的开掘"，① 这不仅造成中国的叙事文学不容易写好人物，限制了其发展，而且制约了中国的抒情文学对鲜明个性的表达。随着历史的发展，章培恒认为，上述现象不断得到改变，或快或慢，有时甚至出现曲折、倒退，但其大方向总是前进的。个人的权利、自由、欲望、尊严渐渐得到尊重，人的一般本性所蕴含的个人原则在我国古代文学中"日渐凸显"，于是，就有了渲染享乐的汉大赋，沉溺于个人情感的汉小赋，偏向个人本位的魏晋南北朝文学，展现多姿多彩个人情感的唐诗、宋词，展示欲望世界的元曲、明清小说。中国文学也就越来越闪耀着人的一般本性的光辉，越来越显出个人特色的印记。因此，他认为，"文学的进步是与人性的发展同步的"。②

除此之外，章培恒认为，在文学形式的演进中，人性的发展也占有"极其重要的地位"，大致来说，文学形式的演进有些与人性的发展直接相关，有些则是间接相关。在直接的方面，章培恒认为，通俗小说、南戏、杂剧等的产生是为了适应随着城市生活的日益发达和人性的发展而产生的城市平民的享乐要求。文学中对人物性格描绘的细致化虽有赖于作家较高的艺术功力，但更有赖于随着人性发展而来的个性的丰富。倘没有丰富的个性，人物性格的描写就不能细致。风格的多样化也是如此。随着人性的发展，作家的个性差别越来越明晰，风格也就越来越多样。在间接的方面，审美意识与文学观念是主要的中介。他认为，一般说来，文学应给人以美感，文学的形式也必须服从美感的要求，但人的审美意识是不断变化的，今天认为美的事物，明天就有可能不美。故文学形式的演进必须顺应审美意识的变化，但

---

① 章培恒、骆玉明主编：《中国文学史》（上卷），复旦大学出版社2005年版，第32页。
② 章培恒、骆玉明主编：《中国文学史》（上卷），复旦大学出版社2005年版，第45页。

这变化又直接或间接地取决于人性的发展。另外，文学形式的演进当然也离不开文学观念的进展，而这种进展归根结底离不开人性的发展。因此，他指出："一部文学史所应该显示的，乃是文学的简明而具体的历程：它是在怎样地朝人性指引的方向前进，有过怎样的曲折，在各个发展阶段之间通过怎样的扬弃而衔接起来并使文学越来越走向丰富和深入，在艺术上怎样创新和更迭，怎样从其他民族的文艺乃至文化的其他领域吸取养料，在不同地区的文学之间有何异同并怎样互相影响，等等。"①

章骆本的《中国文学史》最显著的特点就是建构了一种立足于马克思主义的辩证人性观和历史人性论的新的文学史观念，同时，它对20世纪中国文学史观中科学主义的流弊进行了较为有力的扬弃。尽管章骆本在对马克思主义的人性、人的一般本性以及人性的发展与中国文学发展的关系的理解上尚有进一步讨论的空间，例如，王元骧先生就曾指出，章骆本从"'人的一般本性'就是人的自然性的思想出发，把'个人的全面而自由的发展'理解为就是人的'原欲'、'本能的个人欲望'的最大解放，认为'最无愧适合于人类本性'的社会，就在于个人欲望'不受压抑'，使'每个人的个人利益都得到了最充分的满足'"，并由此出发来评价一切文学作品，这样一来，本来很有社会内容的文学作品就成了"只不过是个人欲望的渴求"，这样，就必然会把"个人性与社会性绝对对立起来"，把社会性看作压抑人性的东西"来加以否定"。文学评价的标准就只剩下了"本能的追求"和"欲的炽烈"，因此，王元骧先生认为，"这样，人性岂不完全成了动物性?!"② 不过，就文学史观念的开拓层面言之，章骆本毕竟开辟了以马克思主义人学思想为指导的中国文学史研究的新思路，也正是如此，它曾被学界誉为"石破天惊"之作，受此盛誉，对它来说，自然是当之无愧的。

---

① 章培恒、骆玉明主编：《中国文学史》（上卷），复旦大学出版社2005年版，第61页。
② 王元骧：《关于文学评价中的"人性"标准》，《文学评论》2006年第2期。

第五章　重写文学史：审美主义的崛起

本章主要对 20 世纪 80 年代重写文学史思潮规避科学主义的重写动机，强调中国文学史观建构应该固本守正、突出审美意识，重写实验及其未能有效处理科学与审美的关系而走向重写之殇等问题进行研究。

第一节　重写文学史与文学史观的重构

自 20 世纪初京师大学堂文科教习林传甲和东吴大学黄慕庵撰写的《中国文学史》问世伊始，对于中国文学史书写实践的探索与学科理论的建构就开始进入中国现代学术话语的视野。迄今为止，在近一百余年的学术探索历程中，从早期林传甲"凡涉著作之林皆文学"的甄材标准和"酌情取舍、略远详近、古今区别"的文学史叙述策略、"纪事本末"立篇与"通鉴纲目"断章的体例设置到黄慕庵的"不以体制定文学而以特质定文学"的文学史本体理念、文学史乃"人事之鉴"的功能定位以及文学史当用"叙述"之法的方法论断；从胡适的"历史的文学观念论"和"白话文学史就是中国文学史"[①]

---

① 胡适：《白话文学史》，新月书店 1928 年版，第 3 页。

的文学史构想到周作人二分对立("言志"与"载道")的中国文学史建构思路;从郑振铎近乎苛求的史料意识和决绝武断的科学主义文学史精神到新中国革命性、阶级性、人民性等集体政治意识表达的文学史书写;从马克思主义的科学唯物论和辩证历史观在中国文学史中的尝试到全面成为中国文学史观的指导原则;等等,文学史理论曾数度出入中国现、当代文学理论和中国文学史学科的学术话语建构中心。尤其是到20世纪80年代以后,随着文学与政治关系的松绑和思想解放运动的进一步深化,国内文学史界对文学史领域存在的问题和困扰的思考逐渐升温并不断向深层次掘进,全面推动了学界对文学史理论研究兴致的高涨,一系列重要的学术专著或研讨会相继出版或召开。毫无疑问,这些专著和研讨对于国内文学史理论的研究和实践都起到了卓有成效的推进作用。但是,国内学界提出中国文学史理论这一课题,其目标与方向应该是通过对古今中外文学史理论资源的汲取和利用,以实现中国文学史理论的学术突破和学科话语之重建,显然,同这一目标与方向比,目前,国内文学史理论研究与之所存在的差距无疑还是相当遥远的。尤其是同西方的文学史理论研究成果相比较,国内文学史理论的研究一直处于理论下游的位置和话语状态。从历史传统看,尽管早在魏晋时期,刘勰的《文心雕龙·时序》[①]以及此后《宋书·谢灵运传》[②]等均有过对文学演变规律的相关阐述,而且,钟嵘的《诗品》甚至明确提出过文学史研究的具体方法,[③]但是,不管如何,在中国古代文论中,我们依然难以看到真正的、现代学科意义上的文学史理论的身影。正如《中国文学史学史》的作者

[①] "时运交移,质文代变。""歌谣文理,与世推移,风动于上,而波震于下者。"参见(梁)刘勰著,龙必锟译注《文心雕龙全译》,贵州人民出版社1992年版,第528—529页。

[②] "古今不能革,质文咸其常。""六义所因,四始攸系,升降讴谣,纷披风什。""以情纬文,以文披质。"参见《宋书列传第二十七·谢灵运》。

[③] "一品之中,略以世代为先后,不以优劣为诠次。""其人既往,其文克定。""今所寓言,不录存者。""预此宗流者,便称才子。""至斯三品升降,差非定制,方申变裁,请寄知者耳。"参见(梁)钟嵘著,徐达译注《诗品全译》,贵州人民出版社1990年版,第20、24页。

所指出的那样,"我国古代不仅没有形成独立的文学史学科,甚至未能建立起明晰的文学史观念"①。与此相较,西方早在18世纪英国文学史家约翰逊的《英国诗人传》一书中,就开创了传评相结合的文学史书写模式。几乎与之同时,托马斯·沃顿的《英国诗史》也提出了文学史的完整概念和书写的可行性。其后,至19世纪,朗松的文化学文学史论、勃兰兑斯的思想史论、普列汉诺夫的经济与社会历史批评史论等都是西方具有代表性的文学史理论。进入20世纪,俄国形式主义、英美新批评主义、法国结构主义、西方马克思主义、新历史主义、读者反应理论等更是次第登场,共同铸造了西方文学史理论的研究高潮。与西方文学史理论研究的这种多元化发展和注重理论创新的事实相比较,我们显然需要奋起追击。正是基于对文学史理论创新的内在需要,20世纪80年代,中国文学史学界兴起了一股"重写文学史"的思潮,在这一思潮的引领下,文学史学界爆发出了空前的创造力和创新精神,尤其是1988年,《上海文论》开辟了"重写文学史"专栏,主持人陈思和与王晓明以"探讨文学史研究多元化的可能性""通过激情的反思给行进中的当代文学发展以一种强有力的刺激""冲击那些已成定论的文学史结论"等为学术目的,提出了"重写文学史"的口号并驱动了新时期一系列中国文学史的"重写"实践。在陈思和与王晓明等看来,文学史的重写不是把"颠倒的历史再颠倒过来",不是"把过去否定批判的作家作品重新加以肯定,把过去无条件肯定的东西加以否定",② 不是"要在现有的现代文学史著作行列里再多出几种新的文学史",也不是"在现有的文学史基础上再加几个作家的专论",而是"要改变这门学科原有的性质",使之从"成为一门独立的、审美的文学史学科"。③ 实际上,陈、王二人提出的文学史重写,其主要目的既在于对已有文学史实践

---

① 董乃斌、陈伯海、刘扬忠主编:《中国文学史学史》(第一卷),河北人民出版社2003年版,第3页。
② 陈思和、王晓明:《关于"重写文学史"专栏的对话》,《上海文论》1989年第6期。
③ 陈思和:《关于"重写文学史"》,《文学评论家》1989年第2期。

的反思、批判、扬弃和超越,也是为了重新定位文学史学科,再构中国文学史的学科内涵,创建一种"历史的审美的文学史",进而打破传统文学史的一元化,实现文学史写作的多种可能性,追求文学史叙述的审美自主性和学术独立性。在陈思和与王晓明开辟"重写文学史专栏"伊始,他们就强调文学史写作者应该"把自己整个身心投入到学术对象中去,由自己的生命感受中来体会文学与人生"。并且,他们指出,唯有这样,"他的研究结论一定是个人性的,有创造性的,因而总是对前人成果的发展,如果从学术的意义上说,这就是重写"①。为了帮助人们准确理解他们所提出的"重写"的内涵,陈思和又对重写进行了广义和狭义的区分,他指出,所谓广义的重写指的是文学史研究者应当"把自己整个身心投入学术对象中去",从"自己的生命感受中来体会文学和人生",进而得出有个性、有创造性的研究结论。所谓狭义的重写,则是对以前的文学史不满意,对之修正、补充、发展,甚至推倒重来。② 其后,陈思和又曾指出:"在我看来,文学史的功能不仅仅是陈述一个时期(文学发生时代)的文学事实,而且应该努力解释另一个时代(即当下的文学接受时代)对文学史的特殊认知。如果文学史不能与当下的感性形式相结合,一味地以抽象的历史和理性形式来压抑感性或扭曲感性,那只是一种教条的没有生命力的文学史。"③ 事实上,有学者在谈到重写文学史的意图时就作出过这样的评价:"重写重读就是将过去误读的历史再颠倒过来,将过去那种意识形态史、政治权力史、一元中心化史,变成多元文化史、审美风俗史和局部心态史。"④ 这个评介应当说是准确地表达了"重写"文学史者的学术诉求:摒弃给20世纪中国文学史学科造成沉重负担的科学主义、机械论和庸俗社会学的观念,使审美性、文学性在中国文学史的重写中得到尊重,并实现真正意义上

---

① 陈思和、王晓明:《关于重写文学史专栏对话》,《上海文论》1988年第6期。
② 陈思和、王晓明:《关于重写文学史专栏对话》,《上海文论》1988年第6期。
③ 转引自陈熙涵《警惕文学史写作"垃圾化"》,《文汇报》2008年9月22日第8版。
④ 王岳川:《中国镜像:90年代文化研究》,中央编译出版社2001年版,第266页。

的回归。

20世纪80年代以来,"重写文学史"的口号在学界得到诸多呼应,尽管这一口号受到了来自各个层面的批判,例如,周兰桂就认为,"历史是不能重写的,只有对历史叙述与理解的重构",因此,"重写文学史"的提法就存在着"一个理性真义上的悖谬"。① 王春荣等也指出,文学史的编写是一个严肃而又复杂的学术命题,但是,作为一场"意图解构权力中心话语、带有根本意识形态目的性"的学术实践活动,重写文学史理论本身内在的盲点"使其不可避免地存在着诸多偏失之处",例如,很多重写者"一味沉浸在历史纠偏式的价值迷恋之中,以情绪化的宣泄代替平实健全的学术心态";重写的个人性与自由度的"失控",在某种程度上践踏了研究的"公正性和科学性";对历史的"粗率简化处理"以及政治与审美的二元对立策略的"简单搬用",使一些大胆"颠覆"的观点"值得商榷和慎重追问",其对经典作品的全盘否定在一定程度上陷入了"历史虚无主义"的泥淖;重写者"单纯的'审美'标准的运用,忽视了'审美'观照本身的封闭性与对象本身的复杂性之间的矛盾",难以"充分说明20世纪中国文学的历史实践";有关重写的讨论偏重个别作家和作品,而"在整体反思与重建上的研究相对薄弱",这就在一定程度上"削弱了其理论深度和整体建构力"。② 但是,无论如何,毋庸置疑的是,"重写文学史"口号所反映出的学界对于文学史学科现实发展境况的不满和普遍存在于学科内部的"焦虑意识"却是大家广泛认同的一个事实。当然,究竟应该如何重写文学史或者说重写文学史的首要任务应当是什么? 关于这一点,在我们看来,当务之急就是需要在文学史理论自身的建构上取得根本性、实质性的突破。古人曾云:盂圆,则水圆;盂方,则水方。这就是说,理论和工具具有先

---

① 周兰桂:《释义与循环——试弈中国文学的"无底棋盘"》,电子科技大学出版社2014年版,第113页。

② 王春荣、吴玉杰主编:《文学史话语权威的确立与发展》,辽宁人民出版社2007年版,第137页。

导性，没有正确理论指导的实践和缺乏恰当工具的实践是一样的，它们都可能带来实践本身的偏失甚至失败。但是，这一点并没有得到学界的普遍认同。例如，有学者就这样指出："在目前的关键时刻，似乎迫切需要'文学史学'为实际的编写工作提供理论指导，然而我认为，文学史是一门实践性很强的学科，提高其学术水准的关键在于实际的操作，理论的探讨当然是不可缺少的，但是一则任何理论的进步都必须以专题研究的实际经验为基础，二则从理论的认识转化为实际的操作仍有很大难度，几乎可说是'知易行难'，所以'文学史学'的重要性仍是处于第二位的。"在此基础上，他进一步指出："作为一个从事文学史研究的学者，我也非常希望从'文学史学'得到理论的指导。但是我更希望大家不要空谈'文学史学'，而应亲自撰写文学史，至少也应以某些文学史专题为具体对象，再抽绎出理论来，就像布拉格学派的穆卡洛夫斯基写《普勒的〈大自然的雄伟〉》、伏狄卡写《现代捷克散文的开始》那样。否则的话，那些费尽心力建立的'文学史学'的理论体系也许会成为空中楼阁。"所以，在他看来，"'文学史学'就一定是关于第二种意义的'文学史'，也就是说，它应是探讨如何研究、撰写文学史，或是对已有的文学史著作进行分析、总结的一门学科。然而，对于编写文学史的历史尚不足百年的中国来说，建立这门学科的条件已经成熟了吗？"① 这显然是一种轻视文学史理论的建构而仅仅强调文学史写作实践的持论，当然，与这种轻视文学史理论而只关注文学史写作实践的论见不同，我们认为，重写文学史或者说文学史学科的创新能否得到最终的实现最重要的一环就在于必须要加强对于文学史理论的建构，显而易见，没有"空谈"的"文学史学"，"亲自撰写文学史"必然会成为一句空话甚至笑话，因为"亲自撰写文学史"必须要实实在在地去面对并解决好"什么是文学史""如何编撰文学史"等这些完全从属于"文学

---

① 莫砺锋：《"文学史学"献疑》，《江海学刊》1998 年第 3 期。

史学"的基本问题。更何况文学史理论的"空谈"和文学史书写的"实践"完全可以并行不悖,并非一定要争谁是第一位谁是第二位,尤其是在学科专业化的研究日益被凸显的当下,研究文学史学的人未必一定要亲自去捉刀文学史的撰写,否则他的研究就是空谈,他就没有资格去讨论文学史学的问题;从事文学史写作实践的人又一定要去进行专门、系统的文学史学研究,否则他们撰写的文学史就不能列入文学史之林。美国学者宇文所安在《瓠落的文学史》中曾认为,"我们应该把对文学史的思考和如何写作文学史分开。如果我们一旦发现我们对文学史的理解和学术界常见的文学史存在相当大的距离,那么我们就应该寻找新的方法来重写文学史,而不是改变自己的理解以求适合我们已经习惯了的写作方式"①。宇文所安所说的"对文学史的思考",换一种说法即文学史理论,或曰文学史观、文学史学、文学史哲学等,不一而足。显然,在宇文所安看来,文学史理论不能也不应该受到文学史书写实践的羁绊。究其原因,是文学史理论不仅仅是文学史书写实践的总结,更重要的是它同时需要具有先导性和前瞻性,因此,它就不应该只是局限于为当下的文学史写作实践进行庸俗的辩护,而是应该提供给我们一种重新审视文学史的新视野、新路线和新方法。从这种意义上说,没有文学史理论的知识创新、理念重构,就不可能实现文学史的真正重写。

自从文学史作为一门现代意义上的学科在本土被建构并重视,至今历时不过百余载,在这百余载里,对于文学史理论的研究曾几番成为国内文学理论研究领域的"显学"。就我们所搜集、整理,迄今为止出版的关乎文学史理论的本土专著已多达数十种。② 与此相应的是,学界对

---

① [美]宇文所安:《瓠落的文学史》,田晓菲译,《中国学术》2000年第3期。
② 其中代表性著作如陈平原:《小说史:理论与实践》,北京大学出版社1993年版;陈平原:《文学史的形成与建构》,广西教育出版社1999年版;王锺陵:《文学史新方法论》,苏州大学出版社1993年版;陶东风:《文学史哲学》,河南人民出版社1994年版;陈伯海:《中国文学史之宏观》,中国社会科学出版社1995年版;朱德发:《主体思维与文学史观》,山东教育出版社1997年版;林继中:《文学史新视野》,北京大学出版社2000年版;(转下页)

文学史理论内涵的认知众说纷纭、莫衷一是。例如，有学者认为："所谓文学史学，是对文学史研究的理论研究，是以文学史这门学科为对象的理论性学科，是由实践学科向理论学科的升华。"① 也有学者指出："文学史学，就是文学史学科的理论体系。"② 更有学者认为，文学史理论"是对文学史（此亦指文学史著作）本身的研究，即是对于一种研究的研究，对于一种思维的思维"，"可称之为元文学史或文学史哲学"。③ 还有学者将文学史理论定义为"探讨如何研究、撰写文学史，或是对已有的文学史著作进行分析、总结的一门学科"④，等等。但是，不管如何言说、作何界定、怎么解释，说到底，文学史理论无非就是探讨文学史"是什么"以及研究它"怎么写"的学问，它是帮助人们"认识"文学史和"写作"文学史的理论指引。对此，董乃斌一语中的，他指出，文学史理论是我们"构建文学史的灵魂和主导"。⑤ 这一持论可谓一言止争，道出了文学史理论的本质。当然，正如上述那样，我们认为，在当下的文学史研究与实践境遇中，文学史理论和文学史实践完全可以保持一种并行不悖的关系，因为只有这样，才可以充分确保我们对文学史理论的思考在更大程度上不受文学史学科已经积重难返的诸种宿弊的羁绊，也可以在一定程度上确保我们的文学史理论思考不去迎合学界习惯了的文学史观念和写作方式，而更加具备理论的自律和突破的品质，但是，说到底，理论最终必须

（接上页）葛红兵、温潘亚：《文学史形态学》，上海大学出版社2001年版；戴燕：《文学史的权力》，北京大学出版社2002年版；朱德发、贾振勇：《评判与建构：现代中国文学史学》，山东大学出版社2002年版；陈国球：《文学史书写形态与文化政治》，北京大学出版社2004年版；董乃斌主编：《文学史学原理研究》，河北人民出版社2008年版；葛红兵：《文学史学》，湘潭大学出版社2008年版；等等。

① 跃进：《关于文学史学若干问题的思考（座谈会纪要）》，《文学遗产》1993年第4期。
② 张晶、白振奎：《近年来文学史观与文学史理论讨论述评》，《社会科学战线》1996年第1期。
③ 陶东风：《文学史学的性质、对象与意义》，《文学评论家》1992年第2期。
④ 莫砺锋：《"文学史学"献疑》，《江海学刊》1998年第2期。
⑤ 董乃斌、陈伯海、刘扬忠主编：《中国文学史学史》（第三卷），河北人民出版社2003年版，第626页。

返回实践，也必须对实践负责，所以，文学史理论和文学史实践的这种平行关系只能作为我们在现阶段的权宜之举，而非长久之策。

在谈到文学史的"重写"问题时，宁宗一指出：

> "重写文学史"还有一个更深层的意义，即文学史之重构与传统的文学史学之不同。重写文学史，乃是要求我们在"当下"，即以当代意识反观历史，追溯其形成、发展的历时性过程，并从中发现文学在历史发展过程中那些恒常不变的基因。从对历史的观察视野来说，如果说传统的编年史注重的是通过过去认识现在的话，那么以当代意识重构中国文学史注重的则是通过现在来理解和把握过去。从这个意义上讲：历史研究并不等于研究历史。研究历史只是历史研究的一个领域，即只是历史研究的一个组成部分，它并不等于历史研究的全部内容。但是，在我们的文学史研究领域中，历史研究在相当程度上曾被认为就是研究历史。历史研究几乎被研究历史所占据了，具体地说，就是单纯地去搜集史料、整理史料、分析史料而忽视了对历史与现实之间内在联系的研究。我对文学史研究之所以如此强调其建构的当代性，意在把历史研究从单纯的史料研究中解脱出来，还其文学历史研究的多重性格。据此，我认为以当代意识重构中国文学史，实际上有一个研究者思维空间的拓展问题，有一个重建阅读空间的问题，也就是说有一个提高精神思维境界的问题。学术思维不随时代更新，文学史无法重写，也绝对写不好！①

此论甚有道理，从一定意义上说，宁宗一这里所谓的"研究历史"就相当于我们惯常所理解的文学史的写作实践，而他所说"历史研究"则是我们所理解的文学史理论，它涉及对文学史的本质、

---

① 宁宗一：《反思与取向：中国文学史研究四十年》，《南开学报》1999年第3期。

方法、功能、体例、分期等相当于历史学中的历史哲学层面内容的研究，显而易见，如果说没有这样的哲学层面的反思、没有这样的文学史的理论思维和理念逻辑的重构，文学史的重写确实是无法真正做到切切实实落地的。

毫无疑问，"重写文学史"口号的提出是当代中国文学史学界探赜文学史观念创新和理念重构中的一个重要学术事件。在论及这个口号的学术意义和价值的时候，有学者就曾明确指出，"重写文学史"不仅是现代中国文学学科"对当代中国人文学科乃至当代中国社会思想精神构成的一个独特的贡献"。而且，正是它的提出，宣告了"文学史写作的大一统局面"的解构，并意味着学人们开始意识到自己有权利去建构"心目中的文学史世界"。同时，这一口号也为当代中国文学史学界"尊重文学史的真实状态，尊重学术研究的规律，尊重文学史功能的多样性"提供了难能可贵的契机。事实上，正是在它的提振和激励下，当代中国文学史研究者"开始挣脱过去种种僵化陈旧的观念，以与过去不同的知识结构和价值理念，开始了大规模的、蔚为壮观的现代中国文学史的重新书写。不同版本、不同体系、不同结构、不同叙事中心的各类现代中国文学史著纷纷面世，极大丰富了现代中国文学的研究系统"①。因此，可以说，"重写文学史"既是20世纪中国文学史研究领域直面学科积疴、自觉扬弃学科宿弊的一次重要的自我反思和思想解放实践，也是20世纪中国文学史学科知识创新、方法改革和观念重构的一次重要的学术实验。

第二节 文学史观的重构与文学本位意识的崛起

陈思和在谈到20世纪80年代他们所提出的"重写文学史"口

---

① 马立新、贾振勇：《"重写文学史"的文学史学审视》，《山东社会科学》2003年第2期。

号的目标时,曾这样说:"'重写文学史'首先要解决的,不是要在现有的现代文学史著作行列里再多出几种新的文学史,也不是在现有的文学史基础上再加几个作家的专论,而是要改变这门学科原有的性质。"① 对此,王晓明等也作出过这样的回应:"我们现在想做的,或者说现在能做的,只是澄清以往文学史研究中的那些混淆和错觉,把文学史研究从那种仅仅以政治思想理论为出发点的狭隘的研究思路中解脱出来。也可以这样说吧,是为那种历史的审美的文学史研究,为那种研究能够在将来大踏步地前进,做一些铺路的工作。"② 可以说,使文学史成为一门独立的、审美的学科是20世纪80年代中国文学史学界在反思此前由科学主义、进化史学、机械唯物论、阶级论和庸俗社会学等所主导的文学史观时不约而同地达成的一种集体共识,这个集体共识所体现出的核心理念就是:中国文学史观的重构和知识创新、方法改革应当充分考虑到文学史是文学的历史,而不是政治的、意识形态的文学史,它应当以文学为本位。这种理解在该时期不少学者的论述中均有不同程度的体现。例如,在《中国文学史编写问题三人谈》中,宁宗一等认为,"文学史的教学与编著在尊重、吸纳历史研究成果的基础上,努力突破某些文学史著作以历史为本位的弊端,而回归文学本位的理念和操作思路"③。这就要求我们,在文学史研究中,审美的研究必须得到强化,文学文本的阅读和审美性感悟绝不能失去耐心。④ 党圣元和吴福辉则提醒人们,要写"文学"的中国文学史。党圣元先生认为,在20世纪中国文学史观的建构中,我们在考虑中国文学史基本问题的时候,展开这些问题的基本价值尺度都是"源自西方","而非内在于中国文学",因此,我们往往是

---

① 陈思和、王晓明:《主持人的话》,《上海文论》1989年第4期。
② 陈思和、王晓明:《关于"重写文学史"专栏的对话》,《上海文论》1989年第6期。
③ 宁宗一、李修生、赵义山:《中国文学史编写问题三人谈》,《南京师范大学文学院学报》2004年第1期。
④ 宁宗一、李修生、赵义山:《中国文学史编写问题三人谈》,《南京师范大学文学院学报》2004年第1期。

"依傍西方理论构成了中国文学史学科产生的历史起点与逻辑起点"。他指出,关于这一点,在早期的进化论为指导的文学史书写模式乃至晚近以辩证法和唯物论为指导思想的书写模式中均有不同程度的体现。① 因此,他认为:

> 我们今天的文学史理论研究,就必须从根本上改变迄今为止在相当程度上依然将西方文学理论等同于人类文学思想普遍准则的状况。一方面,西方文学理论作为人类文学思想组成之一,应该还原其本来面目,因为我们业已引进的西方文学理论,并不是西方文艺理论的整体进入,无论是早年的选本选集译介,还是近年来代表性文本的系统翻译,西方文学理论的中国成像不仅不够完整,甚至还有模糊与扭曲,其学科知识谱系的呈现需要更为连贯与完整,其文本的经典性、创新性亦尚需假以时日予以检验,因此,只有弥补基础性层面的认知欠缺,始有批判、选择、吸纳、建构的可能;另一方面,通过深入而系统地发掘中国文学中所蕴涵的不尽同于西学的精神智慧,以进一步丰富人类文学思想的内涵,在人类文学思想之一般高度确定中西理论的平等地位,以及相互涵容、相互借鉴的存在处境。这可以说是中国文学史理论得以从根本上摆脱天生"舶来性"与"宰制性"地位,真正以自性而自主的形态立于人类精神文化之林的基本前提。②

在《"主流型"的文学史写作是否走到了尽头?——现代文学史质疑之三》中,吴福辉则指出:

> 我们这些年还经常发问:文学史本是文学的历史,可过去的

---

① 党圣元:《新世纪文学史理论研究的格局、问题意识及方法范式》,《陕西师范大学学报》(哲学社会科学版)2010年第2期。

② 党圣元:《新世纪文学史理论研究的格局、问题意识及方法范式》,《陕西师范大学学报》(哲学社会科学版)2010年第2期。

文学史却成了政治文学史,现在又一股脑变作了文化文学史,究竟文学性的史的线迹在哪里呢?也有人指出,中国现代文学本身就不是纯文学,"新青年"、"左联",哪个是真正的纯文学刊物和纯文学团体?所以守着一摊政治和文学混合的历史遗产,而想梳理出纯文学性的文学史来,有人认为是不切实际的。①

戴燕也从中国文学史应当摆脱作为史学之附庸状况的角度指出,文学史应当走向文学,而不是挪向历史,它应当告诉人们的是"历史上的文学",而不是"文学的历史":"二十世纪的中国文学史被裹在历史研究的氛围里,这注定了它始终要受到同时代史学的巨大影响,文学史家虽然面对着特殊的文学问题,却也往往要借助于历史学界普遍使用的话语来作为思考和回答的工具,从吸取史学的若干观念、技术到分享史学研究的一步步成果,文学史经常要从历史学科的发展中获取自己的资源。"② 因此,戴燕认为:

> 中国文学史就这样,渐渐成了历史学的一部分,它不仅成了可以"阅读"的文学读本,还成了可以追问的真正的历史文本。它把文学挪向了历史,在历史学的理论与方法的笼罩下完成了对文学的叙述。有人曾经担心地说过,如今连小孩子都从文学史开始认识古典文学的世界,在唐诗、宋词之前,他们先看到的是,在因果、流变、渊源一类的理论概念组织下的一个长长的时间过程,那么,在记住了文学的历史的同时,他们能懂得历史上的文学吗?当中国文学史被它几十年来的叙述者塑造成了一个历史主义的神话之后,对于文学史的这一疑虑,应不应该重新提出来呢?③

---

① 吴福辉:《"主流型"的文学史写作是否走到了尽头?——现代文学史质疑之三》,《文艺争鸣》2008年第1期。
② 戴燕:《中国文学史:一个历史主义的神话》,《文学评论》1998年第5期。
③ 戴燕:《中国文学史:一个历史主义的神话》,《文学评论》1998年第5期。

骆玉明是在谈到他和章培恒合著的《中国文学史》的最重要的特点时提醒人们，他们的《新著中国文学史》最主要的特点之一体现在"突出了文学本位意识"："摆脱了以朝代分期的惯例，使用了全新的文学分期方法。全书九编，将中国文学的发展演变分为上古、中世、近世三大历史阶段，在中世部分又分为发轫期、拓展期、分化期，在近世部分又分为萌生期、受挫期、复兴期、徘徊期、嬗变期。这样就彻底改变了将文学史的描述依附于朝代史、政治史的状态，突出了文学本位意识和文学史内在的发展与演变规律。"当然，对于这种突出文学本位的分期逻辑在实际的实现上的难度，骆玉明补充指出："中国文学的历史极其漫长，沿承性很强，变化则曲折而缓慢（西方人喜欢说时间在中国历史中是凝滞的）。要在这样的过程中分辨各历史阶段的显著特征，描述出清晰的演变线索，不仅需要对复杂的历史现象有深入的了解，还需要有强大的理论分析能力。"① 除上述学者之外，田晓菲和程相占也认为："一个真正意义上的文学史学者应该把'历史上的文学'的'文学性'揭示出来。而要做到这一点，除了博闻强识外，艺术敏感性也是必需的。"② 但是，"国内有不少文学史学者，把大量的精力用在了一般历史事实的考证上，诸如某个朝代的官制、作家的生平履历等外围性工作，历史研究的色彩很浓，很难进入真正的'文学研究'"。不仅如此，程相占等还明确认为："作为文学研究，文学史更应该重视'文学性'而不是'历史性'。"③

实际上，从文学史的学科本质的角度看，要想真正实现文学史以文学为本位，一个重要的方面就是必须对文学史所具有的主观属性认可。朱德发和钱志熙就分别从文学史料和文学史的主客观性统一本质

---

① 骆玉明：《中国文学的路——谈章培恒先生的中国文学史研究》，《复旦学报》（社会科学版）2011年第5期。

② 田晓菲、程相占：《中国文学史的历史性与文学性》，《江苏大学学报》（社会科学版）2009年第5期。

③ 田晓菲、程相占：《中国文学史的历史性与文学性》，《江苏大学学报》（社会科学版）2009年第5期。

的角度论证了这个问题。朱德发认为,文学"史料"不是"一堆物质性的凝冻物",而是"主客体化合的结晶",是"一种灵魂的存在形式",是一种"能激活的生命体"。它虽然作为"历史的遗留态客观地存在着",但是,作为人的主体创作却表现出"生命的活跃性和流动感"。也就是说,其中凝结着"历史主客体的合规律性与合目的性的双重内涵"。这种双重内涵决定了文学史写作实质上是"史家主体与对象主体的对话",是"当代学者的学术灵魂与历史上的审美灵魂的沟通"。不仅如此,他还进一步指出,"事实证明,无论是像医生诊断病情那样,单纯采取理性分析的手段,还是像演员投入角色那样,一味地追逐情感体验,都不能发现或写出具有独特'文学史理念'或'史识'的文学史"[①]。钱志熙则认为,就"文学史"一词的全部含义来看,它"是指文学自身的纯客观的生成与发展的历史,一些学者称为文学史的'本体',还有一些学者称为文学史的'原生态'"。对此,他指出,在既往的文学史研究中,人们普遍认为文学史的"本体"或"原生态"是存在的,而且还有一种纯客观的性质。因此,在这种理念中,文学史研究的科学性的获得,就在于它是"把向文学的真实的历史逼近"作为研究的一个终极目标,而且,它也将此作为判断某一文学史研究成果的价值高下的一个标准。但是,钱志熙进一步认为,文学史的这种所谓"原生态"和"本体"事实上只存在于文学史主体的"直觉的想象与逻辑的思辨中",而实际存在于人们的认识与阐述中的文学史,其实都"是通过一种认识体系构建出来的"。在他看来,文学史的这种"构建"的性质在文学史的史料存在阶段就已经有所体现,因为文学史所依赖的史料(即保存至今的文学作品和一些文学史的文献),从根本上说,都是经过"自然与人为的选择的结果",都是经过"叙述"的。所以,他指出,"真正意义上的原生态,早已成为历史的东西,无法复原"。从这个

[①] 朱德发:《"人的文学":现代中国文学史核心理念重构》,《烟台大学学报》(哲学社会科学版) 2002年第2期。

意义上说,任何一部文学史,无论其是零散抑或系统的,"无不是进入我们的自身的认识领域的东西,即构建出来的东西"。而且,如果它越是系统、越是宏观,那么,它的构建的性质也就"越突出"。基于此,他指出,文学史的真正奥秘就存在于"主观的文学史认识系统与客观的文学史本体"之间的辩证关系之中。① 关于这一点,宁宗一等也认为:

> 文学史编写与一般历史研究最大不同之处,是它不像历史事实那样具有相对稳定性。在文学领域,它的"不确定性",往往是或大多是,越是重要的文艺现象、文艺思潮、文艺流派与代表作家、作品,在不同的文学史家眼中就更仁智相异,而且进一步有了一百个观众就有一百个"哈姆雷特"和"说不尽"之说。文学史家再怎样客观、公允,他们描述出来的文学历史图像,必然带有强烈的个人色彩或学者的学术个性,以及不同的观照角度乃至独有的操作方式。比如,历史学不研究重大历史事件,不研究人物的行状、根脚就无所谓历史,而文学除了作家的研究,他们的研究对象绝不会比历史人物留下的文本更少,它完全可以通过作家创造的艺术世界去认识评价作家以及作品。②

总之,上述诸种对于文学史的主观性本质的研究告诉我们,文学史虽然是一门专门之学,但是,这种专门之学却并非像20世纪中国科学主义文学史观的倡导者所理解的那样,它仅隶属自然科学,只追求精确、客观,不能有丝毫成见,恰恰相反,文学史不仅应该而且必须是一门"成见之学""价值之学"。有学者曾将金岳霖的"哲学要成见,哲学史不要成见"之论移植到文学史观中,提出"文学研究

---

① 钱志熙:《中国古代的文学史构建及其特点》,《文学遗产》2003年第6期。
② 宁宗一、李修生、赵义山:《中国文学史编写问题三人谈》,《南京师范大学文学院学报》2004年第1期。

要成见，文学史研究不要成见"之论，并且进一步阐发说：

> 文学研究应该进行大胆的理论创新，回答一切与文学相关的问题，包括"文学是什么"这样具有挑战性的问题。这里的"文学是什么"，应该是当下文学家自己的认识。而文学史研究则不同，尽管文学史的体系建构也需要回答"文学是什么"，但它并不是要把今人的文学观念强加给古人，而是要站在古人的立场，"与立说之古人，处于同一境界，而对于其持论所以不得不如是之苦心孤诣，表一种之同情"，搞清楚"什么是文学"，即不同时期的人们究竟把哪些东西当作文学，他们又是怎样在从事文学创作与文学批评，从而描绘出当时文学的真实面貌，在此基础上，探讨各个时期文学之间的相互联系与区别，清理出文学发展的历史线索，发现文学发展演变的客观规律。这才是真正意义上的文学史研究。其所使用的方法首先应该是历史的方法，其次才是文学的方法。其研究态度就是陈寅恪所说的"同情之了解"，或金岳霖所说的"不要成见"。如果用自己的成见去写一部文学史，那些所谓的史料都旨在说明你的成见，那么你就不是在做文学史研究，而是在做文学研究，其著作的价值在于你的成见的思想价值和理论价值，而不在文学史的知识价值和认识价值。文学史研究之所以不要成见，是由文学发展是一个漫长的历史过程、直到今天文学观念仍处在发展变化之中的客观实际所决定的。①

从本质上说，这种论调实际上是对20世纪早期普遍盛行的科学主义文学史观的一种延续，当然，它也是对"重写文学史"中提出的文学本位论的一种反动。不过，需要指出的是，在我们的理解中，

---

① 王齐洲：《"文学是什么"与"什么是文学"——兼论文学研究与文学史研究的对象和方法》，《三峡大学学报》（人文社会科学版）2004年第3期。

文学史不仅是一种文学研究,而且也必须将之作为文学研究,这样,才能真正使文学史成为文学史,也只有这样,学界一直期待的文学史重写也才能真正、切实地落到实处。

因此,文学史需要大胆呼唤著述者鲜活的审美体验、真切的生命感悟和深邃的人生洞见,要像尧斯所提倡的那样拒绝"收集僵死的事实"[1],并且奋力"把现在加入到过去中去"[2]。这其实也是我们在当下文学史观的建构和文学史重写实践中必须予以充分重视的问题。也正是如此,尧斯坚决否认那种所谓的以追求客观的名义而纯粹搭建文学史料的文学史属于真正意义上的文学史,并且他特别指出,"文学的历史性并不在于一种事后建立的'文学事实'的编组,而在于读者对文学作品的先在经验"。事实上,"一部文学作品,并不是一个自身独立、向每一时代的每一读者均提供同样的观点的客体。它不是一尊纪念碑,形而上学地展示其超时代的本质。它更多地像一部管弦乐谱,在其演奏中不断获得读者新的反响,使本文从词的物质形态中解放出来,成为一种当代的存在"。在此基础上,他甚至断言,文学史的建构必然是一个"审美接受和审美生产的过程"[3]。也正是如此,韦勒克等在其《文学理论》中曾特别指出,"材料史(Stoffgeschichte)是最少文学性的历史",因为它实际上"提不出任何问题",更不要说提出任何"批判性的问题"了。[4] 由此可见,文学史作者的文学经验、审美体验和艺术判断是构筑文学史的重要一翼,没有这一翼,文学史就会变成一堆毫无生气的材料汇聚、史料堆积,所以,从根本上说,文学史实际上不过是文学史家所构筑的一个

---

[1] [联邦德国]H·R·姚斯、[美]R·C·霍拉勃:《接受美学与接受理论》,周宁、金元浦译,辽宁人民出版社1987年版,第12页。
[2] [联邦德国]H·R·姚斯、[美]R·C·霍拉勃:《接受美学与接受理论》,周宁、金元浦译,辽宁人民出版社1987年版,第10页。
[3] [联邦德国]H·R·姚斯、[美]R·C·霍拉勃:《接受美学与接受理论》,周宁、金元浦译,辽宁人民出版社1987年版,第26页。
[4] [美]勒内·韦勒克、[美]奥斯汀·沃伦:《文学理论》,刘象愚等译,江苏教育出版社2005年版,第312页。

"历史想象的场域",只不过这个历史想象场域并非文学史家脱离客观的文学史料、文学史实而天马行空地进行想象,而是其在尊重文学史料和文学历史的先在性的基础上,经过合理的经验、判断之后的一种想象。这样,作为客观的文学史料、文学史实的"在场"和作为主观的文学史家的经验、判断和想象的"在场"就构成了文学史书写中极具张力的两种力量,这两种力量相互制约、互相依靠、彼此妥协,既对立又统一,有效地规避了文学史书写行为实践中所存在的那种固执地要去复原文学史的所谓原生态面孔的徒劳和另外那种一任文学史家的主体性肆意泛滥而给文学史造成背离文学史实的灾难性后果的偏颇。但是,在科学主义思维的支配下,长期以来,国内文学史著述大多热衷于追求和实践公理先行、理性剖析、规律中心、客观至上,致使本应具有鲜活的审美体验、真切的生命感悟和深邃的人生洞见的文学史研究变成了简单化的抽象逻辑演绎和公例展示,甚至沦落到仅用几条干巴巴的公式来装点门面,用堆砌史料来取代文本赏读、感悟和体验的尴尬局面。对此,陶东风曾有这样的批评:"我国已有文学史不但在基本史观、文学观、研究方法上是大体雷同僵化的,而且其体例和编写模式也是如此。社会环境、作家介绍、作品分析(思想分析加艺术分析)三者的机械贴拼排列成了文学史公用的编写模式(少数著作例外),差不多可称为'文学史八股'。"[1] 从这个意义上说,戴燕在评介章培恒和骆玉明的新版《中国文学史》时所说的一段文字,实在是基于对科学主义文学史思维的反叛和对于具有鲜活的审美体验、真切的生命感悟和深邃的人生洞见的文学史研究和著述理念、思路的一种发自内心的推崇。她说:

> 与最近出版的许多文学史书都不一样,新版章书中的一些片断几乎可以当成文学作品来读,那是不是其中融入了编写者个人

---

[1] 陶东风:《文学史哲学》,河南人民出版社1994年版,第19—20页。

的生活经验和情感的缘故?例如在讲到阮籍由于人生态度与众不同而深感寂寞孤独时,章书选出阮籍《咏怀诗》之"独坐高堂上"一首,作了一段长长的分析,我一口气读完这一节,几乎屏住了呼吸。在今天这样一个和平喜乐的美满时代,我止不住暗中猜想,究竟还会有多少人去分享阮籍那样的寂寞与孤独?这是一个谜。①

确实,文学史应该积极摒弃冷冰冰的逻辑演绎、干巴巴的公式抽象、呆板的归纳分析和毫无生气的机械的研究方法,它应该有一种能够让人"屏住了呼吸"的气象、一种舒心的震撼和一种分享式的愉悦。事实上,文学史家也只有将自己的生命体验和审美感悟融入"文学的历史"之中,才能真真实实地把握住文学史的内在的生命脉搏,聆听到来自文学历史深邃的大音。

但是,时至今日,我们依然鲜能见到具有独特鲜活的审美体验、真切的生命感悟和深邃的人生洞见的文学史著述问世,这样来看,20世纪近乎可以被称为中国文学史"失落文学"的一个世纪。事实上,这种文学的缺位不仅极大地扭曲了中国文学史自身的形象、背离了文学史的学科本质,也给中国文学史带来了无可估量的负面影响。因此,我们认为,文学史只有以文学为本位,拒绝唯科学崇拜,它才能称得上真正的"文学"史。在《人论》中,卡西尔曾这样说:"如果历史学家成功地忘却了他的个人生活,那他就会由此而达不到更高的客观性。相反,他就会使自己无权作为一切历史思想的工具。如果我熄灭了我自己的个人经验之光,就不可能观看也不可能判断其他人的经验。在艺术的领域里,如果没有丰富的个人经验就无法写出一部艺术史。"② 由此可见,在文学史活动中,文学史写作者应该充分证明的是,自己不仅是一个文学史料、文学史实的被动接受者,而且是一

---

① 戴燕:《文学史:一个时代的记忆》,《书城》2007年第9期。
② [德]恩斯特·卡西尔:《人论》,甘阳译,上海译文出版社1985年版,第237页。

个经验丰富且充满活力、精于判断的创造者。从这个意义上说，一个优秀的文学史家的与众不同之处正是在于他的个人文学经验以及审美判断的丰富性和多样性、深刻性和强烈性，否则他的著作就一定是死气沉沉和平庸无力的，冷冰冰的客观主义、抽象的科学理性、一味的逻辑演绎和机械的分析方法对于文学史写作来说，是根本无法说明叙述者的内心是站在哪一边的。

第六章 百年纠结："被科学"的扞格

本章集中反思20世纪中国文学史观建构的一种特征，对其潜在的似是而非的学科规约逻辑、打着神学烙印的目的论情结、在重文还是重史博弈中观念的错位及公理意识导致文学性的失落等科学主义思维进行研究。

第一节 学科规约与文学史的科学化、历史化

如前所述，首先，学科规约指的是那种抹杀自然科学与人文、社会科学之间的域限，抛售自然主义的社会科学观，并进一步将人文、社会科学强行拉入自然科学范畴的研究倾向。在认识论层面，学科规约思维拒绝学科差异、试图以自然科学来统领其他任何学科。在20世纪尤其是早期中国文学史观的建构和文学史书写实践中，学科规约思维的体现异常突出且普遍，它具体体现在该时期的研究者首先将历史学自然科学化，认为历史学像动物学、植物学、地质学、物理学、化学等学科那样，隶属自然科学的范畴。其次，按照文学史是历史学的分支学科的归属逻辑将文学史自然科学化，并将自然科学的归纳、实证、公理、进化、系统观等方法直接运用到文学史的写作实践中去。毫无疑问，这种不分畛域、混淆自然科学与社会科学尤其是人文

科学之间的差别的学科规约逻辑,对20世纪中国文学史观的建构以及文学史的写作实践产生了不小的负面影响。

事实上,20世纪早期中国文学史观构建和文学史实践中的学科规约逻辑抹杀自然科学与人文科学之间的本质区别以及将历史学与文学史研究同等视之的做法,其最终造成的结果就是文学史学科的自然科学化和历史化。英国历史学家爱德华·霍列特·卡尔在他的《历史学家和历史学家的事实》一文中曾批判19世纪30年代德国历史学家朗克(按:即兰克)抗议人们把历史当作说教而倡导的历史学的任务仅在于"如实地说明历史"(Wie es eigentlich gewesen)的观点,① 卡尔讽刺说,兰克的"这句并不怎么深刻的格言却得到惊人的成功",因此,"如实地说明历史"这句像咒文一样有"魔力"的词句诱导历史学家们"不再进行独立思考",而是"崇拜事实","力主把历史当作科学"来对待,② 这种实证主义的科学史观一度成为19世纪人们"对历史的一种普通常识的看法"。③ 与之不同,卡尔指出,相信历史事实"客观地、独立地存在于历史学家的解释之外",是一种"可笑的谬论",也是一种"不易根除的谬论",④ 固然,历史事实对历史学家很重要,但是,"不要盲目崇拜它们",它们"并不能单独地构成历史",基于此,他指出,"历史是历史学家跟他的事实之间相互作用的连续不断的过程,是现在跟过去之间的永无止境的问答交谈"。⑤ 由此可见,在卡尔看来,历史学家的个性、意图、动机以及其独立反思的能力和历史阐释的水平等是历史学如影随形的密

---

① 转引自[英]爱德华·霍列特·卡尔《历史是什么?》,吴柱存译,商务印书馆1981年版,第3页。
② [英]爱德华·霍列特·卡尔:《历史是什么?》,吴柱存译,商务印书馆1981年版,第3页。
③ [英]爱德华·霍列特·卡尔:《历史是什么?》,吴柱存译,商务印书馆1981年版,第4页。
④ [英]爱德华·霍列特·卡尔:《历史是什么?》,吴柱存译,商务印书馆1981年版,第7页。
⑤ [英]爱德华·霍列特·卡尔:《历史是什么?》,吴柱存译,商务印书馆1981年版,第28页。

友,而绝非其死敌,但是,这在科学史学家的眼中却不是如此。英国历史学家、剑桥大学钦定近代史讲座教授阿克顿在给第1版《剑桥近代史》编纂人的指示信中就曾这样约法三章:"我们的滑铁卢必须使法国人、英国人、德国人和荷兰人同样都能满意。如果不查阅作者名单,便没有人能看得出牛津的主教在什么地方停下了笔,以后是费边恩还是加斯奎特,是李伯曼还是哈里逊接着写下去的。"① 传统历史学谨守客观的科学精神之执念由此可见一斑。19世纪末,在西学东渐风潮的影响下被引介到中国的西方史学理论主要就是这种"坚持将科学作为历史唯一的准则"的客观主义历史学。关于这一点,我们从清末民初的一系列史学家如梁启超、汪荣宝、陈黻宸、陈庆年等的史学主张中概可见出。1902年,在《中国新史学·新史学之界说》中,梁启超就指出:"历史者,叙述人群进化之现象而求得其公理公例者也。"所以,"善为史者,必研究人群进化之现象,而求其公理公例之所在"②。陈庆年的《中国历史教科书》也指出:"近世历史为一科学,序次事实不可无系统。"③ 1904年,陈黻宸在《京师大学堂中国史讲义·读史总论》中也表现出了对科学主义历史学的垂爱之情,他说:"史学者,凡事凡理之所从出也。一物之始,而必有其理焉。一人之交,而必有其事焉。即物穷理,因人考事,积理为因,积事为果,因果相成,而史乃出。是故史学者,乃合一切科学而自为一科者也。"又说,"无史学则一切科学不能成,无一切科学则史学亦不能立。故无辨析科学之识解者,不足与言史学,无振厉科学之能力者,尤不足与兴史学"④。1906年,汪荣宝、许国英在《清史讲义·绪论》中认为:

---

① Lord Acton, *Lectures on Modern History*, London, Macmillan & Co., 1906, p. 318.
② 梁启超:《新史学》,梁启超主编:《新民丛报》第三号,中华书局2008年版,第337页。
③ (清)陈庆年:《中国历史教科书》,武昌1903年印本,第10页。
④ 陈黻宸:《京师大学堂中国史讲义·读史总论》,陈德溥编:《陈黻宸集》(下册),中华书局1995年版,第675—676页。

> 书契以来,至于今日,历史之著述,自官定史鉴,及私家志乘,汗牛充栋,毕世不能举其业。然纪传之属,详于状个人,而疏于谈群治,编年之作,便于检日月,而难于寻始终。要之事实散漫,略无系统,可以为史料,不可以为历史。历史之要义,在以钩稽人类之陈迹,以发见其进化之次第,务令首尾相贯,因果毕呈,晚近历史之得渐成为科学者,其道由此。①

正是如此,李孝迁在《西方史学在中国的传播(1882—1949)》中曾这样认为:"历史学是不是一门科学,西方史学界对此争论不休,但国人对此回应则颇为一致。"② 他在此所谓的"一致",实际上指的是20世纪早期国人在引渡西方史学时,对于历史学的科学本质观念的那种高度认同意识,而在这种科学主义史学思想浸淫之下转而研究文学史的早期文学史家们自然无法挣脱自然科学意识的影响,因此,在他们切入文学史问题的过程中,"最使他们感到吸引力的还是那笼罩在科学光环下的历史主义的理想,以及对抓住文学历史真相的憧憬"③。就这样,在科学主义史学的理想以及捕捉文学历史真相意图的诱惑下,中国早期的文学史家们一头扎进文学史的领地,根本无暇去对文学史的学科特殊性及其相适应的研究方法问题进行深层次的思考和辨析,而是热衷于把文学史和自然科学同一起来,把文学史家当作自然科学家来看待。不仅早期的林传甲、黄人、来裕恂如此,即使其后继者胡适、郑振铎、周作人、李长之等人同样如此,甚至有过之而无不及。例如,胡适倡导文学史写作应该"有一分证据说一分话,有十分证据说十分话",将实证主义的科学精神直接搬移到文学史的写作之中。1928年付梓的《白话文学史》就是胡适将实证方法用于文学史实践的典型。与诸时人的文学史开篇于《诗经》不同,

---

① 汪荣宝、许国英编纂:《清史讲义》,商务印书馆1926年版,第1页。
② 李孝迁:《西方史学在中国的传播(1882—1949)》,华东师范大学出版社2007年版,第91页。
③ 戴燕:《文学史的权力》,北京大学出版社2004年版,第56页。

此著上断自汉,避开了《诗经》,个中原因,在于他苦于无据,无从充分施展胡式实证研究,而非他在自序中的貌似谦虚之语:它是一段"很难做的研究"。① 其实,早在该著着鞭前,胡适已就《三百篇》发过不少专文,例如,1913年的《〈诗经〉言字解》、1922年的《诗经新解》第1卷、1925年的《谈谈〈诗经〉》和《论〈野有死麕〉书》,而且,据胡适日记载,1922年4月,他曾于平民大学讲演《诗经三百篇》,同年6月9日的日记中,他还提及牟庭相关于《诗经》的"特别的见解"。② 所以,依他对《三百篇》的研习基础来看,捉刀《白话文学史》当无须回避之,而其最终选择回避,概在其对《诗经》的"一句一字","都要用小心的科学的方法去研究"这句话中。③ 复以撰该著时,他刚回国,手头"没有书籍",无从"拿证据来",无以实现其要"把三百篇还给西周东周之间的无名诗人"之目标,④ 故只能忍痛割爱,以它是一段"很难做的研究"来敷衍塞责。因之,左右《白话文学史》抛开《三百篇》最根本的缘由还是胡的实证态度,拿不来证据,就不能妄论。不仅如此,该著的其他章节也是语出有据,实证色彩浓厚,如其对《孔雀东南飞》年代的考证,就分别从它的起头、流变、母题等方面广列证据,推翻了梁启超的六朝说和陆侃如的宋少帝与徐陵间说,将其产生年代向前推了近300年。而其对佛教翻译文学和唐初白话诗人王梵志的研究等则更是以史料挖掘见长,颇显其实证功力。郑振铎则将文学史研究者比作一个植物学家或地质学家,在《研究中国文学的新途径》中,他说:

  鉴赏是随意的评论与谈话,心底的赞叹与直觉的评论,研究

---

① 胡适:《白话文学史》,新月书店1928年版,"自序"第14页。
② 中国社会科学院近代史研究所中华民国史研究室编:《胡适的日记》(上册),中华书局1985年版,第375页。
③ 胡适:《谈谈〈诗经〉》,《文学论集》,亚细亚书局1931年版,第9页。
④ 胡适:《〈国学季刊〉发刊宣言》,《国学季刊》1923年第1卷第1号。

却非有一种原原本本的仔仔细细的考察与观照不可。鉴赏者是一个游园的游人,他随意的逛过,称心称意的在赏花评草,研究者却是一个植物学家,他不是为自己的娱乐而去游逛名园,观赏名花的,他的要务乃在考察这花的科属,性质,与开花结果的时期与形态。鉴赏者是一个避暑的旅客,他到山中来,是为了自己的舒适,他见一块悬岩,他见一块奇石,他见一泓清泉,都以同一的好奇的赞赏的眼光去对待它们。研究者却是一个地质学家,他要的是:考察出这山的地形,这山的构成,这岩石的类属与分析,这地层的年代,等等。鉴赏者可以随心所欲的说这首诗好,说那部小说是劣下的,说这句话说得如何的漂亮,说这一个字用得如何的新奇与恰当;也许第二个鉴赏者要整个的驳翻了他也难说。研究者却不能随随便便的说话;他要先经过严密的考察与研究,才能下一个定论,才能有一个意见。……文学的自身是人的情绪的产物,文学作家大半是富于想象的浪漫的人物;文学研究者却是一个不同样的人,他是要以冷静的考察去追求真理的。所谓文学研究,也与作诗作剧不同。它乃是文学之科学的研究,把文学当做一株树、一块矿石一样的研究的资料的。①

周作人在《中国新文学的源流》中也认为文学史家实实在在的就是一个科学家。他说:

> 至于文学史则是以时代的先后为序而研究文学的演变或研究某作家及其作品的。不过,我以为文学史的研究在现今那样办法,即是孤立的、隔离的研究,多少有些不合适:既然文学史所研究的为各时代的文学情况,那便和社会进化史、政治经济思想

---

① 郑振铎:《研究中国文学的新途径》,《中国文学研究》(上),商务印书馆1927年版。

史等同为文化史的一部分,因而这课程便应以治历史的态度去研究。至于某作家的历史的研究,那便是研究某作家的传记,更是历史方面的事情了。这样地治文学的,实在是一个历史家或社会学家,总之是一个科学家是无疑的了。①

在《文艺史学与文艺科学·译者序》中,回答友人的"为什么讲文学也要什么周密而精确,也要什么形而上学意味呢?"的提问时,李长之认为,文学研究不同于文学创作与欣赏,"研究就要周密,精确,和深入。中国人一向不知道研究文学也是一种'学',也是一种专门之学,也是一种科学"②。他还批评说中国学者"胃太弱,心太慈。因为胃弱,所以不能消化硬东西,因为心慈,所以不能斩钢截铁。治学要狠,要如老吏断狱,铁面无私;要如哪吒太子,析骨还父,析肉还母;要分析得鲜血淋漓;万不能婆婆妈妈、螯螯蝎蝎。所以我常说,应该提倡'理智的硬性',我不赞成脑筋永远像豆腐渣一样,一碰就碎"③。当然,和上述这种科学主义尤其是自然科学主义情结的文学史观念对文学史学科性质的理解不同,在我们看来,文学史确实也是科学,只不过它不完全隶属自然科学范畴的科学,而是兼有人文科学或精神科学性质的科学,因此,我们认为,在学科性质上,文学史具有自然科学和人文(精神)科学的学科间性,这样,在研究方法上,它也就不应当只是照搬自然科学的实证、归纳、进化等方法,而是也需要充分采用与人文(精神)科学相适应的感悟、解释、理解、体验甚至移情、表现等一系列的研究方法。

---

① 周作人:《中国新文学的源流》,人文书店 1934 年版,第 16—17 页。
② [德] 玛尔霍兹:《文艺史学与文艺科学》,李长之译,商务印书馆 1943 年版,"译者序"第 1—2 页。
③ [德] 玛尔霍兹:《文艺史学与文艺科学》,李长之译,商务印书馆 1943 年版,"译者序"第 6—7 页。

第二节　目的论与文学史的可能限度

如上所述，在影响20世纪中国文学史观建构的诸种重要的理论和方法中，进化论无疑是其中之一，甚至是最重要的"之一"。有学者认为，进化论的引进沉重地打击了中国传统经学的"宇宙观和世界观"，使以"进化、发展的直线"为核心的时空理念取代了传统经学"循环往复的圆圈"，因此，进化论成为"中国现代学术的第一个规范"。而作为中国学术前沿和显学的历史学则成了这一范式革命中居于首位的学科和"这一范式革命成功与否的重要决定因素"。所以，将进化论引进史学，重新认识历史发展规律，自然成了"实现这一学术范式革命进而完成近代整体思想变革的重要体现"。① 实际上，由于中国文学史学科在发生学的逻辑上与史学有着天然的关联（按：如果中国文学史学科能够进行现象学还原的话，那么，还原后的中国文学史一定是只剩下史的东西，而文学的东西则所剩无几），所以，在现实表现上，中国文学史学科与中国近代的历史学一样，是最先接受进化论洗礼的学科之一。正是进化论的规饬，以诗文评、文苑传为核心要务的中国传统的"文史之学"才真正转变了其学术范式和方法原则，具备了在纵向的、总体性的、考源溯流、后来居上的视野中研究中国文学衍化的"史"之品质，中国传统的"文史之学"也因此而实现所谓的质的飞跃，具备了新学的气息和现代味十足的理论形态，并进而转变成为服从科学的逻辑以及学科意义上的"文学史之学"。

实际上，在中国近代学术思想史上，进化论并不是直接进入文学史之学的，而是历经了这样的一个迂回：首先成为维新变法的武器，其次成为文学革命的旗帜。这种迂回不仅使它给中国近代的学术思想

---

① 段治文：《中国现代科学文化的兴起》，上海人民出版社2001年版，第173页。

带来深远的影响,而且也使它有机会直接参与到 20 世纪早期中国文学理论和文学史观的建构之中,最终成为 20 世纪中国文学史的理论探索和写作实践中挥之不去的一个幽灵。正如美国斯坦福大学提倡"文学进化论"的莫莱蒂教授所认为的那样,进化论是历史的推动因素,他指出,"现在我们很容易明白,为什么进化论为文学史提供了相当好的模式:因为它基于历史解释了现有形式的多样性与复杂性。这样就对文学研究具有一定的启发性——因为文学中的形式研究是不注意其历史的,而历史的研究则相对容易忽视了形式——对于进化论来说,形式与历史其实是同一个钱币的正反两面"。① 事实上,进化论对 20 世纪早期中国文学史学科的发生乃至其学科属性、学科功能的定位和方法取舍的影响举足轻重,这一点已经为不少中国学者所指出。如朱德发在《进化文学史观与文学史研究实践》中认为,"中国古代文学著述没有'史'的研究,即使有也仅是文学资料和选集,没有在特定文学史观指导下的自觉的文学史研究;逮及五四新文学运动前后,形成了进化的文学史观,方有了文学史研究和书写的实践,文学史作为一种新文体才出现在我国的文论和著述之中"②。当然,从进化论与中国文学史学科在发生学上的重要关联的角度来说,朱先生的观点有一定的道理〔按:不过,此论也存在着以下问题。第一,中国文学史学科的发生与清末民初史学研究的兴盛尤其是新史学运动的高涨关系密切,进化论主要是假借新史学而介入文学史研究的,它虽然对中国文学史的研究和写作实践有着重要影响,但并不是唯一起作用的因素。第二,20 世纪早期中国文学史的写作实践至少在 1904 年前后就已经开始,而理论的思考则在 1905 年黄人的《中国文学史》的"总论"和"略论"部分已经有较为自觉的表现。朱德发的五四新文学运动前后的说法对 20 世纪初期的文学史实践和研究有所

---

① 转引自方汉文《比较文学理论》,北京大学出版社 2013 年版,第 266 页。
② 朱德发:《进化文学史观与文学史研究实践》,《山东师范大学学报》(人文社会科学版)2008 年第 6 期。

忽视，似非准确。即便是距五四新文学运动最近的曾毅的《中国文学史》（约1914年动笔，1915年出版），其主导的理念也是将地理环境论、历史因果律、归纳进化方法融为一体的"客观、系统"的科学主义，进化观念仅为其中之一。因此，在强调进化论对早期文学史观及文学史实践的影响的问题上，既不能忽视其重要性，也不能夸大它的地位，而是要充分认识到20世纪早期中国文学史观生成中的影响因素的复杂性和多谱系性]。

谢应光在《进化论思想与中国现代文学史观》中指出，由达尔文原创的进化论在西方演变为多种形态，如机械进化论（以海克尔、斯宾塞为代表）、生命进化论（以叔本华和柏格森为代表）、突创进化论（以劳依德、摩根和萨缪尔·亚历山大为代表）、实用主义进化论（以杜威为代表）等。20世纪早期对中国产生过重要影响的只是其中的机械进化论一端。这种进化论提出"适者生存"思想，认为一切关于宇宙的问题都可以通过进化来加以解决，带有绝对主义倾向。中国接受了这种进化论思想，是由其当时落后的国情所决定的。同时，中国人根据自己的需要对进化论进行了一番改造，形成中国式的进化论思想，这种思想认为"世界历史是直线进步的，新的比旧的好，后来的比以前的好；在这个社会上，适者才能生存，落后就要挨打；进化的榜样就是处于强势文明曾征服过我们的西方社会"①。实际上，20世纪初期，在中国文学史观中深有浸淫的恰恰正是谢应光所指出的这种机械进化论的思想，因此，当时研究文学史的人们往往笃信文学的历史是螺旋式上升的，后来者一定居上，日趋于善、今定胜古。客观地说，进化论作为一种文学史建构的方法，它确实为早期中国文学史的理论和实践提供了赖以依据的思想武器和方法指南，并且为中国文学史学科的形成助力不小。另外，当中国文学的历史被塑造为一个直线的、不断衍化、进进不已的进化

---

① 谢应光：《进化论思想与中国现代文学史观》，《社会科学研究》2004年第4期。

过程时，它就陷入了目的论和决定论设定的窠臼。而对于与中国传统历史时空思维截然有别的进化论带有目的论倾向，19世纪末20世纪初期的一些中国学者也都已经意识到，例如梁启超就曾指出："进化者，向一目的而上进之谓也。日迈月征，进进不已，必达于其极点，凡古今之事物，未有能逃进化之公例者也。"① 只不过时人对进化论的激情压倒了自己的反思理性，致使当时的这些学者并没有对进化论中的目的论倾向保持足够的警惕和反省。因此，当它介入中国文学史学科建构的时候，几乎是长驱直入，并没有受到应有的质疑。事实上，进化论在文学史研究中引起的最大问题就在它暗含的目的论的逻辑上，因为它事先假定文学的历史是一个面向高级文学形态直线行进的过程，进而以此来绳墨历代的文学存在。这样，文学的历史就被安排进了一个先验的序列和既定的模式之中，沦为某种意图的附庸。德国哲学家康德在批评目的论的时候说过这样一句话：

> 由于它（即目的论）不是把客体的形式联系到主体在把握这形式时的认识能力，而是联系到对象在一个给予概念之下的确定的知识，它就和对物的愉快情感没有关系，而是与在评判这些物时的知性有关。如果一个对象的概念被给予了，那么在运用这概念达到知识时判断力的工作就在于表现（exhibitio），就是说，在于给这概念提供一个相应的直观：无论这件事是通过我们自己的想象力来进行，……还是通过自然在它的技术里来进行（像在有机体中那样），如果我们把我们的目的概念加给自然以评判它的产品的话；……这样一来就仿佛是把对我们认识能力的某种考虑按照对一个目的的类比而赋予了自然。②

---

① 梁启超：《南海康先生传》，《梁启超全集》（第二册），北京出版社1999年版，第489页。
② 杨祖陶、邓晓芒编译：《康德三大批判精粹》，人民出版社2001年版，第417—418页。

从康德对目的论的分析来重审进化论的文学史观，我们就可以从中看到，进化论文学史观以一个先验的观念——"文学的历史一定是进化的"出发来操纵、摆布文学史，这样，文学史就被一个事先假定的框架束缚，这个框架就是康德在批判目的论的时候指出的人们在评判一件事物时的"知性"，当我们把这个知性给予了评判的对象，那么，实际的评判过程就不再是真正意义上的评判，而是变异成了"表现"那种我们已经预先赋予对象的"知性"而已。所以，当我们以进化的眼光来审视文学史的时候，实际上就已经将文学史是"向一目的而上进"这种"目的知性"强加给了文学史，这样，在进化观念指导下的对文学史的评判就必然演变成了单纯对这种"目的知性"的表现，文学史的工作自然也就被简单化、机械化为一种验证目的论的工作了。不仅如此，进化观念认为，历史的发展是朝着一个目标进步的，但是，事实上，作为总体性发展的人类历史，其内部是充满曲折性、矛盾性和复杂性的，无论如何，进化论都是无法揭示出历史的这种总体性的。其在文学史中的表现也是如此，进化论往往在使文学史中的一种文学力量涌现出来的同时压制、遮蔽、阉割着另外的一种或者是几种文学力量。例如，在胡适等人那里，进化论被当成了白话文学统治文学史的武器的理由，而白话文学之外的古文学无论如何优秀，都无以因其自身而在文学史上占据应有的位置，它们要么被拉入白话文学的阵营成为进化观的注解，要么就被贴上已死的标签而在进化论一统江湖的文学史上永远不得翻身。事实上，由此我们可以看出，正是进化论才赋予了白话文学不仅合法而且得以跃入文学正统序列的身份和权利，因此，胡适等人之所以敢于视白话文学为文学之正宗，当然是他们手中握有的进化的机械思维方式法宝使然。究其实，还是朱希祖1919年在《新青年》第6卷第4号上发表的《白话文的价值》中攻讦的那位老先生的"白话的文与文言的文，皆是不可灭的"的话有几分道理。[①]

---

① 朱希祖：《白话文的价值》，《新青年》1919年第6卷第4号。

因此，文言自有文言的价值，白话也自有白话的魅力，文学不以后出为优，亦不以先出为卑，厚古薄今固然不可以，但是，反过来，厚今薄古也同样不值一哂。

更进一步来看，进化论虽号称以科学精神为旨归，但其中包裹的目的论却是与科学精神貌合神离、背道而驰的。科学精神的本质在于揭示对象的本质，阐明对象内在的因果必然律，目的论却是将外在于对象的东西误作了对象的本质，将并非生自对象自身的"目的"视为对象之必然，因此，目的论根本不可能提供科学精神所追求的真正的知识，而且，它的结论也不是引向知识，而是引向盲目的信仰，所以，目的论的最终形态就是神学。另外，目的论其实也是主观论，而并非进化论者所误认为的那样——是一种纯粹的客观主义。卡尔·波普尔认为："不可能有一部'真正如实表现过去'的历史，只能有各种历史的解释，而且没有一种解释是最后的解释，因此每一代人有权利去作出自己的解释……历史虽然没有目的，但我们能把这些目的加在历史上面，历史虽然没有意义，但我们能给它一种意义。"[①] 因此，按照卡尔·波普尔的这种理解，目的论显然是与中国早期进化论者所谋求的科学精神相违背的，因为历史是不可能有一个客观存在着的目的的，所谓的目的无非历史学家主观附加的结果。文学史同样如此，所以，在进化观念中的目的论的操控下，文学史所揭橥的参与文学演进过程的诸种因素间的关系就被演绎成了一种目的性的关系，例如，四言诗的存在只是为五言诗的发生作嫁衣，五言诗是四言诗的合目的性的展开，因此，从四言到五言，是诗歌进化中的公例；在白话文和古文的关系中，白话文似乎是在文学史上专门等待着而取代文言文的，所以，白话文就是文言文的目的地，而随着白话文的发生，文言文也必死无疑；如此等等，均将参与文学历史中的诸种因素间的复杂关系放置在目的论的

[①] 王岳川：《新历史主义的文化诗学》，《北京大学学报》（哲学社会科学版）1997 年第 3 期。

框架中进行简单化、机械化、主观化的处理,至于其结论自然是难以让人信服的。

此外,在对进化论的一般认知上,国内有部分学者立足于中国古代"变"的观念,认为中国早就有了进化观念,只不过与西方的进化论相比较,它过于朴素,"缺乏理论体系性的范畴、概念与原理"。①这种思路大概就是梁启超生平最痛恨的国人"引中国古事以证西政,谓彼之所长,皆我所有"之"虚骄之结习"。②固然,梁启超的这个批评绝非就是真理,而且,也并非所有的"引中国古事以证西政"的行为都是"虚骄"之习。但是,上述这种将中国传统的"变"的观念与进化论一厢情愿捆绑起来的论调就不仅是一种"虚骄"之习,而且,它对中国传统思想中的"变"以及西方的进化观念都存在着一种很深的误解。如果按照这种逻辑,西方也一样早就具有了进化的观念,例如古希腊的哲学家赫拉克利特就有一切皆流、一切皆变的思想。事实上,进化论作为一种现代意义上的时空思维和历史行进逻辑,它的主要内核是来自自然的演化公例和自然史的规则,与人事之变之间有着不小的错位。因此,表面上看,它虽然与中国传统中仅仅强调"变"的哲学观念之间有着一定程度的相似性,但在骨子里,它们之间还是有着根本的区别。首先,"变"可能是直线上升的,也可能是逆向后退的,当然也有可能是循环往复的,抑或直线上升中间杂逆向后退、循环往复。而进化论则强调直线上升,后进于前、日进于善。因此,从唯物辩证法的角度看,进化论实际上就缺乏"变"的观念中可能具有的辩证思维而陷入独断观和机械论。其次,如果说中国传统思想中的"变"具有进化的内涵,那么,中国传统思想以及文学史观中普遍存在的厚古薄今、唯古是从、食古不化思想的根基即不复存在,这样一来,我们又该如何解

---

① 朱德发:《进化文学史观与文学史研究实践》,《山东师范大学学报》(人文社会科学版) 2008 年第 6 期。

② 梁启超:《与严幼陵先生书》,《饮冰室合集·文集第一册》,中华书局 1936 年版,第 108 页。

释这种明显违背进化思想得以立足的内在逻辑呢？实际上，如果中国传统观念中所理解的"变"已经具有进化的意义，那么，梁启超等人在发动新史学运动时也就根本没有必要大张旗鼓地一定要将西方的进化论引入史学，并且坚信历史就是要去叙述进化之现象。所以，立足于中国传统的"变"的观念而断定中国早就具有进化思想之论，恐怕除了希望以我们古已有之的心理来为进化论张目，进而为早期国人与进化论之间的近距离情感寻找口实之外，实际上并没有太大的意义。

同时，值得我们注意的是，进化论和马克思主义的历史唯物观之间也有着根本的区别，但是，国内有学者提出黑格尔主义和进化论"共同变成了马克思主义的重要内核"，[①] 也有学者认为马克思主义唯物辩证法是一种"最新的科学进化论"。[②] 事实上，这些持论不仅曲解了马克思主义唯物辩证法的本质，也对进化论的内涵存在着误会。在20世纪马克思主义中国化的过程中，如果说早期某些中国的马克思主义者因为其机械思维和对唯物论的理解缺乏辩证的意识而将进化论和马克思主义的历史发展观混淆在一起，致使他们心目中的马克思主义和进化论没能有效切分开来的话，那么，随着马克思主义在中国的发展，进化论的马克思主义已经被辩证唯物主义的马克思主义有效地加以扬弃，而且，马克思主义也因为和进化论有着根本的区别而被中国学者进行了自觉的分割。所以，上述持论显然是错误的。这主要体现在以下方面。第一，进化论将历史的发展视为一直线、单向运动，简单地说，就是它忽视了历史运动的逆向、重复、复杂性，而没有看到历史的运动是螺旋式上升的、辩证运动的。关于这一点，早在20世纪初，进化论刚被引介到中国不久，章太炎就表达了对进化论的不同见解："进化之所以为进化者，非由一方直进，而必由双方并

---

① 王敦：《进化论的本土迷思——现当代文学叙事的发展主义基因》，《海南师范大学学报》（社会科学版）2013年第6期。

② 皮明庥：《近代西学东渐三个段阶及其社会影响》，《江汉论坛》1986年第10期。

进。专举一方，唯言智识进化可尔。若以道德言，则善亦进化，恶亦进化；若以生计言，则乐亦进化，苦亦进化。双方并进，如影之随形，如罔两之逐景。……然则以求善求乐为目的者，果以进化为最幸耶？其抑以进化为最不幸耶？进化之实不可非，而进化之用无所取。"① 而且，进化论强调优胜劣汰、适者生存、后来者居上，忽视了历史运动中的扬弃、承继、积淀式的发展。历史的发展并不是谁取代谁，而是层积式的，新的包含旧的因素，旧的也在新的存在中获得新生。第二，马克思主义唯物辩证法认为任何事物的发展变化都是其内在的必然性所推动的，而从根本上讲，进化论却是反对事物自身的必然性和因果律的，它将预先设定的目的看作事物发展的终极旨归，没有从事物自身出发来寻找其变化的内在因。第三，马克思主义唯物辩证法认为发展是一个从量变到质变的过程，但进化论没有看到这一点，它只承认渐次日新，不承认发展中的突变和质的飞跃。

此外，在生物学意义上，达尔文的进化观念所揭示的是生物体的子代并非其父母体的简单复制，其中必然会发生一定程度的性状变异，这种变异造成了子代之间的个体差异。如果自然环境没有大的改变，那么，这种差异就不重要。但如果这种个体差异比较大，但环境却基本未变，那么，与种的特征差别大的个体就成了所谓的"畸形"而被淘汰。反之，如果个体变异大，环境的变化也大的话，那么，那种所谓的"畸形"个体则可能恰好能适应改变了的环境而得以存活，而那些未发生大的变异的正常个体却反而由于适应不了新的环境而遭淘汰。存活下来的畸变个体获得了繁殖后代的机会，从而把变异通过遗传而保存和积累起来，终于使整个物种获得新的特征。这就是达尔文进化学说的基本内容。但文学的发展是否如同生物界的规律一样？正如杜亚泉指出的那样："有机界之进化，与超有机界之进化，理法

---

① 章太炎：《俱分进化论》，《民报》第 7 号，1906 年 9 月 5 日。

不同,目的不同。世之操生存竞争说者,欲以生物界之现象,说明人类社会之现象,至于人类社会堕落于禽兽之域。"同时,他还指出,即使就生物界而言,完全用进化论来解释,"亦殊多谬误"。① 上述之论实际上都是我们在评介进化论与中国文学史学科的关系时所应当引起注意的。

第三节 文与史的博弈

科学主义带给20世纪中国文学史观的另外一个积重难返的问题就是使其在重"文"还是重"史"的选择上放逐了"文"而滑向"史"。在早期的文学史实践中,这种倾向具体体现为文学史对历史学尤其是对彼时正在蒸蒸日上的新史学的仿拟。作为国人自著的首部中国文学史,林传甲的《中国文学史》无疑最先体现出了这种仿拟。林著中有"传甲斯编将仿日本笹川种郎中国文学史"之语,故长期以来,在坊间广为散播了其乃仿日著之作的假象,而其与新史学的诸种干系,则少有学者问津。加之林氏草创此著时,梁启超正流亡于日本,且被清廷视为乱逆。林著作为京师大学堂之讲义,必须接受教学提调和总监的核查、审定,在此绳网之下,他固然不会主动撇清与新史学的干系,但亦不太可能会公然将梁氏之新史学视为其立论之基。因之,倘从字面查寻林著与新史学的联系,绝非易事。但是,戊戌变法前,林睹清廷腐败,曾撰数文,抨击时弊。以至于变法失败后,他一时有新党之嫌疑,若非其母劝其潜默自抑,则几被清政府通缉。此种经历表明林传甲与作为新党的梁氏之间还是有着共同心迹的。因此,若在细处着眼,我们仍然可以发现林著与新史学间的些许蛛丝马迹。兹列如下,其一,林著中借用了"国粹"一语。例如,

---

① 田建业、姚铭尧、任元彪选编:《杜亚泉文选》,华东师范大学出版社1993年版,第108页。

林著中的"南唐其能保国粹者乎"①及"文者国之粹也，国民教育造端于此"等。②事实上，中文中的"国粹"是一个舶来词，本为日人据英文 national essence 创出的一个新词，具体时间大概是在1888年前后，在日语中读作 kokusui。但是，该词在中土的滥觞却是本于梁启超。1898年，梁启超在日本横滨创刊《清议报》，在该报中，他首用该词，并且中译为"亚粹"。及至1901年9月的《中国史叙论》，他又将之改译作"国粹"，用以指称中国旧史以帝王纪年的做法，并认为中国人固守此国粹，因而，那些欲强使其改为西历纪年之提议，实在属于"空言"之列。1902年7月前后，"国粹"一词被引入中国本土，是年12月，黄节在《政艺通报》著文《国粹保存主义》，此文细数日本之国粹主义，在国内产生巨大反响。嗣后，国人普遍接受了该词并广为援引、流布。虽然林传甲对"国粹"一词的使用未必直接取自梁启超，但梁氏在其间作为背后推手的作用却是无可否认的。其二，借用"邻猫生子"之喻。林著第6章第17节"纪事文之篇法"有言："纪者纪一帝之本末也，传者传一人之本末也，志者纪一事之本末也。后世一丘一壑一亭一树皆有记，其善者借之以寓意而已。邻猫生子，事虽实不足记也。"③此喻本出自英国史学家斯宾塞的《肄业要览》，1882年前后，颜永京将之译为中文，刊发于《字林沪报》，颜永京不仅将"斯宾塞"译为"史本守"，而且将斯著《肄业要览》中的"邻猫生子"之喻翻译为"邻家（按：此处掉字，疑为'狸'）奴昨日已哺育小猫几只"④。同年，在小仓山房校印的上海格致书院《学制》中，刊录了颜永京翻译的《肄业要览》，其中，有关"邻猫生子"一喻的译文为"邻家狸奴昨日已产小猫几只"。⑤不过，颜永京的这些翻译都与林著中"邻猫生子"的表述相距甚远。据李孝迁

---

① 林传甲：《中国文学史》，上海科学书局1906年版，第175页。
② 林传甲：《中国文学史》，上海科学书局1906年版，第209—210页。
③ 林传甲：《中国文学史》，上海科学书局1906年版，第77页。
④ 颜永京：《续肄业要览第二十一》，《字林沪报》1882年9月12日。
⑤ 颜永京：《肄业要览》，上海格致书院编《学制》，小仓山房1882年校印本，第7页。

考证，在清末民初，"邻猫生子"之喻曾被王国维（"东家产猫"1899年）、罗振玉（"东家产猫"1899年）、梁启超（"邻猫生子"1902年）、盛俊（"邻猫生子"1903年）、柳亚子（"邻猫生子"1907年）、函三（"东邻生猫"1907年）、章太炎（"邻家生猫"1907年）、傅岳棻（"邻畜产子"1909年）借用。林著《中国文学史》成于1904年，因此，从时间上来看，只有王、罗、梁、盛的借用可能会对其产生影响。梁启超对"邻猫生子"之喻的借用最早见于其1902年所发表的《新史学》，原文如下："吾国史家，以为天下者君主一人之天下，故其为史也，不过叙某朝以何而得之，以何而治之，以何而失之而已。舍此则非所闻也。……今中国之史，但呆然曰：某日有甲事，某日有乙事。至其事之何以生，其远因何在，近因何在，莫能言也。其事之影响于他事或他日者若何，当得善果，当得恶果，莫能言也。……某日日食也，某日地震也，某日册封皇子也，某日某大臣死也，某日有某诏书也，满纸填塞，皆此等邻猫生子之事实。往往有读尽一卷，而无一语有入脑之价值者。"① 梁氏此文本意乃是批判中国旧史学徒具史名，实不为史。盛氏对"邻猫生子"一喻的借用出自其1903年在《新民丛报》第42、43号合本上刊发的《中国普通历史大家郑樵传》一文，举凡全文，有："泰西科学以十数，而为中国历史上彪炳几千年者，惟有史学。""甚者且谓二十四史非史也，家谱而已。""种族者，历史之主脑也。""知有朝廷历史而不知有社会历史也。""传者曰：今之提倡新史学而诟病旧史学者，曰知有一姓而不知有一国，郑樵其知有一国者耶？曰知有朝廷而不知有社会，郑樵其知有社会者耶？""抑吾闻之，历史者以过去之进化导未来之进化也；为问欧美民族主义胡发达，曰：惟历史故；列邦文明幸福胡促进，曰：惟历史故。"② 我们之所以广为罗列盛氏文中的一系列论述，在此主要想说明的是，盛对梁的新史学

---

① 梁启超：《新史学》，梁启超主编：《新民丛报》第一号，中华书局2008年版，第62—65页。

② 盛俊：《中国普通历史大家郑樵传》，梁启超主编：《新民丛报》第四十二、四十三号合本，中华书局2008年版，第6013、6020、6033、6035、6036页。

不仅多有涉猎，（按：梁启超于1901—1902年发表的《中国史叙论》《新史学》中分别有"于今泰西通行诸学科中，为中国所固有者，惟史学"①"二十四史非史也，二十四姓之家谱而已"②"民族为历史之主脑"③"知有朝廷而不知有国家……盖从来作史者，皆为朝廷上之君若臣而作，曾无有一书为国民而作者也"④"历史者，以过去之进化导未来之进化者也"。⑤）而且他也一定做过深入阅读和研究。因此，他的邻猫生子之喻，应当是来自梁氏无疑。既然盛喻与梁喻有如此承续之关系，而王、罗的表述在用语上又与林不一致，故无论从借用的一致性还是上下文的语境来看，对林喻产生影响的最有可能是梁。其三，林著《中国文学史》第6章第17节"纪事文之篇法"有言："今约举纪事文之总法，以尚书家为最善。每篇必具其首尾，如纪事本末之例，章实斋所谓文省于纪传，事豁于编年，今万国历史以是为公例。"⑥"尚书家为古史正体"一节论及宋史家袁枢时曰："宋之袁枢，因通鉴以复古史之体，且合西人历史公例焉。"⑦梁启超《新史学》中有此语："今日西史，大率皆纪事本末之体也。"且在细数中国旧史的六大史家中，袁枢名列其五，梁的理由如下："今日西史，大率皆纪事本末之体也，而此体在中国，实惟袁枢创之，其功在史界者也不少。"⑧由此我们可以看到，林、梁二人都认为"纪事本末体"为西

---

① 梁启超：《新史学》，梁启超主编：《新民丛报》第一号，中华书局2008年版，第59页。
② 梁启超：《新史学》，梁启超主编：《新民丛报》第一号，中华书局2008年版，第61页。
③ 梁启超：《中国史叙论》，中华书局编辑部编：《清议报》第九十册，中华书局1991年版，第5629页。
④ 梁启超：《新史学》，梁启超主编：《新民丛报》第一号，中华书局2008年版，第61—62页。
⑤ 梁启超：《新史学》，梁启超主编：《新民丛报》第三号，中华书局2008年版，第339页。
⑥ 林传甲：《中国文学史》，上海科学书局1906年版，第77页。
⑦ 林传甲：《中国文学史》，上海科学书局1906年版，第82页。
⑧ 梁启超：《新史学》，梁启超主编：《新民丛报》第一号，中华书局2008年版，第67页。

史公例，而且都举出袁枢为证，事实上，即使林传甲并非刻意模仿梁氏之说，但梁论在前，林论在后，是否亦可见其心有戚戚焉？

与林传甲取法梁氏新史学的含蓄相比，黄人和来裕恂则直接体现为对梁启超之新史学的仿拟。对于黄著《中国文学史》，有学者就指出，其历史分期上参考了梁《论中国学术思想变迁之大势》中的标准，① 而其章节区分和安排上亦有梁的影子。② 归根结底，上论所言只是表象，实际上，黄人文学史观的总体建构饱受梁的影响，黄著中甚至还存在着多处照搬梁论之现象，唯一的差别就是其略作了包装。兹举如下。其一，在文学史观念上，黄人称文学史乃"人事之鉴"，且认为其进化之路线"非直线形"，而为"不规则之螺旋形"，其间包含着此消彼长、横斜逸出等矛盾，故文治进化，"遇有阻力，或退而下移，或折而旁出，或仍循原轨。……有似前往者，有似后却者，有中止者，有循环者"③。梁《论中国之旧史学》（1902）曾有史为"国民之明镜"说，《新史学之界说》（1902）中则有史之范围为"人事"说。黄人之文学史乃"人事之鉴"一说无非乃梁氏上说的组合，新则新矣，但未免有仿拟之嫌疑。同时，黄氏对文治进化路线的看法当直接取自梁氏《新史学之界说》中"历史者，叙述进化之现象也……且其进步又非为一直线，或尺进而寸退，或大涨而小落，其象如一螺线"之论。④ 其二，在文学史的功能上，黄人言文学史可陈"美恶妍媸"于前，无所遁形，"而使人知所抉择"，"动人爱国保种之感情"。此说应当为梁"史学者，学问之最博大而最切要者也，国民之明镜也，爱国心之源泉也"的改版。⑤ 其三，在文学史方

---

① 高树海：《中国文学史初创期的"南黄北林"论》，《淮阴师范学院学报》（哲学社会科学版）2001年第1期。
② 龚敏：《黄人及其〈小说小话〉之研究》，齐鲁书社2006年版，第75—76页。
③ 黄人：《中国文学史》，杨旭辉点校，苏州大学出版社2015年版，第13页。
④ 梁启超：《新史学》，梁启超主编：《新民丛报》第三号，中华书局2008年版，第333—334页。
⑤ 梁启超：《新史学》，梁启超主编：《新民丛报》第一号，中华书局2008年版，第59页。

法问题上，黄人指文学史"循今则鳌古，竺旧则违时；用演绎法，则近武断，而疏漏必多；用归纳法，则涉更端，而结宿无所"，^① 故文学史"属于叙述"，当用叙述之法。^② 这里需要指出的是，黄人这里的"叙述"一词并非我们一般意义上理解之"叙述"，而是另有他意。这又关涉到梁氏的新史学。在《中国史叙论》中，论及史学方法时，梁氏尝言："史也者，记述人间过去之事实者也。"^③《史学之界说》中，他又言："历史者，叙述进化之现象也。"^④ 这两处论断表明，"叙述"或"记述"乃梁氏所谓的史学方法。而且，作为梁眼中史学方法的"叙述"或"记述"，并非中国旧史学中的"造家谱"罗列法，而是"研究人群进化之现象"，"求其公理公例之所在"。^⑤黄取"叙述"之意当与梁氏相同。也就是说，在黄看来，作为文学史的"叙述"，并非仅仅讲述文学史的史实，而是应当去揭示、阐明文学进化的"公理"和"公例"。其实，翻版梁氏新史学的并不只黄人，还有其后的来裕恂。来著《中国文学史》约成于 1905 年。陈平原曾认为，若"仔细辨析"，其间"也隐约可见梁启超的声影"。^⑥其实，陈先生的"隐约"一词显然出于客气，在我们看来，即便用"搬移"称之也不为过。1902 年，梁在《论学术之势力左右世界》中，曾列举哥白尼、玛志伦、培根、笛卡儿、孟德斯鸠、卢梭、富兰克林、瓦特、亚当·斯密、伯伦、达尔文、奈端、达挪士、康德、皮里士利、边沁、黑拨、约翰·弥勒、斯宾塞等来旁证西方近世思想大开、文明灿然之史实，碰巧的是，来著绪言在论证"今日世界之改

---

① 黄人：《中国文学史》，杨旭辉点校，苏州大学出版社 2015 年版，第 58 页。
② 黄人：《中国文学史》，杨旭辉点校，苏州大学出版社 2015 年版，第 2 页。
③ 梁启超：《中国史叙论》，中华书局编辑部编：《清议报》第九十册，中华书局 1991 年版，第 5621 页。
④ 梁启超：《新史学》，梁启超主编：《新民丛报》第三号，中华书局 2008 年版，第 333 页。
⑤ 梁启超：《新史学》，梁启超主编：《新民丛报》第三号，中华书局 2008 年版，第 337 页。
⑥ 陈平原：《折戟沉沙铁未销——新刊来裕恂撰〈中国文学史稿〉序》，来裕恂：《萧山来氏中国文学史稿》，岳麓书社 2008 年版，第 6 页。

观者，皆科学为之也"时，除将"玛志伦"改为"麦志伦"、"孟德斯鸠"改为"蒙德斯鸠"等外，几乎悉数搬录了以上诸人。同时，在来著论先秦文学的"四优五弊"说（国家思想之发达，生计问题之昌明，世界主义之光大，家数之繁多；论理之学缺，物理之学不精，门户之见太深，保守之念太重，法家之说太严）中，除"影响之广远""无抗论别择之风"未取，"师法家数之界太严"改为"法家之说太严"外，其余均直接搬用了梁氏《论中国学术思想变迁之大势》中对先秦学派之判定。（按：梁《论中国学术思想变迁之大势》曾收录于梁启超等著的《中国新史学》（民国图书，出版社及年月不详，现藏于北京师范大学图书馆），在该著"编者例言"中有此数语："中国学科夙以史学为最发达，然推其极亦不过一大相斫书而已。姑非于史界革新则旧习终不能除，此书搜辑之主义在此，非寻常坊间之史论书可比。此书于近今名著凡有关于史学之革新者无不详悉网络，欲比较新旧史学思想之同异者，其丰富切实无过于是书。"① 由此可见，梁氏之《论中国学术思想变迁之大势》实乃史学著作。）至于来氏"今者东西洋文明流入中国，而科学日见发展，国学日觉衰落。欲焕我国华，保我国粹，是在文学"② 的论断，显然是受被美国汉学家约瑟夫·阿·勒文森称为梁新史学的"爱国主义的精神分裂症"的影响。③ 至于梁新史学的历史进化观对来著的影响，不仅在其《中国文学史》中有所反映，甚至在1904年著《汉文典》时就已经有所操练。（按：来裕恂《汉文典》第四编《变迁》第三章在论述夏商周三代之文时，有"洵乎尚忠、尚质、尚文，三代文章之进化，有天演自然之理焉"。第四编《变迁》第七章论魏晋之文学时有语曰："盖两汉及魏，文章凡三变，而终无进化。"）

---

① 梁启超等：《中国新史学》，民国图书，出版社及年月不详，现藏于北京师范大学图书馆。
② 来裕恂：《萧山来氏中国文学史稿》，岳麓书社2008年版，"绪言"第2—3页。
③ ［美］约瑟夫·阿·勒文森：《梁启超与中国近代思想》，刘伟、刘丽、姜铁军译，四川人民出版社1986年版，第181页。

此后的中国早期文学史家如胡适、周作人、郑振铎、李长之、容祖肇、刘大白、谭正璧、钱基博等人的文学史观中的历史论倾向就显然不再仅局限于对新史学以及中国传统史学的因袭，而是将目光转向西方，开始自觉接受西学的洗礼。当然，他们对文学史的历史性的强调开始走向刻意。尽管黄人的《中国文学史》已经开始自觉地思考文学史的学科归属，他认为史学分为两个门类，即自然史和精神史，"前者为种族、地理、物产等，政治、宗教、经济、教育诸史，则属于后者，文学史亦其一也"①。就是说，文学史属于历史学中的精神史之一种。遗憾的是，黄人对此并未做进一步的阐述。此后，1917年，胡适的《历史的文学观念论》不仅建议时人用"'历史的'眼光"论文学，②而且批评张之纯的《中国文学史》"全没有历史观念"，这样的著述竟然作为师范学校"新教科书"用，"真是莫名其妙"。③不仅如此，胡适对其"历史的眼光"的内容也进行了系统的阐述。这种历史的眼光，用胡适自己的话说，就是进化观念"在哲学上应用的结果"，是"实验主义的一个重要的元素"。④其实，说到底，他的历史的眼光无非两点：第一是明变，就是对任何对象，都要"以汉还汉""以唐还唐"，各还其"本来面目"；⑤第二是求因，就是要发掘其背后的历史因果关联。在1921年6月30日的日记中，胡适对他的历史的眼光有一个生动的譬喻，称之为"祖孙的方法"。他解释说，这种方法从来不把一件事物看作"一个孤立的东西"，而总是把它看作"一个中段"，一头是"他所以发生的原因"，一头是"他自己发生的效果"，"上头有他的祖父，下面有他的子孙"，捉住了这两头，"他就再也逃不出去了"。⑥ 在

---

① 汤哲声、涂小马编著：《黄人：评传·作品选》，中国文史出版社1998年版，第38页。
② 胡适：《历史的文学观念论》，胡适编选：《建设理论集》，上海良友复兴图书印刷公司1935年版，第58页。
③ 胡适：《文学进化观念与戏剧改良》，胡适编选：《建设理论集》，上海良友复兴图书印刷公司1935年版，第376页。
④ 胡适：《实验主义》，《新青年》1919年第6卷第4号。
⑤ 胡适：《〈国学季刊〉发刊宣言》，《国学季刊》1923年第1卷第1号。
⑥ 胡颂平：《胡适之先生年谱长编初稿（二）》，台北：联经出版事业公司1984年版，第459页。

文学史分析中，胡适显而易见地普遍实践了他的这种所谓的"祖孙的方法"。周作人则将这种历史论的文学史观进一步发挥，指出治文学史就是治历史，他认为，"既然文学史所研究的为各个时代的文学情况，那便和社会进化史、政治经济思想史等同为文化史的一部分"，因而，"便应以治历史的态度去研究"。或许是受当时新史学的影响，末了他还追加一句："这样地治文学的，实在是一个历史家或社会学家，总之是一个科学家是无疑的了。"① 郑振铎不仅将文学史拉入史学阈限，提出文学史无非史学的"一个专支"，② 而且受当时史学中泛滥的"史学只是史料学"风气的影响，他极其重视文学史料问题，认为做文学史，对"史料的谨慎的搜辑"是"重要的一个问题"。在他的文学史理解中，他也常以历史作为参照系，《插图本中国文学史》中他就说过这样的话："'历史'的论著常是宏伟的巨业，但也常是个人的工作。……差不多重要的史籍都是出于个人之手的。文学史也是如此，历来都是个人的著作。"③ 即使他后来为中国文学史找到了两条必由之路——"归纳的考察"和"进化的观念"，也是当时史家从西方搬来的两个法宝。容肇祖同样坚持文学史应该用"历史的必然的演变的理由"去解释文学现象，④ 而且强调，"我们研究文学史的态度，只有和一般历史家的态度一样"⑤。谭正璧重申"文学史是历史的一种"，而且，他还根据梁启超在《中国历史研究法》中对历史的定义："史者何？记述人类社会赓续活动之体相，校其总成绩，求得其因果关系，以为现代一般人活动之资鉴者也"，派生出文学史的定义："叙述文学进化的历程，和探索其沿革变迁的前因后果，使后来的文学家知道今后的文学的趋势，以定建设的方针。"⑥

---

① 周作人：《中国新文学的源流》，人文书店1934年版，第16—17页。
② 郑振铎：《插图本中国文学史》，朴社1932年版，第2页。
③ 郑振铎：《插图本中国文学史》，朴社1932年版，第13—14页。
④ 容肇祖：《中国文学史大纲》，朴社1935年版，第5页。
⑤ 容肇祖：《中国文学史大纲》，朴社1935年版，第3页。
⑥ 谭正璧：《中国文学史大纲》，光明书局1927年版，第7—8页。

正是由于对历史论的坚持，钱基博指责胡适的《五十年来之中国文学》"不为文学史"，个中原因在于其"盖褒弹古今，好为议论"，"成见太深"。① 在他看来，"夫纪实者，史之所为贵；而成见者，史之所大忌也。于是则偏之为害，而史之所以不传信也"②。

20世纪中国文学史观中的历史主义还体现在文学史的体例和分期直接借用史学的体例和分期上，这几乎是民初至中华人民共和国成立前中国文学史书写中的一种普遍风气。除了上述的林传甲外，刘永济的《十四朝文学要略》也照搬中国旧史的编纂体例，他在"凡例"中这样说："凡本文，若史之有本纪，所以系每体文学之本末，明蕃变之由来，辨性体之同异，著作家之高下者也。凡证例，若史之有列传，所以详著先诂证成本文之义，兼明论据之源者也。凡按，若史之有论赞，所以总持大意，博明疑似者也。……凡注，若史之有注，所以考文字之同异，明征引之出处者也。凡表，若史之有表，或详一体之繁变，或列全体之类别，前者经而后者纬也。凡录，若史之有志，或详作者之名氏，或著作品之称目。"③ 此外，黄人、来裕恂等对中国文学史的分期则显然深受新史学的影响。中华人民共和国成立后的现代文学史的体例编排基本上也都借用了中国旧史学以"年代为纲"的编年体例，如王瑶的《中国新文学史稿》在具体分期上，将中国新文学史划分为四个阶段，第一阶段从1919年到1927年；第二阶段从1927年到1937年；第三阶段从1937年到1942年；第四阶段从1942年到1949年。④ 这种划分与中国革命史的分期保持着高度的一致。这种以年代分期的历史主义做法的前提就是假定文学史的分期与历史的分期是吻合的，而没有过多地去关注文学发展与历史发展二者之间的错位。除分期参照史学的惯例外，20世纪中国文学史观中的历史主义也体现在对文学发展规律的研究中有着多以历史发展规律取

---

① 钱基博：《现代中国文学史》，世界书局1933年版，第4页。
② 钱基博：《现代中国文学史》，世界书局1933年版，第4—5页。
③ 刘永济：《十四朝文学要略》，黑龙江人民出版社1984年版，"凡例"第1页。
④ 王瑶：《中国新文学史稿》（上册），开明书店1951年版，第15—18页。

代文学发展规律的倾向。

即使在政治意识形态话语高度统一的环境中产生的中国文学史，也同样在坚持政治性和阶级性之时不忘历史主义。1954年出版的谭丕模的《中国文学史纲》，除了带有意识形态的烙印，还特意将"历史唯物论"作为中国文学史研究的科学方法。① 王瑶的《中国新文学史稿》干脆把中国新文学史视作"中国新民主主义革命史的一部分"。② 1959年由人民文学出版社出版的北京大学中文系文学专门化1955级集体编著的《中国文学史》认为，文学史的研究不仅可以促进文学的繁荣，更重要的是它将"丰富历史科学"。③ 李长之的《中国文学史略稿》认为，"文学史是社会科学的一部门，是历史科学的一部分。这就是说，它的科学方法的基础是辩证唯物主义和历史唯物主义。在进行研究的时候，我们所遵循的应该是马克思主义的具体的分析方法，反对的是形而上学的非历史主义的方法"。他还进一步指出，"文学史就是根据社会科学、历史科学底一般规律，结合文艺学底法则，对文学发展的具体状况及其规律性进行探讨的科学。这就是它的性质"④。1950年，赵景深在为蒋祖怡《中国人民文学史》所作的序中称"文学史也是一种历史"。⑤ 如此等等，都依然保持着历史主义文学史观的影子。业内简称文学史家为"史家"的做法本身折射出来的其实就是文学史家说到底还是一个"历史学家"，至于"文学"二字，在这种简称中当然是无法看到的。

在近年来的一些重要的文学史著述中，这种历史主义文学史观甚至有日长之势。袁行霈主编的《中国文学史·总绪论》就称文学史

---

① 谭丕模编著：《中国文学史纲》，高等教育出版社1954年版，第5页。
② 王瑶：《中国新文学史稿》（上册），开明书店1951年版，第1页。
③ 北京大学中文系文学专门化1955级集体编著：《中国文学史》（第一册），人民文学出版社1959年版，第1页。
④ 李长之：《中国文学史略稿》（第一卷），五十年代出版社1955年版，第1—2页。
⑤ 蒋祖怡：《中国人民文学史》，北新书局1952年版，"序"第2页。

是"人类文化成果之一的文学的历史",属于"史学的范畴"。① 董乃斌等的《中国文学史学史》甚至从马克思和恩格斯《德意志意识形态》中"我们仅仅知道一门唯一的科学,即历史科学"的论断出发,得出"文学史恰恰就是文学研究中的历史科学,是马、恩所说的与自然史相对的'人类史'的有机组成部分"的结论。② 在《文学史学原理研究》中,董乃斌等又强调,"文学史本质是史学,文学史家固然需要激情与敏感,但更要有史学家的冷静与科学理性精神"。而且,他还特别强调,在研究方法上,文学史"应恪守史学的方法与原则,实事求是,有一份材料说一分话,最大程度地追求材料的真实可靠,考订严谨,去伪存真,取舍之间务求审慎"③。唐金海和周斌在《20世纪中国文学通史》中谈及文学史的性质时也指出,文学史具有"历史的属性",文学史研究的是"文学发生、发展变化的过程和规律,是已成为过去的、已成为历史的文学现象,任何权势霸语、任何轻狂断语都不能永远涂抹、改变、增删或取消史实,因而文学史又是一门具有历史属性的科学"。为了强调这一点,他们还把文学史与文学理论、文学批评进行了比较,认为尽管文学史与文学理论、文学评论研究的对象同是文学,但三者毕竟各有其质的规定性,"历史属性恰恰正是文学史的一个关键的质的规定性"。因此,文学史研究要尊重"文学史史实的既定的内容",以历史的眼光"研究文学史诸多构成因素",要做到对"历史的尊重和敬畏",从而使文学史能够实现历史的客观性与稳定性的统一。④ 汪涌豪、陈岸峰则延续郑振铎、李长之、周作人等人关于文学史是历史学的一个"专支"之论提出"文学史说到底是一种专门史"。⑤ "文学史作为史学的一种,要有一定的事实

---

① 袁行霈主编:《中国文学史》(第一卷),高等教育出版社1999年版,"总绪论"第4—5页。
② 董乃斌、陈伯海、刘扬忠主编:《中国文学史学史》(第三卷),河北人民出版社2003年版,第579页。
③ 董乃斌主编:《文学史学原理研究》,河北人民出版社2008年版,第329页。
④ 唐金海、周斌主编:《20世纪中国文学通史》,东方出版中心2003年版,第6—7页。
⑤ 汪涌豪:《文学史研究的边界亟待拓展》,《文学遗产》2008年第1期。

依据才能下判断实属必然。"① 王锺陵的《中国中古诗歌史》也指出:"依我的看法,文学史的写作,不仅是一种客观规律的总结,而且也是作者本人的一种理论创造,是一种依托于历史的理论创造。"② 即使司马长风的《中国新文学史》,也不忘在序言中交代一句自己有过5年治中国现代史的经历,言下之意,显然是有意识地强调自己曾经是个历史学家。③ 此外,还有学者认为,"文学史观的本质是历史观,文学史中的文、史不是并列关系,而是以史为指导、为原则"④。如此等等,本质上都属于历史主义文学史观的诸种具体形态。

在学科归属问题上,尽管20世纪诸多学人都承认文学史是介于文学和史学之间的学科,但在具体落实上,其骨子里根深蒂固的历史主义却时常作祟,结果是在他们的文学史观中,"史"才是根本,文学只不过是点缀而已。这种认识造成的直接后果就是文学被文学史学科屏蔽、放逐,史学变成了一切。这显然有着很大问题。在我们看来,"史"是文学史学科的次要构件,"文"才是其核心构件。之所以如此,是由文学史学科的特殊对象决定的。韦勒克就曾认为:"文学研究不同于历史研究,它必须研究的不是文献,而是具有永久价值的文学作品。一个历史学家必须在目击者叙述的基础上再现过去很久的事件,而文学研究者却与之不同,他直接触及它的对象:艺术作品。"⑤ 克罗齐也认为,文学史应当"建筑在一个或一个以上的艺术作品基础上"。⑥ 显然,在他们看来,作为文学研究,文学史的对象只能是文学作品。但是,有学者却反其道指出,"文学史研究的对象不是独立自在的文学

---

① 陈岸峰:《疑古思潮与白话文学史的建构——胡适与顾颉刚》,齐鲁书社2011年版,第8页。
② 王锺陵:《中国中古诗歌史——四百年民族心灵的展示》,人民出版社2005年版,"前言"第5页。
③ 司马长风:《中国新文学史·再版序言》,香港:昭明出版社1980年版。
④ 许总:《文学史学:世纪之交的回顾与反思》,《社会科学》2000年第11期。
⑤ [美]韦勒克:《文学理论、文学批评与文学史》,载赵毅衡编《"新批评"文集》,中国社会科学出版社1988年版,第509页。
⑥ [意]克罗齐:《美学原理·美学纲要》,朱光潜等译,外国文学出版社1983年版,第142页。

文本",并将此视为"区别文学史料的研究对象与文学史的研究对象的不同之处"。在他看来,"文学史料是文学研究与文学史研究的基础,文学史料的研究对象主要是文学文本及其相关资料,它要对文学文本进行必要的分类,考察它的源流,考证它的真伪,考订它的异同,鉴定它的价值"。因此,"在文学史料研究领域,文学文本可以成为独立自在的研究对象,甚至某一文本的整理、校勘、版本都可以成为专门的学问",但是,"这一切对于文学史研究来说只是一些基础性的工作,文学史的对象要远远超出文学史料的研究对象。这也是区别文学研究与文学史研究的对象的不同之处。虽然,文学文本既是文学研究也是文学史研究的基础,但是,文学研究可以把文学文本作为独立自在的本体进行研究,并能获得某种深刻的成果,而这对于文学史来说是不可能的"①。事实上,此论貌似合理,其实却很成问题。首先,它将文学史料研究与文学史研究对立起来,认为文学文本是文学史料研究的对象,所以,它不能成为文学史的研究对象。但这种观点又认为文学史料是文学研究乃至文学史研究的基础。何谓基础？在我们看来,基础即起点、根基、出发之所。因此,从根源上说,文学文本不仅是文学史料研究的对象,它同样是文学史的研究对象。更不要说文学史料研究在本质上同样隶属文学史研究,是文学史研究的题中之义。其次,这种观点不仅将文学史料研究与文学史研究区别对待,还将文学研究与文学史研究区分开来。当然,我们承认,文学研究包括但并不完全等于文学史研究,但文学史研究毫无疑问也是文学研究,只不过是其中之一罢了。既然这种观点认为"文学文本既是文学研究也是文学史研究的基础",那么它又凭什么得出文学研究可以把文学文本作为研究对象,而文学史却不能的结论呢？这显然是无法自圆其说的。实际上,按照上述观点,结果只能是这样：如果说文学研究的对象可以是文学文本的话,那么,文学史的研究对象则一定会是文学文

---

① 佴荣本：《论文学史研究的对象和性质》,《江海学刊》2003年第2期。

本。实际情况恰恰是如果我们说文学史的研究对象是文学文本,那倒不一定会得出文学研究的对象一定是文学文本,原因在于文学史研究是一个被囊括于文学研究中的范畴。因此,文学史的对象只能是文学文本,正如袁行霈指出的那样,"把文学当成文学来研究,文学史著作应立足于文学本位,重视文学之所以成为文学并具有艺术感染力的特点及其审美价值。"① 那么,文学史如何"把文学当成文学来研究",如何立足于"文学本位",如何"重视文学之所以成为文学并具有艺术感染力的特点及其审美价值"?答案其实只有一个,那就是它必须以文学文本为对象。

进一步来看,我们之所以认为"史"是文学史学科的次要构件,与我们对文学史本质的理解有关。历史主义者认为文学史的本质是"史",在逻辑上存在着不小的问题。试想,如果文学史的本质是"史",那么,文化史、艺术史、哲学史、法律史、宗教史、风尚史、教育史呢?它们的本质是不是都是史?若是,这些学科之间的差别及其特殊性安在?若不是,为什么单单只有文学史是?因此,在我们看来,说文学史的本质是"史",只是一种望文生义、流于字面意思的理解。当然,我们也不否定文学史的"史"学品质,但必须指出的是,文学史虽然具有"史"的品质,但它并不足以决定文学史的本质,文学史的本质并非"史"。在我们看来,"文学"才是文学史的本质,而"史"只不过是它的一种属性而已。要深入理解这个问题,需要我们先弄清楚本质和属性的区别。在词源学上,"本质"源自亚里士多德创造的希腊语词组 το τι ην εινα(to ti en einai),中文译为"本质"。在亚氏那里,το τι ην εινα 指事物的根本特征,是一事物"那看作是由于它自己的东西"。② 同时,他还认为,正是 το τι ην εινα 决定着事物的特征和它"是"的方式。从亚氏的论述我们可以看出,本质是事

---

① 袁行霈主编:《中国文学史》(第一卷),高等教育出版社1999年版,"总绪论"第3页。

② [古希腊]亚里士多德:《形而上学》,李真译,上海人民出版社2005年版,第196页。

物的最根本的东西，它是事物存在的本源及其如何存在的理由。亚氏之后，西方学者大多因袭了他的本质观，如霍尔巴赫认为，本质是指"使一个事物成为这事物的那东西，是指事物的特性或性质的总和，根据这些性质它才像它现在这样存在和活动"①。黑格尔也提出本质是事物"在自身内的存在（In—sich—sein）"，②是其存在的"真正的根据"③和"内在的东西"。④罗素虽然批评本质是一个"糊涂不堪的概念"，但他仍然指出，"本质"是事物的"那样一些性质，这些性质一经变化就不能不丧失事物自身的同一性"。⑤即使现象学家胡塞尔也认为本质是事物基本的规定性。"属性"则源自拉丁文 attributum，马克思经典作家之前的西方学者一般用它来指代事物的本性，即由事物的本质所造成的一系列特性。如亚里士多德就用希腊文 symbebekos（中文译为"偶性"）来表示事物的由其本质造成的性质。值得一提的是，亚氏的 symbebekos 英文曾翻译为 attribute，显然是由拉丁文 attributum 派生而来。不仅如此，亚氏还把事物的 symbebekos 区分为两种：一种是固有的；一种是本质的。可见，在他那里，属性并非本质，只有事物的那些由其自身的"是"，才是他所说的本质。正是在这个意义上，他提出，"你由于你的本性而是什么，那就是你的本质（按：即是你的 to ti en einai）"。⑥其后，斯宾诺莎虽然认为属性是构成事物"本质的东西"，但他同时指出事物具有无限多的属性。马克思主义经典作家则认为，属性是事物本质的外在表现，但同一事物在不同的条件下会呈现出多种多样的属性，有些是本质的，有些则是非本质的。由此可见，属性与本质分属于不同的范畴。

---

① ［法］霍尔巴赫：《自然的体系》（上卷），管士滨译，商务印书馆2017年版，第11页。
② ［德］黑格尔：《小逻辑》，贺麟译，商务印书馆1980年版，第246页。
③ ［德］黑格尔：《小逻辑》，贺麟译，商务印书馆1980年版，第248页。
④ ［德］黑格尔：《小逻辑》，贺麟译，商务印书馆1980年版，第290页。
⑤ ［英］罗素：《西方哲学史》（上卷），何兆武、李约瑟译，商务印书馆1963年版，第259页。
⑥ ［古希腊］亚里士多德：《形而上学》，李真译，上海人民出版社2005年版，第196页。

本质是事物的最根本属性，是其固有的普遍的、相对稳定的内部联系，它决定着事物的属性，是其存在的根本依据，是事物的"是"，而属性则是事物的"是"的展开，是其"所是"。当然，本质作为事物的"内在的东西"，它必然会表现出来，它要通过属性来显现自身。任何事物都不存在不被表现出来的本质，对此，黑格尔说得很明白："本质必定要表现出来。……显现或映现是本质之所以是本质而不是存在的特性。"① 因此，相对于属性而言，本质就是一种间接存在，它依靠属性被表现出来；属性则是事物的直接存在，事物都是凭借其属性而呈现于人们的面前。同时，任何事物的"是"都是包含在其"所是"之中，是由其"所是"来表现的。这样，事物的"所是"都具有多种多样性，而其本质则是多种多样属性的合力，是"多种规定的综合"和"多样性的统一"。正如萨特所言："存在并不自在地是质，尽管它不多不少正好是质。而质，就是在'有'的限度内被揭示的全部存在。"② 正是因为事物具有多种多样的属性，它才能够以丰富多彩的面貌呈现于人们面前，而也正是因为事物具有自己的本质，才能使其保持自己的稳定性而不至于异化为其他的东西。本质是事物的"由其自身的'是'"，是事物的最根本的属性，也是事物生成和展开的根本依据，任何事物都有其本质，取消了本质也就取消了事物本身。属性是事物不可分离的特性，是其本质的表现，事物的本质并非其诸种属性的简单相加，而是它们的有机统一。正是在这种意义上，我们认为，倘认为文学史的本质是"史"，势必使文学史与文化史、艺术史、哲学史、法律史、宗教史、风尚史、教育史等学科之间的区别被抹杀，从而使它们都被迫成为历史学家族的一个成员，附属于历史学的"谱系"，这种强行捆绑式的做法既不符合包括文学史在内的以上诸学科的学科事实，同时，也是违背其学科本质

---

① ［德］黑格尔：《小逻辑》，贺麟译，商务印书馆1980年版，第275页。
② ［法］萨特：《存在与虚无》（修订译本），陈宣良等译，生活·读书·新知三联书店2007年版，第243页。

的。因此，文学史的本质不可能是"史"，正如文化史、艺术史、哲学史、法律史、宗教史、风尚史、教育史等的本质也都不可能是"史"一样。

一定程度上说，20世纪中国文学史学科中的不少学人有着一种割舍不断的"历史癖"，因此，在20世纪中国文学史观中，虽然文学史是介于文学与史学之间的学科这一结论广为认可，但在具体对待上，文学与史学的遭遇却截然不同：史常胜于文而不是文胜于史或文史平等。究其根源，自然与20世纪中国文学史观内在的历史主义思维有很大关联。这种思维带来的后果是，20世纪流布于坊间的中国文学史总会墨守这样一个成规：文学发展的路线和历史演进的历程有着惊人的相似，而其规律也总是被历史规律取代。在某种意义上，20世纪中国文学史的历史就是被历史主义绑架的历史，也是文学在中国文学史中集体失忆的历史。正是如此，文学史家们在一味强调史学及史学素养重要性的同时恰恰忽视了自己还应该是一个文学史家。当然，我们并不否定史学乃至史学素质对文学史家的重要性，但是必须要指出的是，史学素养固然重要，但作为一个文学史家，个人的审美感悟力、审美判断力和个性化的审美创造力在文学史的写作中更为重要。文学史的写作从来就不单是一个文学历史复原的过程——且不说这种复原在何种程度上能够实现——而且也是一个审美接受、审美阐释和审美创造的过程。从这种意义上来看，文学史就应该既是历史的，又是超历史的，文学史的超历史性体现为它对审美性、对文学本身的重视。但是，在20世纪的中国文学史观中，历史主义遮蔽了文学史本来的审美面孔，现在，是还其真面目的时候了。

我们反对将文学史的本质规定为"史"，并非哗众取宠。20世纪早期的中国文学史几乎都自觉地遵循着这样一个"潜规则"：在开始中国文学史叙事之前，先须在绪论中讨论这个问题——"什么是文学"。对这个"潜规则"，有学者这样指出："在相当长的一段时间里，'文学是什么'成了学术界不断提出并反复辩难的问题。特别是早期的《中国文学史》著作,为了确定论述范围和研究对象,不能不花力气去回答'文学是什么',或者至少说明作者在他这部文学史著作里所指称的'文学是什么',不然就无法展开叙述。"① 当然,以我们现在的文学史眼光看,这种"回答"或者"说明"显然溢出了文学史学科的范围,但是,如果从文学史家的作史意图来看,也许正是这种"回答"或者"说明"本身强化了20世纪早期的中国文学史作者在自我意识层面上对于文学本身的那种坚守,尽管他们的坚守是在文学史的甄材范围上,而没有将之提升到文学史的本质的层面。但不管如何,这种"回答"或者"说明"固非必需,但其本身的学理意义却不能小觑,正是它提醒着文学史的作者们文学史应该是"文学"的历史,而不是其他。从这种意义上说,谭正璧的"要研究文学史,当然应该先问:什么是文学?"②和钱基博的"治文学史,不可不知何谓文学"之论,③ 实则从强化文学意识的角度迫使著文学史者必须牢记文学史的对象是文学,而不能"把经学、文字学、诸子哲学、史学、理学等,都罗致在文学史里面"。④ 但是,到了现在,我们多数文学史学人已经不屑于再去讨论这个问题,而结果却是他们对"文学本身"的遗忘,以致到了我们这里,文学史一点也"文学"不起来了。

事实上,有的学者在理解"文学史"时就采用了做标记的方法以示对历史主义文学史观的抵抗,如洪子诚就提醒人们不应该把文学史"作为文学史",而是作为"文学史"。⑤ 金惠敏也指出,20世纪的中国文学史研究"只有'历史'甚至'伪历史',而就是不见'文学'"。⑥ 新西兰坎特伯雷大学的伍晓明认为:"考虑文学史写作

---

① 王齐洲:《"文学是什么"与"什么是文学"——兼论文学研究与文学史研究的对象和方法》,《三峡大学学报》(人文社会科学版)2004年第3期。
② 谭正璧:《中国文学史大纲》,光明书局1927年版,第1页。
③ 钱基博:《现代中国文学史》,世界书局1933年版,第1—2页。
④ 胡云翼:《新著中国文学史》,北新书局1932年版,"自序"第3页。
⑤ 洪子诚:《我们为何犹豫不决》,《南方文坛》2002年第4期。
⑥ 樊柯:《科学主义与20世纪中国文学史写作研讨会综述》,《文学评论》2005年第2期。

问题，不得不考虑史的概念。历史有二义，一是过去发生的事，二是对于过去之事的记录，即历史学。文学史离不开叙事，如果文学的历史试图讲述一个有关文学的过去的故事，试图把过去的作品放在一个可以让人理解其前因后果的序列之中，文学史本质上就属于文学，而不是可以与文学对立起来的科学。"① 屠友祥也认为，文学史书写活动就是一种"赋予意义的过程"，它实质上"就是一种虚构活动"。② 客观地讲，这些论见都指向了一个无可争论的事实，即潜存于20世纪中国文学史观念中的历史主义。当然，我们的意图并不是要中国文学史以文学本质主义去对抗历史本质主义，而是提醒人们，不能以历史主义的态度来对文学史的学科本质进行界定，在我们考虑中国文学史的问题时，应该以文学为中心，历史为其次，多一些文学的关怀，少一些历史的主义，这样，或许中国文学史与历史主义的距离会越来越远，而其向文学回归的梦想则会离我们越来越近。钱基博先生在其《现代中国文学史》绪论中曾提出，文学史之文"滂沛寸心"，③ 这应该是我们在建构文学史理论和进行文学史书写实践时充分予以考虑的问题。

因此，历史学真的能赋予文学史以本质？文学史真的能从史学那里获得一种"历史的荣耀"？这种"历史的荣耀"对于中国文学史真的有那么重要？这些由20世纪中国文学史书写和理论实践抛给我们的问题需要我们深刻反思。如果不认真地反思20世纪中国文学史中根深蒂固的历史主义，文学史要想摆脱历史主义的虚妄、回到文学自身进而实现文学史学科本身的知识创新、让"重写"真正落地恐怕就会成为空话，而中国文学史也依然会走一条以文学史的名义拒绝文学的老路。

总之，离开文学，显然不合乎文学史；离开历史，同样不合乎文学史。这大概就是20世纪中国文学史学科的最大困惑所在。

---

① 樊柯：《科学主义与20世纪中国文学史写作研讨会综述》，《文学评论》2005年第2期。
② 樊柯：《科学主义与20世纪中国文学史写作研讨会综述》，《文学评论》2005年第2期。
③ 钱基博：《钱基博自述》，安徽文艺出版社2013年版，第125页。

第七章　世纪话题：说不尽的科学精神

　　科学精神对于20世纪中国文学史观的建构，自然是功莫大焉，正是因为它打破了中国文学研究古来无史之研究的僵局，并在中国文学研究中促成了特别是以科学理性为指导的历史研究，而不仅仅限于索隐、考据的研究的形成，从而使中国文学史学科得以产生并在20世纪获得了长足的发展。另外，由于对科学的迷信最终导致20世纪中国文学史的研究走向了科学主义，致使20世纪中国文学史在学科建构的同时一度流失自己的学科个性。本章主要从中国文学史能否过度倚重科学精神、如何对待后现代史学解构理性历史观念而给中国文学史观带来的挑战以及科学精神介入文学史观建构的限度等方面对科学精神与中国文学史观建构的相关问题进行研究。

第一节　中国文学史能否过度倚重科学精神

　　从根本上讲，文学史实际上就是文学史家立足于既有史料和史识对文学历史的一种解释，在这种解释中必然存在着一个文学史家从文本中发现"我"，在生命的深处解释自身的环节。因此，从这种意义上说，文学史的世界一定不会像自然科学的世界那样，只是一个关涉单纯的客观实体及其本质、属性的世界。所以，文学史背后的"史"与自然科学背后的"真"是完全不同的。自然科学中的"真"追求的是抽象性、普遍性、规律性和无差异性，因此，在任何一位自然科学家那里，它都应该是一样的。但是，文学史背后的"史"却是一个价值体系，它其中虽然有抽象性、普遍性、规律性和无差异性的部分，但也包含着个别性、此在性以及对任何人而言都可能是不一样的部分，这个部分只向个体开放，甚至是关乎个体的文学生存和审美感悟的"真"，在这个部分中，任何一个文学史家眼中的"史"一定是属于他自己的，是关于他自身的人生真知、文学理解和审美体悟。所以，从深层机制上看，文学史应该是这样一个双螺旋结构的聚合体：一方面，它确实如自然科学那样，具有纯粹客观性的内容，例如，作家所处的时代及其作品，文学思潮以及文学运动的时空展开、主张及其参与人，历代文艺政策的具体内容，等等，除了存在争议和目前尚不能佐证的之外，一般来讲，这些都是文学发展过程中确定的、普遍性的内容，它们也都是文学史必须面对的客观性；另一方面，文学史说到底是文学的历史，对具体文学作品的鉴赏、评判乃至批评也是其必须面对的任务，在这个层面上，文学史家的审美感悟、个体体验、文学理想和人生洞见就远比"理智的硬性"重要得多，也正是在这个层面上，任何一部文学史与其他的相比，都是具有具体性、个别性、此在性和差异性的。正是由于文学史家的审美感悟、个体体验、文学理想和人生洞见在文学作品的鉴赏、判断乃至批评层面的介入，决定了文学史与自然科学之间有着本质的区别，它的总体样态应当是"碎片化的"，置言之，也就是"仁者见仁，智者见智"，"各师成心，其异如面"。但是，在科学主义思维的主导下，长期以来，不少学人在思考文学史的问题时所依据的思维范式往往是而且仅仅是科学的、客观的、理性的，这造成了在我们的中国文学史观体系中，文学史的研究对象、学科性质、研究范畴、脉络系统、观念框架、问题意识、价值取向、功能目的、话语系统乃至书写规范、方法原则等都笼罩在自然科学精神的阴霾之下。但实际上，20世纪中国文学史的发展历程已经告知我们，中国文学史不能过度依赖这种科学精神，这首先是由其学科本质、研究对象等所决定的。

首先,文学史并非完全隶属自然科学意义上的历史科学的一个部门,它也是人文、精神科学的一个分支。因此,在学科性质上,文学史具有自然科学和人文、精神科学的学科间性,而这种作为人文或精神科学的属性,决定着文学史并非完全以知识的生产为己任。有学者指出:"文学史作为一种把握'历史中的文学'的知识形式,同样不能逃脱这种认识的宿命。"[①] 伊娃·库什纳也认为:"文学史一直占据着文学科学的前沿阵地,在某些国家,甚至占领了文学知识的全部阵地。"[②] 这些论断所提出的观点和描述的情形实际上都是非常态化的文学史,或者说是被异化了的文学史。知识需要科学的统摄,而带着鲜活的审美感性、具体的、有生命力的文学作品却是拒绝科学统摄的。但是,缺少科学的统摄,任何文学史的理念建构和实践行动都会寸步难行。这是存在于具体的文学史活动中不以文学史家的意志为转移、客观存在的一个悖论。毫无疑问,概念、范畴、逻辑框架对于规范、整饬偶然的、此在的、随机的本然状态的文学史具有一定的作用,但是,任何概念、范畴、逻辑框架都是被把握在观念中的现实,这又必然会导致原生态的文学现实的生命力和鲜活性的遮蔽,这将进一步加剧文学史与文学现实之间的紧张关系。尤其是受西方科学主义的影响,长期以来,人们不仅习惯于从自然科学的角度来理解科学,而且习惯于从自然科学的角度来研究文学史,所以,自信概念、范畴、规律和逻辑框架对文学史具有主导性的作用,整合文学现象进入特定的体系范畴,推崇实证分析、考据证伪、归纳演绎的文学史研究方法(郑振铎就是如此,他认为只要有了"归纳考察",就像有了"镰刀""犁耙",就可以在文学史的田野里"下手去垦种了")以及建构知识形态的文学史谱系等几乎成为20世纪中国文学史写作中的

[①] 王兴旺:《"文学""史"的辩证法》,《浙江工业大学学报》(社会科学版)2006年第1期。

[②] [加]伊娃·库什纳:《文学的历史结构》,[加]马克·昂热诺等主编:《问题与观点:20世纪文学理论综论》,史忠义、田庆生译,百花文艺出版社2000年版,第136页。

压倒性理念。但是，正如我们前面所指出的那样，在学科属性上，文学史不完全是隶属自然科学范畴的学科，而是兼有人文和精神科学性质的科学，因此，在学科本质上，文学史具有自然科学和人文、精神科学的学科间性，这样，它就并非不少学者如周作人、李长之、胡适、郑振铎等所误认为的那样完全属于自然科学，在研究方法上，只能采用实证、归纳、进化等方法。人文、精神科学是指一些以人的内心活动、精神世界以及作为人的精神世界的客观表达的文化传统及其辩证关系为研究内容、研究对象的学科，它是以人的生存价值和生存意义为学术研究主题的学科，它所研究的是一个精神、价值与意义的世界。所以，伽达默尔在批判约翰·穆勒认为的作为自然科学基础的归纳方法在精神科学这个领域也是唯一有效的方法时曾尖锐地指出：

> 如果我们是以对于规律性不断深化的认识为标准去衡量精神科学，那么我们就不能正确地把握精神科学的本质。社会——历史的世界的经验是不能以自然科学的归纳程序而提升为科学的。无论这里所谓科学有什么意思，并且即使一切历史知识都包含普遍经验对个别研究对象的应用，历史认识也不力求把具体现象看成为某个普遍规则的实例。个别事件并不单纯是对那种可以在实践活动中作出预测的规律性进行证明。历史认识的理想其实是，在现象的一次性和历史性的具体关系中去理解现象本身。①

伽达默尔这里所谓的精神科学事实上就是我们以上所说的包括文学史在内的人文、精神科学，所以，科学的归纳、演绎、推理、规律、客观的方法并不完全适合于文学史的研究。不仅如此，文学本身也是一个价值性客体，是人对生存的审美评价，它是一种价值意识和存在的审美体验，是一种"主观的知识"，以个体为本位，任何人所

---

① [德] 汉斯-格奥尔格·加达默尔：《真理与方法：哲学诠释学的基本特征》，洪汉鼎译，上海译文出版社2004年版，第4—5页。

把握到的文学都是属于"我"的,是关于其自身的人生真知,因此,文学之真追求的是具体性、个别性、此在性和差异性,这仅靠人的归纳、演绎、推理是无法把握得到的,它必须凭借人的生存体验和审美经验,也只有在生存体验和审美经验的帮助下,"我"才能真正潜入文学世界中去,把"我"融入文学的世界,使"我"转化为"我们",才能深入洞见这种文学之真理、艺术之真谛。而科学尤其是自然科学则是一个知识体系,它对任何人都是一样的,它追求抽象性、普遍性、规律性和无差异性。从学科本质上说,文学史需要强调这种具体性、个别性、此在性和差异性。所以,科学主义在文学史研究中的过度"在场",必然会凌越文学史的"本然样态",从而使鲜活的文学史变成为一种凝固、僵化的文学化石。事实上,传统文学史观念把文学史当成知识的对象,进而强调文学史的知识功能,这既不符合文学的价值规律又混淆了文学和自然科学以及其他人文社会科学的本质区别。例如,董乃斌等人就认为:"文学史是依据一定的文学观和文学史观,对相关史料进行选择、取舍、辩证和组织而建构起来的一种具有自身逻辑结构的有思想的知识体系。"[①] 这种观点就是在知识论的框架中理解文学史,而没能看到文学史的价值、审美属性。文学史不仅是一个知识体系,更重要的是它也是一种审美价值体系,它必须要能体现出文学史研究者的审美趣味、价值体验、艺术判断和人生感悟。在《批评的诸种概念》中,韦勒克就曾指出:

> 文学研究者所面临的,却是一个有关价值的特殊问题;他的研究对象——艺术作品——不仅包孕着价值,而且本身就是价值构成的大厦。许多人曾想逃避由洞察力所带来的这种不可避免的后果。他们不仅回避对作品进行选择的必要,也回避对作品进行评价的必要,但这一切全都失败了;而且我认为,除非我们想把

[①] 董乃斌、陈伯海、刘扬忠主编:《中国文学史学史》(第三卷),河北人民出版社2003年版,第586页。

文学研究贬低为书籍编目，一些编年史或一部记事，这一切注定是要失败的。没有任何东西能排除批评性评价的必要，能排除对美学标准的需要，就象没有任何东西能排除对道德和逻辑的标准的需要一样。①

为了进一步坚持自己这种强调主观评价的观点在文学史研究中的重要性，在《文学史的衰落》中，韦勒克还提出："文学史家必须是一个批评家，而后才能成为历史学家。"并重申，"文学史的真正材料应当联系价值以及包含价值的结构来选择。历史不能从批评中分离出来，批评意味着对一种价值系统的不断参照，而这种价值系统也必然是历史学家的价值系统"②。其实，就像韦勒克所认为的那样，文学史建构的不是知识体系，而是价值体系。因此，文学史家不能逃避自己的洞察力，也不能回避自我对文学作品的选择、鉴赏和评价。可惜并不是所有的文学史研究者都像韦勒克一样明白这个道理。美国哈佛大学著名文学史教授宇文所安就是这样的典型，他曾这样认为："对于书写文学史的人来说，最大的挑战就是像在量子物理学里一样，描述文学和文化的变化在实际上是怎样发生的。"③ 很显然，宇文所安这里所谓的"描述文学和文化的变化在实际上是怎样发生"所要求的就是文学史应该追求"客观""如实"的品质，所以，在他看来，文学史的书写应该与量子物理学研究一样，换句话说，就是文学史不欢迎主观。1932年出版的Keltuyala的《文学史方法论》中曾明确指出："以文学史的方法来研究文艺作品，谓之为文学史的观点，就这观点的源始性而言，与道德论和新闻学的观点迥异，是全属

---

① ［美］R.韦勒克：《批评的诸种概念》，丁泓、余徵译，四川文艺出版社1988年版，第23页。
② *The Attack of Literature and Other Essays*, The University of North Carolina Press, 1982, pp. 74–75.
③ ［美］宇文所安：《瓠落的文学史》，田晓菲译，《中国学术》2000年第3期。

于严格的主观性的范畴的。"(按:着重号为引者加)① 实际上,即使在中国近代史学的研究中,对史学研究的自然科学方法的诉求也并非铁板一块,例如,章太炎在新史学中就提出史学研究要"熔冶哲理""钩汲窅沉",这些要求从本质上说就是对史学家的史才、史胆、史识、史力的重视,也是从主观性的方面对史学家的素质的一种要求。同样,在文学史的写作中,文学史家也必须具备史才、史胆、史识、史力,同样需要"熔冶哲理""钩汲窅沉"的素质,因为唯有如此,他才能真正避免把文学的过去"涂抹上防腐的油膏",做成了"一具木乃伊"。②

其次,从对象上看,文学史有着和历史学截然不同的研究对象。尽管我们承认文学史是介于文学和史学之间的学科,但是,就其所受影响的程度来看,对文学史产生影响最大的应该是文学,而不是史学。有学者曾认为:"文学史的本质是史,这是一句不言而喻的大实话。"③ 也有学者指出:"文学史研究偏重于史,文学研究偏重于文。"④ 与之相反,我们不认同这种观点。在我们看来,"史"只是文学史学科构成中的非决定性要素。我们这样认为,主要是由文学史所面对的对象的特殊性所决定的。美国著名文学理论家韦勒克曾认为:"文学研究不同于历史研究,它必须研究的不是文献,而是具有永久价值的文学作品。一个历史学家必须在目击者叙述的基础上再现过去很久的事件,而文学研究者却与之不同,他直接触及它的对象:艺术作品。"⑤ 显然,在韦勒克看来,文学研究的对象只能是文学作品,而作为文学研究之重要学科的文学史,其研究的核心对象毫无疑问也

---

① [俄]盖尔多耶拉:《文学史方法论》,陆一远译,乐华图书公司1932年版,第16页。
② [美]宇文所安:《过去的终结:民国初年对文学史的重写》,田晓菲译,《中国学术》2001年第1期。
③ 石昌渝:《文学史的本质是史》,《中国社会科学报》2008年1月29日第6版。
④ 王齐洲:《"文学是什么"与"什么是文学"——兼论文学研究与文学史研究的对象和方法》,《三峡大学学报》(哲学社会科学版)2004年第3期。
⑤ [美]韦勒克:《文学理论、文学批评与文学史》,载赵毅衡编《新批评文集》,中国社会科学出版社1988年版,第509页。

只能是文学作品。克罗齐也持这样的观点,在其《美学原理·美学纲要》中,他说:"艺术与文学的历史所以就是一个历史的艺术作品,建筑在一个或一个以上的艺术作品基础上。"① 换句话说,在克罗齐看来,文学史的对象显然应该而且也只能是文学作品。对于那种忽视文学为文学史对象的文学史家,俄国形式主义文论家罗曼·雅各布森曾这样讽刺说:"直到现在我们还是可以把文学史家比作一名警察,他要逮捕某个人,可能把凡是在房间里遇到的人,甚至从旁边街上经过的人都抓了起来。文学史家就是这样无所不用,诸如个人生活、心理学、政治、哲学,无一例外。"② 事实上,在雅各布森看来,那种旁骛其他而不专注文学的文学史家就像一个不称职的警察一样,他也不可能是一个称职的文学史家。20 世纪早期所生产的中国文学史几乎都自觉地遵循着这样一个"潜规则":在绪论中必须首先讨论"什么是文学"。而这样一个"潜规则"在我们现在看来显然不属于文学史的职责,而是属于文学理论学科的问题。所以,现在我们大多数学者做文学史(按:章培恒和骆玉明主编的《中国文学史》是个例外)不需要再去讨论这个问题,但其结果却是导致某些文学史作者对于"文学本身"的遗忘,这种不正常的现状确实值得我们反思。

再次,文学史写作究竟该如何去面对文学史料?科学主义文学史方法导致的直接结果,其中之一就是文学史的研究者异常强调文学史料的重要性,在某种程度上甚至陷入"文学史只是史料史"的窠臼。对此,有不少学者就心存疑虑,例如,有学者就批评过这种文学史态度,他指出:"文学史研究当然是要收集史料的,但是史料无论多么丰富,它本身并不能构成完备的历史知识,最后赋予史料以生命力的是文学史家的思想。"③ 那么,文学史研究中究竟应该如何面对文学

---

① [意]克罗齐:《美学原理·美学纲要》,朱光潜等译,外国文学出版社 1983 年版,第 142 页。
② 转引自[保加利亚]茨维坦·托多罗夫编选《俄苏形式主义文论选》,蔡鸿滨译,中国社会科学出版社 1989 年版,第 24 页。
③ 葛红兵:《文学史学》,湘潭大学出版社 2008 年版,第 3 页。

史料，采取何种史料的态度？长期以来，这几乎是一直困扰着文学史著者的一个阿喀琉斯之踵。文学史书写确实首先需要面对自己的对象——"文学史料"，它无疑是任何一部文学史的出发点，因此，没有"文学史料"，就不可能有"文学史"。在中国旧的史学传统中，治史者误认为"品骘旧闻，抨弹往迹"易致史学蹈于空疏，因此，他们恪守的一个重要的著史理念就是"述而稍作"，甚至"述而不作"，"但据事直书，具文见意，使其善恶自见"。① 因此，罗列事实、小心议论、慎为褒贬等就成了中国旧史官治史小心信奉的圭臬，而史识、史观、史论则流为史家之大忌，这样，载空言不若见行事，重史事、史料，轻史识、史论就变成中国旧史学的唯一家数，正是如此，中国旧的史学往往流于历史编纂学一端，其中历代文祸的威慑可能是最重要的原因。在中国近代的史学传统中，由于受重证据、实证等自然科学精神的影响，"史料"对"史学"的作用更是被提升到一个无以复加的高度，这固然有西方19世纪以降科学主义史学的影子，但未尝不是对中国旧史传统的一种总结。但不管如何，这种对于"史料"过度关注的治史理念导致中国近代史学普遍把"史料"看成"史学"的生命，清儒之朴学考据和历史实证方法就是如此，清人章学诚在谈及治史之法时就提出了这样的观点："独断之学，非是不为取裁；考索之功，非是不为按据；如旨酒之不离乎糟粕，嘉禾之不离乎粪土。"② 显然，在章学诚的史学意识中，"史料"为本，"史学"只不过是末。梁启超在倡导新史学时，也曾高扬史料的旗帜："史料为史之组织细胞，史料不具或不确，则无复史之可言。"③ 与章、梁二人相比，傅斯年更是有一种"史料癖"。1928年，他和陈寅恪、赵元任等人创建国立中央研究院历史语言所，在谈到历史语言所的工作旨趣时，傅斯年就认为，"近代的历史学只是史料学，利用自然科学

---

① 宋濂：《纂修元史凡例》，《元史》，中华书局1976年版，第4676页。
② 章学诚：《文史通义·答客问》，中华书局1994年版，第477页。
③ 梁启超：《中国历史研究法》，商务印书馆1922年版，第57页。

给我们的一切工具，整理一切可逢着的史料"①。而在《史料论略》中，他又提出，"史学的对象是史料，不是文词，不是伦理，不是神学，并且不是社会学。史学的工作是整理史料，不是作艺术的建设，不是做疏通的事业，不是去扶持或推倒这个运动，或那个主义。"②这种思想最终促成了他的那句在坊间流传甚广的口号："史学总是史料学。"除傅斯年外，国学大师陈寅恪也曾宣称"无史料即无史学"。可以说，这种对"史料"情有独钟的治史理念在中国近现代史学的属地中影响甚盛，也正是在这种治史方略的影响下，史料的价值在近代中国的文学史书写中一路飙升，很多中国文学史的著者对文学史料的热衷近乎可以用"狂热"一词来加以形容。例如，胡适在给徐嘉瑞的《中古文学概论》所作的"序"中就说，比起"真正史料来，什么谨严的史传，什么痛快的论赞，都变成一个钱不值的了"③。容肇祖在《中国文学史大纲》的"绪论"中也对时人文学史研究上"由宽泛的而到实证的，由主观的而到客观的"的风气表示好感，并认为这是文学史研究方法上的一个进步。④ 陆侃如早在20世纪三四十年代曾指出："文学史的目的，在鉴古以知今。要达到这目的，我们不仅要明白文学史上的'然'，更要知道'所以然'。如以树木为喻，'然'好比表面上的青枝绿叶，'所以然'好比地底下的盘根错节。我们必须掘开泥土，方能洞悉底蕴。"⑤ 他的这个"所以然"的论断可谓深得"文学史总是文学史料"之意旨。（按：不过，1943年，在给傅庚生的《中国文学欣赏举隅》所写的"序言"中，陆侃如又这样说道："五四运动时代提倡以科学方法整理国故，并且认为清代朴学方法含有科学精神，故二十年来文史研究都注重于史料的考

---

① 傅斯年：《历史语言所工作之旨趣》，载《国立中央研究院历史语言所集刊》第1本第1分册，1928年。
② 傅斯年：《史料论略》，《史料论略及其他》，辽宁教育出版社1997年版，第2—3页。
③ 徐嘉瑞编：《中古文学概论》，亚东图书馆1930年版，第2页。
④ 容肇祖：《中国文学史大纲》，朴社1935年版，"绪论"第2页。
⑤ 陆侃如：《中古文学系年》（上册），人民文学出版社1985年版，"序例"第1页。

订,渐渐成为风气。后来变本加厉,竟认史学即史料学,那当然是错误的偏见。"①)正是这种对"文学史料"过度倚重的文学史态度,致使很多文学史研究者忽视甚至否定了文学史写作也应当具有"史识",文学史作者也有表达自己的嗜好、情感、审美体悟和个体认知等的主体权利。当年,胡适的《白话文学史》发表之后,罗根泽就坚决地否认它的"史"的品质,因为在罗氏看来,《白话文学史》不过是胡适为了贯彻其白话文的主张而从中国文学史上搜求证据的结果而已,因此,他认为,胡适的《白话文学史》"为寻找学说证据而作史,其目的本不在史,我们也无需以史看待"②。显然,在罗氏眼中,作史的目的就是求真,而不是演绎学说、宣扬主张,求真必须和史料的搜集关联在一起,这样才能避免治史者主体意识的过度膨胀而掩盖了"史"所应该具有的客观品质。一向以"尊重事实,尊重证据"自居的胡适得到这样的评价,大概是他所没有想到的吧!这也反映出了一个问题,即便是胡适不是为了贯彻他的白话文学说而去做他的《白话文学史》,单靠他的"有一分证据,说一分话;有十分证据,说十分话"的唯史料是从,而不重视史观、史识、史论在治史中的重要性的作文学史方针,他也是无法写出他的《白话文学史》的。

现在的问题是,在文学史研究中,我们究竟该如何看待史料?真的有作为客观存在的史料吗?在《历史学家和历史学家的事实》中,英国历史学家爱德华·霍列特·卡尔指出"什么是历史事实",这是我们必须要仔细地加以研讨的"一个重要问题"。他认为,在一般性的常识中,人们往往会把日常生活中的一些基本事实诸如哈斯丁斯战役发生在 1066 年等看作"历史的中枢",即历史事实。但卡尔否定了人们的这种日常认知,认为这其实根本不是真正的历史事实。因为在他看来,真正跟历史学家有根本关系的并不是"像这样的事实",固然,他指出,"知道这次重大战役是在 1066 年而不是在 1065 年或

---

① 傅庚生:《中国文学欣赏举隅》,开明书店 1943 年版,"序言"第 2 页。
② 罗根泽:《周秦两汉文学批评史》,商务印书馆 1944 年版,第 25 页。

1067 年打的,是在哈斯丁斯而不是在伊斯特本或布莱屯打的",这无疑"很重要",历史学家"可不能把这些弄错了",但是,卡尔紧接着指出,这种基本的事实只是历史学家"进行工作的必要条件,却不是主要职能",因为这些所谓基本事实"对于所有历史学家说来全是一样"的,它们通常只属于历史学家的"素材的范畴",而不属于"历史本身的范畴"。在此基础上,卡尔还进一步批判了长期以来盘踞在历史学家心目中的那个根深蒂固的信仰:事实本身就能说话。卡尔认为,"事实本身要说话,只有当历史学家要它们说,它们才能说",所以,"让哪些事实登上讲坛说话,按什么次第讲什么内容",这都是由"历史学家决定的"。不仅如此,他还以"恺撒渡过卢比孔小河"这件事成为历史事实为例来具体地分析了这个问题。他认为,正是由于历史学家们按照自己的观点认为"恺撒渡过卢比孔小河"这件事是一个历史事件,所以,它就成了历史事件,但是,"在此前后,成百万的其他的人渡过这条河,却丝毫没有引起任何人的兴趣。半小时以前,你走路,或者骑自行车,或者乘汽车来到这栋房子,这一事实跟恺撒渡过卢比孔河一样,也是一个关于过去的事实。可是,这一事实大概不会被历史学家们所重视"。所以,卡尔认为,"相信历史事实的硬核客观地、独立地存在于历史学家的解释之外,这是一种可笑的谬论,然而这也是一种不易根除的谬论"。最后,卡尔指出,"一件单纯关于过去的事实"成为历史事实的身份的关键,"就在于解释",而"解释"这一因素渗透在"每一件历史事实之中"。①毫无疑问,爱德华·霍斯特·卡尔的上述论见使我们更加相信英国历史学家柯林武德的"在发现证据是什么时,就已经是在解释它"②和意大利历史学家克罗齐宣称的唯有"生活与思想才是真正的史料"

---

① [英]爱德华·霍列特·卡尔:《历史是什么?》,吴柱存译,商务印书馆 1981 年版,第 5—8 页。
② [英]柯林武德:《历史的观念》,何兆武、张文杰译,商务印书馆 1997 年版,第 37 页。

的观点。① 这应该就是我们在对待文学史中的历史事实时所应该持有的态度。在谈到历史学家、史料和史著的关系时，美国历史学家鲁滨孙（James Robinson）在他的《新史学》一书中这样说过："假使历史学家只是局限于史料上所叙述的确切可靠的事件，那么他的著作往往就会缺少生动活泼、真正可信的情节。"② 因此，文学史研究的重心如果仅仅停留在求索材料方面，显然是行不通的。这不仅是因为史料求索之艰难，如梁启超曾言："往古来今之史料，殆如江浪淘沙，滔滔代逝。盖幸存至今者，殆不逮吾侪所需求之百一也。"③ 傅斯年也说，"古代文学史所用的材料是最难整理最难用的，因为材料的真伪很难断定"④，"若我们把时代弄错，作者弄错，一件事之原委弄错，无限的谬误观念可以凭借发生，便把文学史最根本的职务遗弃了"⑤。更何况"中国人之好做假书——就是制造假材料——是历代不断的"⑥。更重要的是因为文学史书写虽然需要材料，但是，一个文学史家如果被材料淹没，那是异常可悲的事情。关于郑振铎的《中国文学史》，浦江清赞其"材料所归，必成佳著无疑"，⑦ 但鲁迅在1932年8月15日致台静农的信中却有这样的质疑："郑君治学，盖用胡适之法，往往持孤本秘笈，为惊人之具，此实足以炫耀人目……郑君所作《中国文学史》……诚哉滔滔不已，然此乃文学史资料长编，非'史'也。"⑧ 鲁迅的眼界是敏锐的，的确，文学史料并不是文学史生命的唯一所系，也不是最终的决定性因素。文学史的写作的确需要首先驶入史料的海洋，但是，这只是起点而不是终点，一个钻进史料而跳不

---

① 转引自韩震《西方历史哲学导论》，北京师范大学出版社2008年版，第421页。
② [美]詹姆斯·哈威·鲁滨孙：《新史学》，齐思和等译，商务印书馆1989年版，第60页。
③ 梁启超：《中国历史研究法》，商务印书馆1922年版，第58页。
④ 傅斯年：《傅斯年全集》（第一册），台北：联经出版事业公司1980年版，第59页。
⑤ 傅斯年：《傅斯年全集》（第一册），台北：联经出版事业公司1980年版，第12页。
⑥ 傅斯年：《傅斯年全集》（第一册），台北：联经出版事业公司1980年版，第59页。
⑦ 参见《大公报》1932年8月1日第239期《文学副刊》，转引自《浦江清文史杂文集》，清华大学出版社1993年版，第130页。
⑧ 复旦大学、上海师范大学中文系选编：《鲁迅书信选》，上海人民出版社1973年版，第69页。

出来的文学史著者是无论如何也无法完成一部真正意义上的文学史著作的。何兆武曾说,"史料本身并不能自行再现或重构历史,重构历史的乃是历史学家的灵魂能力","对历史学家而言,看来理论思想的深度和心灵体会的广度要比史料的积累来得更为重要得多"。① 所以,在重构历史这一阶段,历史学家就不能像确认史料时持有一种如科学研究般的价值中立态度,"这时就需要历史学家以自己的心灵去捕捉历史的精神,正如有的诗人是以自己的心灵去拥抱世界"。② 不仅如此,他还进一步认为,"一切历史和人们对历史的体验(历史学)都要由历史学家的人文价值的理想加以统一。在这种意义上,每个历史学家首先都是一个历史哲学家,历史学的对象是一堆史实,历史学家则是用自己的哲学按自己心目中的蓝图把这一堆材料构筑成一座大厦。因此,历史学家就其本性而言,就既不可能是实证主义的(科学的),也不可能是理性主义的(逻辑的)。对历史的理解,取决于历史学家对人性(人所表现的一切性质)的理解,其中既有经验的因素,又复有非经验的因素;这两种因素大抵即相当于人们确实都做了些什么(史实)以及人们应该都做些什么(人文价值的理想)。一个艺术家对于人生和世界的理解,取决于他自己思想的深度和广度,一个历史学家对于历史亦然。……就此而言,历史学家的哲学思想就远比史料的累积更为重要得多。史料学不是历史学,也不能现成地给出历史学"③。正是在这种意义上,我们认为,文学史的书写既要"入乎其内",进入史料的大海,又要"出乎其外",用自己的史识、史思、个体审美感知和人生体悟对文学史料进行二度整合,这样,才有可能书写出摇曳多姿、异彩纷呈的文学史。

---

① 何兆武:《对历史学的若干反思》,刘北成、陈新编:《史学理论读本》,北京大学出版社2006年版,第60页。
② 何兆武:《对历史学的若干反思》,刘北成、陈新编:《史学理论读本》,北京大学出版社2006年版,第61页。
③ 何兆武:《对历史学的若干反思》,刘北成、陈新编:《史学理论读本》,北京大学出版社2006年版,第66页。

第二节 后现代史学解构理性历史观念带给中国文学史观的挑战

对科学主义文学史观最致命的打击当属来自后现代史学针对所谓"客观历史"的发难。按照其中坚人物海登·怀特的观点,任何历史的写作都不可避免地受到情节、论式（argument）和意识形态的制约,这三种因素之间的不平衡关系决定了一切客观历史写作的不可能。① 而宇文所安对"中国文学史"建设过程的历史考察,② 恰好成为怀特理论的绝佳注脚。身处危机四伏的后现代语境,文学史也和其他的人文学科一样陷入深重的"叙事危机"。③

事实上,当不少学者还在不断强调文学史作为史学的附庸时,以海登·怀特等为代表的后现代主义史学却反其道行之,强调史学对于文学的依附本性。怀特认为,历史学家面对的过去绝不可能是所谓的客观真实,它们只不过是各种形式的文本而已,怀特这里所说的"文本"即我们通常理解的史料。任何历史学家若想将这些文本提升为真正的历史,首先需要将这些文本排列、组合成一部按时间顺序展开的编年史。不过,在怀特看来,编年史还不能被称为历史,编年史要想成为历史,必须经过历史学家的叙事转化。这个转化的过程包括论证、编织情节和进行解释等。这样,在怀特那里,我们可以看到,一个完整的历史写作流程实际上应当包括以下三个环节。首先,是原始的素材、碎片或者资料；其次,是编年史。在这个环节上,怀特认为,编年史并没有逻辑的起点和终点,因此,编年史的作者从哪儿开始编写,历史也就是从哪儿开始,而其到哪儿搁笔,历史也就在哪儿

---

① ［美］海登·怀特：《后现代历史叙事学》,陈永国、张万娟译,中国社会科学出版社 2003 年版。
② ［美］宇文所安：《他山的石头记》,田晓菲译,江苏人民出版社 2003 年版。
③ 王兴旺：《"文学""史"的辩证法》,《浙江工业大学学报》（社会科学版）2006 年第 1 期。

结束。再次,是"带故事性的历史"。需要指出的是,怀特这里所谓的故事性与我们平常的理解有着很大的差异,他所理解的"故事性"指的是历史学家在历史书写过程中经过原始材料、编年史这两个环节之后,再给其加上开头、结尾、结构、逻辑等要素,也就是把过去的那些没有逻辑起点和终点的历史事件加上逻辑的开端和终点,怀特认为,这其实和编故事没有本质的区别。在这种意义上,怀特指出,历史必须要经过虚构这一程序,它其实是文学的仿制品,这样,"一个历史学家作为悲剧而编排的情节,在另一个历史学家那里可能成为喜剧或罗曼司"①。因此,怀特指出,历史的内容既可以说是发现的(found),也可以说是创作的(invented),"其形式与其说与科学的形式相同,不如说与文学的形式相同"②。不仅如此,他还认为,"当我们把一部伟大的历史著作从'科学'领域拿出来,将其奉为'文学经典'时,我们最终所景仰的是历史学家对一种本质上属于造型和比喻能力、最终是语言能力的掌握。罗伯特·弗罗斯特曾经说过,当诗人年迈时,他进入哲学的坟墓。当一部伟大的历史著作或历史哲学过时时,它在艺术中获得新生"③。

在《中国新文学的源流》一书中,周作人曾有此论:"既然文学史所研究的为各个时代的文学情况,那便和社会进化史、政治经济思想史等同为文化史的一部分,因而这课便应以治历史的态度去研究。"④ 周作人对研究文学史态度的这种持论并非个别现象,而是具有一定的普遍性,甚至一直到今天,仍然还有学者坚持认为治文学史就是治历史,因此,应当以治历史的态度去对待。不仅如此,在这些学者的理解中,唯有那种重视证据、讲究科学性、追求客观规律的态

---

① [美]海登·怀特:《后现代历史叙事学》,陈永国、张万娟译,中国社会科学出版社2003年版,第75页。
② [美]海登·怀特:《后现代历史叙事学》,陈永国、张万娟译,中国社会科学出版社2003年版,第170页。
③ [美]海登·怀特:《后现代历史叙事学》,陈永国、张万娟译,中国社会科学出版社2003年版,第123页。
④ 周作人:《中国新文学的源流》,人文书局1932年版,第17页。

度才是真正的历史学态度。不过，历史学难道真的只有这种科学主义的态度一家而别无分号吗？英国历史学家以赛亚·柏林在谈到历史学中的科学主义态度时曾有这样的批判：

> 硬心肠的决定论者们以那个学科［历史学］的科学地位的名义，命令我们避免偏见；让历史学家节制道德判断、保持客观、不要用现在的价值来评判过去或用西方的价值评判东方、不要因为古罗马人像或不像现代美国人而推崇或指责他们、不要因为中世纪人没有像伏尔泰那样实践宽容而责难他们、不要因为我们震惊于我们时代的社会不公而欢呼格拉古兄弟、不要因为律师在我们自己的政治中的情形而批评西塞罗，诸如此类的要求，不断地向历史学家提出。我们做那么多劝告干什么呢？①

以赛亚·柏林的批判可谓一针见血。的确如此，我们为什么要给历史学家那么多的劝告？历史学家一定要向科学主义俯首称臣吗？难道他不应该有自己的偏见、不应该酣畅淋漓地宣泄自己的价值关怀和道德判断吗？因此，科学主义历史学在史学历史上的身份是极其可疑的。

在西方19世纪的史学中，当尼布尔、兰克等以实证主义哲学为基础的科学主义历史学如日中天的时候，德国新康德主义历史学就对其进行了猛烈的抨击。该历史学派的代表人物之一狄尔泰就从生命哲学的立场指出了历史学和自然科学的根本区别。针对尼布尔和兰克等人认为历史过程和自然过程在性质上是一样的，因此，自然科学的方法同样适用于历史学的研究，而且，历史学如果想成为一门科学就必须接受自然科学方法的科学主义历史观，狄尔泰讥讽道："现在，在英国人和法国人那里充满了大胆进行科学建造的乐趣，却没有注意历

---

① ［英］以赛亚·伯林：《历史的不可避免性》，刘北成、陈新编：《史学理论读本》，北京大学出版社2006年版，第30页。

史真实性的内在感受。"① 同这种忽视"历史真实性的内在感受"、沉溺于"科学建造"的历史学家将历史学裹挟进自然科学的范畴相反,狄尔泰指出,历史学在本质上隶属精神科学(Geisteswissenschaft)。对于何谓精神科学,狄尔泰解释说,精神科学奠定在"生命、表达和理解的基础之上","当我们把生命、表达和理解的关联作为基本态度去把握一门科学的对象时",这门科学就是"精神科学"。② 而且,狄尔泰进一步指出,作为精神科学的历史学,它与自然科学有着本质的差异,这种差异体现在以下三个方面。首先,从对象上看,历史学的研究对象是人的精神生命,它是一个意义关系总体;自然科学研究的则是外在的、无精神生命的自然界,因此,它是单纯的事实及其关系。其次,从研究方法上看,自然科学讲经验、讲实证、重实验、重归纳、重分析,而历史学则讲主观、重体验(Erlebins)、重理解。再次,从研究的目的上看,自然科学追求的是规律、一般,历史学追求的则是个别、差异。因此,对自然科学来说,个别、差异只是其达到一般、规律的手段或中介,自然科学的最终目的是扬弃了个别和差异之后的一般和规律。与之相反,对于历史学来说,唯一性和个别性对其的意义要远大于一般性和规律性。所以,历史学家始终把个别和差异作为自己的目的,以达到独特的体验和理解。正是因为他认为作为精神科学的历史学与自然科学有着以上的差异,所以,狄尔泰坚决反对将自然科学的方法推演到历史学中去,并且,他决绝地宣告,"在历史世界中没有自然科学的因果性,因为自然科学意义上的'原因'必然要根据规律产生结果,而历史只知道影响和被影响、行动和反应的关系",因此,"在历史进程中寻找规律是徒劳的"③。既然反对自然科学的方法适用于历史研究,那么,什么是历史学的方法

---

① 转引自谢地坤《走向精神科学之路——狄尔泰哲学思想研究》,江苏人民出版社2008年版,第5页。
② 转引自谢地坤《走向精神科学之路——狄尔泰哲学思想研究》,江苏人民出版社2008年版,第87页。
③ 张汝伦:《历史与实践》,上海人民出版社1995年版,第40页。

呢？狄尔泰认为，历史学所能采取的唯一方法就是"理解"（Verstehen）。对于理解，狄尔泰指出，"理解就是生命在其深处解释自身"。① 这样，狄尔泰的以"理解"作为方法论的历史学与科学主义的历史学就有着根本的差别，因为狄尔泰的历史学充分地注重历史学家的"我"的在场性，提高了历史学家个人的感受和生命体验在历史生成中的决定性作用，正是在这种意义上，狄尔泰指出："我们可以从内在理解社会的事实，我们能够在我们自身中依据对我们自己情况的感受，在一定程度上再现这些社会事实；我们带着爱与恨，带着兴奋的喜悦，带着我们反复无常的情绪，直观地伴随历史世界的表象。而自然则是缄默不语的。"② 因此，他认为："我们表达历史意义的任何公式，只是我们自己的活跃内在的反思。"③ 也是在这种意义上，乔治·克拉克提出了和狄尔泰一致的观点："一部历史书与仅仅是一堆有关过去的报导之间的区别之一，就是历史学家经常运用判断力。"④ 事实上，除了狄尔泰对科学主义历史学的批判之外，德国文化哲学家卡西尔、意大利历史学家克罗齐、美国实用主义哲学家杜威、俄国思想家别尔嘉耶夫、英国历史学家沃尔什、瑞士历史学家布克哈特等都对科学主义历史学表现出了不同程度的不满。例如，在《人论》中，卡西尔就认为：

> 在科学思想的发展中，拟人的成分逐渐地被迫退入后台，最终在物理学的理想结构中完全消失。历史学则是以完全不同的方式从事研究的。它只有在人类世界中才能生存和呼吸。象语言或艺术一样，历史学从根本上讲就是拟人的，抹杀它显示人的特点

---

① 张汝伦：《历史与实践》，上海人民出版社1995年版，第39页。
② 转引自谢地坤《走向精神科学之路——狄尔泰哲学思想研究》，江苏人民出版社2008年版，第14—15页。
③ 转引自谢地坤《走向精神科学之路——狄尔泰哲学思想研究》，江苏人民出版社2008年版，第14—15页。
④ [英] G. R. 波特编：《新编剑桥世界近代史：文艺复兴 1493—1520年》（第1卷），中国社会科学院世界历史研究所组译，中国社会科学出版社1988年版，第23页。

的方面，也就毁灭了它独特的个性和本性。但是历史思想的这种拟人性并没有对它的客观真理构成任何限制或妨碍。历史学并不是关于外部事实或事件的知识，而是自我认识的一种形式。为了认识我自己，我不能力图超越我自己，这正象我不能跃过我的影子一样。我必须选择相反的道路。在历史中，人不断地返回他自身；他力图追忆并实现他过去的全部经验。但是这种历史的自我并不是一个单纯个人的自我。它是拟人的，但并不是以自我为中心的。用一种悖论的形式来表达的话，我们可以说，历史学在努力追求一种"客观的拟人性"。藉着使我们认识到人类存在的多态性，它使我们摆脱了追求一种独特而单一的要素的偏见和妄想。历史知识的目的正是在于对自我，对我们认识着和感觉着的自我的这种丰富和扩大，而不是使之埋没。①

克罗齐不仅认为"历史……永远应当力求主观"②，而且宣布"一切真历史都是当代史"③，不仅如此，在宣布这一观点的时候克罗齐还进一步强调："没有一部历史能使我们完全得到满足，因为我们的任何营造都会产生新的事实和新的问题，要求新的解决，因此，罗马史、希腊史、基督教史、宗教改革史、法国革命史、哲学史、文学史以及其他一切题目的历史总是经常被重写，总是重写得不一样。"④杜威认为："历史无法逃避其本身的进程，因此，它将一直被人们重写。随着新的当前的出现，过去就成了一种不同的当前的过去。"⑤

---

① ［德］恩斯特·卡西尔：《人论》，甘阳译，上海译文出版社1985年版，第242页。
② ［意］贝奈戴托·克罗齐：《历史学的理论和实际》，［英］道格拉斯·安斯利英译，傅任敢译，商务印书馆1982年版，第65页。
③ ［意］贝奈戴托·克罗齐：《历史学的理论和实际》，［英］道格拉斯·安斯利英译，傅任敢译，商务印书馆1982年版，第2页。
④ ［意］贝奈戴托·克罗齐：《历史学的理论和实际》，［英］道格拉斯·安斯利英译，傅任敢译，商务印书馆1982年版，第31页。
⑤ ［美］约翰·杜威：《逻辑：探究的理论》，转引自斯皮勒《美国文学的周期（历史评论专著）》，王长荣译，上海外语教育出版社1990年版，第7页。

别尔嘉耶夫甚至提出,"历史不是客观经验的赐予,历史是神话"①。因此,他认为:"对任何一个伟大的历史时代的认识,只有当它也必然是内在地对人类历史中整个伟大事业的回想、回忆,是把认识者内心深处即内心思考的东西与当时某种历史的,即不同时代发生的事加以结合,使其吻合的过程,这种认识才富有成效,才是真正的认识。"② 基于此,他提议,"人就应当从自身去认识历史"③。英国历史学家沃尔什不仅对历史作过这样一个定义:"它包括(1)过去人类各种活动的全体,以及(2)我们现在用它们来构造的叙述和说明。"④ 而且指出:"伯里提出过,过去确实是什么样子,历史学就应该按照那个样子去写。不过,问题并不像伯里所设想的那么简单。历史——即伯里所谓的过去确实是什么样子——并不单纯是历史材料或历史数据的函数,而且同时更为重要的是,他还是那些在研究怎样发现'过去确实是什么样子'的人们(也就是历史学家)的心灵和思想的函数。"⑤ 伟大的历史学家雅各布·布克哈特甚至有这样的讽刺:"历史学是一切科学中最不科学的学问。"⑥ 乔治·克拉克也认为,"就历史学而言,我们可以断定,如果说它是一门科学的话,它是一门从事评价的科学"⑦。

综上所述,我们认为,文学史的形象并非像科学主义文学史观所提供给我们的那样,它同样兼有人文、精神科学的属性,而要想深入理解文学史作为人文、精神科学的这种性质,还需要我们借助西方后现代主义史学的诸种理论。尤里·别斯梅尔特内在《关于研究权力

---

① [俄] 别尔嘉耶夫:《历史的意义》,张雅平译,学林出版社2002年版,第16页。
② [俄] 别尔嘉耶夫:《历史的意义》,张雅平译,学林出版社2002年版,第17页。
③ [俄] 别尔嘉耶夫:《历史的意义》,张雅平译,学林出版社2002年版,第17页。
④ [英] 沃尔什:《历史哲学导论》,何兆武、张文杰译,广西师范大学出版社2001年版,第8页。
⑤ [英] 沃尔什:《历史哲学导论》,何兆武、张文杰译,广西师范大学出版社2001年版,第7页。
⑥ [瑞士] 布克哈特:《世界史考察》,英译本,第81、167页。
⑦ [英] G. R. 波特编:《新编剑桥世界近代史:文艺复兴 1493—1520年》(第1卷),中国社会科学院世界历史研究所组译,中国社会科学出版社1988年版,第33页。

现象和关于后现代主义和微观史学概念的若干思考》一文中曾指出："后现代主义是在（20世纪）60年代末，在文学批评、艺术和哲学中形成的一种思潮。它的形成与一系列法国和美国的作家和学者（雅克·德里达、米歇尔·福柯、罗兰·巴尔特、保罗·德·曼、海登·怀特、西利斯·米勒）的活动有关。从70年代末起，后现代主义的影响开始在民族学、史学理论中显现出来，后来也在历史学中显现出来。"① 尤里·别斯梅尔特内的这个论断表明，后现代主义历史理论是历史学科中的一门年轻的后学，但是，恰恰是这门年轻的后学为我们充分阐明文学史作为人文、精神科学的性质提供了有效的理论武器。虽然后现代主义历史学内部有不同的流派，而且它们的历史观也不尽一致，但总体上看，它们之间还是有着共同的理论主张的，例如，它们都认为历史并非一种客观实体，它只是历史学家的一种言说方式，任何历史都不过是历史学家自己的言说而已，谁在撰写历史，谁就在创造历史。因此，任何历史学家在解说历史时，都不可避免地会将自己的理想、情感、意志、愿望、价值观念、态度立场等纳入对历史的判断之中。所以，按照后现代主义的历史理论来观照文学史，我们就会发现，它与自然科学的研究存在着较大的区别。从文学的认识特性上看也是如此。我们知道，任何关于文学的认识都是主观的，因为在文学的认识中自有一个"我"存在着，正是在这种意义上，有人指出文学的认识从根本上来讲应该是理解，而不是立足于客观的解释，也就是威廉·冯·洪堡特所说的"从你中重新发现我"，② 之所以如此，是因为文学的世界是一个有意义和价值的世界，它仅凭借人的理性认知能力是无法把握得到的，而是必须经过人的审美感悟和体验，因此，作为文学史研究的中心之一的文学文本，在不同的文学史书写者那里，必然是"一千个读者就有一千个哈姆雷特"。法国受

---

① ［俄］尤里·别斯梅尔特内：《关于研究权力现象和关于后现代主义和微观史学概念的若干思考》，载《奥德修斯1995年》，莫斯科：科学出版社1995年版，第6页。
② 张汝伦：《历史与实践》，上海人民出版社1995年版，第39页。

自然科学思想影响极深的实证主义思想家丹纳在《艺术哲学》中说过这样一段话:"我所遵循的而且已经为一切精神科学开始采用的近代方法,不过是把人类的事业……看作事实和产品,指出它们的特征,探求它们的原因。本着这种方法,科学既不为什么辩解,也不谴责什么。植物学研究桔树和棕树,松树和桦树时不持任何偏见;精神科学也必须采取同样的态度,它们无非是一种实用植物学,只不过研究的对象不是植物,而是人的作品。这就是时下精神科学与自然科学得以彼此互相日益接近的总潮流,由于这种潮流,精神科学就能获得与自然科学同样稳固的基础和同样的进步。"① 按照我们上面的理解,丹纳的这段话不仅不应该成为文学史写作者的"圣经",恰恰相反,它应该成为文学史书写者时时保持警觉的反面教材。

第三节 科学精神介入文学史观建构的限度

如前所述,中国文学史研究中的科学主义倾向由来已久,自文学史学科流入中国起至20世纪后期的近百年中,它就在中国文学史的研究中一直瓜瓞相承、绵延不绝。从早期林传甲、黄人、来裕恂、曾毅再至此后的郑振铎、胡适、李长之、胡云翼、钱基博、曾毅、谭正璧、刘大白、谭丕模、容肇祖、刘大杰等,他们要么局部地进行科学主义文学史观实践,要么高扬科学主义的大旗,均希望将科学主义统领中国文学史学科的事业彻底做实并发扬光大。中华人民共和国成立后,情况虽然有所变化,但坚持科学主义文学史研究立场的学者仍大有人在,尽管他们已经不再从属于胡适、郑振铎等人所理解的科学主义谱系,而是被划入机械唯物论的阵营。在这个时期,典型的文学史文本有红皮本、游著本、社会科学院本等。因此,从一定意义上说,

---

① [德]恩斯特·卡西尔:《符号形式的哲学》,赵海萍译,吉林出版集团股份有限公司2018年版,第227—228页。

20世纪中国文学史学科发展的历史就是一部科学主义对中国文学史观念建构和书写实践进行"殖民"以及中国文学史学科又反对和扬弃这种"殖民"的历史。

阿伦·布洛克在他的《西方人文主义传统》中曾指出:"科学的了不起的成功所依靠的方法,只能应用于那种可以毫不含糊地观察和精确地测量的现象。而艺术和人文学的传统对象——信仰、价值观、感情、对艺术的各种反应、人类经验的暧昧模糊性以及社会相互作用的复杂性——却不是容易地可以用这种方法来研究的。"① 事实上,当所谓的科学理性被提升为唯一合法的意识形态之后,它一定会异化为排斥其他意识形态和研究方法的独断论和沙文主义,而且也会让其自身的科学精神丧失殆尽。因此,"在近代科学思想的强烈影响下,我们早就相信了这样一个道理,那就是要想使一门学问获得科学价值的话,就必须把它放在实验室一样封闭的环境里,做客观、精确的透视与分析。这样一种科学的信念,致使文学研究还有文学史研究,都越来越倾向于关起门来,倾向于建设自己独立的学科理论和操作体系"②。戴燕所描述的这种境况就是20世纪中国文学史学科的既有事实,当然,这也是中国文学史学科将自己托付给科学主义的必然结果。

进入20世纪后期,在后现代史学、解释学文学理论、接受美学以及文学史研究方法中审美主义观念勃兴的影响下,科学主义文学史观开始成为部分学者批评和反思的对象。这些学者反对文学发展的历史有客观的规律可以把握,认为文学史并非客观知识的生产者。例如1998年,在《略谈"典型现象"的理论与运用——中国现代文学研究方法的一个尝试》一文中,钱理群就这样说:

> 我所追求(心向往之)的"文体"是一种"报告文学体"

---

① [英]阿伦·布洛克:《西方人文主义传统》,董乐山译,生活·读书·新知三联书店1998年版,第250页。
② 戴燕:《文学史的权力》,北京大学出版社2002年版,第175页。

的"文学史"——这自然不是追求报告文学的虚构性,恰恰相反,文学史中每一个历史细节都必须是有充分的史料根据的,绝不允许杜撰;所要追求的是报告文学那样丰富而具体、生动的典型现象(人物和事件)与典型细节的描述,以及由此造成的现场感。在某种程度上甚至可以说,文学史叙述即是一连串的典型现象、历史细节的连缀,但又不是材料的简单堆砌,而是通过新的叙述,赋予旧材料以活力(因此每一个材料的引述都具有一种发现的意义),并在材料(典型现象)之间建立起一种新型关系,这就构成了对历史的复述(与再述),既不是"六经注我",也不是"历史本来面目"的复原。①

葛红兵在《文学史学》中也表达了相似的观点,他将西方以伽达默尔为代表的解释学的方法引入对文学史的方法的理解中,认为在文学史的研究中,文学史家所应该追求的目标并不是科学主义方法论所宣扬的那样去追寻文学史的客观的历史性,文学史的研究应该是文学史料所拥有的"过去"的视野与文学史研究主体现在的视野"叠合"的产物,它是文学史料在新的历史条件下的实现性,也正是这种实现性的不同才能真正赋予文学史料以"历史性",②因此,文学史的历史性的获得恰恰就在于文学史家的"历史之思",也正是这种历史性的思,才"为文学史的历史性提供了基础"。正是在这种意义上,葛红兵认为,"文学史家必须是诗性之人"③。因此,他批评说:"在文学历史的领域里有关客观知识的信念是极难自圆其说的,如果文学史的目标是为了获得所谓的客观知识,那么它的工作应该早就完结了,因为这样的客观知识的文学史应当只有一部,也只需要一部。"④

---

① 钱理群:《略谈"典型现象"的理论与运用——中国现代文学研究方法的一个尝试》,《文艺理论研究》1998年第5期。
② 葛红兵:《文学史学》,湘潭大学出版社2008年版,第8页。
③ 葛红兵:《文学史学》,湘潭大学出版社2008年版,第7页。
④ 葛红兵:《文学史学》,湘潭大学出版社2008年版,第7页。

在他看来，文学史应当是文学的历史，它具有"'美的历史'的规定性"，而以往那些将文学史误认为社会斗争史的一个部分，进而以社会历史的规律来取代文学史的规律的做法，实质上就是以"真的历史"甚至"善的历史"的规定性来取代文学史的"'美的历史'的规定性"，从而导致文学史在把握文学的时候，使文学史与文学"南辕北辙"，文学实际上"生活在文学史的盲区里"。[1] 基于此，葛红兵认为："或许将文学史研究理解成是对'真理'的逃离比理解成对'真理'的逼进更有意义。"[2] 因为文学史与其说是"离开人的意识冥冥中高悬于时间之流中的一根绳索，倒不如说它是主体心灵需要的产物，是主体心灵对自身的理解以及这种理解的可能性"[3]。实际上，在葛红兵看来，文学史说到底就是一种建构，文学史的这种建构性是文学史家操作的结果，在文学史家的这种建构操作中，"原生态历史的实在性由遗留态历史的实在性为中介过渡为评价态历史（伽达默尔所说的效果历史）的实在性"[4]。也就是说，在葛红兵看来，文学发展历史的逻辑性并不是一种客观的逻辑性，而是一种主观的逻辑性，它是文学史家依据自身的主体理性创造并给予的结果。也正是如此，他认为，"揭示文学史，我们的史家必须首先依据一种规则，这种规则必须先在地存在于史家的意识中，然后我们在文学史对象之间寻找秩序，而这种秩序必然是先在于我们脑海中的'规则'所认同的。由此我们使文学史由一堆散乱如麻琐碎不堪的事件、文本而变成一条充分体现了历史或逻辑秩序的链条，文学史变成了可理解的东西，正是在这过程中我们把先在于我们脑海中的'规则'的统一性加予了对象"[5]。在这里，他事实上触及了文学史研究方法中一个非常重要的问题，也就是说，文学史的方法究竟是主观性的还是客观性

---

[1] 葛红兵：《文学史学》，湘潭大学出版社2008年版，第26页。
[2] 葛红兵：《文学史学》，湘潭大学出版社2008年版，第28页。
[3] 葛红兵：《文学史学》，湘潭大学出版社2008年版，第17页。
[4] 葛红兵：《文学史学》，湘潭大学出版社2008年版，第18页。
[5] 葛红兵：《文学史学》，湘潭大学出版社2008年版，第18页。

的。很显然,在文学史研究中,由文学史家的历史观、历史理性、历史态度、历史意识甚至历史感、历史体验等组合而成的"历史心理结构"并不是无关紧要的,它实际上是文学史家穿透文学史料的"前理解"或"预图式",没有它,文学史家不可能在文学史研究中挪动一步,哪怕仅是小小的一步。从文学史的具体实践中看,这是一个极其具有常态性的现象。在20世纪的文学史研究中,进化论、白话观、"言情"与"言志"并立说乃至其后的"阶级斗争"说、启蒙说、民族—文化心理说、人性说等,都以"前理解"或"预图式"的身份参与过文学史的书写实践。在这个意义上,我们说葛红兵认为的"文学史研究便是我们在对象中认识自身的一种方式"是具有一定的合理性的。①

除上述学者外,叶舒宪也对科学主义的文学史观进行过批评,他指出:"在'赛先生'蜕变为科学主义的普遍盲从的语境中,打着'科学性'旗号的'文学史'写作模式获得了类似古代经学一般的权威性。不论是以浪漫主义、现实主义的矛盾斗争为主线,还是以儒法斗争或者人性论标准为主线,该模式的百年误导,突出地表现在其'科学的'分类对本土文学丰富性多样性存在的无视和蔑视。"② 当然,这种对科学主义文学史观进行批评和反思的学者并非仅仅葛红兵、叶舒宪等人,随着当代中国文学理论思潮对于文学史的学科属性认识的深入,科学主义文学史观的弊端以及其对中国文学史学科知识创新的掣肘已经被越来越多的学者认识到。但毋庸置疑的是,在对科学主义文学史观批评的过程中,一些因为过于强调、突出文学史的审美本位、文学本位而导致的本质、规律虚无主义的文学史观念也有所抬头,甚至有愈演愈烈之势。

德国文学史理论家玛尔霍兹在其《文艺史学与文艺科学》中

---

① 葛红兵:《文学史学》,湘潭大学出版社2008年版,第19页。
② 叶舒宪:《本土文化自觉与"文学"、"文学史观"反思——西方知识范式对中国本土的创新与误导》,《文学评论》2008年第6期。

这样说:

> 关于一种学术之本质及其课题的方法论的探讨,必须从那种学术的对象为出发点。一种学术的对象之确定,乃是其所有方法论上的工作之前提。只要"什么"(was)是定规了,工作之"怎样"(wie)便可以找到了,或者更好的说法是:材料的"什么"是可以决定整理工作的"怎样"。因为这是一切方法论的最根本的原则:即一种学术之对象与处理方式互为条件是;语言学与物理学有不同的对象,便有不同的方法,而历史学家之与美学家或伦理学家的进行之所以不同者亦然。①

玛尔霍兹此言极是。我们知道,"方法"一词源于希腊文,原是指沿着道路的意思,后来被引申为人们认识事物的途径和手段。这个途径和手段是认识主体和认识客体建构认识关系的桥梁和中介,在认识事物的过程中,认识主体就是通过它和客体发生联系的。当然,我们承认方法是认识主体和客体建构认识关系的桥梁和中介,并不是意味着方法是外在于认识的客体或对象的东西,方法是与对象联系在一起的,这就是说,有什么样的研究对象就必然要求有与之相适应的研究方法。因此,从根本上说,研究方法就是研究对象自己内部的内容,是研究对象自身具体辩证法的体现。这样,就不可能有包揽天下、可以普遍应用于任何学科的研究方法,任何一门学科的研究方法都是特定的。对于文学史来说,它的研究方法不仅是特殊的,而且只能是特殊的。认识到这一点尤其重要,因为,这个问题不解决好,会直接地影响到文学史的研究水平和其研究成果的可靠性。文学史的研究方法固然离不开科学精神和科学方法,但是,如果将这种精神和方法放到至高无上的地位,文学史写作者就根本没有权利和必要将自己

---

① [德] 玛尔霍兹:《文艺史学与文艺科学》,李长之译,商务印书馆1943年版,第58页。

的情思和主观带进文学史,那么,文学史的书写只能依从史料,走真实性、客观性、科学性一途,这样,最终呈现给我们的所谓的真正意义上的文学史也必然只有一部,如此的话,文学史的面孔又何来滂沛寸心、"各师成心,其异如面"?最终恐怕只能是"千人一面"独存。因此,韦勒克十分鄙夷那种认为"应当通过自然科学的方法,通过因果关系,通过诸如泰纳种族、时代、环境这一著名口号中所规定的那些外在的决定性因素来加以解释"的唯科学主义的文学史书写观念。① 在《文学史的衰落》一文中,他甚至表达了自己对于文学史合法性的怀疑,并因此而质疑人们所相信的这个结论:文学史具有有效阐释文学作品的审美特点的能力。在他看来,"文学作品的价值不能通过历史的分析来把握,而只能是通过审美判断来把握",并且他认为,文学史之所以不能有效阐释文学作品的审美特点,是因为文学史的撰写者都会把文学作品的个性特征相对化,并且企图将文学作品降格为某个链条上的一个环节。② 韦勒克的这种质疑实际上也是他对理性分析、归类研究等科学主义惯用的文学分析方法的否定。由此可见,在韦勒克看来,科学主义的方法并不适用于文学史的写作。尽管韦勒克并没有具体指出文学史究竟该如何去书写,但是他对于科学主义方法的否定态度却是我们在文学史观的建构中必须给予充分重视的。戴燕在反思文学史书写中的科学主义倾向时也指出,如今,"文学史这一领域的流行做法,也和其他学科一样,多是聚合起各时代各专题的学者专家,请他们分头著述发挥其所长,然后汇集成一大通史、一大项目。这样一种操作办法,据说既可体现民主社会人人平等的原则,又赶得上现时代专业分工越来越精细的潮流。它不是很像大工业的生产方式吗?"针对此种现象,她明确指出,这种"大工业生产式"的文学史写作"和文学史学科力求科学化的现代发展方向有

---

① [美] R. 韦勒克:《批评的诸种概念》,丁泓、余徵译,四川文艺出版社 1988 年版,第 244 页。

② [德] 瑙曼:《作品与文学史》,范大灿编:《作品、文学史与读者》,文化艺术出版社 1997 年版,第 181 页。

关",她并不赞成这种科学主义的文学史生产模式,因此,她指出,"因为文学史并不只是对于过往作家作品的简单记录,它不是'录鬼簿',不能等同于词典和百科全书上的条目,也不等于二十年前风靡一时的鉴赏类的书籍辞典,文学史的最重要的任务,还在于它要讲述一个文学传统,也就是说明文学'从哪里来、到哪里去'的问题",她认为,"在这一点上,文学史和其他各门类的历史一样,既是历史,也是当代史。它是一种历史的回忆,而回忆总是主观的、经过选择的,有独特的理念、有自己的主张,有情绪有色彩,有时还免不了皮里阳秋、含沙射影、指桑骂槐。单靠集思广益、群策群力,单靠知识的准确、论述的稳妥,恐怕都难以满足文学史的这一要求"。① 同时,有学者也指出:"文学史应当是文学与历史的交叉学科,具有文学与史学的双重属性,在史学属性的意义上,文学史构成现实的层面,随社会历史进程而发展,在文学属性的意义上,文学史构成审美的层面,随着社会价值向审美价值的升华,必然超越社会现实的局限性。文学史的本质应当是现实与审美的统一,文学史进程则是连续与非连续、有序与无序、历时与共时的统一。"② 其实,在我们看来,文学史写作的主体之所以可以是一个"主体",关键原因在于他并不只是服从于"文学的历史""必然如此"(按:实际上在某种意义上说,这种"必然如此"只是一种基于想象的"客观",它是无法达到的),更重要的在于他能够用自己的艺术经验、审美阅历、生命体认和人生感悟为"文学史立法"。文学史的作者就应该是一个"立法者",他也只有作为一个"立法者",才是一个真正的文学史作者,也才是一个真正的文学史"主体"。但科学主义的统御却使得文学的历史"就像数学论证那样皆是必然的","正如三角之和等于两直角,必然出于三角形的本质"一样,因此,"运用普遍的自然规律和法则去理解"文学的历史似乎就成了文学史学科的"应然"和文学史自

---

① 戴燕:《文学史:一个时代的记忆》,《书城》2007年第9期。
② 参见许总《文学史学:世纪之交的回顾与反思》,《社会科学》2000年第11期。

身的本质,文学史的这种处境就像黑格尔在《小逻辑》中所描述的那样,"理性是世界的灵魂,理性居住在世界中,理性构成世界的内在的、固有的、深邃的本性,或者说,理性是世界的共性"①。如此,文学史也必然会将"绚丽多彩、激动人心的文学现象"挤压成"干巴巴的教科书语言、社论语言",文学史当然也就只能丧失了它的"文学的生命力"了。②

在《文艺史学与文艺科学》译者序中,回答友人的"为什么讲文学也要什么周密而精确,也要什么形而上学意味呢?"的提问时,李长之认为,文学研究不同于文学创作与欣赏,"研究就要周密,精确,和深入。中国人一向不知道研究文学也是一种'学',也是一种专门之学,也是一种科学"③。正如李长之所指出的那样,将学术研究科学化是20世纪初期诸多学人共同的努力目标。科学主义思潮在中国的兴起有其积极的意义,例如它对于科学和理性的高扬,对科学方法的提倡,使科学成为一种新的意识形态等,这些对于中国学术研究的规范化、体系化、专业化、客观化等都具有重要的意义。另外,它确实也成了20世纪中国学术研究的严重桎梏。实际上,当科学主义思潮在中国兴起之时,它就遭到过不少思想家的批判,如王国维指出的"可爱者不可信,可信者不可爱",章太炎对进化论的抨击,尤其是金岳霖,他反对科学主义对形而上学的一味拒斥,进而主张重建本体论。在他看来,一个哲学家应当具有两种不同的态度,一是知识论的态度,另一是元学(本体论)的态度,知识论的态度是指在知识论研究中保持客观性、实证性,不带入哲学家本人的情感;元学的态度则是指本体的观念,它凝结着主体的理智、情感、意志,反映着一个人、一个民族的精神自觉,因此,他指出,对于一个哲学家来说,知识论的态度固然是重要的,但元学的态度也是不能少的。虽然

---

① [德]黑格尔:《小逻辑》,贺麟译,商务印书馆1980年版,第80页。
② 宁宗一:《反思与取向:中国文学史研究四十年》,《南开学报》1999年第3期。
③ [德]玛尔霍兹:《文艺史学与文艺科学》,李长之译,商务印书馆1943年版,"译者序"第1—2页。

这些学者的思考主要是就一般的学术研究或某种具体的学科如哲学而言，但其对文学史的研究也同样具有重要的启示意义。事实上，作为对隶属人学的文学历史研究的文学史学科来说，科学主义的方法不仅不能有效地彰显出文学的人学性质，而且经常会与此相反，从而使文学史呈现出一种非人学的色彩，即无视作家的审美理想、人生经验、个体生命和独有的人格韵致在文学史中的地位。从文学史的研究对象来看，文学史处理的真正对象并不是文学史料，而是文学史料与文学史家之间的评价、审美关系。在《科学的反革命》中，当谈到社会科学研究的对象的特殊性时，哈耶克指出，社会科学研究的"不是物与物的关系，而是人与物或人与人的关系"[①]。具体到文学史来说，它的对象也不应该是文学史料与文学史料之间的关系，而是文学史家与文学史料之间的关系，文学史料与文学史料之间的关系是一种"客观"关系，但文学史家与文学史料之间的关系则是一种"主观"关系、一种"评价"关系，甚至是一种审美关系。当然，我们这样理解并非要否定文学史学科在一定程度上所具备的客观性，在表面层次上，文学史正如科学主义者所理解的那样，是客观的，但在文学史的重要的和更深的层次上，它却是充满着主观性的。卡西尔在解释历史时的这句话对我们理解文学史的这种双层次的特性具有指导意义："历史学家并不只是给予我们一系列按一定的编年史的次序排列的事件"，"这些事件仅仅是外壳，他在这外壳之下寻找着一种人类的和文化的生活——一种具有行动与激情、问题与答案、张力与缓解的生活。"[②] 文学史在本质性上正是表层的客观与深层的主观的矛盾统一，在文学史研究中，研究者首先、直接去接触的是文学史的史料，它们就是文学史的表层，是文学史的客观层面，在面对史料时，文学史研究者必须以科学、严谨、客观的态度去认真考证、归纳、辨析，确保

---

① ［英］弗里德里希·A. 哈耶克:《科学的反革命：理性滥用之研究》，冯克利译，译林出版社2003年版，第17页。

② ［德］恩斯特·卡西尔:《人论》，甘阳译，上海译文出版社1985年版，第237页。

史料的真实性和"原生态",但这只是文学史工作的前提保障,是备料的工作,文学史不能只是史料的考索、堆砌。有了史料,还必须要有史识、史观、史感,要有文学史家面对文学文本、文学史料的人生感触、审美体悟、个体智思,因此,一部成功的文学史往往就是凝聚着文学史写作者科学精神和审美精神的结晶。

另外,对科学思维追求规律性,认为文学的发展遵循一定的规律,文学史就是要揭示这个规律,这可能也是一种文学史的误区。西方有学者就否定文学有一个发展的历史,更不要说什么发展的规律性了。韦勒克在其《文学理论》中就举过这样的例子,他说:"例如,克尔争辩说,我们不需要什么文学史,因为文学史的对象总是现存的,是'永恒的',因此根本不会有恰当的文学史。艾略特也否认一部艺术作品会成为'过去'。他说,'从荷马以来的整个欧洲文学都是同时并存着的,并且构成一个同时并存的秩序'。"① 他的观点显然是很有道理的。

总之,文学史的问题既是一个自然科学、社会科学的问题,也是一个审美科学、人文精神科学的问题,文学史需要概念、范畴、逻辑、规律、归纳、理性等科学的要素,但它更需要新鲜的感悟、活泼的情感、深邃的洞见,这是我们在21世纪中国文学史观的创新中必须认真去对待的。

---

① [美]勒内·韦勒克、[美]奥斯汀·沃伦:《文学理论》,刘象愚等译,江苏教育出版社2005年版,第305页。

参考文献

一 中文著作

北京大学中文系文学专门化1955级集体编著：《中国文学史》，人民文学出版社1958年版。

陈伯海：《中国文学史之宏观》，中国社会科学出版社1995年版。

陈国球：《文学史书写形态与文化政治》，北京大学出版社2004年版。

陈平原：《假如没有"文学史"……》，生活·读书·新知三联书店2011年版。

陈平原：《文学史的形成与建构》，广西教育出版社1999年版。

陈平原：《小说史：理论与实践》，北京大学出版社1993年版。

陈平原：《中国现代学术之建立——以章太炎、胡适之为中心》，北京大学出版社1998年版。

陈平原：《作为学科的文学史》，北京大学出版社2011年版。

陈启能、倪为国主编：《书写历史》（第一辑），上海三联书店2003年版。

（清）陈庆年：《中国历史教科书》，武昌1903年印本。

陈铨编著：《文学批评的新动向》，台北：正中书局1943年版。

戴燕：《文学史的权力》，北京大学出版社2002年版。

党圣元、夏静选编：《文学史理论》，中国社会科学出版社2011年版。

丁帆：《文学史与知识分子价值观》，人民文学出版社2014年版。

董乃斌、陈伯海、刘扬忠主编：《中国文学史学史》，河北人民出版社 2003 年版。

董乃斌主编：《文学史学原理研究》，河北人民出版社 2008 年版。

杜书瀛、钱竞主编：《中国 20 世纪文艺学学术史》，上海文艺出版社 2001 年版。

方朝晖：《"中学"与"西学"——重新解读现代中国学术史》，河北大学出版社 2002 年版。

冯友兰：《中国哲学史新编》，人民出版社 1998 年版。

付祥喜：《20 世纪前期中国文学史写作编年研究》，北京师范大学出版社 2013 年版。

傅庚生：《中国文学欣赏举隅》，开明书店 1943 年版。

傅斯年：《傅斯年全集》，台北：联经出版事业公司 1980 年版。

葛红兵：《文学史学》，湘潭大学出版社 2008 年版。

葛红兵、温潘亚：《文学史形态学》，上海大学出版社 2001 年版。

顾颉刚：《古史辨》，朴社 1926 年版。

何兆武、陈啟能主编：《当代西方史学理论》，上海社会科学院出版社 2003 年版。

胡适：《白话文学史》，新月书店 1928 年版。

胡希东：《民族·国家与文学史地理——1950—1980 中国当代文学史叙述形态》，人民出版社 2013 年版。

胡云翼：《新著中国文学史》，北新书局 1932 年版。

黄人：《中国文学史》，杨旭辉点校，苏州大学出版社 2015 年版。

蒋承勇：《西方文学"人"的母题研究》，人民出版社 2005 年版。

李长之：《中国文学史略稿》，五十年代出版社 1955 年版。

李欧梵：《中国现代文学与现代性十讲》，复旦大学出版社 2002 年版。

李日章：《现代中国思想家·吴稚晖》（第五辑），台北：巨人出版社 1978 年版。

李晓峰：《被表述的文学：20 世纪中国文学史书写中的民族文学》，

中国社会科学出版社2013年版。

李孝迁：《西方史学在中国的传播》，华东师范大学出版社2007年版。

梁冰弦编：《吴稚晖学术论著》，上海书店1925年版。

梁启超：《清代学术概论》，商务印书馆1921年版。

梁启超：《饮冰室丛著第二种 德育鉴》，商务印书馆1916年版。

梁启超：《中国历史研究法》，商务印书馆1922年版。

林传甲：《中国文学史》，上海科学书局1906年版。

林传甲：《大中华安徽省地理志》，中华印刷局1919年版。

林庚：《中国文学简史》，北京大学出版社1995年版。

林继中：《文化建构文学史纲（中唐—北宋）》，三秦出版社1994年版。

林继中：《文学史新视野》，北京大学出版社2000年版。

刘北成、陈新编：《史学理论读本》，北京大学出版社2006年版。

刘大杰：《中国文学发展史》，中华书局，上册1941年版，下册1949年版。

（梁）刘勰著，龙必锟译注：《文心雕龙全译》，贵州人民出版社1992年版。

陆侃如：《中古文学系年》，人民文学出版社1985年版。

罗根泽：《周秦两汉文学批评史》，商务印书馆1944年版。

罗家伦、黄季陆主编：《吴稚晖先生全集》，台北：中国国民党中央委员会党史史料编纂委员会1969年版。

罗云锋：《现代中国文学史书写的历史建构：从清末至抗战前的一个历史考察》，法律出版社2009年版。

麻天祥：《中国近代学术史》，武汉大学出版社2007年版。

敏泽：《中国美学思想史》，湖南教育出版社2004年版。

敏泽主编：《中国文学思想史》，湖南教育出版社2004年版。

钱基博：《现代中国文学史》，世界书局1933年版。

钱穆：《现代中国学术论衡》，岳麓书社1986年版。

容肇祖：《中国文学史大纲》，朴社1935年版。

桑兵：《晚清民国的学人与学术》，中华书局 2008 年版。

谭正璧编：《中国文学进化史》，光明书局 1929 年版。

谭正璧：《中国文学史大纲》，光明书局 1927 年版。

唐金海、周斌主编：《20 世纪中国文学通史》，东方出版中心 2003 年版。

陶东风：《文学史哲学》，河南人民出版社 1994 年版。

田汝康、金重远选编：《现代西方史学流派文选》，上海人民出版社 1982 年版。

汪荣宝、许国英编纂：《清史讲义》，商务印书馆 1926 年版。

王瑶主编：《中国文学研究现代化进程》，北京大学出版社 1996 年版。

王瑜：《重审与重构——现代文学史观与中国现代文学史编写问题研究》，中国社会科学出版社 2014 年版。

王岳川：《中国镜像：90 年代文化研究》，中央编译出版社 2001 年版。

王锺陵：《文学史新方法论》，苏州大学出版社 1993 年版。

王锺陵主编：《二十世纪中国文学史论文精粹：文学史方法论卷》，河北教育出版社 2001 年版。

夏志清：《新文学的传统》，新星出版社 2005 年版。

夏志清：《中国现代小说史》，复旦大学出版社 2005 年版。

谢地坤：《走向精神科学之路——狄尔泰哲学思想研究》，江苏人民出版社 2008 年版。

谢无量：《中国大文学史》，中华书局 1928 年版。

解志熙：《文学史的"诗与真"：中国现代文学文献校读论集》，北京大学出版社 2013 年版。

徐嘉瑞编：《中古文学概论》，亚东图书馆 1930 年版。

许怀中：《中国现代文学史研究史论》，厦门大学出版社 1997 年版。

杨国荣：《科学的形上之维——中国近代科学主义的形成与衍化》，上海人民出版社 1999 年版。

杨联芬：《晚清至五四：中国文学现代性的发生》，北京大学出版社 2003 年版。

杨义：《中国古典文学图志（宋、辽、西夏、金、回鹘、吐蕃、大理国、元代卷）》，生活·读书·新知三联书店2006年版。

杨义：《重绘中国文学地图——杨义学术讲演集》，中国社会科学出版社2003年版。

俞宣孟：《本体论研究》，上海人民出版社1999年版。

袁进：《中国文学的近代变革》，广西师范大学出版社2006年版。

曾毅：《中国文学史》，泰东图书局1915年版。

张岱年：《中国哲学大纲》，江苏教育出版社2005年版。

张富贵等：《文学史的命名与文学史观的反思》，北京大学出版社2014年版。

张君劢、丁文江等：《科学与人生观》，山东人民出版社1997年版。

张荣翼、李松：《文学史哲学》，武汉大学出版社2014年版。

张汝伦：《历史与实践》，上海人民出版社1995年版。

张准：《五十年来中国之科学》，申报馆编：《最近之五十年》，申报馆1923年。

章克标等编译：《开明文学辞典》，开明书店1933年版。

章培恒、骆玉明主编：《中国文学史》，复旦大学出版社1996年版。

赵雷：《体系·体例·体制：1949—1984年中国现代文学史著研究》，四川大学出版社2005年版。

郑宾于：《中国文学流变史》，上海北新书局1936年版。

郑振铎：《插图本中国文学史》，朴社1932年版。

郑振铎：《郑振铎古典文学论文集》，上海古籍出版社1984年版。

郑振铎编：《中国文学研究》，商务印书馆1927年版。

（梁）钟嵘著，徐达译注：《诗品全译》，贵州人民出版社1990年版。

钟优民主编：《文学史方法论》，时代文艺出版社1996年版。

周云青编：《吴稚晖先生文存》，医学书局1925年版。

周作人：《中国新文学的源流》，人文书店1932年版。

朱德发：《主体思维与文学史观》，山东教育出版社1997年版。

朱德发、贾振勇：《评判与建构：现代中国文学史学》，山东大学出版社 2002 年版。

朱自清：《朱自清古典文学论文集》，上海古籍出版社 1981 年版。

朱自清著，朱乔森编：《朱自清全集》，江苏教育出版社 1990 年版。

二 中文译著

［美］阿里夫·德里克：《后革命氛围》，王宁等译，中国社会科学出版社 1999 年版。

［澳］艾维尔泽·塔克尔：《我们关于过去的知识：史学哲学》，徐陶、于晓凤译，北京师范大学出版社 2008 年版。

［美］昂利·拜尔编：《方法、批评及文学史——朗松文论选》，徐继曾译，中国社会科学出版社 1992 年版。

［意］贝奈戴托·克罗齐：《历史学的理论和实际》，［英］道格拉斯·安斯利英译，傅任敢译，商务印书馆 1982 年版。

［美］本杰明·史华兹：《寻求富强：严复与西方》，叶凤美译，江苏人民出版社 1996 年版。

［俄］别尔嘉耶夫：《历史的意义》，张雅平译，学林出版社 2002 年版。

［英］G. R. 波特编：《新编剑桥世界近代史：文艺复兴 1493—1520 年》（第 1 卷），中国社会科学院世界历史研究所组译，中国社会科学出版社 1988 年版。

［日］长泽规矩也：《中国学术文艺史讲话》，胡锡年译，世界书局 1943 年版。

［美］杜赞奇：《从民族国家拯救历史：民族主义话语与中国现代史研究》，王宪明译，社会科学文献出版社 2003 年版。

［德］恩斯特·卡西尔：《人论》，甘阳译，上海译文出版社 1985 年版。

冯友兰：《中国哲学简史》（插图珍藏本），赵复三译，新世界出版社 2004 年版。

［英］弗里德里希·A. 哈耶克：《科学的反革命：理性滥用之研究》，

冯克利译，译林出版社2003年版。

［美］格奥尔格·伊格尔斯：《二十世纪的历史学：从科学的客观性到后现代的挑战》，何兆武译，山东大学出版社2006年版。

［美］郭颖颐：《中国现代思想中的唯科学主义（1900—1950）》，雷颐译，江苏人民出版社1998年版。

［联邦德国］H·R·姚斯、［美］R·C·霍拉勃：《接受美学与接受理论》，周宁、金元浦译，辽宁人民出版社1987年版。

［美］海登·怀特：《后现代历史叙事学》，陈永国、张万娟译，中国社会科学出版社2003年版。

［德］汉斯-格奥尔格·加达默尔：《真理与方法：哲学诠释学的基本特征》，洪汉鼎译，上海译文出版社2004年版。

［德］汉斯·波塞尔：《科学：什么是科学》，李文潮译，上海三联书店2002年版。

［德］黑格尔：《历史哲学》，王造时译，上海书店出版社1999年版。

［德］加达默尔：《哲学解释学》，夏镇平、宋建平译，上海译文出版社2004年版。

［英］柯林武德：《历史的观念》，何兆武、张文杰译，商务印书馆1997年版。

［意］克罗齐：《美学原理·美学纲要》，朱光潜等译，外国文学出版社1983年版。

［美］勒内·韦勒克、［美］奥斯汀·沃伦：《文学理论》，刘象愚等译，江苏教育出版社2005年版。

［美］李欧梵：《上海摩登——一种新都市文化在中国1930—1945》，毛尖译，北京大学出版社2001年版。

［加］马克·昂热诺等主编：《问题与观点：20世纪文学理论综论》，史忠义、田庆生译，百花文艺出版社2000年版。

［德］马克斯·韦伯：《社会科学方法论》，韩水法、莫茜译，中央编译出版社1999年版。

［德］玛尔霍兹：《文艺史学与文艺科学》，李长之译，商务印书馆1943年版。

［美］R. 韦勒克：《批评的诸种概念》，丁泓、余徵译，四川文艺出版社1988年版。

［英］W. C. 丹皮尔：《科学史：及其与哲学和宗教的关系》，李珩译，商务印书馆1975年版。

［德］韦尔海姆·狄尔泰：《人文科学导论》，赵稀方译，华夏出版社2004年版。

［英］沃尔什：《历史哲学导论》，何兆武、张文杰译，广西师范大学出版社2001年版。

［美］詹姆斯·哈威·鲁滨孙：《新史学》，齐思和等译，商务印书馆1989年版。

三 论文类

陈独秀：《本志罪案之答辩书》，《新青年》1919年第6卷第1号。

陈独秀：《敬告青年》，《新青年》1915年第1卷第1号。

陈独秀：《马克思的两大精神》，《广东群报》1922年5月23日。

陈独秀：《评泰戈尔在杭州上海的演说》，《民国日报》1924年4月25日。

陈独秀：《时局杂感》，《新青年》1917年第3卷第4号。

陈独秀：《随感录（十九）》，《新青年》1918年第5卷第2号。

陈独秀：《新文化运动是什么？》，《新青年》1920年第7卷第5号。

陈独秀：《再论孔教问题》，《新青年》1917年第3卷第5号。

陈思和：《关于"重写文学史"》，《文学评论家》1989年第2期。

陈思和、王晓明：《关于"重写文学史"专栏的对话》，《上海文论》1989年第6期。

陈文忠：《文学史体系的三元结构与多维形态》，《安徽师范大学学报》（人文社会科学版）2006年第4期。

陈熙涵：《德国汉学家顾彬新作放弃尖锐》，《上海文汇报》2008年9月17日第9版。

程怡：《"文学事实"及其解释的历史——关于重写文学史的思考》，《文艺理论研究》2008年第2期。

戴燕：《文学史：一个时代的记忆》，《书城》2007年第9期。

党圣元：《传统文论范畴体系之现代阐释及其方法论问题》，《文艺研究》1998年第3期。

党圣元：《新世纪文学史理论研究的格局、问题意识及方法范式》，《陕西师范大学学报》（哲学社会科学版）2010年第2期。

邓实：《国学今论》，《国粹学报》1905年第4、5号。

邓晓芒：《艺术作品的永恒性——马克思、海德格尔和当代中国文学》，《浙江学刊》2004年第3期。

狄福：《现代中国文学史》，《文学》1934年第2卷第1号。

丁文江：《科学化的建设》，《独立评论》1935年第151号。

丁文江：《我的信仰》，《独立评论》1934年第100号。

董健、丁帆、王彬彬：《我们应该怎样重写中国当代文学史》，《江苏行政学院学报》2003年第1期。

董乃斌：《反思·重读·超越——关于中国文学研究策略的思考》，《湖北大学学报》（哲学社会科学版）2000年第4期。

佴荣本：《论文学史研究的对象和性质》，《江海学刊》2003年第2期。

傅斯年：《文学革新申议》，《新青年》1918年第4卷第1号。

高小康：《非物质文化遗产：文学史与活的记忆》，《甘肃社会科学》2008年第4期。

郜积意：《20世纪50年代中国文学史学的理论问题》，《天津社会科学》2001年第1期。

葛红兵：《论文学史家》，《求是学刊》1996年第3期。

葛兆光：《大胆想像终究还得小心求证——关于文史研究的学术规范》，《上海文汇报》2003年3月9日。

葛兆光：《历史记忆、思想资源与重新诠释——关于思想史写法的思考之一》，《中国哲学史》2001年第1期。

胡适：《〈国学季刊〉发刊宣言》，《国学季刊》1923年第1卷第1号。

胡适：《历史的文学观念论》，《新青年》1917年第3卷第3号。

胡适：《实验主义》，《新青年》1919年第6卷第4号。

胡适：《文学改良刍议》，《新青年》1917年第2卷第5号。

胡适：《文学进化观念与戏剧改良》，《新青年》1918年第5卷第4号。

胡适：《治学的方法与材料》，《小说月报》1929年第20卷第1号。

胡适：《中国文学过去与来路》，《大公报》1932年1月5日。

黄修己：《全球化语境下的中国现代文学研究》，《文学评论》2004年第5期。

[美]J·希利斯·米勒：《全球化时代文学研究还会继续存在吗?》，国荣译，《文学评论》2001年第1期。

蒋述卓：《应当建立文学史研究的"文化史派"》，《江海学刊》1994年第3期。

李嘉言：《评〈中国文学史新编〉》，《文哲月刊》1935年第1卷第3期。

李孝弟：《不在场主体的遮蔽——关于文学史主体界定的思考》，《上海大学学报》（社会科学版）2007年第5期。

林继中：《文化建构与文学史》，《社会科学》1989年第4期。

陆侃如：《评钱基博〈现代中国文学史〉》，《文艺先锋》1943年第3卷第2期。

罗振亚：《"重述"与建构——论胡适的文学史观》，《文艺研究》2005年第11期。

骆玉明：《中国文学的路——谈章培恒先生的中国文学史研究》，《复旦学报》（社会科学版）2011年第5期。

马立新、贾振勇：《"重写文学史"的文学史学审视》，《山东社会科学》2003年第2期。

马玉铭：《钱基博著现代中国文学史·马玉铭先生的批评》，《图书评论》1934年第10期。

毛丹武：《20世纪中国文学史写作的话语谱系》，《福州大学学报》（哲学社会科学版）2006年第1期。

孟繁华：《当代文学的发生、来源和话语空间》，《南方文坛》2003年第2期。

莫砺锋：《"文学史学"献疑》，《江海学刊》1998年第3期。

穆士达：《钱基博著现代中国文学史·穆士达先生的批评》，《图书评论》1934年第10期。

南帆：《当代文学史写作：共时的结构》，《文学评论》2008年第2期。

宁宗一：《反思与取向：中国文学史研究四十年》，《南开学报》1999年第3期。

钱志熙：《中国古代的文学史构建及其特点》，《文学遗产》2003年第6期。

渠晓云：《20世纪中国文学史研究方法之变迁》，《太原师范学院学报》（社会科学版）2004年第1期。

任鸿隽：《〈科学〉发刊词》，《科学》1915年第1卷第1期。

任鸿隽：《何为科学家》，《新青年》1919年第6卷第3号。

任鸿隽：《建立学界再论》，《留美学生季报》1914年秋季第3号。

任鸿隽：《说中国无科学之原因》，《科学》1915年第1卷第1期。

石昌渝：《文学史的本质是史》，《中国社会科学院院报》2008年1月29日第6版。

宋文涛：《20世纪的中国文学史研究》，《江海学刊》2001年第4期。

陶东风：《文学史学的性质、对象与意义》，《文学评论家》1992年第2期。

田晓菲、程相占：《中国文学史的历史性与文学性》，《江苏大学学报》（社会科学版）2009年第5期。

王兴旺：《"文学""史"的辩证法》，《浙江工业大学学报》（社会科学版）2006年第1期。

王元骧：《关于文学评价中的"人性"标准》，《文学评论》2006 年第 2 期。

王岳川：《新历史主义的文化诗学》，《北京大学学报》（哲学社会科学版）1997 年第 3 期。

温潘亚：《文学史·文学史实践·文学史学——文学史元理论的三个层次》，《文学评论》2004 年第 1 期。

吴福辉：《"主流型"的文学史写作是否走到了尽头？——现代文学史质疑之三》，《文艺争鸣》2008 年第 1 期。

吴钧：《进化与退化》，《庸言》1914 年第 2 卷第 5 号。

吴稚晖：《一个新信仰的宇宙观及人生观》，《太平洋》1923 年第 4 卷第 5 号。

吴稚晖、李石曾：《新世纪之革命》，《新世纪》1907 年第 1 期。

西谛：《整理中国文学的提议》，《文学旬刊》1922 年第 51 期。

谢泳：《从"文学史"到"文艺学"——1949 年后文学教育重心的转移及影响》，《文艺研究》2007 年第 9 期。

严复：《〈民约〉平议》，《庸言》1914 年第 2 卷第 1、2 号合刊。

杨丙辰：《文艺、文学、文艺科学——天才和创作》，《文学评论》1934 年第 1 期。

杨新敏：《接受美学与中国现代文学研究》，《中国现代文学研究丛刊》1997 年第 1 期。

叶舒宪：《本土文化自觉与"文学"、"文学史"观反思——西方知识范式对中国本土的创新与误导》，《文学评论》2008 年第 6 期。

俞兆平：《〈新青年〉中科学主义与中国现代文学思潮》，《吉首大学学报》（社会科学版）2006 年第 2 期。

张晶、白振奎：《近年来文学史观与文学史理论讨论述评》，《社会科学战线》1996 年第 1 期。

张毅：《"赛先生"与中国文学研究》，《中国社会科学》2007 年第 2 期。

赵万里、赵玉泉：《多重视角中的科学主义及其编史学问题》，《科学技术与辩证法》1998年第5期。

郑振铎：《文艺丛谈》，《小说月报》1921年第12卷第3期。

郑振铎：《新文学之建设与国故之新研究》，《小说月报》1923年第14卷第1号。

郑振铎：《中国文学的遗产问题》，《文学》1934年第2卷第6号。

郑振铎：《中国文学研究者向那里去?》，《文学》1934年第2卷第6号。

朱德发：《"人的文学"：现代中国文学史核心理念重构》，《烟台大学学报》（哲学社会科学版）2002年第2期。

朱立元、杨明：《试论接受美学对中国文学史研究的启示》，《复旦学报》（社会科学版）1989年第4期。

朱希祖：《敬告新的青年》，《新青年》1920年第7卷第3号。

朱晓进：《二十世纪中国文学史观的反思》，《中国社会科学》2006年第1期。

后　　记

　　科学主义是深嵌在20世纪中国文学史学科建构和书写实践中的一个"楔子",其对于20世纪中国文学史学科的影响不可谓不甚,可以说,正是在它的触发和驱动之下,一代中国文学史学人才得以筚路蓝缕、载笔竞陈、续流扬波于20世纪中国文学史学科的辟创、构建与发展之途。虽然在我们现在看来,科学主义几乎已成为中国文学史学科的"学科之踵",更是我们进一步实现中国文学史学科学术创新、方法创新必须扬弃的学科桎梏,但不可否认的是,我们很难想象如果没有科学主义的加持,一代中国文学史学人的情怀抱负、家国使命、学术梦想、学科意志、时代关切和文学史版图等将何以寄身。

　　本著依照发生的层次、脉络和历史呈现的逻辑从科学主义在近代中国的发轫、现代中国的传播与衍化等角度尽可能全面解析其对20世纪中国文学史学科的诸种影响和学术细节展现,这实际上也是作者十余年来学习以及从事文学史理论研究的一个阶段性小结。毋庸讳言,科学主义与中国近现代学术思想和文学史学科构建、发展之间的深层勾连甚为错综,不仅关系复杂,而且所涉学者、文献、问题等亦体量庞大,限于作者的能力,著中遗误之处自然在所难免,恳请诸位读者和方家不吝批评指正。

　　从事文学史理论的研究,始于十余年前我在中国社会科学院文学研究所从事博士后研究期间,杜书瀛、党圣元两位恩师对我的宽容、鼓励、关爱和支持，是多年来我在文学史理论探索道路上不懈跋涉的源源动力。在本著修改的过程中，党圣元师又提供了细致、具体的建议。师恩浩荡，景行行止，两位恩师长久以来的关怀足以让我铭记终生，借此机会，我想对他们致以最真诚的谢意！

本著先后受到浙江省社科规划重点项目、教育部人文社科规划青年项目、国家社科基金青年项目、中央高校基本科研业务费专项资金以及浙江大学文科精品力作出版资助计划的支持和资助。在此，亦向上述诸项目的资助和支持表达衷心的感谢！

同时，感谢中国社会科学出版社的王小溪老师，作为本著的责任编辑，她为本著的顺利出版付出了大量细致、艰辛的劳动，她的严谨、负责、敬业的工作态度亦为本著增益良多。感谢浙江大学文学院的陈叶、秦佳慧老师，她们在本著出版过程中给予了我诸多关心和帮助。最后，感谢我的父母和妻子，也向他们表达我的歉意，多年来，正是他们默默的支持、理解与付出，才确保了我潜心于本著写作的时间和精力。

是为记。

朱首献
癸卯初春于浙江大学紫金港校区成均苑